El dios de los bosques

Liz Moore
El dios de los bosques

Traducido del inglés por Javier Calvo

Título original: *The God of the Woods*

Primera edición en TuBolsillo: enero de 2026

Diseño de colección: Summa Branding
Ilustración de cubierta: Silja Goetz
Diseño: Compañía
Adaptación para esta edición: REGA

PAPEL DE FIBRA
CERTIFICADA

© Liz Moore Inc., 2024
Esta edición se ha publicado mediante un acuerdo con The Foreign Office Agència Literària, S. L. y The Gernert Company
© de la traducción: Javier Calvo, 2024
© de esta edición: TuBolsillo (Grupo Anaya S. A.), 2026
Calle Valentín Beato, 21
28037 Madrid

ISBN: 979-13-87739-21-8
Depósito legal: M-18982-2025
Printed in Spain

Para mi hermana Rebecca, que también conoce este bosque

Muchos excursionistas, cuando llegan a estos bosques, no son conscientes del peligro que les dicen que los amenazará si se aventuran a solas para disfrutar de su pasatiempo favorito. Pero que no les quepa duda de que la realidad de ese peligro es incuestionable: el peligro de perderse. ¡Es lo único que hay que temer en los bosques de Adirondack!

«Lost in the Adirondacks: Warning to Visitors to the North Woods; What Not to Do When You Lose Your Way and How Not to Lose It», *The New York Times*, 16 de marzo de 1890

Qué deprisa, pensé, la belleza y el peligro podían sucederse en la espesura; cada uno de ellos formaba parte del otro.

Woodswoman, ANNE LaBASTILLE

I
BARBARA

LOUISE

Agosto de 1975

La cama está vacía.

Louise, la monitora —veintitrés años, paticorta, voz ronca, risueña—, está descalza en el suelo de tablones ásperos y cálidos de la cabaña Abeto, intentando asimilar la ausencia de ocupante de la litera de abajo más cercana a la puerta. Más adelante, los diez segundos transcurridos entre visión e inferencia le servirán como prueba de que el tiempo es una construcción humana, de que se puede ralentizar o acelerar en presencia de emociones o de sustancias químicas en la sangre.

La cama está vacía.

La única linterna de la cabaña —cuya ausencia indica, incluso a plena luz del día, que alguna de sus ocupantes se ha ido a la letrina— está en su sitio, en un estante junto a la puerta.

Louise gira en redondo lentamente, poniendo nombre a las chicas a las que ve.

Melissa. Melissa. Jennifer. Michelle. Amy. Caroline. Tracy. Kim.

Ocho campistas. Nueve camas. Las cuenta una y otra vez.

Por fin, cuando ya no lo puede seguir postergando, deja que emerja a la superficie el nombre que falta: *Barbara*.

La cama vacía es la de Bárbara.

Cierra los ojos. Se imagina a sí misma regresando durante el resto de su vida a este lugar y este momento: una viajera temporal solitaria, un fantasma, rondando la cabaña Abeto, intentando a fuerza de voluntad que aparezca un cuerpo donde no lo hay. Invocando a esa chica, Barbara, para que entre por la puerta y diga que estaba en el lavabo, que se ha olvidado de la norma de llevarse la linterna, disculpándose de forma encantadora, como ha hecho otras veces.

Pero Louise sabe que no va a hacer nada de eso. Siente, por razones que es incapaz de explicar del todo, que la chica ya no está.

De todas las campistas, piensa Louise, de todas ellas tenía que desaparecer Barbara.

A las 6:25, Louise atraviesa una cortina para entrar en el espacio que comparte con Annabel, la monitora en prácticas. Annabel Southworth tiene diecisiete años, hace ballet y es de Chevy Chase, en Maryland. Está más cerca por edad a las campistas que a ella, pero anda con la espalda muy recta, carga de ironía sus palabras y en general se esfuerza por asegurarse de que todo el mundo reconozca la fina línea que separa los trece de los diecisiete: una línea que se manifiesta en la partición de madera contrachapada que divide la sección principal de la cabaña del rincón de las monitoras.

Louise la zarandea para despertarla. Annabel la mira con los ojos entrecerrados. Se los protege teatralmente con el interior del codo. Y regresa a su letargo.

Louise empieza a ser consciente de algo: del olor a cerveza metabolizada. Había dado por sentado que emanaba de su propio cuerpo: de su piel y su boca. Es cierto que bebió lo suficiente anoche como para sentir los efectos esta mañana. Pero ahora, de pie junto a Annabel, se pregunta si, de hecho, el olor en el cuarto no procede en realidad del lado de Annabel.

Y eso la preocupa.

—Annabel —susurra Louise. De pronto reconoce en su propio tono de voz el que usa su madre. Y en cierto modo se siente como ella (una madre mala e irresponsable) en su forma de dirigirse a la chica.

Annabel abre los ojos. Se incorpora hasta sentarse y hace una mueca de dolor inmediata. Se encuentra con la mirada de Louise, abre mucho los ojos y se queda muy pálida.

—Voy a vomitar —dice en voz demasiado alta. Louise le chista y agarra el primer recipiente que encuentra, que resulta ser una bolsa vacía de patatas fritas que hay en el suelo.

Annabel se la quita de las manos. Tiene una arcada. Luego levanta la cabeza, jadeando, gimiendo por lo bajo.

—Annabel, ¿tienes resaca? —pregunta Louise.

Annabel dice que no con la cabeza. Asustada.

—Creo que... —dice, y Louise le vuelve a chistar, sentándose esta vez en la cama de la chica, contando mentalmente hasta cinco, igual que lleva haciendo desde que era pequeña. Cuando se entrenaba para no reaccionar.

A Annabel le tiembla la barbilla.

—Creo que comí algo en mal estado —susurra.

—¿Saliste anoche? —dice Louise—. Annabel.

Annabel se la queda mirando. Calculando.

—Es importante —insiste Louise.

Suele ser tolerante con sus monitoras en prácticas. Tiene experiencia a la hora de orientarlas por sus primeras resacas. No le importa que se pasen un poco en sus noches libres. Como jefa de monitoras de este año, por lo general hace la vista gorda con las conductas que le parecen inofensivas. Ella misma las comparte cuando lo considera oportuno. Pero, por lo demás, mantiene la disciplina; este mismo verano, a la primera monitora que no se despertó cuando debía después de una noche de juerga le prohibió asistir a las siguientes fiestas, y parece que la medida ha servido de ejemplo, porque nadie más ha vuelto a cometer la misma equivocación.

Hasta ahora. Porque anoche, mientras Louise salía, le tocaba estar de guardia a Annabel. Y parece ser que no estaba.

Louise cierra los ojos. Repasa los acontecimientos de la noche anterior.

Hubo un baile en la sala de eventos: el baile del final de las colonias, obligatorio para todas las campistas, monitoras y monitoras en prácticas. Recuerda que en un momento dado se fijó en que Annabel parecía estar ausente —o, por lo menos, no la vio por ninguna parte—, pero Louise sabe a ciencia cierta que ya había vuelto hacia el final del baile.

Porque a las once de la noche, cuando hizo un recuento rápido, Annabel estaba allí junto con nueve campistas —sí, nueve—, que se despidieron cariñosamente de Louise con la mano al darle las buenas noches. Recuerda haberlas visto alejándose, caminando en grupitos en dirección a Abeto.

Fue la última vez que las vio. Y, como estaba segura de que Annabel se haría cargo de ellas, se fue por su cuenta.

Luego intenta visualizar las camas de las campistas cuando entró de puntillas en la cabaña al final de la noche, mucho después del toque de queda. Debían de ser quizás las dos de la madrugada. ¿O las tres? Las imágenes vuelven a ella fragmentadas: la boca abierta de Melissa R., el brazo de Amy colgando hacia el suelo. Pero Barbara no está presente en ninguno de estos recuerdos. Ni tampoco su ausencia.

En su lugar se impone un recuerdo distinto: John Paul, en el Claro, lanzando puñetazos, primero hacia ella y después hacia Lee Towson. John Paul y su técnica de niño rico para pelear, blandiendo los puños como si estuviera entrando en un *ring* de boxeo. Y Lee, salvaje y pendenciero, con el delantal de servir la cena todavía puesto. Tumbó a John Paul en un momento y lo dejó en el suelo, pestañeando con expresión ausente hacia las ramas que tenía encima.

Hoy habrá problemas. Siempre los hay cuando John Paul cree que Louise está tonteando con otros.

Pero que conste en acta: no estaba tonteando, al menos esta vez.

Annabel se incorpora para coger aire. Se tapa los ojos con la mano.

—¿Sabes dónde está Barbara? —pregunta Louise. Yendo al grano. No hay mucho tiempo: las chicas del otro cuarto no tardarán en despertarse.

Annabel parece confundida.

—Van Laar —indica Louise, y lo repite una vez más bajando la voz—. Nuestra campista.

—No —dice Annabel, que se vuelve a desplomar en la cama.

Es entonces, claro, cuando suena el toque de diana en los altavoces que hay instalados en los árboles por todo el centro de colonias; lo cual significa que, al otro lado de la partición de contrachapado, ocho chicas de doce y trece años se estarán despertando a regañadientes, emitiendo gruñidos, exhalaciones y suspiros, apoyándose en los codos.

Louise se pone a caminar de un lado a otro.

Ahora Annabel, todavía horizontal, la mira, empezando a entender el problema.

—Annabel —dice Louise—, tienes que decirme la verdad. ¿Volviste a salir anoche? ¿Después de que las campistas se acostaran?

Annabel parece contener la respiración. Luego suelta el aire. Asiente con la cabeza. Louise ve que se le llenan los ojos de lágrimas.

—Sí —dice. Tiene un temblor infantil en la voz. Casi nunca se ha metido en líos en su vida, de eso está segura. Es una persona a quien le han insistido desde que nació en lo valiosa que es para el mundo. En el hecho de que hace feliz a otra gente. Ahora rompe a llorar abiertamente y Louise se controla para no poner los ojos en blanco. ¿Qué tiene Annabel que temer? Ella no se juega nada. Tiene diecisiete años. Lo peor que le puede pasar es que la despidan y la manden colina arriba con sus padres ricos, que, de hecho, son amigos de los dueños del centro de colonias y ahora mismo están invitados en la casa que tienen en los mismos terrenos. Pero lo peor que le puede pasar a ella, que es *adulta,* piensa mientras se fustiga a sí misma; lo peor que le puede pasar es… En fin. No te adelantes demasiado a los hechos, se dice a sí misma. Cíñete al presente.

Louise camina hasta la cortina. La retira un poco. Cuando lo hace, se encuentra con la mirada de Tracy, la compañera de litera de Barbara, una chica callada que ahora se detiene a medio bajar la escalerilla; parece haber descubierto el problema.

Ella suelta la cortina.

—¿Ha desaparecido? —pregunta Annabel. Louise le vuelve a chistar.

—No digas *desaparecido* —dice ella—. Di que no está en su litera.

Examina su cuartito en busca de indicios de lo que hicieron la noche anterior. Reúne todo lo que encuentra en una bolsa de basura de papel marrón: una botella vacía de cerveza que se bebió mientras volvía caminando del Claro, la colilla de un porro que se fumó en algún momento, la bolsa de patatas llena de vómito, que coge con dos dedos extendidos.

—¿Hay algo más que no quieras que encuentre nadie? —le pregunta a Annabel, que dice que no con la cabeza.

Louise cierra la bolsa de basura y la dobla para hacerla más pequeña.

—Escúchame —dice—. Quizás tengas que hacerte cargo de las campistas esta mañana. Todavía no estoy segura. Si se da el caso, tienes que deshacerte de esto. Mét: lo en el contenedor de camino al desayuno. Tiene que desaparecer. ¿Te encargas?

Annabel asiente con la cabeza, todavía mareada.

—De momento —prosigue—, quédate aquí. No salgas durante un rato. Y no... —Vacila, buscando palabras que suenen graves pero que no las incriminen. A fin de cuentas, está hablando con una niña—. No cuentes nada de lo que pasó anoche a nadie todavía. Déjame pensar en un par de cosas.

Annabel guarda silencio.

—¿De acuerdo? —dice Louise.

—De acuerdo.

Se vendrá abajo inmediatamente, piensa. Le contará sin pensarlo a cualquier figura de autoridad todo lo que pasó y todo lo que sabe. Llorará en el hombro de sus padres, que seguro que ni siquiera entienden el poema cuyo nombre le pusieron a su hija y que la reconfortarán, y pronto reanudará sus clases de ballet y el año que viene su escuela privada la ayudará a entrar en el Vassar College o en el Radcliffe o en el Wellesley, y se casará con el chico que sus padres hayan elegido para ella —ya le ha confesado que tienen a uno en mente—, y nunca más volverá a pensar en Louise Donnadieu, ni en el destino que le espera, ni en los problemas que tendrá durante el resto de su vida para encontrar trabajo o casa, o para mantener a su madre, que lleva siete años sin poder o sin querer trabajar, y a su hermano pequeño, que con once años no ha hecho nada para merecer la vida que le ha tocado.

Delante de ella, Annabel sufre una arcada. Se recupera.

Louise pone los brazos en jarras. Respira. No vayas tan deprisa, se recuerda a sí misma.

Pone los hombros rectos. Retira la cortina. Empieza la tarea de fingir ignorancia y sorpresa ante este grupito de niñas que —se traga su vergüenza como si fuera una pastilla— la respetan, la admiran y acuden con frecuencia a ella en busca de consejo y protección.

Entra en la habitación de las chicas. Hace la farsa de examinar las camas. Frunce el ceño para aparentar confusión.

—¿Dónde está Barbara? —les dice en tono jovial.

TRACY
Dos meses antes

A las campistas les impartían tres reglas a su llegada.

La primera tenía que ver con la comida en las cabañas: cómo consumirla y guardarla (sin ensuciar; bien tapada).

La segunda atañía a nadar: una actividad que bajo ningún concepto debían practicar solas.

La tercera —y la más importante, a juzgar por el hecho de que aparecía en letreros en mayúsculas en varias ubicaciones comunitarias— era: SI TE PIERDES, SIÉNTATE Y GRITA.

Por entonces, a Tracy la advertencia casi le hizo gracia. Se la repetirían una vez más aquella noche, en torno a la fogata al aire libre, y les explicarían su razón de ser. Pero, tal como se la había presentado en aquel momento, de forma directa y escueta, un monitor alto que articulaba las palabras sin puntuación ni emoción, la expresión la hizo apartar la vista y tragarse una risa nerviosa. SI TE PIERDES, SIÉNTATE Y GRITA. Intentó imaginárselo: sentarse allí donde estuviera. Abrir la boca. Gritar. Se preguntó qué ruido saldría de ella. ¿Qué palabra o palabras? ¿«Socorro, auxilio»? ¿O, Dios no lo quisiera, «Encontradme, por favor»? Era demasiado embarazoso planteárselo.

Su padre le había pagado para que fuera a las colonias.

No había quedado otro remedio, después de una semana de negociaciones que había concluido con un fin de semana entero de encierro voluntario en su habitación: dinero en metálico, cien dólares, el cincuenta por ciento del cual la estaría esperando a su regreso.

Lo que Tracy había querido hacer aquel verano era simple: pasarse el día en la sala de estar de la casa victoriana de Saratoga Springs que su familia llevaba una década alquilando todos los años durante la temporada de las carreras. Bajar a medias las persianas y entreabrir las ventanas, orientar todos los ventiladores de la casa hacia ella y tumbarse en el sofá, levantándose solo para prepararse aperitivos muy elaborados. Y leer: eso era lo principal.

Aquella había sido su rutina durante cinco veranos seguidos. Y había confiado en que el verano de 1975 no sería distinto.

Pero su padre —que llevaba menos de un año divorciado de su madre— se había echado novia y, acto seguido, había alquilado una casa más elegante y había llegado a la conclusión de que Tracy no debería pasarse el verano entero tirada sin hacer nada. O por lo menos eso era lo que le había dicho durante el trayecto en coche a mediados de junio desde la casa de su madre en Long Island. (No pudo evitar fijarse en que su padre había esperado hasta que ya estaban a más de medio camino de Saratoga para revelarle el plan.) La razón verdadera, pensaba, era que quería deshacerse de ella durante un par de meses para que la mencionada novia y él tuvieran la casa para ellos solos, sin la molestia de una niñata huraña de doce años. ¿Por qué se había peleado para tener su custodia todo el verano, se preguntaba Tracy, si luego se iba a limitar a mandarla de colonias?

Ni siquiera se había molestado en dejarla él en Camp Emerson. Lo que había hecho era delegar la tarea en Donna Romano, la novia, a quien ella todavía llamaba por su nombre y su apellido.

—Ese día hay carreras —le dijo su padre cuando lo acorraló en el pasillo y le suplicó que la llevara—. Tengo que ir a Belmont. Second Thought corre a las dos.

Era hijo de un jockey, pero había crecido demasiado para seguir sus pasos. De manera que se había hecho preparador de caballos, después entrenador y por fin dueño, cambiando las circunstancias de su vida con cada nuevo trabajo. Cuando Tracy nació, los tres vivían en una autocaravana frente a la casa de su abuela materna. Ahora vivían en una casa grande y nueva con cancela plateada en Hempstead, Nueva York. Bueno, por lo menos ella y su madre.

—¿Pero de qué vamos a *hablar?* —le preguntó en tono imperioso, pero su padre se limitó a negar con la cabeza y le puso las manos sobre los hombros con gesto de súplica. De pronto Tracy se dio cuenta de que era tan alta como él, que su propio padre. Acababa de dar un estirón que la había dejado en casi metro ochenta y que la hacía encorvarse pronunciadamente cuando no se estaba moviendo.

—Se supone que son unas colonias de primera categoría. O sea, superpijas —le dijo su padre, las mismas dos expresiones descriptivas que había usado al darle la noticia—. Seguro que te termina encantando.

Tracy se giró hacia una ventana. Al otro lado vio a Donna Romano recolocándose el sujetador y examinando su reflejo en la ventanilla del coche. Era un Stutz Blackhawk nuevo con moqueta mullida en el suelo y un motor cuyo estruendo le recordaba a la voz de su padre. «De gama alta», le había dicho este cuando la había recogido en Hempstead. A Tracy le daba la sensación de que todo era nuevo en la vida de su progenitor. La casa de veraneo, la novia, el cachorro de pequinés y el coche. Tracy era lo único antiguo que quedaba en su entorno, y también se estaba deshaciendo de ella.

Resultó que Donna Romano era una fumadora empedernida. Y entre calada y calada se dedicaba a hacerle preguntas sobre su vida que estaba claro que había ido recopilando de cara a aquel viaje. Cuando no estaba ocupada contestándolas, ella le echaba miradas furtivas. Era extremadamente guapa. Por norma general, aquello se habría ganado a Tracy. Le encantaban las mujeres guapas. Le encantaban las chicas más populares de su instituto, aunque habría sido más exacto decir que las reverenciaba, dado que en realidad las odiaba bastante. Pese a todo, la fascinaban, quizás porque en lo relativo al físico eran lo contrario de ella y, por tanto, parecían de alguna forma especímenes que deseaba examinar con detenimiento bajo un microscopio. Mientras que la mayoría de sus compañeras de clase tenían el pelo largo y lacio, con raya en el medio, el de Tracy era voluminoso, rojo e indomable. Mientras que las pecas de algunas eran delicadas, las suyas eran tan marcadas que un grupo de chicos de sexto curso le habían puesto el apodo Une los Puntos, o ULP para abreviar. En teoría necesitaba gafas, pero las que tenía no se las ponía nunca y, en consecuencia, miraba a menudo con los ojos entrecerrados. Su padre le había dicho una vez que tenía figura de ciruela apoyada en palillos, y la expresión era tan cruel y a la vez tan poética que se ajustaba a ella como un guante.

Las carreteras pasaron de ser de asfalto a ser de grava y luego de tierra. Cada pocos minutos aparecían casas destartaladas, con los jardines delanteros reconvertidos en cementerios de vehículos herrumbrosos. Era extraño aquel contraste entre belleza natural y degradación causada por el hombre, y Tracy empezó a preguntarse si estarían yendo en la dirección correcta.

Hasta que por fin apareció un letrero. RESERVA VAN LAAR, decía. Las instrucciones que habían recibido por correo indicaban que aquella era la señal que había que seguir.

—Me pregunto por qué no ponen el nombre del centro de colonias en el letrero —murmuró Donna Romano.

Quizás fuera para que no lo encontraran los pervertidos, pensó Tracy. Sabía que era lo que habría dicho su padre. En contra de su voluntad, ella oía a menudo su voz como si fuera una especie de presencia narrativa que recorría su vida. Nunca habían pasado tanto tiempo separados como aquel año, el primero tras el divorcio.

Lo cierto era que de pequeña había sido la sombra de su padre y lo había amado sin reservas, siguiéndolo a todas partes y acercando zanahorias con la palma de la mano al hocico aterciopelado de sus caballos favoritos. Aunque habría preferido morir que admitirlo, Tracy lo echaba muchísimo de menos y se había pasado la mayor parte del último año de instituto imaginando que en verano estaría con él.

El camino de tierra se bifurcaba. Una flecha hacia la derecha señalaba la dirección de CAMP EMERSON: AMISTADES PARA TODA LA VIDA. Después los árboles dejaban paso a un prado con una hilera de edificios rústicos de madera. Frente a ellos había un solo monitor de pie tras una mesa plegable de la que colgaba una cartulina húmeda que decía de forma poco convincente: BIENVENIDOS.

Este se acercó al Blackhawk con una carpeta y se la pasó a Donna por la ventanilla. Después les comunicó formalmente, y con diligencia de pregonero, las tres reglas de Camp Emerson, incluida la última, la más importante, una frase que seguiría resonando en su cabeza durante días, semanas. Durante el resto de su vida: «Si te pierdes, siéntate y grita».

A Tracy le costaba imaginar lo perdida que tendría que estar para que aquella opción le pareciera apropiada. Tenía la sensación de que, desde que había nacido, su voz había estado experimentando un *decrescendo* constante, hasta el punto de que a los doce años ya no la oía apenas nadie.

Muy perdida, decidió por fin. Tendría que estar perdida de forma profunda e irreversible.

—Estás en Abeto —le dijo el chico, interrumpiendo sus pensamientos. Extendió un brazo largo hacia la derecha. Donna Romano pisó el acelerador y el Blackhawk arrancó otra vez.

ALICE

Ya se estaban marchando los últimos padres.

Desde el solario de la casa de la cima de la colina, Alice veía alejarse los coches, con los limpiaparabrisas en movimiento: un lento desfile.

Camp Emerson quedaba a unos ochocientos metros, pero la casa de los dueños de la Reserva, Autosuficiencia, estaba construida sobre un risco alto y desde ella Alice veía todo cuanto la rodeaba: al este, el lago Joan; al oeste, el largo camino de acceso a la finca que venía de la carretera principal y del pueblo; al sur, Camp Emerson; al norte, paisaje agreste. El monte Hunt y sus laderas.

Llevaba dos horas allí de pie. Ya se habían marchado noventa y un coches. Todos ocupados por uno o dos progenitores, que dejaban atrás a uno o más hijos.

Aquel había sido el ritual de Alice durante los veintitrés años que llevaba casada con Peter Van Laar. Cada primer día de colonias desde que tenía dieciocho años se había asomado al ventanal de Autosuficiencia para mirar, a veces con una criatura en brazos y otras sola. Le gustaba imaginarse a las familias que iban dentro de los coches. Inventarse sus nombres y sus problemas.

Desapareció de la vista el último vehículo. Alice puso la espalda recta. Miró el reloj que tenía detrás: las 16:45. Acababa de empezar su cuenta atrás diaria: a las cinco en punto le permitían tomarse una de las pastillas para los nervios que le había recetado el doctor Lewis. La dosis recomendada era una, aunque también era aceptable tomar dos «en los días muy malos». Con esto el hombre se refería a cuando pensaba demasiado en Bear.

Pues dos.

Se oyó un porrazo en el recibidor: era el golpe del llamador de hierro contra la puerta de la casa. Debía de ser T. J.

Aquella mañana Alice había mandado recado a la oficina de la directora para pedirle una reunión.

Ahora se sacó del bolsillo el botecito de cristal. Se puso a masticar las dos pastillas quince minutos antes de la hora.

Luego cerró los ojos y ensayó mentalmente las palabras que usaría: «A Barbara le gustaría apuntarse a las colonias».

Hacía cinco años que T. J. Hewitt ocupaba el cargo de directora de Camp Emerson. Alice no había querido; había insistido en que el padre de T. J., Vic, era muy capaz de seguir en el puesto, que llevaba décadas ejerciendo de maravilla.

Pero en verano de 1970 ya se había revelado imposible pasar por alto su enfermedad —primero física y luego mental—, después de que el primer día de las colonias asustara a varios niños a base de gritarles cosas absurdas. Y encima delante de sus padres. Indignados, estos habían subido a la casa para quejarse. Y Peter había destituido a Vic allí mismo, asegurándoles que él en persona supervisaría las colonias de aquel año hasta que encontraran a un sustituto adecuado.

Apenas buscaron unos días antes de que Peter sugiriera que T. J. asumiera los antiguos roles de su padre. Alice se había manifestado en contra. Era muy joven, y encima chica. ¿Quién había oído hablar nunca de una mujer a cargo del mantenimiento de las tierras? Pero Peter había insistido. Ya terminarían encontrando a un sustituto, le dijo.

De momento, nada. O, por lo menos, a ninguno digno de su aprobación. Por tanto, tal como había hecho antes su padre, ahora

T. J. ocupaba ambos cargos: encargada de mantenimiento de las tierras en otoño, invierno y primavera y directora de las colonias en verano. Seguía viviendo en la casita de campo en la que había crecido, que servía de oficina del director de las colonias y también, durante la mayor parte del año, de residencia del convaleciente Vic Hewitt.

T. J. carraspeó en la puerta del solario. Se la veía incómoda y descontenta; aunque, para ser justos, esa era su expresión siempre que estaba dentro de un edificio. Su dominio eran los bosques.

—Hola, T. J. —dijo Alice, y la chica asintió con la cabeza, evitando dirigirse directamente a ella. Desde que la conocía, T. J. jamás la había llamado por su nombre. Había una altivez en ella que a Alice siempre le había resultado irritante. No se comportaba así con Peter, pensaba. No, con él mostraba deferencia—. Siéntate —le dijo, mientras contemplaba cómo giraba sobre sí misma, buscando aquel punto de apoyo que transmitiera el menor compromiso posible, la mayor sensación de prisa. Por fin se decidió por una otomana. Se sentó en el borde. Los codos sobre las rodillas. La cabeza gacha.

Tenía el pelo recién cortado, estilo taza, pero tan asimétrico y trasquilado que Alice se imaginó que se lo debía de haber cortado ella. Costaba identificar en la mujer que tenía sentada delante a la niña a la que había conocido hacía veintitrés años, cuando había llegado a aquellas tierras: una criatura de tres años que jamás se quedaba quieta y seguía a su padre a todos lados. Por entonces se llamaba Tessie Jo, un nombre cursi, apto para una muñeca, una vaca o alguna clase de artista, nada que ver con aquella niña tan estoica. A los dieciséis ya había adoptado como nombre el más andrógino T. J., pero todavía seguiría llevando el pelo recogido en una gruesa trenza durante una década más. Hasta ahora.

—¿Cómo estás? —le preguntó Alice. Cogió una pastilla de menta del cuenco que tenía al lado, que el servicio mantenía siempre lleno. Las de color rosa eran las mejores.

—Bien —dijo T. J. con aquel acento. Ese *acento*. Alice llevaba más de dos décadas en la región y todavía le chirriaba en los oídos.

—¿Tu padre está bien?

—Más o menos.

—¿Algún problema con las instalaciones este año?

—Ninguno —dijo T. J. Se dio una palmada en algo invisible que tenía en la nuca. Se examinó la mano.

—Iré al grano —dijo Alice—. Imagino que el señor Van Laar ya habrá hablado contigo. —Hizo una pausa en espera de respuesta, porque, de hecho, no tenía ni idea de si Peter había hablado con la chica. Llevaba sin noticias de él desde el jueves, que era cuando se había ido a Albany. Lo que sí sabía era que Barbara seguía estando en casa.

T. J. negó con la cabeza. No.

Alice suspiró. Claro, pensó; claro que no. Si en algo podía confiar era en la certeza de que Peter se escaquearía de todas sus obligaciones, de que le fallaría —y a su hija— una y otra vez, de que estaría ausente de su vida cuando se pusiera difícil. Lo cual significaba que últimamente —con Barbara en pie de guerra— casi siempre estaba fuera, por norma general sin anunciar su marcha. Sus regresos eran igual de discretos.

T. J. se movió nerviosa y puso la espalda recta.

—Bueno —le dijo Alice a T. J., obligándose a hablar en tono risueño y despreocupado—. Pues, entonces, esto te cogerá de nuevas. Hemos decidido… Barbara ha decidido que este año le gustaría asistir a las colonias. —Y sonrió un poco, como si estuviera dando una buena noticia.

Era consciente de que a T. J. no le gustaría. Era una de las razones por las que lo había estado retrasando. Durante generaciones había habido una separación estricta entre la familia Van Laar —banqueros de Albany, amantes del aire libre, pero severos— y el centro de colonias de su propiedad, que siempre había sido el dominio de los Hewitt. Primero de Vic y ahora de su hija. Además, a T. J. le gustaba que las cosas se hicieran de una forma y en un orden determinados. Alice imaginaba que le molestaría que se lo dijeran tan tarde.

Pero, por un instante, a T. J. le pasó por el semblante algo que ella no pudo categorizar. ¿Consternación? ¿Rabia? Le rehuyó la mirada. Desde que había entrado en la habitación no había dejado de mirar fijamente a la derecha de Alice.

T. J. negó con la cabeza por segunda vez.

—Lo siento —dijo—. Imposible.

Ella se la quedó mirando.

T. J. Hewitt había hablado con voz cargada de determinación, de rotundidad. Como si tuviera alguna capacidad de decisión en aquello, pensó Alice. Como si ella fuera su empleada, y no al revés.

Cogió aire. Ya se le había disuelto del todo la pastilla de menta en la boca. Cogió otra del plato y la mordió antes de contestar.

—Significaría mucho para nosotros —dijo—. Sé que te llevas bien con Barbara. Estoy segura de que te habrás fijado en que está teniendo... dificultades. Portándose mal. Creemos que le iría bien hacer amistades nuevas.

Bueno, por lo menos eso creía Alice. Peter no estaba tan seguro. Pero había muchas razones para dejarla que fuera, y una de las principales era que así no estaría en casa durante la fiesta. La primera que organizaban en catorce años. Estaban montando una celebración del centenario de la Reserva, invitando a un par de decenas de amigos y parientes a alojarse en sus tierras durante una semana en agosto. La última vez que habían tenido invitados para cenar en Albany, Barbara solo había salido una vez de su habitación. Cuando salió, llevaba una especie de... disfraz, en realidad, con el pelo teñido de un color espantoso y los ojos embadurnados de delineador negro. El primo de Peter, Garland, se había echado a reír y Barbara se había retirado dando un portazo tras de sí. Desde entonces seguía llevando aquel mismo pelo teñido y maquillaje de ojos, pese a las súplicas de Alice.

Esta vez no tendrían que preocuparse de aquello si Barbara podía irse de colonias.

T. J. miró el suelo.

—¿Se lo ha dicho usted ya? —preguntó.

—¿Lo de las colonias? —dijo Alice—. Es ella quien ha pedido ir.

—No —dijo T. J.—. Lo que va a pasar en otoño.

Ella hizo una pausa. Negó con la cabeza.

—Se lo diré a final de verano. —Y, en un momento de inspiración, añadió—: Se lo diré cuando terminen las colonias.

—Las colonias ya han empezado —dijo T. J. con aquella forma suya de hablar.

—Apenas.

—Las cabañas están llenas.

A Alice le estaba subiendo lentamente por el pecho una sensación de incredulidad, y, sin embargo, también había algo que la frenaba de hablar, de acceder a sus reservas profundas de furia, de las que echaba mano con Peter cuando de verdad se quería hacer oír.

Las pastillas, recordó. Las pastillas le estaban haciendo efecto, le estaban relajando los nudos de tensión de los hombros y mandándole una oleada de alivio por el torso y la espalda, una cascada de calidez y calma. «Concéntrate», se ordenó a sí misma.

Contempló los objetos que la rodeaban en la sala: era un truco que le había enseñado el doctor Lewis. «Reloj de pie. Plantas frondosas. Suelo de losas del solario.»

Volvió a hablar, articulando las palabras con cuidado. Su lengua era como una babosa muy gorda.

—Conoces a Barbara mejor que nadie —dijo Alice. Mejor que yo, pensó a regañadientes—. Sabes que le irá bien.

Pero T. J. ya estaba de pie, a punto de abandonar la sala. Si hubiera tenido un sombrero, ya se lo habría puesto.

Un verano entero, pensó Alice. Un verano entero sin Barbara, sin sus enfados, sin sus estallidos, sin las horas que se pasaba llorando en voz alta, preocupando al servicio. Todos los sirvientes fingían educadamente que no la oían. Pero sí que la oían, hasta el último de ellos, y Alice también. Qué agradable sería tener aquellos dos meses para ella sola mientras su hija estaba al pie mismo de la colina, lejos de la casa pero a salvo. Ocupada. Contenta.

—Debería ir yéndome —dijo T. J.

—No es decisión tuya —dijo Alice—. Tiene que hacerse así.

—¿O qué? —dijo T. J. bruscamente. En voz demasiado alta, pensó ella. ¿Por qué todo el mundo tenía que hablar tan alto todo el tiempo?

Silencio: era lo único que quería.

Pasó un minuto o quizás cinco. Sintió que le entraba el sueño. Sabía que debería avergonzarse de su postura, del hecho de tener la cabeza inclinada a un lado, pero aquella emoción también le resultaba inaccesible, abstracta, algo que entendía como concepto, pero que no sentía.

—Es idea del señor Van Laar —dijo Alice por fin—. Es lo que quiere.

Era su último recurso. Le avergonzaba tener que usarlo. Era una vergüenza, pensó, que sus propias palabras no significaran nada en aquella casa.

T. J. la miró. Sopesando si creerla o no. Y por fin su expresión cambió a otra más resignada.

—Muy bien —dijo T. J.—. Añadiremos una litera en Abeto. Empezará mañana.

Sin hacer más preguntas, abandonó la sala. Y la casa.

Si estuviera aquí Bear...

Alice se detuvo. El doctor Lewis le había dicho que no podía permitirse aquellas fantasías. Cada vez que la mente le iba en aquella dirección, tenía que obligarse a volver a la realidad. Pese a todo, la visión se presentó con fuerza: si Bear estuviera aquí, saldría detrás de esa chica. Cerró los ojos y se permitió —solo por un momento— recordar a su hijo, vibrante, divino, siguiendo a T. J. Hewitt por la propiedad. «Tessie, Tessie.» Con su voz dulce y aguda, al otro lado de la fina cortina que separaba el mundo de Alice del de él. No le costaba nada oírla.

En el diván, Alice giró la cabeza para mirar por los ventanales del solario. De camino, T. J. se detuvo un momento sobre la hierba, se sacó algo del bolsillo y se llevó la mano a la boca. Escupió. Tabaco de mascar, como el que usaban los hombres. Un hábito asqueroso.

La vio alejarse hasta que desapareció de su vista. Su figura era alta, delgada y grácil, y Alice pensó, no por primera vez, que podría haber sido guapa.

Aquel era su verdadero pecado, pensó. La forma en que había estropeado su belleza.

Le llamó la atención un ruido de pasos. Lentos y pesados: Barbara.

Debía de estar yendo a la cocina. Su lugar favorito últimamente. Alice puso mala cara.

Ayer le había pedido a la cocinera nueva, cuyo nombre no recordaba, que no le diera comida tan a menudo. Que pusiera excusas si hacía falta. Pero Barbara podía ser muy manipuladora, Alice lo sabía, y tenía poca fe en la capacidad de la cocinera para lidiar con ella.

Caminó hasta el umbral de la cocina y se detuvo allí, intentando no hacer ruido.

Allí estaba Barbara, claro, contemplando el contenido de la despensa, de espaldas a la estancia. Llevaba pantalones cortos y camiseta, y Alice se fijó con una especie de asco en que su antaño insustancial trasero ahora era redondo y en que tenía piernas de mujer. Detrás de Barbara, la cocinera se encontró con su mirada. Levantó las manos con gesto de impotencia.

A Alice no le gustaba juzgar el cuerpo de su hija de aquella manera. En términos abstractos, entendía que era poco generoso; sin embargo, creía que uno de los deberes de una madre era ser la primera y la mejor de los críticos de su hija; fortalecerla durante la infancia para que de adulta pudiera soportar con elegancia cualquier ataque o insulto que le dirigieran. Era el método que había usado con ella su madre. En su momento no le había gustado, pero ahora lo entendía.

—Barbara —dijo Alice, y su hija dio un respingo y se giró con una hogaza de pan debajo del brazo. Por un momento, sintió ternura hacia ella. Siempre había sido asustadiza, ya desde muy pequeñita; era el único bebé al que no le gustaba jugar al cucú ni al escondite, y que lloraba cuando se llevaba un sobresalto, aunque fuera de broma.

—La cena es a las siete y media —dijo Alice.

Barbara dejó con tranquilidad la hogaza sobre la encimera y se puso a cortarla.

—¿Me has oído? —insistió.

Su hija asintió con la cabeza. Cogió la mantequilla. Untó el pan. Sin levantar la cabeza. Ahora se le veía algo más de un centímetro de raíces rubias en la raya del pelo; el resto seguía siendo de aquel horroroso negro deslucido. Por lo menos era guapa de cara. Eso no lo cambiaba ningún tinte mal dado.

La cocinera miraba con impotencia. Era una mujercilla diminuta, de unos veinticinco años, casada, a juzgar por la alianza sencilla que llevaba en el dedo.

Alice suspiró. No tenía sentido decirle nada a Barbara, al menos hoy, teniendo en cuenta que se iba a pasar el resto del verano fuera de casa. No pasaba nada, a fin de cuentas, por dejarla que disfrutara de una última merienda de pan con mantequilla y mermelada.

—Acabo de hablar con T. J. —dijo Alice, y al final la chica levantó la vista. Allí estaba la versión de Barbara que amaba, por fin. Con algún indicio de animación en la cara y en la mirada.

—¿Y? —preguntó.

—Dice que puedes empezar las colonias mañana.

Triunfo. Barbara bajó rápidamente la vista, pero Alice vio que estaba esforzándose para mantener la boca impasible y refrenar una sonrisa.

—Haré que te preparen la bolsa —dijo.

Era bueno, pensó. Iba a ser bueno. Descansar un poco la una de la otra. Así mejorarían las cosas.

TRACY

Aquello, había descubierto Tracy, era Camp Emerson.

El perímetro norte de los terrenos lo marcaban tres edificios, los más cercanos a la casa de la colina. Uno era el economato, donde comían; el siguiente era el centro comunitario y albergaba la enfermería, dos salas pequeñas que se podían usar para actividades cuando llovía y un salón de eventos grande que se utilizaba sobre todo para bailes y espectáculos que requerían escenario. El tercero de aquel grupito era la cabaña de la directora. Los únicos campistas que habían visto su interior eran los que se habían metido en algún lío.

Al sur de aquellos edificios quedaba el resto del centro de colonias. Cerca del lago, en el margen oriental de los terrenos, había una pequeña playa y un cobertizo para barcas. En el margen sur había una estructura alargada llamada «la residencia de empleados», que era donde vivían el personal de cocina y los demás trabajadores estacionales. Más al norte estaban las catorce cabañas, siete para chicos y siete para chicas, dispuestas en dos hileras a ambos lados de un arroyo que se podía cruzar por medio de unos cuantos puentecillos desperdigados. Cada una de aquellas cabañas llevaba el nombre de un árbol o una flor de los montes Adirondack.

El interior de la cabaña de Tracy, Abeto, estaba iluminado con bombillas de un amarillo cálido que colgaban desnudas del techo.

Por la noche, aquellas mismas bombillas convocaban a un ejército de insectos que entraban por las mosquiteras rotas de las ventanas.

La cabaña contaba con ocho camas individuales, cuatro a cada lado. Cada una tenía a los pies un baúl de madera. Las paredes eran de madera sin tratar, igual que el techo, y estaban cubiertas de nombres, fechas y referencias inescrutables escritas por generaciones sucesivas de campistas.

El detalle más sorprendente era una chimenea en una de las paredes. Aquel mismo verano, a Tracy le explicarían que en su origen las cabañas las habían usado amistades de generaciones anteriores de la familia Van Laar para hacer breves excursiones de caza; desde la fundación de Camp Emerson, sin embargo, aquellas chimeneas solo las habían usado los murciélagos que de vez en cuando las colonizaban y a los que tocaba desalojar.

Aquel primer día, después de que desaparecieran las madres —y Donna Romano—, la monitora veterana y la de prácticas hicieron sentarse a las campistas en círculo para iniciar unos ejercicios con el fin de romper el hielo.

Fue entonces cuando Tracy vio claramente que las demás chicas de su cabaña se conocían desde hacía años. Intercambiaban gestos y latiguillos como si estuvieran jugando a la pelota, partiéndose de risa de vez en cuando por razones que ella no podía descifrar. «Bromas privadas», pensó; un término que la aterrorizaba porque implicaba que cualquiera que no las entendiera estaba, por definición, fuera del grupo.

La otra revelación que extrajo de aquellos ejercicios era que había una jerarquía clara entre las compañeras de cabaña de Tracy.

En lo alto, por supuesto, estaban Louise y Annabel, la monitora y su ayudante en prácticas. Las dos eran preciosas de forma distinta. La primera, que tenía veintitrés años, ya parecía una mujer adulta. Era bajita, mucho más que Tracy, y tenía el cabello largo y moreno, las cejas oscuras y porte de atleta. También era —una palabra que había descubierto aquel mismo año— pechugona.

Annabel tenía diecisiete años y era alta, espigada y rubia, una bailarina de ballet que se movía con toda la seguridad en sí misma de alguien cuya familia nunca se había tenido que preocupar por pagar una factura. A Tracy le encantaron las dos de inmediato. Experimentó el extraño deseo de miniaturizarlas y llevárselas para jugar con ellas como si fueran muñecas.

A continuación venían las campistas de Abeto, cuya jerarquía de estatus iba desde las dos Melissas —las líderes claras, gimnastas rubias y enjutas del Upper East Side de Manhattan— hasta una chica llamada Kim, que tenía la costumbre de hablar largo y tendido sobre temas que no parecían interesar a nadie más.

La última de la fila era Tracy, a quien ya le parecía que su envergadura estaba atrayendo miradas. Cuando le pidieron que se presentara, descubrió que se había quedado completamente sin voz. La invadió una lenta resignación: su verano entero iba a ser así. Iba a ir por libre. Sin hablar con nadie. Iba a pasar desapercibida, escondiéndose detrás de un libro siempre que pudiera. Lejos de la atención. Invisible.

Sacó sus últimas pertenencias de la mochila. Del neceser extrajo las gafas nuevas que le habían prescrito aquel año; las metió en el fondo del único cajón que le habían asignado. Sería mejor no ver nada con demasiada claridad aquel verano, pensó.

De pronto se encontró parpadeando con vigor. Llorar ahora sería una catástrofe, y, sin embargo, le estaba pesando terriblemente sobre los hombros la decepción de toda aquella situación. Porque siempre había una parte de ella —a pesar de ser consciente de cuál era su lugar en cualquier jerarquía social tras muchos años cultivando decepciones como aquella— que confiaba en que esta vez sería distinto. En que algún chico o chica elegante y flexible tendría la paciencia y la agudeza necesarias para elegir a Tracy de entre un grupo, para fijarse en alguna de las cualidades positivas que en contadas ocasiones ella se permitía a sí misma enumerar: su sentido del humor, su talento para el dibujo o para cantar, su lealtad o su devoción hacia cualquiera que le mostrara aunque fuera una pizca de interés.

Tirándose hacia abajo de la camiseta del uniforme de otra talla para taparse los pantalones cortos del uniforme, también de otra talla, Tracy suspiró y se despidió por completo de las esperanzas que había albergado para el verano.

Durante la fogata inaugural de aquella noche, Tracy presenció la serie de canciones y rituales extraños que se representaban en el fondo de un anfiteatro natural: una pequeña ladera que bajaba hasta un terrenito sin hierba. A lo largo de ella habían dispuesto unos troncos largos y partidos para que sirvieran de bancos improvisados, con un pasillo por el centro. De fondo se vislumbraban las aguas oscuras del lago.

Se percibía cierta energía en el aire: era la energía de las hormonas adolescentes, de las miradas de reojo, de fijarse en quién había cambiado desde el año anterior y cómo. Y no solo los campistas, sino también los monitores. Por todos lados los asistentes se acercaban con sigilo los unos a los otros, se susurraban al oído y hacían gestos que Tracy no entendía. Pronto descubriría que hasta el último de los monitores era una celebridad a su manera; los campistas se esforzaban con denuedo por obtener información sobre ellos, sobre su vida privada y sus planes y sus desengaños románticos. Luego intercambiaban esta información ansiosamente susurrando en la oscuridad.

En el anfiteatro seguían las presentaciones. Varios monitores llevaron a cabo un ritual que requería cortar un tronco; anunciaron nuevas reglas, instalaciones y eventos.

A continuación vinieron los *sketches*. En uno de ellos —la representación dramática de la regla que tanto había impresionado antes a Tracy—, un monitor corpulento impostaba la voz y los andares de un niño y daba vueltas y más vueltas en torno a la fogata para ilustrar su confusión.

—¡Creía que sabía adónde estaba yendo! —dijo el monitor, proyectando la voz con aplomo—. ¡Pero resulta que no lo sé!

Y una monitora caminó hacia el público para interpelarlo:

—¿Qué tiene que hacer Calvin? —preguntó con seriedad teatral. Se puso las manos en las mejillas.

—Si te pierdes —gritó el público—, siéntate y grita.

—¡Socorro! —dijo Calvin—. Necesito ayuda. —Se miró un reloj de pulsera invisible—. Ya ha pasado un minuto —exclamó—. ¡O sea, que me toca volver a gritar!

Les explicaron la razón de esta medida: intentar salir por tu cuenta del bosque podía provocar desorientación y llevar incluso a un excursionista experimentado a perderse irremisiblemente en las profundidades de los Adirondack. Los bosques eran densos y estaban cubiertos de maleza; en cuanto perdías de vista el sendero, todo se veía igual.

—El sesenta y cinco por ciento de la gente —explicó Calvin— está a menos de diez metros de un camino cuando se empieza a sentir desorientada.

Tracy escuchaba fascinada. Se imaginaba la llamada del bosque, el olor fresco de sus sombras, el musgo aterciopelado sobre las rocas… y el momento en que por fin se daba cuenta gradualmente de que se había desorientado. El lento horror de aceptar su situación.

Entre *sketches,* los monitores varones hacían el bruto entre sí y con los campistas que tenían a su cargo. Llamaban a las chicas desde su lado del semicírculo: «¡Kevin dice que estás buena!».

Luego ocupó el centro de la escena una mujer alta y delgada. Se plantó frente al fuego, perfilada por las llamas y con un aspecto que a Tracy le recordó un poco a como se había imaginado siempre a Ichabod Crane.

Todo el mundo guardó silencio.

—Bienvenidos —dijo. Y se presentó ante los recién llegados: era la directora de las colonias, T. J., e invitaba a todo el mundo a llamarla así.

Su edad era difícil de calcular. Desde ciertos ángulos se la veía muy joven —podría tener veintitantos—, pero su voz transmitía una autoridad ronca que a Tracy se le hacía extraña en alguien de aquella edad. Todo el mundo se había detenido para escucharla, incluidos los monitores varones, que no se habían callado durante el resto del tiempo.

La mujer, T. J., sacó un papel donde parecía tener unas cuantas notas.

Y se dedicó a repasarlas una a una.

Hizo hincapié en las mismas reglas de antes y las explicó. A continuación, añadió unas cuantas nuevas: a cualquier campista al que pillaran fuera de su cabaña pasado el toque de queda le caerían un aviso y dos noches de trabajo en el economato. A la segunda infracción te expulsaban de las colonias.

Hizo una pausa y levantó la vista.

El fuego iluminaba en tonos naranjas las ramas que tenía encima. Más allá se extendía el cielo más negro y lleno de estrellas que Tracy había visto nunca.

—Otra cosa —dijo T. J.—. Debido a la preocupación que han mostrado algunas familias, este año el viaje de supervivencia será un poco distinto.

Hubo un lamento colectivo.

Ella levantó una mano.

—Escuchad —dijo—. Seguiréis yendo por vuestra cuenta, en grupos. Y seréis los responsables de vuestro bienestar. La única diferencia será que, durante esas tres noches, tendréis a un monitor cerca. Pero ellos se mantendrán a un centenar de metros, a menos que haya alguna emergencia que no podáis resolver solos.

Silencio. A continuación, una voz masculina solitaria emitió un abucheo. El resto del grupo se rio.

Tracy contuvo la respiración y esperó la reacción de T. J. No tenía pinta de ser paciente con los payasos. Pero lo que hizo fue sonreír.

—A mí tampoco me gusta —dijo—. Creedme.

Aquella noche, después de apagarse las luces, Tracy se quedó en la cama, contemplando las sombras y escuchando primero el silencio y después el murmullo de risillas e historias contadas en voz baja.

Estaba sola. Y lo seguiría estando. Su única tarea, se dijo a sí misma, era sobrevivir al verano.

LOUISE

Junio de 1975

Louise contuvo la respiración y escuchó a oscuras. Al otro lado de la partición: unos sollozos suaves. Alguien lloraba y trataba de esconderlo. Sucedía lo mismo la primera noche de todas las colonias.

Se incorporó hasta sentarse en la cama. Pasó de puntillas al lado de Annabel. Apartó la cortina. Escrutó la habitación, mirando una por una a todas las campistas.

Tracy.

Fueron sus ojos, resplandecientes bajo la luz de la luna, los que le devolvieron la mirada.

Ahora la chica estaba sentada junto a Louise fuera, en los escalones que bajaban del porche, intentando hacerse pequeña. Estirándose el camisón para taparse las rodillas. Rodeándoselas con los codos. Parecía, pensó, una niña de seis años muy grande.

Volvió a sorberse la nariz.

—¿Quieres hablar? —le preguntó Louise, su apertura estándar, que había diseñado a lo largo de cuatro veranos y que no dejaba sitio para insistir en que no pasaba nada.

La chica se encogió de hombros. Avergonzada.

Antes, a la hora de la cena y en la fogata que había venido después, Tracy se había sentado al final del todo y no había dicho ni una palabra. Había mantenido la cabeza gacha. A su vuelta a la cabaña, se había puesto a leer un libro mientras las demás chicas hablaban, chillaban y corrían caóticamente por la habitación, rebotando como electrones en todas las superficies. Las crías de doce y trece años empleaban una modalidad particular de humor, sobre todo cuando no estaban en presencia de chicos: al mismo tiempo asqueroso e inocente, grosero e ingenuo. Cuando no lo usaban con malas intenciones —es decir, cuando no tenía a nadie como objetivo—, a Louise le encantaba aquel tipo de humor. Desde la pared se dedicó a contemplarlas en silencio, con cariño, rememorando aquel momento de la vida que era como coger aire antes de hablar, la última pausa dulce antes de un gran desvelamiento.

—¿Alguien te ha dicho algo? —le preguntó amablemente—. ¿Estás disgustada?

La chica negó con la cabeza.

—Me ha entrado miedo —dijo. Se arrimó de forma casi imperceptible a Louise, que extendió el brazo y la rodeó con él lo mejor que pudo.

—¿A qué? —preguntó.

—Estábamos contando historias —dijo la chica. La expresión tenía cierto dramatismo. «Estábamos», pensó. No «estaban». Una petición nostálgica de inclusión.

—¿Qué historias? —dijo Louise.

La chica hizo una pausa. A la luz de la luna, ella solo le veía el contorno de la cara.

Y entonces dijo algo en voz tan baja que no lo entendió. Ladeó la cabeza.

—El Puñal —susurró Tracy y echó un vistazo rápido a su alrededor. Por miedo a que la hubiera oído alguien.

Pues claro que era por el Puñal.

A Louise casi se le escapó una sonrisa de alivio. Era una de tantas historias que iban pasando de una generación de campistas a la siguiente, a veces a modo de novatada y otras de advertencia. A menudo no estaba claro hasta qué punto creía cada campista en su veracidad. Había quien las contaba con una sonrisilla, feliz de meter miedo a las demás; había quien las contaba con voz trémula, deseoso de deshacerse del horrible conocimiento que había adquirido. De hecho, T. J. había sacado el tema durante las jornadas de formación de aquel año: los más pequeños, les había dicho, se asustan mucho. Evitemos los cuentos de fantasmas, por favor.

Había varios que encajaban en la descripción: Old Jones, el fantasma de un guía de los montes Adirondack que daba golpes en las ventanas de las cabañas de noche; y Mary la Siniestra, que supuestamente era la mujer abandonada de un antepasado que habían tenido los Van Laar varias generaciones atrás.

Pero el Puñal —o Jacob Sluiter, que era su nombre verdadero— no era ningún fantasma. Era un hombre y, que Louise supiera, seguía vivo. Y rondaba la imaginación de sus campistas año tras año. Los rumores que se contaban sobre él —y sobre su supuesta conexión con la Reserva Van Laar— eran la más persistente de todas las historias que había oído.

—No tienes que preocuparte por él —dijo Louise—. Está en una celda de la cárcel. A unos trescientos kilómetros de aquí.

Pero Tracy se apresuró a negar con la cabeza.

—No —dijo—. Se ha escapado.

—No es verdad —repuso Louise.

—Que sí —insistió la otra—. Lo ha dicho T. J. Se lo ha contado a una de las monitoras de Pícea. Y ella se lo ha dicho a la monitora en prácticas, que se lo ha dicho a Caroline.

Louise hizo una pausa, poco convencida. Para empezar, si aquello fuera cierto, T. J. se lo habría contado primero a ella. ¿O no? A menos que no hubiera tenido oportunidad…

Sonrió a la chica.

—Aunque fuera verdad —dijo—, tendría que hacer un viaje muy largo para llegar a esta zona. Y no veo por qué iba a hacerlo.

—Las he oído contar historias —dijo Tracy. Se abrazó con más fuerza las rodillas—. A las otras chicas.

—Esos cuentos llevan mucho tiempo circulando —dijo Louise—. No quiere decir que sean verdad.

La chica no le estaba haciendo caso. Estaba negando con la cabeza, suplicándole que la escuchara.

—Las he oído hablar del chico —susurró.

Ella se detuvo.

Sabía de quién hablaba. No hacía falta decir su nombre.

LOUISE
Dos meses más tarde

Agosto de 1975

Louise está corriendo.

La mayoría de los días, esa misma forma de moverse —piernas y brazos en acción, cabeza y cuello erectos— le resulta correcta: es su estado natural. Los ratos en que sale a correr por los terrenos de la Reserva son los únicos momentos de su vida en que se siente del todo cómoda, en que sus preocupaciones quedan momentáneamente en suspenso. En el instituto era corredora de velocidad, pero le gustan más las distancias largas. Es cuando su cuerpo le parece de alguna manera la madre de su cerebro; o lo que debería ser una madre, por lo menos. Como las de los demás.

Su forma de correr hoy es distinta.

Hoy Louise corre de forma frenética, sin ver nada. Se tropieza con el suelo. Recupera el equilibrio. No hace caso de un monitor que la llama desde el otro lado del prado.

—¡Vale, olvídalo! —dice este, afable, despreocupado. Louise no mira atrás.

Ya ha buscado a Barbara en los siguientes lugares: las letrinas, el economato, la sala comunitaria y la playa. Ya ha mirado en la enfermería y en el cobertizo de las barcas. Ha subido a la casa de los dueños, donde una doncella comprensiva se ha pateado los pasillos durante diez minutos mientras Louise esperaba fuera. Pero

Barbara no estaba en ninguno de esos sitios y ninguna de las personas con quienes ha hablado la ha visto esta mañana.

Cuando llega a la cabaña de la directora, aporrea la puerta. Espera treinta segundos. Vuelve a golpearla.

Está dentro, Louise lo sabe. T. J. es una mujer que sigue unas rutinas estrictas y cuyas mañanas siempre son idénticas. A las seis y media toca diana por el sistema de megafonía, indicando a los campistas que ha llegado el momento de despertarse e ir a las duchas. Y a las 8:05 sale, camina hasta el economato y llega al final del desayuno para pasar revista a las filas.

Louise se mira el reloj: las 6:40. Faltan veinte minutos para que los campistas vayan a desayunar al economato.

Sigue sin haber respuesta. Apoya la palma de la mano en la manecilla de la puerta. La empuja hacia abajo. No hay cerraduras en Camp Emerson, salvo en los cuartos de baño. Aun así, entrar sin invitación en la cabaña de la directora (en la que T. J. vive todo el año y donde además creció) le da sensación de que está haciendo algo malo, pese a que Louise cree conocerla de forma distinta a como la conocen los demás monitores. Comparte con ella una historia que mantienen oculta al resto de los ocupantes del centro de colonias.

Por fin abre la puerta. No tiene otro remedio.

—¿Hola? —dice levantando la voz. Entra en la sala de estar con revestimiento de paneles de madera, que también hace las veces de oficina del centro. En la pared delantera hay un escritorio orientado a la ventana; enfrente, dos sillas pequeñas ocupan un lugar permanente reservado a los campistas que necesitan ser regañados.

Louise ha pasado muchas horas en esta sala. En una ocasión, una fría semana de enero entera.

Escucha. La casa huele a T. J.: el alcanfor y el alquitrán de su repelente de moscas casero; por debajo de ese aroma, el olor a hierro y almizcle de su sudor.

Desde el fondo de la casa le llega el ruido de la ducha.

Se lleva una mano a la cara para secarse el sudor de la frente y de encima del labio superior. No sabe qué hacer a continuación. Le parece una equivocación esperar a que T. J. termine de ducharse. Lo mismo que descolgar el teléfono y llamar a alguien sin recibir instrucciones de ella. ¿Y a quién iba a llamar, además? ¿A la policía? ¿Al servicio de bomberos voluntarios? Dios no lo quiera... ¿A los Van Laar? Ve el teléfono al otro lado de la sala, sobre el escritorio de T. J., el único que hay en todo el centro de colonias. Solo hay uno más en las inmediaciones; está en la casa de los dueños, Autosuficiencia.

Louise se adentra por el pasillo que conduce al baño. La puerta está abierta. Hay ropa amontonada en el suelo.

Se detiene antes de entrar. ¿Debería llamar en voz más alta?

Demasiado tarde; un chirrido metálico agudo y un pomo que gira. La ducha se cierra. La cortina se abre de golpe y aparece T. J., con su pelo corto y mojado, su torso esbelto, los pechos pequeños y el moreno de paleta que luce todo el verano.

Louise gira sobre los talones, pero es demasiado tarde. Sus miradas ya se han encontrado.

—Lo siento mucho —dice al mismo tiempo que T. J. suelta un grito.

—¿Qué coño haces, Louise? —pregunta T. J. después de recuperar el aliento.

—Lo siento mucho —repite una y otra vez. Se aleja por el pasillo sin dejar de decirlo.

Oye a T. J. abrir cajones detrás de ella.

—¿Qué haces aquí? —la llama.

Louise carraspea.

—Vengo por Barbara Van Laar —dice.

—¿Qué le pasa?

—Que no estaba en su litera esta mañana.

Se hace el silencio durante lo que parece un minuto.

Por fin se oyen los pasos de T. J. en el pasillo. Entra en la oficina ya vestida.

—Tiene una compañera de litera, ¿no? ¿Ha visto salir a Barbara?

—Dice que no ha oído nada. Estaba durmiendo.

Louise sabe que tiene muchas papeletas para que T. J. la responsabilice a ella. Porque el trabajo de una monitora es oír cosas. Los comentarios crueles que le hace un campista a otro. Un trueno a lo lejos: todo el mundo fuera del lago.

La puerta mosquitera, lo más importante. Cuando se abre en plena noche.

Louise espera a que T. J. diga algo. Lo que sea. Por fin habla:

—Pero anoche estabais en la cabaña Annabel y tú —dice—. ¿Verdad?

Si vacila, es solo para respirar. Ya se esperaba la pregunta. Estaba preparada.

—Sí —se apresura a decir.

—¿Estás segura? —pregunta T. J.—. ¿Tanto Annabel como tú?

—Las dos —dice Louise.

No tiene el hábito de mentir, aunque lo hace a veces por razones prácticas. Ha tenido la necesidad de hacerlo periódicamente sobre su vida. Cuestión de supervivencia. Aun así, siempre le hace sentirse mal, sobre todo cuando miente a alguien a quien respeta. Como T. J. Hewitt, a quien ha confesado en varias ocasiones cosas que nunca le ha contado a nadie. El hecho de mentirle ahora le provoca un vuelco en el estómago.

Pero, si sabe que está mintiendo, por el momento no lo deja ver. Lo que hace es apartar la vista de Louise para dirigirla al sistema de megafonía que tiene encima y debajo del escritorio.

Cruza la sala dando zancadas. Levanta el micrófono. Lo enciende.

—A todas las cabañas —dice—. Por favor, mandad a vuestro monitor a la cabaña de la directora. Monitores en prácticas, quedáis al mando durante el resto de la mañana. —Apaga el sistema y se queda un momento de espaldas a Louise. Sin girarse, le pregunta—: ¿Lo has visto esta semana?

Se refiere a John Paul. A ella no le hace falta preguntarlo.

Y, por segunda vez en lo que va de mañana, miente a T. J.

—No.

TRACY

Junio de 1975

A su llegada a Camp Emerson, Barbara Van Laar fue recibida con un silencio generalizado. Nadie dijo nada cuando la limusina negra familiar se acercó lentamente por el camino de entrada y después cruzó el prado, conducida por un chófer; tampoco cuando la chica en sí, Barbara, bajó a pie los ochocientos metros que había desde la casa de los dueños tras negarse, al parecer, a venir en el coche con sus posesiones.

Apareció ante los demás a las 8:05, cuando estaban saliendo de desayunar del economato. Se cuadró sin sonreír al cruzarse con los campistas que salían, que chocaron entre sí en un intento de verla mejor. Llevaba una ropa que muchos de ellos no habían visto nunca: unos vaqueros cortados que a duras penas le cubrían el trasero por encima de unas medias negras con carreras que parecían intencionadas, botas militares negras y una camiseta con una palabra que ninguno de ellos distinguió bien, pero que interpretaron como algo grosero. Tenía el pelo teñido de negro y cortado en forma de media melena desaliñada que le llegaba por debajo del mentón, los labios pintados de rojo y los ojos delineados con carbonilla. Lo más sorprendente eran los pinchos plateados —más de uno— que le adornaban los lóbulos, además de lo que parecía ser un collar de perro en torno al cuello y sendos brazaletes de cuero negro en las muñecas.

La caminata inaugural de Barbara por la hierba seguiría siendo objeto de comentarios durante los meses posteriores: era la primera vez que alguno de los campistas la veía en carne y hueso, aunque hacía años que se hablaba de ella. La mayoría de las conversaciones se centrarían en su apariencia y su atuendo, que habían sido un *shock* para la mayoría de Camp Emerson. Únicamente los campistas que venían de Manhattan sabían cómo llamar a aquel estilo, un nombre que los demás no habían oído nunca.

Punk.

Cualquier otra campista que hubiera llegado con esa ropa habría sido relegada de inmediato a lo más bajo de la pirámide social, recibida con incredulidad o bien haciéndole el vacío. Pero Barbara Van Laar era demasiado interesante para hacerle el vacío; su historia personal era muy intrigante y compleja. Aunque nadie lo decía en voz alta, la meta de todos los campistas del centro era trabar amistad con ella.

La siguiente vez que vieron a Barbara, Louise la estaba llevando a la pequeña playa que bordeaba el lago Joan, donde los residentes de varias cabañas, incluida la de Tracy, estaban esperando para hacer las pruebas de natación. Sin la ropa con que había llegado, parecía más joven.

De la playa sobresalía un amarradero metálico y alargado en forma de T, recalentado por el sol. El instructor de natación, un Atlas alto y rubio llamado Mitchell, llevó a la primera cabaña hasta el final del amarradero.

—A la de tres —dijo. Y, cuando terminó de contar, los campistas más jóvenes de Pícea se zambulleron en el agua, chillando al emerger a la superficie.

—Regla número uno —dijo Mitchell—: nada de gritar a menos que estéis en peligro.

Tracy estaba en el margen del grupo, sintiéndose incómoda en bañador y con una toalla enrollada en torno a la cintura. Llevaba menos de veinticuatro horas en las colonias, pero no se le había pasado por alto que las demás campistas de Abeto —de forma consciente o no— solían guardar las distancias con ella.

En ese momento, Barbara y Louise ya habían llegado al final del amarradero.

—Mitch —dijo la monitora, y lo repitió levantando la voz—. ¿Puedo interrumpiros un segundo? —Todo el mundo se giró para mirar—. Esta es Barbara. Va a estar con nosotras en Abeto este verano. —Louise señaló hacia el grupo de Tracy—. Esas chicas de ahí son tus compañeras de cabaña. Saludad, Abeto.

Las chavalas saludaron obedientemente. Barbara levantó una mano y se metió por entre las campistas, insertándose con precisión en el espacio vacío que quedaba junto a Tracy. A continuación miró al frente, en dirección al lago, fingiendo, en apariencia, que no era el foco de atención de todo el mundo que la rodeaba.

Con la visión periférica, vio que Barbara no era exactamente guapa, pero sí que había algo atractivo en ella, cierta madurez y seguridad en sí misma. Estaba plantada con los brazos en jarras, los pies un poco separados, muy quieta y con la espalda recta. Ni dejaba caer los hombros ni estaba nerviosa. Al verla, Tracy se enderezó.

Antes de apartar la vista, Barbara giró la cabeza de golpe hacia ella y sus miradas se encontraron. Pero no era irritación lo que transmitía su cara, ni disgusto. No: durante la fracción de segundo en que cruzaron la mirada, aquella parecía claramente divertida.

—Abeto —dijo Mitchell—, ¿estáis listas?

Tracy se quitó la toalla de la cintura con reticencia.

Cuando él contó hasta tres, el grupo se zambulló.

La prueba consistía en nadar hasta una boya que quedaba a unos cincuenta metros y después volver. Mientras nadaban, Mitchell se dedicó a observarlas, evaluando su forma y su velocidad, tomando notas.

Tracy era una nadadora decente gracias a sus años de lecciones en el YWCA. Si se hubiera esforzado al máximo, podría haber acabado en la cabecera. Pero no habría sido la primera. El título de ganadora le correspondía a Barbara, que nadó con tanta elegancia y rapidez que ya estaba fuera y secándose con la toalla cuando la segunda tocó el amarradero.

—Vaya velocista —dijo Mitchell, impresionado.

Barbara no contestó nada. Estaba ocupada secándose. Se echó hacia atrás el pelo y el flequillo, que tenía pegados a los lados de la cara.

A la hora del almuerzo, Tracy se sentó al final de la mesa, igual que en todas las comidas desde su llegada a Camp Emerson. Y, como de costumbre, el resto de las chicas hicieron piña lejos de ella. Al cabo de un momento, sin embargo, y para su sorpresa, Barbara Van Laar depositó su bandeja justo delante de ella y se sentó. Inmediatamente, la atención de la mesa se desplazó.

La chica volvía a llevar su pintalabios rojo —o bien lo había metido en el centro de extranjis, o bien ya estaban haciendo excepciones especiales para ella— y, mientras mordía y masticaba su comida, a Tracy le dio la impresión de que su boca luminosa funcionaba igual que un anzuelo de pesca.

—¿Qué? —preguntó Barbara, la primera palabra que ella la oía pronunciar. Con voz baja y queda; de fondo se le oía el mismo matiz socarrón que Tracy le había captado antes en la mirada.

—Me gusta tu... —dijo y, acto seguido, cerró la boca. No seas rara, se ordenó a sí misma.

—¿Mi qué? —preguntó Barbara. Ella vaciló—. ¿Mi pintalabios? Te lo dejo.

—¿Está permitido?

—¿No lo está? —quiso saber.

Tracy lo pensó.

—Creo que solo permiten usarlo en los bailes —dijo—. Es lo que nos dijeron en la orientación.

Barbara se encogió de hombros.

—Yo no estaba en la orientación —dijo—. Si alguien me quiere decir algo, que me lo diga.

—¿Por qué te la perdiste? —le preguntó.

—Por mis padres —contestó—. Se olvidaron de apuntarme a las colonias.

Tracy asintió con la cabeza. Aquello lo podía entender: la sensación de que se olvidaran de ti. A su derecha, notó que las demás integrantes de Abeto se inclinaban hacia ellas, esforzándose por oír lo que decían.

Aquel día —el segundo completo de colonias— era cuando empezaba la que sería a partir de entonces su rutina normal.

Todos los días se despertaban a las seis y media, cuando sonaba el toque de diana por los altavoces.

Se duchaban.

A las siete iban a desayunar al economato; a las ocho y media se reunían junto al poste de la bandera para izarla y comenzar la asamblea.

A continuación tocaba clase de natación, seguida de la primera actividad electiva, el almuerzo, la segunda electiva, el periodo libre, la cena y, habitualmente, algún evento vespertino programado.

Dos veces por semana, en vez de una de las actividades electivas, tenían clases de supervivencia, dirigidas por T. J. Hewitt en persona. En ellas aprendían a construir refugios, buscar comida y fabricarse lanzas para pescar, a encontrar o potabilizar agua y a construir trampas para animales pequeños, que también les enseñaban a desollar y a comérselos.

Aquellas clases eran el corazón mismo de Camp Emerson: la razón de que se había fundado, según les contaban a los campistas. También eran importantes para una tradición que se celebraba al final de todos los veranos y por la cual era famoso el campamento.

El nombre original de la tradición era «el viaje en solitario». En los primeros años de Camp Emerson, cuando Peter Van Laar todavía reinaba desde la casa de la colina, a todos los campistas se los mandaba solos al bosque durante tres noches sin nada más que su ingenio para mantenerse con vida. Ningún campista se había muerto nunca, pero, a lo largo de las décadas, habían circulado numerosas historias de chicos y chicas que salían dando tumbos del bosque, demacrados y sedientos. Cuando Tracy había llegado a Camp Emerson, el viaje en solitario ya se había convertido en el viaje de supervivencia. Gracias a la intervención de una nueva generación de padres y madres preocupados, ahora a los chicos los mandaban al bosque en grupos pequeños. Y este año, tal como había explicado T. J., a aquellos grupitos los acompañaría un monitor.

En aquellas clases se agrupaba a los campistas no por cabañas, sino por grupos de supervivencia, cada uno de los cuales constaba de una decena aproximada de campistas. Los grupos se diseñaban meticulosamente para incluir a un máximo de dos campistas de cada cabaña o grupo de edad, con lo cual se pretendía que los mayores hicieran de mentores de los más pequeños.

El grupo de supervivencia de Tracy se reunió por primera vez durante su cuarto día de colonias. Los habían convocado en el poste de la bandera, donde los estaría esperando T. J. Hewitt. Y allí estaba cuando llegaron: callada y con aspecto feroz, sin dar muestras de querer charlar con nadie.

A Tracy la sorprendió agradablemente descubrir que en su grupo estaba Barbara Van Laar, que la saludó con la cabeza cuando se encontraron sus miradas, pero, por lo demás, se limitó a esperar en silencio, igual que su instructora.

La última persona en llegar fue un chico de unos catorce años. Uno de los campistas de más edad de las colonias. Ella se sonrojó de inmediato. Le pareció la persona más hermosa que había visto nunca.

Era alto, llevaba un collar de conchas en torno al cuello y a principios de verano su piel ya había adquirido la clase de bronceado que Tracy nunca podría conseguir. Llevaba el pelo largo, casi hasta los hombros, y unos huaraches en los pies, aunque ya hacía varios veranos que no estaban de moda. Igual que el resto de los campistas, llevaba uniforme; pero sus accesorios la convencieron de que su atuendo habitual era seguramente de tipo bohemio, un estilo que ella asociaba con la década anterior.

—¿Tracy? —estaba diciendo alguien. T. J. Hewitt estaba mirando su tablilla portapapeles, pasando lista—. ¿No está Tracy? —dijo, con el lápiz a punto de tachar su nombre.

—Aquí —se apresuró a contestar, obligándose a apartar la vista del chico en cuestión, que estaba delante de ella en el grupito congregado en torno al poste de la bandera.

Al hacerlo, su mirada se encontró con la de Barbara Van Laar, que le hizo una mueca subiendo y bajando las cejas. Se sonrojó.

—Muy bien —dijo T. J.—. Ya estamos todos.

Y echó a andar de golpe en dirección al bosque, donde se pasaron la hora siguiente aprendiendo a orientarse. Al final, todos ya entendían los fundamentos de guiarse por medio de una brújula o del sol.

Si les fallaban ambas técnicas, concluyó T. J., lo más importante era no sucumbir al pánico.

Como bonificación, les preguntó quién conocía los orígenes de la palabra.

—¿De qué palabra? —preguntó alguien.

—*Pánico* —dijo T. J. Pero nadie levantó la mano.

Se lo explicó. Venía de Pan: el dios griego del bosque. Le gustaba engañar a la gente, confundirla y desorientarla hasta hacerle perder el norte y la mente.

Sucumbir al pánico, dijo T. J., era convertir el bosque en tu enemigo. Mantener la calma era ser su amigo.

Cuando se terminó la lección del día, Tracy echó a andar lentamente de regreso a su cabaña. Iba sumida en un ensimismamiento lánguido, embrujada por las palabras de T. J., y también por Lowell Cargill, que era como se había enterado de que se llamaba el chico. Iba tan distraída, de hecho, que no se dio cuenta de a quién tenía al lado hasta que ya estaban a medio camino de Abeto.

Cuando por fin miró a su izquierda, vio que Barbara Van Laar caminaba junto a ella, mirándola, con una especie de media sonrisa asomándole en la cara.

—¿Qué? —dijo Tracy, lista para que la otra se metiera con ella.

Barbara negó con la cabeza.

—Nada.

Ella miró al frente. Le interesaba esa chica de la misma forma en que parecía interesarle a todo el mundo en Camp Emerson. Pero estaba segura de que no tenía nada que ofrecerle: ni anécdotas de su pasado ni caché social. Sus padres estaban divorciados, sí, pero también era el caso de muchas otras chicas. No se imaginaba de qué iba a querer hablar con ella. Sin embargo, allí estaba Barbara Van Laar, caminando a su lado, con pasos elásticos y dando una palmada de vez en cuando mientras balanceaba los brazos frente a sí, como si siguiera el compás de una canción que tenía en la cabeza.

—Es guapo —dijo Barbara cuando ya llevaban un rato caminando en silencio—. ¿No te parece?

—¿Quién? —dijo Tracy.

Barbara se rio. Puso los ojos en blanco. Se metió el pelo por detrás de las orejas.

—Estoy bastante segura de que lo sabes —dijo Barbara—. Pero, si no quieres hablar, no pasa nada.

Quiero hablar, pensó ella. Pero, como de costumbre, le fallaron las palabras.

En su segunda noche en Camp Emerson, había oído —a hurtadillas— algo que no había entendido del todo. Le pareció que se refería a Barbara.

Había estado siguiendo a dos de sus compañeras de cabaña de regreso de las letrinas.

—Qué terrible ser la... sustituta de tu hermano mayor —había susurrado Caroline.

Tracy abrió mucho los ojos en la oscuridad. Menudo comentario tan atroz, pensó. Y Amy debía de estar de acuerdo con ella cuando contestó:

—¡Caroline! —dijo en tono casi escandalizado.

—¿Qué? —soltó Caroline, envalentonándose—. Solo digo lo que pienso.

—¿Te parece guapo *a ti?* —dijo Tracy ahora. Era la mejor pregunta que se le ocurría. Barbara se encogió de hombros.

—Supongo —contestó—. Si te va el rollo artista.

—¿Y a ti qué rollo te va? —preguntó.

—No lo sé —dijo la otra—. Ya no pienso en esas cosas.

Tracy asintió con la cabeza. No estaba segura de lo que quería decir, pero le daba vergüenza preguntarlo.

—Ahora tengo novio —añadió Barbara. Una explicación. Y no hubo tiempo de decir nada más porque las dos habían llegado al porche.

LOUISE
Dos meses más tarde

Agosto de 1975

A las siete de la mañana empieza la búsqueda de Barbara.

Mientras esperan a que lleguen los monitores convocados por megafonía, T. J. se sienta en su sala de estar, en un sofá marrón de dos plazas tan viejo que tiene una hondonada en el medio. Con la cabeza gacha. Imaginándose, sin duda, una escena concreta: darles a los Van Laar la noticia de que su hija ha desaparecido estando a su cargo.

Louise espera de pie incómodamente a su lado; le da la sensación de que no estaría bien sentarse. De que no se lo merece.

—¿Cómo la has visto durante el verano? —pregunta T. J.—. ¿Contenta?

—Eh —dice ella—. Sí, supongo que sí. Cae bien a todo el mundo. La admiran, creo.

—¿Nunca ha dicho nada que te hiciera pensar que se podía escapar?

Louise niega con la cabeza.

La verdad es —y no sabe cómo decir esto— que nunca ha tenido la sensación de que Barbara la necesite ni de que le tenga el respeto que le profesan las demás chicas. Siempre le ha parecido casi como alguien de su edad. Se caen bien, pero no tienen una relación estrecha; durante los últimos dos meses, Barbara nunca le ha hecho ninguna confesión ni tampoco le ha pedido consejo sobre alguna amistad o algún chico que le gustara, que es algo que pasa por lo menos una vez por verano —y a veces más— con las demás campistas que ha tenido.

—¿Con quién tiene más relación? —pregunta T. J., leyéndole la mente.

—Con su compañera de litera, Tracy.

Aquella hace una pausa para pensar.

—Iban juntas en el viaje de supervivencia. Compartieron tienda de campaña.

Louise asiente con la cabeza.

—Necesitamos encontrar a Tracy. Y hablar con ella.

Llaman a la puerta. Son los primeros monitores, que ya llegan.

Por el ventanal, Louise ve grupos de monitores en prácticas y campistas pasando lentamente frente a la oficina de T. J. de camino al desayuno, arrastrando los pies mientras intentan ver algo de lo que está pasando dentro. Todo el mundo ya debe de saber que ha ocurrido algo.

Hay catorce cabañas, catorce monitores y catorce monitores en prácticas, lo cual significa que, cuando llega todo el mundo, la sala queda abarrotada. T. J. se pone de pie sobre el asiento del pequeño sofá en el que estaba sentada para ver mejor. Empieza a hablar:

—Barbara Van Laar no estaba en su cabaña esta mañana —informa. No hace falta decir «Una campista de Abeto» ni «Una campista de Louise». Todos los presentes saben quién es—. Dentro de un momento —sigue diciendo— os asignaré a cada uno una ubicación. Nos repartiremos por los terrenos y haremos una búsqueda rápida. Intentaremos encontrarla nosotros. No hace falta asustar a la familia sin necesidad. Pero, antes —dijo T. J.—, ¿hay algo que necesite saber?

Los monitores guardan silencio. Se mueven nerviosamente, mirando a su alrededor por si alguno de ellos quiere hablar.

—¿Ha pasado algo esta noche? —pregunta.

Louise sabe que este es el momento en que cualquiera puede delatarlas; cualquiera puede contar que vio a Annabel borracha en el bosque anoche; o bien hablar de las salidas que hace ella todas las noches para estar con otros monitores. Pero nadie las delata. Louise sabe que todo el mundo confía en que esto sea un malentendido y en que tenga fácil solución.

T. J. prueba una táctica distinta.

—¿Alguien sabe si Barbara ha... entablado alguna relación mientras estaba aquí?

—Uno de mis chavales estaba encaprichado con ella —dice un monitor llamado Davey. Es un chico agradable con gafas que una vez compuso una canción titulada «Louise» y la tocó embarazosamente delante de un grupo en el Claro cuando estaban todos borrachos. Nadie ha mencionado el episodio desde entonces.

—¿Crees que estaban juntos? —dice T. J.

Davey niega con la cabeza.

—No, creo que le gusta Barbara sin más. Y por eso le han caído bastantes burlas. Pero sé que la invitó a ir al baile de anoche. Y ella le dijo que no.

T. J. asiente con la cabeza.

—Iré a hablar con él cuando acabemos aquí —dice—. ¿Alguien más?

Silencio.

—Muy bien —concluye. Y les comunica el plan.

La propia T. J., después de hablar con el campista de Davey, irá andando a la casa de los dueños, Autosuficiencia, para registrarla a fondo, no como ha hecho antes Louise. A los demás les adjudica rutas distintas para cubrir todo el centro de colonias y sus inmediaciones. A siete de los monitores les ha asignado las cabañas y los edificios; a los otros siete, los bosques cercanos. A todos les ha dado instrucciones de hacer sonar los silbatos que han llevado todo el verano en torno al cuello con un patrón de dos series de tres pitidos —T. J. les hace una demostración por lo bajo— si localizan a Barbara.

Y, si descubren o ven alguna otra cosa —una pista o algo sospechoso—, tienen que hacer sonar los silbatos con cuatro series de dos pitidos. Y entonces irá a verlos sola.

—¿Alguna pregunta? —dice T. J.

Levanta la mano un monitor llamado Sam. Es nuevo este verano. Acaba de graduarse del instituto y empieza la universidad en otoño, lo cual significa que es uno de los más jóvenes del centro.

—¿Su hermano no venía a estas colonias? —pregunta—. ¿El hijo de los Van Laar?

Se hace un silencio absoluto. Louise no está segura de por qué, pero en Camp Emerson reina un pacto universal por el cual solo se puede hablar de Bear Van Laar en susurros. Y desde luego no hay que mencionárselo nunca a T. J., que lo conoció y de la que se cuenta que tenía una relación estrecha con él.

Louise debe de ser la única monitora que recuerda bien su desaparición. Tenía nueve años, uno más que Bear, cuando sucedió. No lo conocía, pero recuerda que hasta el último residente de Shattuck —su pueblo, situado a ocho kilómetros de la Reserva Van Laar y lugar de origen de todos sus empleados— participó en la búsqueda.

A T. J. le cambia la expresión por un momento. Le pasa por la cara algo que Louise no identifica. Teme que sea furia. Se prepara para el estallido. Casi nunca levanta la voz, pero cuando lo hace es un espectáculo temible.

Sin embargo, cuando habla, es con gentileza:

—No —dice—. No, Bear nunca vino a estas colonias.

Algunos de los monitores están fulminando con la mirada a Sam, que parece confundido. No es muy consciente de lo que ha hecho.

—Muy bien —dice T. J.—. Vamos allá.

A Louise le han asignado la residencia de empleados.

Su ruta atraviesa el camino que lleva al lago. Decide instintivamente cogerlo.

Llega al lago Joan: nombrado, según le han dicho, en honor de la esposa de un colono inglés. Escruta la otra orilla en busca de movimiento y, mientras está mirando, se dedica a clasificar sus preocupaciones por orden de importancia.

La más urgente es Barbara Van Laar, adónde se ha ido y si está a salvo.

Luego viene John Paul: su paradero en estos momentos y la probabilidad o no de que venga a verla. Para castigarla de alguna forma, como ya ha hecho en el pasado.

Luego está la preocupación de que la echen de este trabajo. Y de dónde va a vivir si eso ocurre.

Tendrá que volver a Shattuck, piensa. A la casa en la que creció. Con su madre, cuya conducta se ha vuelto insostenible durante los últimos años, y con su hermano pequeño, Jesse, de once años, a quien Louise quiere como si fuera hijo suyo y cuyo talante dulce no podrá resistir durante mucho más tiempo los ataques constantes de su madre en sus peores momentos. Últimamente, ha mostrado indicios alarmantes de ser incapaz de aprender nada en la escuela, y esa es su cuarta preocupación. Louise sueña a menudo con rescatarlo y llevárselo a vivir con ella, criarlo sola: una meta que espera alcanzar antes de que pase otro año.

Si la despiden de su trabajo, no le quedará otra opción que volverse a Shattuck, pese al hecho de que su vida entera, hasta ahora, ha consistido en un intento tras otro de escapar.

Cuando vivía allí, procuraba marginarse a sí misma, apartarse de las intrigas adolescentes que dominaban la vida en el instituto central. Pero no paraba de verse involucrada en situaciones complicadas sin quererlo, hasta que por fin se resignó a la idea de que en un sitio tan pequeño como Shattuck no se le permitía a nadie ser invisible. Igual que el resto del pueblo, Louise tenía ciertos puntos a su favor y también ciertos lastres. Contaba con la ventaja de ser buena deportista e inteligente y con la desventaja de ser extremadamente pobre y tener una madre que estaba borracha de forma constante y notoria. Pero era su belleza fuera de lo común lo que la distinguía y la catapultaba a un puesto de notoriedad social sin su consentimiento, causando una especie de alboroto constante a su alrededor del que ella, por lo general, no quería formar parte.

Si alguien se hubiera molestado en preguntarle por entonces qué era lo que quería, Louise habría dicho: escuchar música, sobre todo a Zeppelin y a los Grateful Dead, pero también a Procol Harum, a Joan Baez y a Joni Mitchell; ver ganar unas elecciones a George McGovern (ahora que Bobby Kennedy ya estaba muerto); trabajar en una profesión que contribuyera a cambiar el mundo; conocer a un buen hombre que la tomara en serio; viajar por el país entero y por el mundo. Pero nadie se lo preguntaba nunca, así que se callaba aquellos deseos y solamente los manifestaba por escrito en forma de diarios, trayéndolos al primer plano de su mente cada vez que un cumpleaños, un pozo de los deseos o una estrella fugaz le presentaban alguna oportunidad formal de dárselos a conocer al universo.

Mientras esperaba a que se cumplieran aquellos deseos, se centraba en sus estudios. Era una alumna preciada y valorada por el instituto central, donde se graduó con la segunda nota más alta. Consiguió una beca para estudiar en el Union College con ayuda de una orientadora escolar cuyo hermano trabajaba en el departamento de admisiones. Pero no le fue bien. Ni siquiera tenía dinero para comprarse los libros. Dejó los estudios al final del primer curso.

Lo único duradero que le quedó de su educación fue un novio —John Paul McLellan— que había ido un año por encima de ella, estudiante de Filosofía y criado en Manhattan. Era distinto de todos los chicos con los que había crecido y, aunque gustaba a muchas chicas, solo tenía ojos para Louise y se lo dejó claro a las demás cuando ella llevaba apenas dos semanas en el campus, como si estuviera reclamando unas tierras. Sus amigas se lo dijeron en una fiesta, señalando al otro lado de la sala: «Está enamorado de ti». Y allí estaba John Paul, apoyado en una pared con los brazos cruzados, riéndose afablemente de algo que le estaba contando alguien. Atractivo de forma discreta. Llevaba gafas, un detalle que a Louise le pareció señal muy clara de responsabilidad y de inteligencia.

Cuando dejó la universidad, John Paul le sugirió que fuera a trabajar al centro de colonias del que eran dueños sus padrinos.

—Camp Emerson —le dijo—. Está a un par de horas por la Northway, en la Reserva Van Laar.

Louise lo miró sorprendida.

—Lo conozco —dijo.

El hecho de que hasta entonces John Paul no le hubiera mencionado nunca su conexión con la Reserva —pese a que Louise le había hablado con cierta frecuencia de la zona donde se había criado— no debería haberla sorprendido. Él nunca hablaba mucho de su familia; lo poco que sabía de ellos lo había deducido de los comentarios de pasada que hacía John Paul y de algunos cotilleos de oídas. Sabía que su padre era muy católico y de familia adinerada, y que había fundado un bufete de abogados en Manhattan; sabía que se decía que los McLellan eran amigos íntimos de la familia Bouvier. Aun así, Louise interpretaba el hecho de que él nunca hubiera relacionado Shattuck —que estaba a pocos kilómetros de la Reserva— con la casa de veraneo de sus padrinos como prueba de que John Paul escuchaba muy poco de lo que ella le contaba.

Porque para Louise —para todos los residentes de Shattuck— la Reserva Van Laar ocupaba un lugar de gran importancia en su vida que, por un lado, reconocía y, por otro, les producía resentimiento. Después del cierre de la fábrica de papel, que había dado trabajo a tres generaciones del pueblo, la Reserva y su centro de colonias funcionaban como una especie de industria en sí misma. Daba trabajo decente a tiempo completo o parcial a unas cuantas personas de Shattuck durante todo el año; en verano, cuando abría, el número se triplicaba.

A Louise no se le escapaba que ninguno de aquellos empleados era monitor, un cargo en apariencia reservado a jóvenes de buena familia que habían asistido en el pasado a las colonias, estudiantes universitarios que querían trabajos de verano que de paso les permitieran pasárselo bien. Todos los empleados de la Reserva a los que Louise conocía de Shattuck ocupaban puestos de trabajo manual y físico.

Por tanto, cuando John Paul le sugirió que se presentara a aquel puesto de trabajo en particular, ella intentó expresar su preocupación de una forma que él entendiera, que no le provocara la irritación que a menudo mostraba cuando ella cuestionaba sus ideas, pero —como tenía costumbre de hacer— él desestimó sus dudas. Le recordó que estaba prácticamente *emparentado* con los Van Laar. El dueño era su padrino. Sus padres trabajaban juntos: los Van Laar en calidad de fundadores del banco que había financiado todo Albany y gran parte de la ciudad de Nueva York; y los McLellan, como sus representantes jurídicos. Un día, le dijo John Paul, se haría cargo del banco por ambas familias. No le costaba nada conseguirle a Louise un empleo en el centro de colonias, le dijo. Solo tenía que pedirlo.

Ya hace cuatro años de aquello. Y, desde entonces, ha trabajado allí todos los veranos. Nunca ha conocido a los Van Laar en persona pese a la conexión de John Paul con ellos. Operan como presencia lejana en una colina que hay al norte, celebridades locales avistadas a menudo y objeto de especulaciones y rumores por parte de los niños y los monitores de las colonias. Durante las otras tres estaciones del año, Louise trabaja en Garnet Hill Lodge, un centro turístico situado a los pies del monte Gore, dirigiendo programas para los hijos de los clientes que se pasan el día esquiando o haciendo excursiones y la mayoría de las noches bebiendo en un salón elegante y lleno de humo. A lo largo de ese tiempo, se las ha apañado para mantener su relación con John Paul, que por fin ha conseguido graduarse del Union College, aunque ha necesitado seis años y el perdón de dos decanos distintos. Cuando se han visto, ha sido en Schenectady durante los semestres que él pasa en la universidad, o bien en Garnet Hill Lodge, o —durante el estío— en la Reserva Van Laar, donde John Paul se aloja con sus padres un par de semanas todos los veranos. Durante el primero de estos fines de semana, Louise cometió el error de sugerirle que la metiera de tapadillo en Autosuficiencia para acostarse una noche juntos en una cama de verdad. Él se la quedó mirando como si fuera estúpida: «Son mis anfitriones —le dijo—. Nunca cometería esa falta de respeto». En su lugar, follaron —y siguen haciéndolo— incómodamente en el coche de él, en la zona de aparcamiento adyacente a Autosuficiencia; o a veces apoyados en un árbol en el bosque o sobre un lecho de agujas de pino. Siempre es Louise quien se acuerda de llevar la toalla.

A veces, con cierto reproche, se pregunta por qué ha seguido con John Paul todo este tiempo. A fin de cuentas, ¿qué tienen en común a estas alturas? Cada año se siente más alejada de la persona que era cuando se conocieron. De hecho, le asombra haber sido en algún momento estudiante universitaria. Hoy se acuerda de su año en el Union casi con vergüenza: otra vida, un capricho de juventud, una pérdida de tiempo.

Cuando se permite a sí misma ser sincera, la respuesta es nauseabundamente obvia: Louise ha seguido con John Paul porque representa para ella la posibilidad de una vida mejor. Para ella, sí, y también para su hermano Jesse.

Están comprometidos, se recuerda a sí misma. Incluso tienen planeado comprar los anillos en cuanto él encuentre trabajo. Algún día, se dice a sí misma, tendrán una casa juntos. Una cama cómoda. Grande y con muchísimas almohadas. Tendrán dos hijos. Cuatro dormitorios, y el de invitados será para Jesse, a quien Louise se llevará a vivir con ellos mientras sea lo bastante joven como para ejercer una influencia significativa en su vida, para impedirle que acabe resentido, o deprimido, o sumergido en los efluvios de cerveza que afectan de forma permanente a la mayoría de los chicos con los que ella creció.

Y está dispuesta a esperar para tener ese futuro. Porque, después de la graduación de John Paul, y antes de que se una a la empresa familiar, el trabajo que desempeñará «el resto de su vida» —una expresión que él dice con un suspiro—, ha decidido tomarse un año para viajar, para visitar a amistades que tiene en lugares tan lejanos como Los Ángeles o Viena y tan cercanos a Louise como la casa de los Van Laar en la colina.

Cierto: durante esta última semana, John Paul se ha estado alojando con su familia en Autosuficiencia, con ocasión de la muy planeada celebración del centenario de la Reserva Van Laar. Lo más embarazoso es que ella se permitió a sí misma esperar con ganas su visita. Quizás, pensaba, la ocasión especial —y el hecho de que fuera una estancia larga— significaría que por fin la invitaría a Autosuficiencia y le presentaría a los esquivos Van Laar, a quienes, por lo demás, solo había vislumbrado de pasada, cuando iban o venían en sus coches oscuros. Quizás en su día libre le pediría que subiera a la casa de los dueños para tomar cócteles o para cenar. Quizás John Paul la presentaría a los Van Laar y a sus invitados como su prometida.

Pero nada de eso ha sucedido. Como de costumbre, Louise solo lo ha visto dos veces: durante su primer día en la Reserva, cuando bajó después de tomar cócteles en el jardín, achispado, y la besó delante de sus campistas, y una vez más anoche, en el Claro con Lee Towson, cuando ya casi había renunciado a volver a verlo.

Ciertamente no ha visto a la familia de John Paul, sus padres y su hermana, que se han presentado a sí mismos de nuevo, con frialdad cortés, cada una de las tres veces que han visto a Louise, y que parecen operar bajo el supuesto de que él encontrará a alguien más adecuado con quien casarse llegado el momento. En el pasado, siempre ha sido capaz de asegurarse a sí misma que John Paul se guiaba por su propia voluntad en todo, casi sin excepciones; él le ha dicho en varias ocasiones que una de las cosas que le gustan de ella es que no es como las demás chicas con las que ha salido en el pasado. Chicas a las que su familia aprobaba.

Después de anoche, en cambio, Louise ve que el supuesto de los McLellan podría resultar cierto. Y se ha apoderado de ella una sensación de humillación. Cuatro años enteros prisionera del deseo de un futuro que no llegará nunca.

En la orilla del lago Joan, la llamada de un colimbo le provoca escalofríos. Devuelta a la realidad, Louise se pone en marcha otra vez.

Según su reloj, son las 7:10. Esto la alivia: significa que la residencia de empleados estará bastante vacía, ya que casi todos los que que viven allí trabajan en cocinas o son miembros del equipo de mantenimiento de los terrenos, lo cual quiere decir que ya están levantados y se han ido a trabajar, como todos los días, antes del toque de diana. Louise es amiga de muchos de ellos; a algunos los conoce de Shattuck.

Pero hay una persona a quien no quiere ver.

Lee Towson llegó a principios de verano y causó revuelo de inmediato. Lo habían contratado para trabajar en el economato como pinche de cocina y lavaplatos. Tradicionalmente, los empleados no se mezclaban mucho con los monitores, pero en Lee se fijaron de inmediato. Era guapo y alto, con pestañas espesas y una melena hasta los hombros que llevaba recogida en una coleta en la nuca. Transmitía una sensación de velocidad y ligereza. Una vez, mientras estaba esperando en la cola para recoger su bandeja, Louise lo vio hacer malabarismos con los utensilios al fondo de la cocina. Cuando vio que ella lo estaba mirando, se le cayeron. Hizo una mueca. Se rio de sí mismo con ella.

No fue la única que se fijó en él, claro; todos los monitores lo advirtieron, tanto los chicos como las chicas. A principios de verano le mandaron una invitación —una orden— para que se reuniera con los monitores en el Claro y, desde entonces, ha sido una presencia habitual. Dicen que es de Queensbury, no muy lejos del centro de colonias; otro chico al que ella conoce de Shattuck afirma que es primo suyo. Se dice que pasa algo de droga ocasionalmente. También se cuenta que pasó una temporada haciendo de peón para un circo ambulante, que estuvo en la cárcel por posesión de sustancias controladas y que tiene la costumbre de acostarse con muchas chicas. Pero ella desconfía por sistema de los cotilleos, como resultado de haber sido también objeto de muchos rumores falsos.

Lee y Louise han estado flirteando sutilmente durante los últimos dos meses cada vez que se les presentaba la ocasión. En el Claro, las bromas entre ambos se convierten en hilaridad enseguida y acaban con ella partiéndose de risa e incapaz de respirar. Hay bastantes detalles que pisan la línea que separa la amistad de algo más. La calidez de la mano de Lee en su espalda, en su hombro; una vez, brevemente —después de varias cervezas—, la bajó en línea recta desde su hombro hasta detenerse en las costillas, justo debajo del pecho derecho: el recuerdo despierta la clase de deseo que Louise no ha sentido casi nunca en la vida. Visualiza el cuerpo de Lee debajo de su ropa. Se lo imagina mirándola desnuda y después extendiendo el brazo para tocarla.

Fue ese deseo, en verdad, lo que le hizo abandonar su alojamiento anoche.

Repasa mentalmente una y otra vez lo que sucedió: primero sus campistas, las nueve, caminando en fila hacia su cabaña mientras Louise se despedía de ellas con la mano desde el centro comunitario. Debían de ser las once más o menos. Y también Annabel, que iba al final de la fila, se giró para despedirse de ella.

Y eso que tenía que quedarse a cargo de las niñas.

El siguiente recuerdo: el aire cálido de la noche, húmedo por la tormenta reciente; el trayecto a pie hasta el Claro, una pequeña área sin árboles que hay pasado el margen del bosque, un lugar que varias generaciones de monitores han equipado con un montón de troncos partidos y un hoyo para hacer fogatas y han convertido en centro de reuniones sociales al aire libre después del toque de queda; las ramas de los pinos, pesadas por la lluvia, mojando a Louise cuando se rozaba con ellas; la música suave de la guitarra de Lee Towson y el humo tenue de una fogata. Después su cuello mientras estaba inclinado sobre su instrumento y por fin él visto desde delante cuando Louise rodeaba la fogata mientras el otro la miraba con entusiasmo, descalzo y con el pelo metido por detrás de las orejas.

¿Dónde está todo el mundo?, dijo; o bien: ¿Adónde ha ido todo el mundo?, o alguna tontería por el estilo.

Los dos sabían por qué estaban allí.

Louise se acomodó sobre un tocón junto al fuego, a un par de metros de donde estaba sentado Lee. Nada más hacerlo, fue consciente de dónde estaba John Paul en relación con ellos dos: a apenas unos cientos de metros de distancia, en una de las muchas habitaciones de invitados que ella nunca había visto de Autosuficiencia. Era su última noche en la propiedad. Tras su paseo colina abajo para saludarla el primer día, ya no había vuelto. Todas las noches, después de que las niñas a su cargo se fueran a dormir, Louise lo había esperado en el porche de Abeto. Al llegar la cuarta, ya estaba enfadada. A la quinta, se había resignado. La noche anterior —la sexta que John Paul pasaba en la Reserva y la quinta que no iba a verla— ya se sentía indiferente.

Era la noche en que había caminado hasta el Claro y se había encontrado a Lee Towson esperando; en apariencia, a ella. Y también era la noche en que John Paul había decidido por fin ir a buscarla.

Louise seguía sin estar segura de cómo los había encontrado en el Claro. Quizás había oído la guitarra o había visto la pequeña hoguera que habían encendido en el hoyo. En cualquier caso, en un momento dado ella lo había visto de pie entre dos árboles y su aparición la había sobresaltado tanto que había soltado una exclamación y se había agarrado el pecho, respirando entrecortadamente.

—John Paul —dijo Louise—, qué susto me has dado.

Estaba preparada para quitarle hierro al episodio y poner una sonrisa en la cara cuando Lee se dio la vuelta y John Paul salió dando zancadas del bosque en su dirección. Louise vio que volvía a estar borracho. Tenía una sonrisilla furiosa en la cara y se bamboleó primero hacia un lado y luego hacia el otro. Lee era de movimientos rápidos y en un abrir y cerrar de ojos ya estaba de pie, haciéndole frente.

Por un momento, nadie habló.

Y de pronto estaban enzarzados. Pese a ser el agresor, John Paul fue el primero en caer. Con dos golpes rápidos Lee ya lo había derribado. Después miró a Louise, casi con gesto de disculpa, mientras John Paul yacía inmóvil en el suelo. Las gafas le habían volado de la cara y estaban tiradas a su lado. Tenía los ojos abiertos y miraba a la nada. Parpadeó lentamente.

—¿Tu novio? —dijo Lee.

—Mi prometido —dijo Louise, y se arrepintió de inmediato.

Nunca se lo había mencionado, aunque se imaginaba que quizás él habría oído que ella estaba saliendo con alguien.

—¿Necesitas ayuda con él? —preguntó Lee.

—No —dijo ella.

—Me voy a quedar para ver si está bien —añadió él—. Tú deberías irte.

Ahora John Paul estaba soltando pequeños gemidos de dolor, girando la cabeza a un lado y a otro. Al principio pareció que se estaba riendo, pero al cabo de un momento Louise entendió que el ruido era una tos. Se incorporó lentamente hasta sentarse y sacudió la cabeza como un perro, salpicando sangre de la nariz en todas direcciones. Buscó a tientas hasta encontrar sus gafas, que parecían dobladas. También tenía alguna herida en el ojo derecho.

Cuando estuvo del todo erguido, la señaló con el dedo.

—Puta —dijo. Una palabra escueta, en voz baja. La habían llamado así antes. Un par de veces, su propia madre. Por lo general la dejaba indiferente. Pero delante de Lee Towson le dolió.

—Sí, claro —dijo ella, o algo parecido—. Pues vale. Lo que tú digas. —Una risa a medias, despectiva, un murmullo, los ojos en blanco. Las mismas cosas que siempre había dicho, y hecho, cuando le dedicaban una palabra dañina. No se acordaba. Lo que fuera con tal de demostrar que le daba igual.

Y anoche le funcionó. John Paul se la quedó mirando y por fin se retiró, primero andando y después al trote. De regreso a Autosuficiencia. Con sus padres y con su hermana, que no sabían cómo se llamaba Louise.

A su lado, Lee Towson se movió nerviosamente.

—Bueno —dijo—, supongo que debería irme.

Ella quiso detenerlo, pero la vergüenza le impidió hablar.

Y de pronto estaba sola.

La residencia de empleados ocupa el único edificio de dos plantas de todo Camp Emerson. Se encuentra a orillas del lago Joan, al sur del arroyo y de las cabañas de los chicos. Louise nunca ha entrado.

Ahora sube los escalones que llevan al interior. A su derecha, la reciben un pasillo largo y una hilera de puertas, algunas abiertas y otras cerradas.

—¿Hola? —dice.

Silencio.

Se adentra por él. Se detiene frente a cada puerta abierta para asomarse al interior. Llama a las que están cerradas y las abre también. Hay habitaciones bien ordenadas y otras en las que reina el caos. En todas detecta olores masculinos: desodorante, loción para después del afeitado; y, debajo de estos adornos, olor a sudor, mierda y semen.

Ya casi ha terminado de pasar revista a la segunda planta cuando oye que alguien sube las escaleras entre crujidos de madera.

Se pone tensa. Siente miedo sin saber exactamente por qué. Confía en casi todos los que trabajan en el centro de colonias. Y le caen bien casi todos, salvo un par de monitores que parecen más interesados en correrse juergas que en hacer su trabajo.

—¿Hola? —repite Louise, y por fin le devuelven el saludo.

—Hola —dice Lee Towson, emergiendo de las escaleras—. Hola.

Tiene el torso desnudo y bronceado. El pelo dorado un poco mojado. Como siempre, ella se toma un momento para admirar su forma física. Es el único hombre al que ha mirado de esa forma; como se imagina que los demás la examinan a ella.

—¿Qué haces aquí? —dice Louise—. ¿No es la hora del desayuno?

—¿Qué haces *tú* aquí?

—Ha desaparecido una de mis chicas —explica—. La estamos buscando por la Reserva.

—¿Cuál? ¿No será...? —dice Lee, pero no termina la frase.

—Barbara.

—Mierda.

Louise asiente con la cabeza. Y de pronto, sin previo aviso, se le descompone la cara y le empiezan a temblar los hombros. Deja escapar un sollozo convulso.

—No —dice Lee, realmente alarmado. Se acerca y la rodea con los brazos. Louise gira la cara y pega su mejilla al pecho desnudo. Es mucho más alto que ella —la mayoría de los hombres lo son— y se siente sepultada en él de una forma que por norma general la pone nerviosa. En este caso, sin embargo, le produce una sensación distinta: se siente a salvo allí. Incluso entre lágrimas es consciente de que el cuerpo se le ilumina cuando se pega a Lee.

Es uno de los pocos placeres puros que Louise conoce en la vida: la sensación casi de otro mundo que produce tocar el cuerpo de otro ser humano con el tuyo de una forma que, por primera vez, trasciende la simple relación de amigos. Son los momentos de la vida en que experimenta de forma más aguda la naturaleza animal de su humanidad y, por tanto, son los más reconfortantes. Ser humana resulta complejo y a menudo doloroso; ser un animal es reconfortantemente simple y bueno.

Al cabo de un momento los dos dan un paso atrás.

—¿Dónde tienes la camisa? —dice Louise, y él sonríe.

—He tenido un accidente con sirope de arce —contesta. Estira el brazo y le enseña la camiseta de algodón hecha una bola que está sosteniendo. Luego se aleja por el pasillo y se detiene frente a una puerta.

—Tengo que seguir buscando —dice Louise.

—Me cambio de camiseta y te ayudo —repone él.

—¿No te necesitan en la cocina?

—El desayuno ya está hecho —dice—. Se las pueden apañar.

Abre la puerta de la que debe de ser su habitación. Ella lo sigue. Lee señala con la cabeza la cama de la derecha —Louise ve que está pulcramente hecha— y le dice que se siente. Tira la camiseta sucia dentro de un cesto. Saca otra.

—¿Cómo está hoy tu prometido? —dice él, sin mirar hacia ella, que detecta cierto énfasis en la última palabra. Con una risa por debajo.

—No lo sé —dice Louise. No he hablado con él. —Lee enarca una ceja—. Estará avergonzado, supongo —añade—. Debe de tener un ojo morado.

Él sonríe al oírlo. Mira el suelo, fingiendo penitencia.

—Lo siento —dice.

—No lo sientas. Se lo merece.

Lee vacila, sopesando si decir algo o no. Y añade:

—Sabes que nos conocemos, ¿no? Él y yo, quiero decir.

Louise no lo sabía. El chico se lo nota en la cara. Se encoge de hombros con expresión de disculpa.

—¿De qué? —pregunta ella.

Lee carraspea. Aparta la vista.

—Me temo que no puedo contestar directamente a eso —dice—. Por la relación de confidencialidad con mis clientes.

Louise lo entiende. Le dan ganas de preguntarle: «¿Qué te ha comprado?». No pasaría nada por un poco de hierba. Las drogas psicodélicas están descartadas: a John Paul no le interesan. Es la cocaína lo que a ella le da miedo. Es la droga preferida del susodicho y también —después de un episodio especialmente desagradable entre ambos— la que le juró que no volvería a tomar.

Pero no se lo piensa preguntar. Es demasiado humillante.

—¿Lleváis mucho tiempo juntos? —pregunta él.

—Cuatro años —contesta Louise.

—¿Y de verdad os vais a casar?

La pregunta la coge con la guardia baja.

—Quizás —dice.

—Ya sabes —contesta Lee—, hay que tontear un poco antes de casarse. Es mi consejo.

Y se la queda mirando con gesto pícaro, dejando bien claras sus intenciones. Louise siente una suave oleada de deseo en el vientre.

—Me tengo que ir —dice, repentinamente avergonzada de ser tan fácil de distraer.

—¿Seguro que no quieres que te ayude a encontrar a Barbara?

Louise vacila. Sí que quiere.

—No creo que a T. J. le vaya a gustar —dice. Y de alguna forma sabe que es verdad.

Lee asiente con la cabeza.

—No va a pasa nada, Louise. Seguro que se ha escapado —dice—. La encontrarán pronto. O volverá sola. ¿No te parece?

Ella lo piensa. Es lo que quiere creer.

—Seguramente sí —contesta Louise.

ALICE

_____

Agosto de 1975

Suena un teléfono en alguna parte de la casa.

Alice abre un ojo. Lo cierra. Ha salido el sol; la casa ya se está calentando.

—Que alguien lo coja —dice en tono poco convincente. Tiene la garganta seca. Y la piel también. En las sienes le empieza a palpitar un dolor familiar.

¿Dónde está todo el mundo? El reloj de la pared marca las ocho de la mañana. Tiene que haber alguien del servicio que pueda coger el teléfono. Alice cierra los ojos.

Se oyen golpes: es la puerta.

A juzgar por su conducta de anoche, todos los invitados que hay en la Reserva deben de encontrarse tan mal como ella. Incluso Peter, que se enorgullece de ser abstemio —que la juzga y lleva la cuenta de todas las copas que se bebe—, estaba pletórico anoche, contando anécdotas larguísimas con su extraño estilo formal, incluso tropezó en un momento dado con la esquina levantada de una alfombra y soltó una palabrota.

Se detienen los golpes en la puerta.

Alice gira la cabeza hacia la ventana. Y ve bajar por la hierba en dirección al centro de colonias a T. J. Hewitt, que imagina que es quien ha estado tocando con apremio.

«Barbara», piensa. Está claro que ha hecho algo malo, algo tan atroz que ni siquiera esa mujer, su mayor aliada, lo puede pasar por alto. Desde el momento en que nació su hija, T. J. se ha dedicado a vigilarla todos los veranos como si fuera un perro guardián, una fiel compañera, siempre de servicio, siempre discretamente a un lado. Ya debería ser una más de la familia.

Pero no lo es.

Alice mira por la ventana hasta que T. J. desaparece a lo lejos y vuelve a cerrar los ojos.

Se siente atrapada dentro de su cuerpo, que permanece acostado, mientras cae una y otra vez en el mismo sueño. En él, T. J. lleva un portabebés que se fabricó hace unos años con cuerda y cortinas, diseñado para sacar de excursión a Barbara cuando era bebé. Era una imagen digna de ver: una adolescente nerviosa y con el ceño fruncido, y, bajo su mentón, la cara redonda de un bebé asomándose al mundo.

«¿Adónde vas?», le pregunta Alice en el sueño. «A encontrar a Bear», dice T. J.

Abre de golpe los ojos.

Hora de despertarse, pues. Se levanta.

El cuarto de Alice está delante del más grande de la casa, que es el Peter, claro. Durante un tiempo fue también el suyo. Pero ya no.

Pasa arrastrando los pies frente a la puerta de su marido. Está entreabierta y evita mirar el interior.

Sigue alejándose por el pasillo y pasa frente a la habitación que ahora mismo ocupan Marnie McLellan, John Paul padre y la hija de Nancy. Pasa —«piénsalo»—, pasa frente a la habitación de Bear, antaño decorada con los elementos distintivos de la primera adolescencia: todo azul, todo desordenado, el sempiterno montón de bañadores y toallas en el suelo. Ya hace tiempo que la reformaron. Esta semana la ocupan los Southworth.

Un pasillo corto y con ventanas conecta el ala sur de la casa, donde están los dormitorios, con el gran salón central. Alice está atravesándolo cuando ve algo fuera que le llama la atención.

Se acercan dos vehículos, subiendo despacio por el camino para coches y girando en dirección a Camp Emerson. Uno es el camión de bomberos de Shattuck, propiedad del único departamento de bomberos voluntarios en un radio de treinta kilómetros a la redonda. El otro es un Dodge amarillo y azul de la policía estatal.

Alice se detiene, en trance, y se acuerda de aquel otro día.

En el gran salón empieza a sonar el teléfono otra vez.

—¿Señora Van Laar? —dice un hombre al aparato—. ¿Señora Van Laar? —Le dice a Alice que es sargento de la policía estatal—. Tengo una mala noticia para usted.

Ella, con el auricular en la mano, examina su entorno inmediato.

«¿Qué ves?», le preguntaría el doctor Lewis en un momento como este.

Hay cristales en el suelo, piensa. Desperfectos de la fiesta de anoche. Un cuadro torcido en la pared. Cristales en el suelo y un cuadro torcido en la pared y una botella de vino volcada y una mancha grande de vino en la alfombra.

Alice respira.

«¿Qué más?», le diría el doctor Lewis. Casi lo oye decirlo.

Mira por la ventana. Fuera hace sol, piensa. Fuera hace sol y la luz incide sobre el agua y en el jardín hay un trabajador arrancando malas hierbas.

—Señora Van Laar —dice el hombre por el teléfono. En su voz hay un matiz de miedo—. Señora Van Laar, siento informarla de que su hija parece estar desaparecida.

«¿Qué hueles?», le preguntaría el doctor Lewis.

—¿Me oye? —le dice el hombre al aparato—. Señora Van Laar, hay una patrulla de camino. ¿Me oye?

Huele a alcohol de ayer, piensa. Humo rancio de puros y de cigarrillos. Y, por debajo, un aroma a limón, del abrillantador de madera que se usa con los muebles.

—¿Me oye, señora Van Laar?

«¿Y qué oyes?», le preguntaría el doctor Lewis.

—¿Señora Van Laar?

Oigo el tono de la línea telefónica, piensa Alice. Devuelve el auricular a la horquilla. El sonido desaparece.

«¿Y ahora?», diría el doctor.

Cierra los ojos. Si se esfuerza mucho —si el viento viene en la dirección correcta—, a veces oye las voces de los niños de Camp Emerson.

A veces incluso oye la de Bear.

«¿Qué sabores notas?», le preguntaría el doctor Lewis.

Ninguno.

«Concéntrate en tus sentidos. Ánclate al mundo. ¿Qué sabores notas?»

Ninguno, piensa Alice. No noto ningún sabor.

Alguien entra en el salón por las puertas correderas del jardín del lado del lago. Es una de las dos mujeres de la limpieza, jóvenes que han contratado en el pueblo solo para la semana de la fiesta. Se detiene en el umbral, con la fregona y el cubo en las manos, y examina los desperfectos: los peores hasta la fecha. Todavía no ha visto a Alice y por esa razón se permite transmitir con la cara el desdén evidente que siente y mascullar algo por lo bajo. «Qué asco», quizás. O «Qué panda de guarros».

—Buenos días —dice Alice, y la chica se pone firme de golpe, con expresión culpable.

—Buenos días, señora —contesta. Deja la fregona y el cubo en el suelo y echa a andar hacia el ala norte, presumiblemente en busca de más productos de limpieza.

—¿No has oído el teléfono antes? —pregunta—. ¿Ni que llamaban a la puerta?

—No, señora —dice la chica—. Estaba detrás de la casa, tendiendo la ropa.

A regañadientes, Alice se pone de súbito en acción. Se aleja por el pasillo hacia el dormitorio de Peter. Abre la puerta de golpe, diciéndose a sí misma que no le da miedo lo que —o a quién— se vaya a encontrar dentro.

Pero está solo en la cama, profundamente dormido, con un codo doblado sobre la frente, como para tapar la luz. Hace un año que Alice no lo ve así: dormido, en la cama o siquiera en horizontal. Más de un año.

Dice su nombre en voz alta. Una vez, dos.

—¿Qué pasa? —murmura Peter por fin.

—Es Barbara —dice—. Ha desaparecido.

ALICE
Dos meses antes

Junio de 1975

Después de que Barbara se marchara a Camp Emerson, Alice tardó casi una semana en ver el candado en la puerta del dormitorio de su hija. Estaba en la otra ala de la casa; ella no tenía razón alguna para pasar por allí.

Pero, después de pasarse seis días sentada en el solario, o bien acostada, se había empezado a sentir sola. Peter también se había ido, a Manhattan, seguramente, aunque Alice nunca conseguía seguirle la pista. Y, en ausencia de su hija y de su marido, la casa había quedado en silencio.

Y por eso aquella mañana, impulsada a levantarse de su silla por puro aburrimiento, había decidido dar un paseo.

Ahora estaba delante de la habitación de su hija, con el candado en la mano, maravillándose del atrevimiento de Barbara. Estaba claro que debía de haber sabido lo furioso que se pondría Peter cuando volviera de su viaje y se encontrara el marco de la puerta dañado por los tornillos que lo sujetaban. Más que el marco, lo que lo enfurecería sería lo que sugería el acto en sí: que Barbara tenía algún derecho a la intimidad después de cómo se había portado recientemente.

Alice sabía que iba ser necesario quitar el candado. Luego habría que reparar con cuidado el marco: estaba claro. A Peter no se le pasaba por alto ni un solo detalle de la casa.

Uno de los jardineros lo reventó en un momento. Luego prometió mandar recado a un carpintero muy hábil al que conocía y que seguramente podría arreglar o cambiar la madera dañada.

—Gracias —dijo Alice en tono ausente. Pero ya estaba deseando que se fuera.

No quería que nadie la viera cuando abriera la puerta.

La olió antes de verla: pintura fresca.

Allí, ocupando toda una pared —la más grande de la habitación—, había una especie de… *mural,* supuso Alice, aunque era reacia a usar una palabra tan digna para describir las imágenes horrorosas que ahora se cernían ante ella.

El motivo principal eran las banderas. Una británica. Una estadounidense del revés. También había imperdibles, hachas, esposas y cuchillos.

En una de las esquinas superiores, un sol y una luna con cara humana miraban a Alice sonriendo y frunciendo el ceño a la vez.

Así pues, pensó, aquello era lo que había estado haciendo Barbara al otro lado de la puerta que había mantenido cerrada durante la mayor parte del mes de junio. Poniendo sus discos espantosos a todo trapo y pintando aquel mural atroz.

Había hecho lo mismo en Albany. A los diez años también había pintado las paredes de su cuarto, pero por lo menos entonces había tenido la decencia y el sentido común de pedirle permiso a Peter. Y había sido un mural inocuo: un sol, nubes, montañas y algo que parecía ser el lago Joan.

Este, en cambio, era inquietante.

A Alice le subió por dentro una oleada de emociones contrapuestas. Una era el miedo: cuando Peter viera aquello, iba a haber consecuencias graves. Pero también experimentó una emoción distinta. Tardó un momento en comprender, con una punzada, que eran celos. Ni una sola vez en su vida había sentido ella la libertad de hacer nada parecido. Decidir sin más: «Hoy voy a pintar un mural», y ponerse manos a la obra.

Todos los artículos necesarios para el mantenimiento de la casa estaban en un cuartito anexo a la bodega. Alice buscó entre los estantes de la pintura el color que había elegido al nacer Barbara para la habitación que sería la suya en Autosuficiencia.

Allí estaba: beis rosado.

Un tono precioso de rosa claro.

Alice regresó a la escena del crimen de Barbara con el rodillo y el cubo en la mano y se puso a trabajar.

Cuando Peter volviera de donde estuviera, ya no quedaría ni rastro ni del mural ni del candado.

TRACY

———————

Junio de 1975

La primera semana de las clases de supervivencia se había centrado en orientarse en el bosque. La segunda se focalizaría en protegerse del frío y procurarse refugio.

T. J. Hewitt los había llevado a un recodo apartado del bosque. Por fin se detuvo, con los brazos en jarras y un pie apoyado en una raíz.

—¿Qué veis? —dijo.

Silencio.

Una de las chicas más pequeñas levantó la mano.

—¿Árboles? —dijo.

Hubo risas por lo bajo en el grupo; la cría se ruborizó. No lo había dicho para hacerse la graciosa.

Pero T. J. insistió:

—Muy bien. ¿Qué más?

«Rocas —contestaron—. Una roca grande. Hojas. Agujas de pino. Tierra. Ramas.»

T. J. asintió con la cabeza.

—En caso de emergencia, todas estas cosas podéis usarlas para protegeros del frío. El bosque puede ser peligroso, pero también es generoso en ese sentido. —Se giró de golpe y caminó tres metros en dirección a uno de los árboles más bajos que tenía cerca—. Esto es un abeto balsámico. Es uno de los árboles más densos de la zona, con follaje muy abundante, y también de los más jóvenes. ¿Veis que es menos alto que sus vecinos? Eso significa que las ramas más bajas forman un buen refugio en caso de lluvia o de nieve, o hasta contra el frío.

T. J. hizo una demostración: se dobló cuan larga era por debajo de las ramas bajas del árbol y se tumbó con el cuerpo en forma de C en torno al tronco.

—Puedo refugiarme aquí mientras pasa una tormenta —dijo T. J.—. Pero, si quiero quedarme más tiempo, tendré que usar el ingenio.

Y siguió hablando, explicando cómo construir paredes improvisadas y mandando a los campistas en direcciones distintas en busca de ramas de coníferas caídas.

Tracy solo estaba prestando atención en parte. Las moscas se encontraban en su punto álgido del año y a su alrededor todo el mundo se dedicaba a agitar las manos frente a la cara con desesperación creciente. Además, había dos figuras extremadamente atrayentes que no paraban de captar su atención: Barbara Van Laar a su derecha y Lowell Cargill de pie frente a ella.

Este se mecía de lado a lado, con los brazos cruzados sobre el vientre, escuchando con atención y respeto todo lo que decía T. J., inmune en apariencia a las moscas, el calor y el aburrimiento.

Y eso lo hacía todavía más atractivo.

Aquella noche Tracy se sentó en la cama con su diario y se puso a escribir. Era su forma de pasar el rato durante las veladas en que no había actividades programadas.

La mayoría de sus compañeras de cabaña se decantaba por otros pasatiempos. Hasta que se apagaban las luces, a las diez en punto, se les permitía ir de una cabaña a otra, siempre y cuando se quedaran en los porches. Normalmente terminaban en el de Pino, al otro lado del arroyo, que era donde se alojaban los chicos más mayores.

La única otra campista que se había quedado en Abeto era Barbara, que en varios momentos de la semana había intentado entablar conversación con Tracy. En todas aquellas ocasiones, sin embargo, ella se había quedado bloqueada, muda, incapaz de ofrecer respuestas apropiadas.

Ahora —la noche después de su primera lección sobre encontrar cobijo en el bosque— estaba escribiendo frases y preguntas en su diario. Cosas que leerle en voz alta: le parecía más factible que hablar sin guion.

—Barbara —dijo Tracy.

Hubo un movimiento en la litera superior.

—¿Sí? —contestó la otra.

—Me preguntaba si te están gustando las colonias.

Pausa.

—Eh —dijo Barbara—. Están bien, supongo.

—¿Qué es lo que más te gusta? —preguntó Tracy.

—La comida —respondió sin dudarlo—. Me gusta poder comer tanto como quiero.

La siguiente frase de su guion decía: «Interesante. Lo que más me gusta a mí es estar en plena naturaleza». Pero la respuesta de Barbara había sido tan franca, y reflejaba con tanta precisión sus propias emociones, que Tracy dijo:

—A mí también.

Antes de continuar, la otra asomó la cabeza desde la litera superior por el espacio que quedaba entre ambas. Ella cerró de golpe el diario, pero ya era demasiado tarde.

—¿Me estás entrevistando? —preguntó Barbara, sonriendo.

—No —dijo Tracy. Negó vigorosamente con la cabeza—. Estaba escribiendo otra cosa.

La chica la miró un momento con cara pensativa.

—¿Puedo bajar?

Ella asintió y se apartó a la derecha mientras Barbara bajaba de la litera de arriba con agilidad, rechazando la escalerilla en favor de una flexión de brazos invertida. Se las apañó para bajar sin soltar una revista que Tracy no reconoció. Una vez que Barbara se estuvo acomodada en la cama a su lado, ella le echó un vistazo furtivo a la portada: *Creem,* ponía en letras rojas con forma de globos. Y debajo de la palabra había una foto de una mujer vestida más o menos como Barbara al llegar a las colonias.

Ahora, como resultado de lo mucho que nadaban a diario, a Barbara se le había descolorido el tinte negro. Sin tinte y pintalabios, se la veía más joven.

—¿De qué trata? —preguntó Tracy. Señaló la revista.

Barbara la miró.

—De música —dijo pronunciando las palabras con reverencia genuina. Luego miró a Tracy—. ¿Sabes? Llevo aquí una semana y creo que es la primera vez que dices algo.

—No es verdad.

—No, o sea, sí que hablas —dijo Barbara—. Pero solo cuando alguien te habla primero. Eres muy tímida, ¿no?

Tracy lo pensó. No lo era siempre ni en todos los contextos; con su madre y las amigas de esta, por ejemplo, podía ser imprudente y escandalosa. Aparte de eso, tenía un talento secreto: cantar. Se exhibía cantando a todo volumen y en tono alto, la típica cantante de ducha; en el coche practicaba armonías con su madre, que la elogiaba a menudo por su timbre de voz.

«Como Patsy Cline de joven», decía su madre, cuyos gustos —cultivados durante una vida anterior como jinete de potros mecánicos en rodeos de tercera fila de Nueva Inglaterra— tiraban hacia la música country.

Pero aquella faceta de la personalidad de Tracy —su forma de ser con las mujeres adultas a quienes quería y en las que confiaba— era demasiado difícil de explicar, así que no dijo nada.

—No deberías serlo —siguió diciendo Barbara—. Eres más interesante que cualquiera de estas colonias. Me he dado cuenta. Seguro que tienes secretos.

¿Lo era? La verdad, no. Pero, una vez más, el error de juicio parecía beneficiarla, de forma que dijo:

—A lo mejor sí.

—¿Lo ves? Lo sabía —dijo Barbara—. Me di cuenta al principio.

Las dos se quedaron calladas. Y entonces les llegó de fuera un sonido de acordes lejanos de guitarra. La chica levantó la vista, encandilada.

—Ven, anda —dijo.

—¿Adónde?

—Vamos. Siempre somos las únicas que se quedan aquí. Vamos fuera.

Al cabo de un momento, Tracy estaba trotando para seguirle el paso a Barbara, que caminaba deprisa en dirección a la música, ahora más nítida.

Al doblar una esquina se encontraron cara a cara con una pequeña multitud reunida en el porche de Pino. Estaban todas sus compañeras de cabaña, junto con unas cuantas campistas más. Y, en mitad de los congregados, tocando la guitarra, Lowell Cargill.

Tracy dio un paso atrás, con la cara ruborizada. El chico estaba cantando una canción que ella conocía y que le gustaba a su madre: «You Were on My Mind», de Ian & Sylvia. Se sabía la letra entera. Pero paralizó la cara para impedirse articularla.

Y, a través de la multitud —¿o se lo estaba imaginando?—, su mirada se encontró con la de Lowell Cargill y se obligó a «sosténersela, sostenérsela», a no apartar la vista hasta que lo hiciera él.

Se quedaron a ver el concierto entero. Pasada la puesta de sol y hasta que estuvo oscuro. Cuando por fin llegó el anuncio de que todos los campistas debían volver a su cabaña, Barbara y Tracy caminaron codo con codo, en silencio, las dos bajo el hechizo de la música, el aire fresco de la noche y las luciérnagas.

—Lo echaba de menos —dijo la primera.

—¿El qué?

—La música. —Barbara se detuvo un momento y Tracy se paró junto a ella—. Te tengo que pedir un favor —dijo.

—Vale —contestó ella.

—Algunas noches me iré de la cabaña. Cuando todo el mundo duerma.

Tracy esperó. Estaba confundida. La pregunta natural que se le ocurría era por qué, pero el tono de voz de Barbara le decía que la pregunta no habría sido bienvenida.

—Solo a veces. No siempre —añadió—. En fin. ¿Crees que podría quedar entre nosotras?

Ella asintió con la cabeza, despacio.

—Otra cosa —dijo Barbara—. ¿Te importaría que me quedara con la litera de abajo? Me será más fácil salir si no tengo que estar usando la escalera.

Aquello hizo dudar a Tracy. ¿Aguantaría su peso la litera de arriba? Pero no se atrevía a sacar el tema, de forma que le dijo que no se preocupara.

—Si alguien me pregunta por qué nos hemos cambiado, diré que me dan miedo las alturas o algo así —dijo Barbara, sonriendo.

Durante las dos semanas siguientes, quedó claro que le había mentido en una cosa: sus excursiones nocturnas tenían lugar todas las noches sin falta. A las diez en punto, todas las chicas de la cabaña se acostaban y Louise o Annabel apagaban las luces. Durante los treinta segundos siguientes, Tracy no veía nada; luego empezaban a materializarse unas siluetas muy tenues: los muebles, las ventanas y los cuerpos de sus compañeras, iluminados únicamente por las brillantes estrellas sobre los terrenos despejados de Camp Emerson.

Llegado un punto, cuando ya no se oía ningún ajetreo en la cabaña, Tracy notaba un movimiento muy ligero de la cama y oía cambiar la respiración de su compañera de litera. A continuación, sentía los pasos, suaves como los de un gato; y por fin Barbara abría la puerta mosquitera, conteniendo la respiración, y la cerraba tras de sí de forma igualmente silenciosa. Un chirrido minúsculo de bisagras y se había marchado.

Tracy nunca estaba despierta cuando Barbara volvía, de forma que no sabía cuánto tiempo pasaba fuera por las noches. Una vez le comentó en voz alta que debía de estar muy cansada. A modo de respuesta, Barbara insistió en que era una persona que casi no necesitaba dormir, y la conducta enérgica que exhibía todos los días demostraba a Tracy que le estaba diciendo la verdad.

Si alguien más en la cabaña era consciente de aquella rutina, no lo decía. Nadie hacía preguntas y Barbara tampoco daba explicaciones… al principio.

JACOB

Junio de 1975

La idea le había venido en un sueño. «Jacob cojea», había dicho una voz, y se había despertado en su celda oyendo aquella expresión repetida una y otra vez. «Jacob cojea, Jacob cojea.» ¿Acaso la voz lo estaba provocando? Guardaba un vago parecido con la de su padre y también se antojaba algo que este podría haber dicho.

No fue hasta la hora del almuerzo, al ver a un hombre al que no conocía arrastrar la pierna por el suelo de la cafetería de la prisión, cuando Jacob entendió con un sobresalto el significado de aquellas palabras.

—Coma —dijo en voz alta—. Coma.

Y Harold Debicki, a su lado, le preguntó qué estaba diciendo.

«Jacob, cojea», pensó. Pero no lo dijo en voz alta.

A la mañana siguiente, cuando pasó el guardia por su celda en plena ronda matinal, Jacob estaba en la cama, inmóvil. Iba a ir más allá del simple hecho de cojear. Iba a estar paralizado.

—Levántate, Sluiter —dijo el guardia.

—No puedo —dijo él—. No puedo mover las piernas.

Lo dijo con calma; sobreactuar despertaría sospechas, pensó. Y se limitó a repetir la misma frase en el mismo tono tranquilo con todo el mundo a quien vio aquel día y también los siguientes: «No puedo mover las piernas».

Le hizo falta un poco de práctica, pero, al cabo de unos días, se lo empezó a creer de verdad. Para moverse de un sitio a otro, se arrastraba por el suelo, incluso cuando no creía que lo estuviera mirando nadie.

Nunca había caído bien en Dannemora, pero, después de varias semanas, incluso sus torturadores más crueles ya lo estaban defendiendo ante los guardias.

Aquello no estaba bien, era el consenso general. Lo tenía que ver un médico.

El único momento en que se permitía mover las piernas era en su cama, por las noches. Allí, con cuidado de no empezar hasta que oía los ronquidos suaves de su compañero de litera, se dedicaba a hacer ejercicios de bicicleta, levantándolas por turnos, devolviéndoles la fuerza.

Al cabo de pocas semanas ya lo habían trasladado a Fishkill, la prisión de baja seguridad que quedaba a cuatro horas al sur.

Y al cabo de pocos meses ya se había escapado.

Desde entonces, había estado yendo hacia el norte, siguiendo el Hudson en línea recta.

En lo tocante a su destino, Jacob tenía una idea fija: la tierra de sus ancestros, la finca de los Sluiter, el sitio adonde lo había llevado de acampada su abuelo. Una pequeña serie de cuevas naturales formaban un refugio seguro; dentro de una de ellas habían dormido los dos, uno junto al otro, y su abuelo, narrador nato, y el único adulto que había sido amable alguna vez con él, le había contado a Jacob la historia de su gente.

Las cuevas estaban cerca de una zona poblada y, por tanto, sabía que sería peligroso visitarlas. Pero no podía predecir cuánto tiempo iba a seguir libre, ni tampoco con vida, de manera que el sentimentalismo, o bien la insensatez, lo impulsó a seguir.

Viajaba por carreteras rurales aprovechando la luz de la luna o de las farolas. La mayoría de las noches encontraba alguna casa donde podía entrar sin romper nada: una ventana abierta, una puerta con la cerradura fácil de forzar. Casi todas eran residencias de gente rica, casas de veraneo con vistas al río. Una vez dentro, cogía exclusivamente lo que necesitaba, sin hacer ruido, intentando no despertar a nadie. Solo en una ocasión había estado cerca de tener algún problema, y fue cuando la señora de una casa en concreto pasó junto a la cocina en albornoz, caminando tan en silencio que no la oyó acercarse.

Durante un minuto entero, Jacob contuvo la respiración mientras la mujer usaba el lavabo. No se escondió; se quedó allí, en mitad de la cocina de linóleo, con los brazos rectos y las piernas relajadas. Empuñando un cuchillo que había cogido en una casa anterior. Si ella salía y lo veía allí a oscuras, se llevaría un dedo a los labios y le diría que si gritaba, estaría poniendo en peligro al resto de su familia. Tendría que matarla, aquello estaba claro; era una cuestión de necesidad. Pero al resto de los ocupantes, suponiendo que hubiera otros, los podía dejar en paz.

La mujer tiró de la cadena. Se lavó las manos. Abrió la puerta del cuarto de baño y apagó la luz. Salió y se alejó por el pasillo, seguramente hacia su habitación.

No miró para nada en dirección a él.

Durante el día, al amparo de los árboles, Jacob dormía en el suelo más blando que encontrara.

Era verano. Llovía poco. La única noche en que diluvió se quedó dentro de la casa en la que había entrado, sentado a la mesa de la cocina, escuchando con todos sus sentidos por si oía algún movimiento en la casa. En cuanto dejó de llover, volvió a salir al aire recién refrescado.

Su padre, que nunca se había enorgullecido de él por nada, quizás sí lo habría hecho de aquello al menos: de su ingenio, de su capacidad de subsistir con lo que le ofrecían la naturaleza y la gente rica.

Venía de una larga estirpe de hombres de ingenio. Su tatarabuelo y sus tataratíos eran leñadores que habían visto por primera vez su subsistencia amenazada por las quejas de Verplanck Colvin en contra de la tala de bosques en los montes Adirondack. Previendo el peligro, habían vendido sus tierras, y habían hecho bien. El gobernador Roswell Flower no había tardado ni dos décadas en fundar la Reserva de Adirondack. «Salvaje para siempre» era la expresión sentimental que ahora impedía más talas en la región, incluida su propiedad. De un plumazo, el Gobierno les había arrebatado toda su rentabilidad a las tierras de los Sluiter, a todos aquellos acres que los antepasados de Jacob habían comprado a precio de ganga, soñando con buena fortuna y seguridad financiera para las generaciones venideras.

De forma que sus antepasados se habían pasado a otros campos profesionales: algunos al turismo, ejerciendo de guías para visitantes ricos de la ciudad; otros al trabajo en fábricas, manufacturando camisas y papel en pueblos como Corinth y Troy; y unos cuantos —entre ellos su abuelo y su padre— se hicieron albañiles y manitas. Y lo gracioso fue que nunca les faltó el trabajo. Al estado no le importaba cuando eran los ricos los que decidían deforestar sus tierras para levantar sus casas colosales. Solo a la gente normal —como los Sluiter— se le prohibía su antiguo trabajo y se le encomendaba únicamente que mantuviera la tierra prístina para el disfrute de los Roosevelt, los Rockefeller y demás.

Por tanto, cuando Jacob entraba en aquellas casas todas las noches —y se llevaba comida de las neveras y despensas bien aprovisionadas, y ropa—, lo hacía con cierto grado de disfrute. Un par de veces, en casas vacías de verdad, incluso se había duchado.

No estaba seguro de cuántos días llevaba fugado. Sí que sabía, gracias a la noticia de portada de un periódico que había visto en la mesa de una cocina, que lo estaban buscando.

También sabía que el territorio norte en el que se estaba internando era más inaccesible.

Eso significaba dos cosas: que les iba a costar más encontrarlo y que iba a tener que aguzar el ingenio.

II
BEAR

ALICE
Años cincuenta

———

A los diecisiete años y medio, Alice Ward hizo el camino a Grand Central con los ojos fuertemente cerrados. Era un hábito nervioso: lo había tenido desde que le alcanzaba la memoria. La tranquilizaba y le permitía fingir, aunque solo fuera un instante, que estaba sola en el mundo. Lo hacía solo cuando creía que nadie la veía. En aquel caso, se equivocaba.

—Alice —le dijo su hermana Delphine, la mayor de las dos—, ¿estás durmiendo?

Ella abrió los ojos.

Había celebrado su puesta de largo tres semanas antes, en el salón de baile del Waldorf-Astoria. Su acompañante militar había sido un alumno de primer año de West Point cuyo nombre ya había olvidado. Su acompañante civil debería haber sido Stuart Parker, un chico desagradable al que conocía desde que había nacido, pero —milagro de milagros— había contraído el sarampión el día antes del acto. Era Delphine quien había encontrado a un sustituto de última hora: un amigo de la universidad de su marido, George, que casualmente se estaba alojando en su casa de Manhattan, adonde había ido para reunirse con un cliente.

Se llamaba Peter Van Laar, le dijo. Y sí: tenía esmoquin.

La madre de Alice se había mostrado entusiasmada. Su padre, menos.

—Van Laar —había dicho—. ¿Conocemos a los Van Laar?

Sí, le aseguró su madre. Los Van Laar de Albany. (En su tono había un matiz de concesión: Sí, Albany. Aun así...) Banqueros, creía la señora Ward. Conservacionistas. Un Roosevelt había estado muy *lié* con el abuelo.

—¿Cuántos años tiene? —había preguntado Alice.

—Eh, la edad de George —había dicho Delphine, haciendo un gesto despectivo con la mano, como si algo tan trivial como la *edad* no importara en absoluto en un hombre.

La respuesta, tal como descubriría ella más adelante, era veintinueve años.

Al cabo de una semana llegó un sobre por correo. Iba dirigido a «Señorita Ward y acompañante» y dentro había una invitación para visitar la casa de veraneo que tenía Peter Van Laar en los montes Adirondack; la misma de la que había hablado, con ternura sorprendente, cuando estuvo sentado con Alice a la hora de la cena.

«Espero de corazón que vengas —había escrito él con pulso firme—. Me gustó mucho conocerte.»

Y allí estaban ahora, ella y Delphine, esperando el anuncio de un andén de Grand Central. Se hacía raro, de hecho, estar de pie al lado de la otra de aquella manera; no habían pasado mucho tiempo juntas desde que eran muy pequeñas.

Su hermana tenía cinco años más que Alice y le sacaba un palmo de altura. Era una pianista brillante. Nunca parecía tímida. Tenía aires de intelectual y le interesaba la política, dos rasgos que la distinguían del resto de la familia Ward, cuyo principal tema de conversación en la mesa de la cena solían ser las habladurías. En un momento dado, Delphine les había formulado a sus padres la petición de solicitar ingreso en el Barnard o en el Radcliffe, una idea de la que su progenitor se había burlado, pese a que en Brearley había sido la primera de la clase.

Por su parte, Alice a duras penas se había graduado.

Delphine tenía veintidós años y estaba casada con George Barlow. Había sido una unión por amor y a punto había estado de no tener lugar porque su padre creía que el chico, pese a su pedigrí indiscutible, era un *excéntrico*. Estaba claro que pronto esperaría un bebé. Alice veía el futuro de Delphine desplegado frente a ellos con claridad; era el suyo el que no conseguía imaginar. Cada vez que lo intentaba, veía algo neblinoso y vago. Le producía un nudo en el estómago.

En North Creek las esperaba un coche inusual conducido por un hombrecillo rubicundo con ropa de pana y un tarjetón que decía «Señorita Ward» en una mano sin guante.

El conductor, incómodamente charlatán, se había dedicado a hacerles preguntas que habían horrorizado a Alice por su grado de intimidad. Quiso saber de dónde venían. Si estaban casadas. Si trabajaban. Ella miró de reojo a su hermana, esperando a ver si decía algo al respecto, pero Delphine se mostraba relajada, incluso divertida. Contestó a todas sus preguntas y le hizo unas cuantas a su vez.

—¿Quién va a ser su anfitrión en la Reserva? —preguntó el conductor.

Alice esperó a que contestara su hermana, que, sin embargo, dijo:

—Cuéntaselo, Alice.

—Peter Van Laar —dijo ella.

—¿El padre o el hijo? —preguntó el conductor.

Y, sin esperar respuesta, se puso a explicar con detalle la reputación que tenía el segundo en el pueblo, que resultó no ser magnífica; la *frialdad* era la principal crítica que se le hacía, cosa que no preocupó mucho a Alice. Le gustaba el frío. Se llevaba mejor con la gente de movimientos y habla templados. De hecho, aunque le había azorado conocerlo en la puesta de largo, por miedo a que su diferencia de edad la dejara sin nada que decir, era la quietud de Peter Van Laar lo que había percibido de inmediato y también lo que le había gustado. Su altura y su mirada serena de ojos azules. La impresión de control que transmitía.

Habían bailado juntos tres veces. Cuatro, contando una vuelta inacabada que habían dado por la pista al final, justo antes de que se la llevara un pariente para darle las buenas noches.

Con cada rotación, Peter la había cogido más estrechamente. Era muy atractivo. Alice recordaba que olía a bosque.

—Se cuenta una historia sobre la casa —estaba diciendo el conductor.

Las carreteras habían empezado a serpentear y a ella se le estaba empezando a revolver el estómago. Apoyó la cabeza contra una ventanilla.

—¿Tiene fantasmas? —dijo Delphine en tono jovial, pero el conductor negó con la cabeza.

—No, nada de eso. La trajeron de Suiza. La casa entera, digo. Lo llaman *chalet*. —Y dejó escapar un gruñido parecido a una risa.

—Fascinante —repuso aquella.

—Hasta la última pieza. La familia la trajo en barco. Y lo volvieron a armar aquí. Ya hace casi ochenta años. Imaginaos la mano de obra que debió de hacer falta. Hubo que construir una carretera de tablones solo para subir la madera. Para montarla, los Van Laar contrataron a todos los hombres y chavales de Shattuck de más de nueve años.

—¿Te lo imaginas, Alice? —dijo Delphine, y ella se pellizcó el dorso de una mano con los dedos de la otra, intentando que se le asentara el contenido del estómago.

—¿Saben qué nombre le pusieron? —dijo el conductor, y esperó—. Me refiero a la casa. ¿Saben cómo la llamó aquella familia de antaño?

—Deme un momento, estoy pensando —dijo Delphine en tono serio. Y por fin dijo—: Manderley.

—No —dijo el conductor—. Autosuficiencia. *¡Autosuficiencia!* —Se dio una palmada en la rodilla.

Ninguna contestó: Alice porque no le veía la gracia y Delphine, presumiblemente, porque estaba asimilando el chiste.

—No fueron los Van Laar quienes trasladaron toda aquella madera —dijo el conductor para ayudarlas.

—Sí que tiene gracia —dijo su hermana, aunque Alice notó que incluso ella estaba incómoda. A fin de cuentas, eran invitadas de dicha familia.

—¿Se encuentra bien, señorita? —le preguntó el conductor, viendo quizás el tono verde de su cara por el retrovisor.

Sí, le dijo ella. Se encontraba bien.

—Mire al frente por el parabrisas. Intente abrir un poco la ventanilla —dijo el conductor. Pero Alice no se había traído pañuelo para la cabeza y nada más abrirla se le alborotó todo el pelo por delante de la cara.

Volvió a subirla.

Alice mantuvo los ojos cerrados hasta que sintió que el coche reducía la velocidad y oyó que la carretera pasaba de la grava a la tierra. Los abrió para descubrir que acababan de coger un largo camino privado. A su izquierda vieron una serie de instalaciones agrícolas en funcionamiento: una vaquería, un granero, un matadero. Aparecieron frente a ellos una mujer y una criatura, que los miraron sin saludarlos.

Y luego, por fin, la Reserva: arboledas altas de pinos que mantenían la tierra sumida en sombras y una ladera cubierta de hierba allí donde habían talado los árboles. En lo alto, imaginó, debía de estar la casa que les había descrito el conductor.

«Autosuficiencia», decía un letrerito frente al que pasaron mientras se acercaban. El edificio en sí era colosal. La estructura central tenía tres pisos de altura y estaba hecha de troncos sin pulir. Una serie de detalles delicados de madera labrada descendían de los aleros del tejado y adornaban los postigos que enmarcaban sus ventanales enormes. De los costados salían dos alas; un soportal cubría la entrada para coches. Abundaban los jardines, rebosantes de flores cultivadas para parecer silvestres. A su alrededor había desperdigadas otras construcciones anexas de menor envergadura que parecían versiones en miniatura de la casa.

—Cielos —dijo Delphine.

Lo más asombroso, pensó Alice, era lo lejos que estaba de todo. El trabajo que debía de haber requerido construir semejante complejo en mitad de los bosques. Los Van Laar habían colocado la casa sobre una loma para que todo lo que rodeaba Autosuficiencia quedara por debajo de ella. Como el Olimpo, pensó Alice, a la que no solían ocurrírsele aquellas referencias.

El conductor avanzó lentamente hasta que el coche invadió la hierba y por fin se detuvo. Solo entonces vio a Peter, que estaba petrificado como un ciervo bajo la sombra que proyectaba la casa. Esperándolas.

Lo vio dar un paso adelante. Era todavía más alto de lo que ella recordaba. Y parecía mayor. Tenía una pizca de gris en el pelo, que el sol hizo resplandecer mientras cruzaba la hierba con paso firme.

El conductor salió de un brinco. Ellas esperaron un momento, hasta que comprendieron que no les iba a abrir las portezuelas.

Ahora Peter estaba cerca y el nudo que Alice tenía en el estómago explotó en forma de nervios frenéticos y palpitantes que amenazaron con hacerle rechinar los dientes.

Se preguntó de qué iban a hablar. ¿Qué demonios le podía decir a un hombre adulto? A lo largo de sus años de colegiala, solo había estado rodeada de otras chicas. Se recordó a sí misma que se había sentido bien bailando con Peter; el salón del Waldorf había estado en penumbra y lleno de bullicio, y había habido poca necesidad de conversar. En cambio, aquí, a plena luz del día, todo era distinto.

Delphine vino a su rescate.

—Menudo viaje —le dijo al anfitrión en tono feliz, saliendo del coche—. Pensaba que no llegaríamos nunca.

Los rodeaba un aroma a savia recalentada por el sol. Más allá, olor a agua fresca: el lago.

Peter sonrió, con las manos en los bolsillos y mirándose los zapatos.

—Me alegro de que hayáis venido —dijo. Y extendió las manos para coger sus maletas, que el conductor estuvo encantado de darle.

Fue a Delphine a quien eligió Peter para caminar a su lado mientras se acercaban a la casa. Fue a ella a quien se dirigió cuando preguntó qué tiempo hacía en la ciudad y qué actividades les gustaban. Alice iba detrás, sintiéndose cada vez más niña.

—¿Habéis estado antes en estas montañas? —preguntó Peter, y Delphine contestó que sí, una vez, cuando eran muy pequeñas.

—¿Te acuerdas, Cuqui? —le preguntó a Alice, que se ruborizó al oír el apodo.

Él se giró a medias, esperando su respuesta. La verdad era que no se acordaba, pero admitirlo la haría parecer todavía más pequeña en comparación con su hermana. De forma que dijo que sí.

—Entonces, ya conoceréis a las moscas —dijo Peter.

—¿Qué moscas, estas? —dijo Delphine, agitando la mano para dispersar el pequeño enjambre que ya se había formado en torno a ellos.

—Sí —dijo él—. Moscas negras. Normalmente en esta época ya se han ido, pero este año hemos tenido un mes de junio frío. Supongo que os querían conocer —dijo, y por fin miró a Alice con una sonrisa. Le resplandecían los dientes. A ella le bajó un pequeño vuelco de emoción de la garganta al abdomen.

Le devolvió la sonrisa: un acto de valentía.

Fue entonces cuando a un palmo de la nariz le pasó volando una flecha, que impactó en la corteza de un árbol cercano.

Alice se quedó petrificada.

Peter palideció.

Delphine, que no había visto lo sucedido, se giró hacia ellos con una sonrisa agradable.

Hubo un momento de silencio. Por fin se les acercó corriendo un niño, disculpándose a gritos y al borde del llanto.

—Oh, oh —estaba diciendo el niño—. ¿Le he dado a alguien?

Era un campista, les explicó Peter después de reconfortarlo, regañarlo y mandarlo de vuelta por donde había venido.

—Un campista... ¿de qué campamento? —dijo Delphine.

Él cogió aire, como si se preparara para contar una historia muy larga. A continuación se lo pensó mejor y les dijo que ya se lo contaría durante la cena.

—Recordádmelo si me olvido —dijo Peter.

La casa tenía todas las ventanas abiertas. Había ventiladores girando lentamente en todas las habitaciones. Todo olía a madera recién cortada, como si la acabaran de construir. Les enseñó sus habitaciones un hombre llamado Hewitt que parecía hacer las funciones de mayordomo pero cuya aspereza y atuendo le daban aires de vaquero. Llevaba sombrero dentro de la casa. Era un hombre callado y flaco de unos cuarenta años. Por entonces a Alice todas las edades por encima de los veinticinco le parecían intercambiables. Se había preguntado —y seguía haciéndolo— quién más habría en la casa. Había especulado al respecto con Delphine en el tren.

—¿Los padres de Peter? —había dicho, y su hermana se había encogido de hombros. Quizás—. ¿Crees que... vive con ellos? ¿En Albany?

Delphine lo pensó.

—George tenía un apartamento —dijo—. Antes de que nos casáramos, quiero decir. Pero en realidad era de su padre.

—¿Llegaste a verlo?

Delphine sonrió.

—Sí —dijo. Pero Alice no entendió lo que aquello implicaba hasta más adelante.

Su habitación era grande y tenía vistas al lago, cama con dosel y colcha de retales. Había un espejo de pie de cuerpo entero en el que se examinó, llevándose las manos a las mejillas y hundiéndoselas (en aquella época, Alice creía tener la cara demasiado rolliza), intentando imaginar cómo debía de verla Peter. Le decían a menudo que era guapa, más que Delphine; era lo único en lo que se imponía a su hermana. Pero se consideraba tonta y estaba bastante segura de que los demás también lo pensaban. Y también, carente de gracia y de ingenio. No tener sentido del humor, pensaba, era todavía peor que ser tonta.

Unos golpes en la puerta la sobresaltaron tanto que soltó una exclamación.

La abrió, todavía respirando agitadamente.

Era Hewitt, el mayordomo..., el *ayudante,* se corrigió. Con aquella ropa, no se parecía en nada al que tenían los Ward en la ciudad.

—La familia va a tomar cócteles en el jardín —le dijo—. Puede usted sumarse a ellos, si quiere.

—Gracias —dijo Alice, y solo entonces vio, asomando por detrás de la pierna de Hewitt, a una niñita diminuta con los ojos luminosos y una trenza fina—. Vaya, ¿y esta quién es? —preguntó, y él sonrió por primera vez.

—Es Tessie Jo —dijo.

La niña sonrió. Con la cara sepultada en la tela de la pernera de Hewitt.

La fachada principal de la casa era, de hecho, la parte de atrás: la que daba al lago. El agua parecía a la vez fría y cómoda, la típica donde había remansos templados y manantiales escondidos.

Vio a cuatro adultos sentados en sillas de respaldo alto en una pequeña playa, de espaldas a ella. Al principio Alice no distinguió quiénes eran, pero después oyó la risa de su hermana, encantadora y cálida, una risa sobre la cual la gente hacía comentarios a menudo. Delphine se había puesto un sombrero que ella no le había visto nunca y estaba sentada al lado de Peter. Visto desde detrás, el grupo parecía componerse de dos parejas; solo contradecía esta impresión la quinta silla, vacía. Frente a ellos, la niña, Tessie Jo, corría de un lado a otro por la playa, deteniéndose de vez en cuando para hacer montañas de arena húmeda.

Peter divisó a Alice antes que nadie y se levantó de su silla con formalidad.

—Señorita Ward —dijo.

Ella se acercó, intentando aparentar despreocupación. Pero fingir volvió a hacerla sentirse mal.

Otro de los miembros del grupo se levantó también y Alice lo reconoció como el padre de Peter. Tenía que serlo: era una versión con pelo blanco del hijo, igual de delgado y pulcro e igual de severo.

—Señorita Ward —dijo este—. Encantados de conocerla.

Para entonces Alice ya había llegado hasta el grupo y se detuvo de espaldas al lago, de cara a la casa y a todos los presentes, plantada incómodamente en el centro del pequeño arco de sillas, como si estuviera a punto de ponerse a cantar. Se preguntó qué les habría contado Peter de ella. Teniendo en cuenta que solo la conocía de una noche.

La madre —Alice dio por sentado que lo era— se quedó sentada, igual que Delphine. Parecía más joven que el padre, pero también más desaliñada, con unos quince kilos de más y un sombrero formal que —lo pensó antes de poder refrenarse— no encajaba bien su figura. Después, esbozó una sonrisa distraída en dirección a ella.

Peter se adelantó un paso.

—¿Le ha resultado cómoda su habitación? —dijo.

Alice fue consciente de repente de su manera excesivamente formal de hablar, como si fuera de otra época. Sus amigos de la ciudad eran deslenguados, irreverentes y amantes del escándalo. Creían que la cortesía solo se debía emplear con la gente que tenía menor categoría que tú, con quienes te servían de alguna forma.

—Muy cómoda —dijo ella—. Gracias.

La cena fue mejor. El vino le sentó bien a Alice, que solo había estado achispada dos veces en su vida. No le gustaban el sabor del alcohol ni las sensaciones que le infundía en el cuerpo. Pero sí el resplandor cálido y reconfortante que le confería a la sala. Delphine llevaba la iniciativa de la conversación y, por una vez, Alice agradeció la vivacidad de su hermana, por mucho que enfatizara el hecho de que ella carecía de esa cualidad.

La conversación pasó de la historia de los montes Adirondack al funcionamiento diario de la granja que había carretera abajo: una pasión especial que tenían los padres de Peter. Luego hablaron de las moscas —las eternas moscas— y por fin los anfitriones les hicieron preguntas discretas acerca de su vida en la ciudad, su educación y sus metas.

—¿Y qué edad tiene George Barlow? —preguntó el señor Van Laar padre entre bocados—. No lo he visto desde que Peter iba a la universidad. Siempre me pareció un tipo gracioso.

En su voz había un matiz despectivo y Alice miró a Delphine para ver si se había ofendido. Pero vio que su hermana sonreía.

—Sigue siendo gracioso —dijo.

—¿Le gusta su trabajo?

—Sus estudios, querrá decir —repuso la hermana, y el señor Van Laar enarcó una ceja.

—No puede ser. ¿A su edad?

—Ya lo creo —dijo Delphine en tono conspiratorio—. Ha dejado la empresa familiar para hacer una licenciatura en Ornitología por Columbia.

Le centelleó la mirada al comunicar la noticia, que había sido la comidilla de Manhattan la temporada anterior, repetida una y otra vez como si fuera el final de un chiste. «¡Ornitología!» Si había algo que Alice respetaba de su hermana era que había sido valiente al elegir al hombre que había de ser su marido. George Barlow, aunque venía de familia adinerada, no era para nada una pareja obvia para Delphine. Ni siquiera era muy atractivo; era flaco y menudo, con un mentón prominente y unas cejas oscuras que siempre tenía fruncidas. Sin embargo, su hermana lo amaba, Alice lo tenía claro.

—Estoy seguro de que lo sabías, papá —dijo Peter—. Causó bastante revuelo. —Pero en su voz ella también detectó humor.

—Ya me lo imagino —dijo el señor Van Laar. Dio un bocado y masticó con expresión pensativa—. Curioso: yo creía que el mejor sitio para estudiar a los pájaros era Cornell.

—Lo es —dijo Delphine—. Pero no podíamos irnos de Manhattan, así que se tuvo que conformar con Columbia.

—¿Y está sacando buenas notas?

—Las mejores de su clase —dijo.

Fue entonces cuando decayó la conversación. Se oía por toda la sala el ruido que hacían los cubiertos contra los platos.

—¿Nos pueden contar lo de las colonias de verano? —dijo Delphine.

Peter y su padre se miraron. Y el hijo se puso a hablar.

En la década de 1870, cuando los Adirondack todavía estaban empezando a ser un destino vacacional para la gente de Nueva Inglaterra, el Peter Van Laar original vino de visita desde Massachusetts y se enamoró de aquel paisaje.

Volvió varias veces para hacer prospecciones. Por fin, con la ayuda de un hábil guía local, eligió las tierras donde se construiría Autosuficiencia.

Alice no pudo evitar fijarse en que la versión de la historia que contaban los Van Laar era distinta de la del conductor. Apenas mencionaban a la gente de Shattuck. En su versión, el Peter original —a quien, en el vocabulario de la familia, denominaban Peter Primero— había cargado la madera en brazos, había subido por escaleras de mano muy altas y había supervisado en persona la llegada de todas las partes de la estructura original desde Suiza, asegurándose de que se volvieran a ensamblar de forma correcta. Junto a la misma carretera que llevaba a la casa se construyó una granja para garantizar que a ningún invitado le faltaran las comodidades del hogar.

Peter Primero era famoso por ser un hombre poco convencional.

—El último Van Laar —explicó Peter Tercero— de quien se puede decir algo parecido. —Esbozó una sonrisa tensa y continuó—: Era gamberro, vivaracho y conservó una exuberancia infantil hasta el día en que se murió, amado y vilipendiado a partes iguales por sus socios profesionales. Blanco constante de las columnas de cotilleos. Poseedor de decenas de amantes.

Por tanto, cuando Peter Primero anunció su idea de montar unas colonias de verano, a nadie le sorprendió, aunque a muchos de sus coetáneos les pareció una idea graciosa, incluso ridícula.

Aun así, el hombre perseveró. Dedicó a aquella empresa un grupo de edificios originalmente construidos como cabañas de caza. Como ya tenía más de ochenta años y no podía realizar actividades físicas con el vigor de antaño, encargó a un grupo de personas de Shattuck que construyeran el resto de las estructuras necesarias en la Reserva. Su sueño era adoctrinar a las generaciones venideras de niños acerca de la importancia de la conservación del paisaje, del cuidado responsable de las tierras. Bautizó el centro de colonias con el nombre de su escritor y pensador favorito, otro gran defensor de la vida al aire libre. Y el hombre que, por cierto, también había escrito el ensayo que daba nombre a la casa. En Camp Emerson se dedicaban ocho semanas a las colonias todos los veranos, explicó Peter Tercero. Al principio, tenía pocos asistentes. Pero, después de varios veranos de éxito, durante los cuales funcionó con pérdidas, la reputación del centro creció. En menos de una década, Camp Emerson se convirtió en destino popular entre los hijos de las familias adineradas de Nueva Inglaterra y de Manhattan. En la actualidad, la mayoría de los participantes eran hijos de amistades y conocidos de los Van Laar.

Delphine aplaudió con gesto entusiasmado.

—Ay, me encanta ese hombre —dijo—. Peter Primero. Me encanta toda la historia. ¿A ti no, Alice?

—Sí —contestó ella.

—¿Tú también asististe a las colonias? —quiso saber Delphine, y Peter se apresuró a negar con la cabeza.

—¿A Camp Emerson? Cielos, no —dijo, como si le hubiera hecho una pregunta extraña.

Sentada delante de Alice, la señora Van Laar no decía gran cosa. Se la veía callada y cómoda con su vestido holgado y al margen de las modas, y con su pintura de labios ligeramente asimétrica. De vez en cuando le sonreía y se comía su cena con placer genuino, cerrando los ojos al masticar.

En un momento dado, Alice se dio cuenta de que ni la señora Van Laar ni ella habían dicho ni pío desde hacía casi una hora y de que esto no parecía llamar la atención ni molestar a nadie; tuvo la conciencia repentina de ser un bien de consumo que los dos hombres sentados a la mesa estaban evaluando antes de adquirirlo, con Delphine en el papel de subastadora. Cuanto menos dijera, mejor. Hacia el final de la cena empezó a asumir la idea de que ya se había tomado una decisión en su nombre.

No era desagradable.

De hecho, le permitía regresar a su estado favorito: la ausencia distraída, un aire cultivado de misterio que esperaba que lograra enmascarar la falta de intelecto que ya había aceptado como rasgo propio.

De vez en cuando veía que Peter Van Laar la miraba. Y cada vez más se permitió mirarlo a los ojos. El pulso se le aceleraba. Era una cría.

Se hacía tres preguntas a sí misma: ¿podría vivir lejos de la ciudad? ¿Podría vivir la mayor parte del año allí, en medio de la nada? ¿Y podría casarse con un hombre como Peter?

Su madre había conocido a su padre desde la infancia, pero no bien; tenía dieciocho años cuando se casó, poco después de su primera cita.

Su hermana y George Barlow se habían conocido dos meses antes de comprometerse.

Miró por la ventana, en dirección al lago. Había algo hipnótico en sus aguas, algo embrujado. Ya eran las ocho de la tarde, pero era julio, de forma que la última luz del día brillaba intensamente sobre la superficie. Las altas ventanas orientales dejaban entrar la brisa plácida y cálida. Los pinos del otro lado estaban quietos, mirándola, esperando su respuesta.

Sí, sí y sí, pensó. Todas las respuestas serían sí si Peter le hacía las preguntas.

Se las hizo. En septiembre de aquel mismo año, después de dos visitas más a la ciudad —la segunda en compañía de sus padres—, Peter Van Laar le pidió matrimonio, con la aprobación de su progenitor.

Había elegido un anillo del ajuar de sus antepasados.

Había ido con su madre a ajustárselo y también le había comprado otro, uno nuevo de Van Cleef & Arpels, con una pulsera de tenis a juego.

Ella había aceptado, agradecida de que hubiera algo ya decidido en su vida y sin saber qué otra cosa podía hacer.

Su vestido de novia fue de satén duquesa con falda completa y escote corazón. Se casaron en Saint John the Divine dos días después de que ella cumpliera los dieciocho, con convite en el Pierre.

No hubo damas de honor. Nunca había tenido amigas cercanas y en aquellos tiempos no estaba bien visto tener a una matrona de honor, que es lo que habría sido Delphine.

Tampoco hubo luna de miel. Solo un viaje a Albany, rumbo a un hogar que nunca había visto, una mansión urbana llena de ecos, con suelos fríos de mármol y unas ventanas que temblaban en invierno.

Al cabo de nueve meses —y uno antes de salir de cuentas— nació Peter Cuarto. Lo apodaron Bear, «Oso», porque su nombre de pila ya lo usaban muchos Van Laar y también porque era gordito y tenía una pelusa en la cabeza que recordaba a todos quienes la tocaban al pellejo de un animal recién nacido.

¿Cuántas horas se pasaba mirándolo? Su pelo de seda. El peso que sentía en el pecho cuando se adormilaba con él encima en el dormitorio de la casa de Albany o en el solario de Autosuficiencia. El bulto cálido y frágil de su hijo. Se imaginaba los huesos que tenía dentro y que lo sostenían con su meticulosa arquitectura; los pulmones en miniatura que le hacían subir y bajar la espalda; los bracitos que se le estremecían cuando entraba en un sueño profundo; el cuerpo diminuto cuya porción era de alguna forma una imposibilidad, igual que su olor, su composición y el hecho de que le infundiera una especie de calma —el convencimiento de esto le cayó encima un día como un yunque— que ya no volvería a sentir nunca más.

ALICE
Años cincuenta

———

Cuando Alice intentaba ser objetiva, era capaz de reconocer que al principio pasaron uno o dos años muy buenos.

Antes y después del nacimiento de Bear, Peter la había tratado como a la niña que era. Esto significaba, claro, que se reía de ella; pero lo hacía con una mirada cálida y a veces le ponía una mano en la cabeza con gesto afectuoso cuando ella daba muestras de lo que él denominaba su «falta de sentido común», y también suspiraba, como si contemplara la magnitud de todo lo que el mundo tenía que enseñarle a su mujer. A Alice no le importaba; se sentía protegida, que era lo que —por entonces— creía necesitar.

En algún momento, sin embargo, la reacción de Peter a las equivocaciones de ella empezó a pasar de la diversión a la irritación. Cuando tenía dieciocho años y estaba aprendiendo a organizar cenas en casa, él le había corregido con una sonrisa los errores de ortografía de las tarjetas de comensal, o bien se había limitado a vetarle los lirios de agua en la mesa; cinco años más tarde ya le ponía mala cara y a veces le gritaba.

En lo único en lo que siempre estaban de acuerdo era en el valor de su hijo, a quien Alice amaba con intensidad apremiante. Sabía que Peter también lo quería, pero a veces su amor le parecía una especie de inversión, algo que daba a condición de que más adelante le trajera un rendimiento.

No iban a tener más hijos, decía él; con un varón ya bastaba. Alice leía entre líneas que tener más de un hijo varón complicaría la cuestión de legar el banco a la siguiente generación. Durante cuatro generaciones seguidas había habido un único descendiente varón. Solo un Peter Van Laar. A veces a ella le daba la sensación de que haber producido tan deprisa un hijo —y además tan buen ejemplar— era lo único que había hecho que había complacido a su marido.

Los meses de verano en Autosuficiencia eran las épocas en que los tres pasaban más tiempo juntos. Allí, Peter enseñaba a su hijo a navegar en velero y montar a caballo, a jugar al ajedrez y a disparar al plato. Era buen maestro —incluso paciente—, una cualidad de la que carecía por completo en otros ámbitos de la vida. Alice los miraba desde lejos, satisfecha, sintiendo algo parecido al amor puro hacia su marido por primera vez en su matrimonio.

Contribuía a la buena marcha de las cosas el hecho de que a Bear se le diera bien todo aquello en lo que aplicaba la mano o la mente. Era espabilado con los números y aprendió deprisa a leer. Había salido alto y grande, como su padre, para alivio de Alice, que había temido que heredara su baja estatura.

Pese a estos dones, Bear carecía de arrogancia; no mostraba para nada aquel desprecio del que su padre hacía gala de vez en cuando. Al contrario: saludaba a todo el mundo a quien conocía con una sonrisa y se aprendía los nombres de todos los trabajadores de la casa y de los terrenos, daba igual cuál fuera su cargo. En este sentido le recordaba a alguien, pero no sabía a quién, hasta que un día se dio cuenta con un sobresalto de que le recordaba a su hermana Delphine.

Tessie Jo, la hija del encargado de las tierras, se sentía especialmente cautivada por él; cuatro años mayor que Bear, lo trataba con amabilidad y lo mimaba. A cambio, él la seguía a todas partes llamándola: «Tessie, Tessie». Peter y Alice siempre bromeaban con que estaba enamorado de la niña. Una de las pocas bromas que compartían.

Durante el resto del año, su marido vivía enfrascado en el trabajo y solía quedarse en la oficina hasta las ocho o las nueve de la noche. A menudo viajaba a Manhattan para reunirse con clientes en potencia.

En Albany, Alice se habría sentido sola de no ser por su hijo. No tenía amistades. Se le daba mal conversar.

En esto último Peter se mostraba de acuerdo. Lo decía a menudo, con naturalidad, igual que lo decía todo, como si no estuviera transmitiendo opiniones, sino hechos.

—La cuestión, Alice —le decía—, es que en las fiestas aburres. Un par de copas te ayudarían a ser más divertida.

La primera vez que se lo dijo, ella tenía veinte años y llevaba en brazos a su hijo de dos. Abrió la boca para contestar, pero no le salió nada. Peter la juzgaba con frecuencia, formulando siempre las críticas como si fueran consejos. Y lo cierto era que a menudo Alice estaba de acuerdo con él. Era verdad que en las fiestas aburría. No sabía nada de la actualidad. No había viajado y no tenía aficiones. No era brillante e ingeniosa como su hermana. A veces se le ocurrían pensamientos poco amables sobre la gente, pero nunca había dominado el arte de expresarlos de forma maliciosa: en otras palabras, no era hábil ni para cotillear. Lo que más ocupaba su mente durante aquella época era Bear y el amor voraz que sentía por él. A veces le parecía que ser madre le había revelado la existencia de otra dimensión o de otro sentido de las cosas.

—Y deja a ese niño en el suelo —decía Peter—. Se está convirtiendo en un percebe. —Estiró el brazo hacia Bear, que lo rechazó y sepultó la cabeza en el hombro de Alice, aferrándose con más fuerza a ella.

Por lo general, cuando Peter le daba algún consejo, ella lo aceptaba. Y descubrió que su marido tenía opiniones sobre la mayoría de los aspectos de su apariencia y de su personalidad. Debería llevar vestidos que le cubrieran los hombros, porque no los tenía precisamente bonitos. Tenía que llevar los tacones más altos que pudiera para compensar su diferencia de estatura. No debía estrecharles la mano a los hombres cuando se los presentaban, sino inclinar la cabeza en su dirección. Para Alice era entrenador y marido a partes iguales: siempre intentando aleccionarla, mejorarla y llevarla a su nivel. No se lo recriminaba; antes de Peter, no había tenido mucho rumbo en la vida. Se persuadió a sí misma para considerarlo una especie de mentor.

Por tanto, antes de las cenas con los clientes, Alice empezó a beberse una copa de coñac en casa. Lo hacía a la vista de él, que era abstemio. Y, durante una temporada, funcionó: se sentía al instante más madura, más sofisticada y capaz de devolver los saques conversacionales que le enviaban desde el otro lado de la mesa las demás esposas, que, por lo general, eran una década o dos mayores que ella y la miraban con una expresión que oscilaba entre la lástima y el desprecio.

Durante varios años, beber fue así: una tarea que emprendía cuando se le requería. No lo hacía cuando estaba fuera de servicio, es decir, cuando no tenía ninguna reunión social en la agenda.

Llegado cierto punto —no estaba segura de cuándo ni de cómo—, el hábito empezó a evolucionar. Y se estableció una nueva rutina: una copa de vino en casa por las noches. A veces dos. O más cuando salía. Martinis y manhattans cuando iban juntos, o gimlets.

Así estaba bien, pensó; vino en casa y cócteles fuera. Su momento favorito del día era siempre tomarse una copa de vino con su hijo cerca: su amor por Bear nunca le resultaba tan apremiante.

Con aquella cantidad de bebida vivía perfectamente, pensaba. Le parecía razonable y responsable. Confiaba en que Peter se lo diría si se pasaba de la raya.

Podría haber seguido bebiendo a aquel ritmo y no habría pasado nada. Al final, quien cambió las cosas fue George Barlow.

CARL

1961

Ya eran las siete de la tarde cuando sonó el teléfono del parque de bomberos, despertando a Carl Stoddard con un sobresalto. Se había quedado dormido en el catre después de un largo día al sol. Al segundo timbrazo se levantó y parpadeó. Al tercero, ya estaba en acción, cogiendo el auricular con la misma inquietud que siempre experimentaba al contestar. No le gustaba hablar en general, pero por teléfono era peor.

—¿Carl Stoddard? —dijo una voz al otro lado de la línea. Era Marcy Thibault, la operadora local, cuyos años de experiencia le habían otorgado la capacidad insólita de reconocer voces.

—¿Qué mala noticia hay? —dijo Carl, su respuesta estándar. Una línea de guion.

—Tengo a alguien preguntando por ti en la Reserva Van Laar —dijo Marcy.

—¿Ah, sí? —dijo él.

Era extraño. La familia nunca se había puesto en contacto directamente con Carl, que trabajaba de jardinero en la Reserva.

Quizás se hubiera dejado algo allí. O quizás hubiera hecho algo mal. Peter Van Laar era un hombre de opiniones contundentes y la jardinería era uno de sus grandes intereses. Todos los años organizaban una semana de celebraciones en julio, el Adiós a las Moscas, la llamaban, con ocasión del cambio de estación que hacía que aquella plaga abandonara la zona, y el señor Van Laar lo quería todo perfecto.

—¿Cómo han sabido que estaba aquí? —preguntó Carl. Se le estaba acelerando el pulso. Era un tipo alto, fornido y de barba rubia, que de joven había jugado al fútbol americano y aquel verano cumpliría cuarenta años; pero era tímido, sensible a los cambios del tiempo y a las emociones ajenas, y no le gustaban los conflictos. Nunca le habían gustado. La jardinería era una vocación que le iba de perlas.

—No lo saben —dijo Marcy—. No saben que eres tú quien está ahí.

Aquel año eran cuatro en el cuerpo de bomberos voluntarios del municipio de Shattuck. Aparte de Carl, estaban Dick Shattuck, el dueño de la tienda de comestibles; Bob Alcott, profesor de historia en la cercana escuela central; y Bob Lewis, desempleado, básicamente.

Juntos, una década antes, habían formado el equipo desde cero, aprendiendo el oficio de otros cuerpos de bomberos de poblaciones vecinas y recaudando dinero para el equipamiento en los tenderetes de recogida de donativos que montaban en Navidad y el Cuatro de Julio. En cuanto consiguieron botas ignífugas, empezaron a recaudar el dinero con ellas.

Alquilaron un garaje viejo y lo convirtieron en parque de bomberos con cama y cocina. Les pintó el letrero Georgette, la mujer de Dick, cuyo talento artístico engalanaba todos los años el escaparate de la tienda de comestibles.

Tardaron cuatro años en conseguir un vehículo como Dios manda, pero en julio de 1961 ya lo tenían todo en marcha. Camión, mangueras y, en el pueblo, cuatro bocas de incendios situadas a un tiro de piedra del único cruce de calles de Shattuck que tenía semáforo. Los voluntarios estaban bien formados. No había ninguno de ellos, salvo Bob Lewis, que no tuviera una actitud positiva.

No era ninguna coincidencia que la noche del 10 de julio de 1961 se encontrara de servicio Carl; le gustaba estar en el parque de bomberos. Se apuntaba a todos los turnos de noche que podía. Era el único lugar, aparte de su coche, donde se sentía auténticamente solo. Allí en el parque no tenía nada que hacer más que leer, fantasear o, a veces, quedarse dormido, y solo muy de vez en cuando le tocaba contestar al teléfono.

Marcy Thibault tardó unos segundos en transferirle la llamada. Y, cuando por fin le llegó una voz por los cables, no era ningún empleado, sino Peter Van Laar en persona, a quien Carl saludaba con la cabeza cada vez que se cruzaban en la Reserva pero con quien debía de haber hablado un par de veces en la vida. El hombre tenía fama entre sus empleados y socios mercantiles de ser severo e intolerante, más callado que su mujer, pero también más cruel. No parecía interesado en conversar con nadie que trabajara para él, salvo con los niveles más altos; e incluso con el escalafón superior de la jerarquía de empleados —el encargado de los terrenos, el ama de llaves— hablaba con brusquedad. Tenía una apariencia lobuna, una delgadez que indicaba hambre.

—¿Hola? ¿El departamento de bomberos? —dijo Van Laar después de que los conectaran. Su tono de voz lo hizo sentarse con la espalda recta y la mano sobre la mesa.

—Sí —dijo él—. Le habla Carl Stoddard, del Cuerpo de Bomberos Voluntarios de Shattuck. —Por un momento se planteó recordarle al señor Van Laar la conexión que tenían. Pero lo disuadió la urgencia contenida que transmitía la voz del hombre.

Hubo un silencio en la línea. Luego un chasquido que Carl decidió, al cabo de un momento, que era el ruido que hacía el otro al tragar saliva repetidamente.

—¿Señor Van Laar? —dijo—. ¿Va todo bien?

—Parece que mi hijo ha desaparecido —soltó el hombre por fin.

—¿Bear? —dijo Carl en tono pensativo. Cerró los ojos. Se llevó un puño a la frente. Era demasiado complicado explicar cómo y por qué conocía el apodo del hijo de los Van Laar. Pero así era, y no solo él; lo conocía todo el mundo que trabajaba en la Reserva.

Conocían al niño desde que era una criatura diminuta. Cada mes de mayo volvía a la Reserva más alto y parlanchín. Aquel verano tenía ocho años: un chico que siempre sonreía, siempre iba silbando, patrullando los terrenos como si fuera un guardia y mostrándose amigable con los empleados: lo contrario que su tempestuoso padre. Era un buen explorador del bosque y le interesaban las mismas cosas que a Carl de niño. Las habilidades de supervivencia a la intemperie y esas cosas. Aquel verano en particular habían tenido mucho trato: solo hacía una semana que le había enseñado al crío a reconocer qué madera iba bien para el fuego. «Suelta, ligera y seca —le había dicho—. Casi blanda.» Y le demostró lo que quería decir rajando un tablón de madera de cedro a lo largo con una navaja de pequeño tamaño. Y metiendo la uña del pulgar en la hendidura.

De hecho, Carl había visto a Bear justo antes de terminar su jornada de trabajo: se estaba atando los zapatos junto a la puerta principal de Autosuficiencia. Se había puesto de pie y se había despedido con la mano mientras pasaba en su camioneta, y él le había devuelto el gesto.

Pero, si Van Laar se preguntó de qué conocía a su hijo, no formuló la pregunta en voz alta. Lo que hizo, para su consternación, fue soltar un lamento, espontáneo y frenético, y en él Carl —que también era padre y había tenido cuatro hijos, de los cuales le quedaban tres— reconoció un sentimiento con el que tenía la desdicha de estar familiarizado.

—No se preocupe —dijo—. No se preocupe, señor Van Laar. Lo encontraremos.

En menos de cinco minutos ya tenía a los otros tres voluntarios en la línea.

En menos de veinte ya estaban en el camión, surcando a toda velocidad la oscuridad incipiente, rumbo a la Reserva.

CARL

1961

Ya estaba casi oscuro cuando los cuatro voluntarios llegaron. Aquel mes, su vehículo —un camión bomba forestal marca International Harvester que habían conseguido rebajado justo antes de que lo retiraran de circulación en Schenectady— estaba teniendo problemas con el silenciador, de forma que se acercó escopeteando a la casa.

Antes de salir, Carl les había contado a los demás lo que sabía, que en realidad no era mucho. Su conversación con el señor había sido breve.

—Ha desaparecido el hijo de los Van Laar —les dijo—. Ha salido esta tarde de excursión por la montaña con su abuelo. Ha dado media vuelta en el camino y ha desandado sus pasos porque se había olvidado la navaja en su habitación. Pero ya no ha vuelto con el abuelo.

—¿A qué distancia de la casa estaba cuando ha dado media vuelta? —dijo Bob Lewis.

—No lo sé —dijo Carl.

—¿Cuánto tiempo ha esperado Van Laar antes de ponerse a buscarlo? —preguntó Bob Alcott.

—No lo sé.

—¿Para qué quería el crío la navaja? —preguntó Dick Shattuck.

—No lo sé —dijo Carl sin vigor—. Supongo que nos enteraremos de más cosas cuando lleguemos.

Fue entonces cuando le saltó un recuerdo con ímpetu al frente de la mente: algo que el niño había dicho una vez de pasada refiriéndose a su abuelo y a lo que él no había dado importancia.

El camión se detuvo al final del camino privado. Dick Shattuck apagó el motor.

Luego se hizo el silencio. En la Reserva entera: un silencio tremendo.

Carl, que iba en la parte de atrás, no sabía qué había esperado oír —pasos, quizás, o gritos, o llanto; el apodo del niño, Bear, repetido una y otra vez—, pero no esto.

Se incorporó dolorosamente. Se bajó de un salto de la plataforma del camión haciendo un ruido sordo. En los últimos años había ganado treinta kilos, que ahora lo ralentizaban. Su mujer estaba preocupada.

Detrás de él, sus tres compañeros ya estaban bajando de la cabina.

Frente a ellos se movió una figura sobre la hierba. Carl percibió que era un ser humano y a continuación vio que era Vic Hewitt, el encargado de los terrenos. Su jefe.

La luz tenue que se proyectaba desde la casa le perfilaba la silueta. Era alto y ancho de espaldas, y tenía la extraña costumbre de poner los brazos rectos a los lados del cuerpo, en una pose extrañamente formal, como de soldado en posición de firmes.

Los estaba esperando.

Carl solo había estado una vez dentro de la casa de los dueños, cuando lo habían contratado cinco años atrás. Aquel día había entrado por la puerta de la cocina; dentro, el ama de llaves le había servido una limonada con galletas mientras él hablaba con su futuro jefe.

—Es un trabajo duro —le había dicho Hewitt—. No te voy a mentir. Mucha tierra y poco personal. Y es todo el año, no solo en verano.

Carl había asentido con la cabeza, pero le costaba concentrarse. Había tenido la suerte de enterarse del trabajo por un primo suyo que conocía al jardinero anterior, y también de que el susodicho se hubiera jubilado por fin. Él no contaba con mucha experiencia como jardinero, pero tenía carnet de la biblioteca. Habría aceptado cualquier trabajo que le ofrecieran. Tenía un hijo enfermo y estaba sin blanca. Hasta hacía poco, había trabajado en la fábrica de papel del pueblo, pero la planta había cerrado, y sesenta y pico hombres habían perdido el empleo que habían tenido toda la vida.

—Me gusta trabajar —dijo Carl. Tenía hambre: se planteó coger una de las galletas, recargada y marrón, con aspecto más decorativo que alimenticio. Decidió no hacerlo. Hewitt no había cogido ninguna.

—¿Entiendes de flores y eso? —dijo este.

—Ya lo creo —repuso él—. Crecí en una granja.

—¿Pero de flores? —preguntó el otro en tono de duda.

Carl volvió a asentir con la cabeza.

—Mi madre las cultivaba. Ganaba concursos en la feria del condado. —Esto último era una exageración: la mujer, que todavía vivía, se había *presentado* a concursos todos los años y todos los años se quejaba de su incapacidad de llegar a la final—. Me enseñó todo lo que sabía —añadió. Era consciente de que su tono rayaba en la desesperación.

—Eres primo de Joe Stoddard, ¿no? —dijo Hewitt.

Carl dijo que sí con la cabeza.

Por fin el hombre dio un golpe en la mesa con los nudillos y le dijo que el trabajo era suyo si lo quería.

Así era.

Más adelante se enteraría de que su primo Joe le había contado que tenía un crío en el hospital en Albany, un dato que ni Vic Hewitt ni él habían mencionado para nada. En 1961 Carl ya llevaba media década trabajando allí, un lustro de aprendizaje rápido que hasta ese año no había dado los frutos deseados. Francamente, era un milagro que no lo hubieran despedido ni Hewitt ni el señor Van Laar en persona; aunque Carl sospechaba que el primero había cargado más de una vez con las culpas cuando el segundo se quejaba.

Ahora fue Vic Hewitt quien recibió a los cuatro hombres que se le acercaban caminando por la hierba.

Levantó una mano sin decir nada y la volvió a dejar caer junto al costado.

—Os habéis enterado, supongo —les dijo cuando estuvieron lo bastante cerca como para oírlo.

Saludó con la cabeza a Carl. Les estrechó la mano a los demás.

Él echó un vistazo de reojo a Dick Shattuck, que normalmente era quien hablaba por todos. Pero este se limitó a devolverle la mirada.

A Carl se le ocurrió entonces que por su trabajo allí todos debían de esperar que llevara la voz cantante y la idea lo puso nervioso. Nunca le había gustado llevar la batuta de nada ni de nadie. Ni siquiera en el instituto: incluso había rechazado el ofrecimiento que le había hecho su entrenador de fútbol americano de nombrarlo capitán del equipo.

—¿Qué más se sabe? —dijo Carl tras una pausa, porque no se le ocurría nada más que decir.

—No hay noticias —dijo Hewitt—. El niño sigue desaparecido. Ya llevamos cinco horas peinando el bosque.

Encorvó la espalda. Miró el suelo.

Vic era un hombre estoico y un guía avezado. Desde fuera se lo percibía como un hombre duro hasta la ferocidad. La prueba visible de ello era que le faltaba el lóbulo de la oreja derecha, supuestamente porque se lo había arrancado un oso negro que después Vic había derribado en combate cuerpo a cuerpo. Pero Carl sabía que también era padre. Tenía una niña, Tessie Jo, de doce o trece años, una cría poco femenina a la que había criado él y que ahora parecía su melliza y trabajaba codo con codo con él cuando no estaba en la escuela. Se dio cuenta de que Hewitt estaba pensando en ella, igual que él también estaba pensando en sus hijos. Imaginándoselos perdidos por la noche en el sotobosque, ahora mojado por una tormenta reciente. Acordándose de cuando Scotty respiraba con dificultad en la cama de sábanas blancas del hospital.

Vic Hewitt se giró y miró por encima del hombro, más allá de la casa, hacia el margen del bosque.

—Mirad —les dijo—. La cosa está mal ahí dentro. La señora V. está fuera de sí. Igual que el resto de la familia y los invitados. Lo que quiero decir es que os andéis con pies de plomo. No hace falta preocuparlos más.

Y, dicho esto, los condujo en silencio hacia la casa y su enorme puerta de entrada, cuyo umbral Carl no había cruzado ni una vez en todos los años que llevaba trabajando allí.

ALICE
Años cincuenta

En la familia Van Laar, la semana de celebraciones del Adiós a las Moscas se empezaba a planificar en mayo.

El primer orden del día era decidir a quién invitaban. La casa, con sus diez dormitorios, podía acoger cómodamente a dieciséis personas. En las construcciones anexas cabían dieciocho más. Algunas de las decisiones eran sencillas: entre los asistentes fijos estaban los McLellan, que llevaban dos generaciones siendo los mejores amigos y los socios mercantiles más estrechos de la familia Van Laar; también los Barlow, George, amigo de Peter, y la hermana de Alice, Delphine; y sus padres, aunque él siempre dejaba muy claro que incluir a los Ward era un favor que le estaba haciendo a su mujer. A estos se añadían otros amigos de la universidad de su marido y unos cuantos empresarios a quienes estaba cortejando para que fueran clientes del banco, que variaban todos los años y por lo general se caían de la lista en cuanto se firmaba un acuerdo. Por último, estaban las celebridades de poca monta a las que Peter había conocido de alguna forma en la ciudad y a las que invitaba principalmente para que proporcionaran entretenimiento. Aquellos invitados «extra» solían limitarse a mujeres guapas e inofensivas, o bien hombres muy graciosos, todos los cuales venían sin acompañante y dormían en los edificios anexos.

Tras elegirlos y asignar las habitaciones, se atendía a las demás tareas. Se encargaban flores. Se contrataba a un conjunto local de violín y dulcémele, y también a un locutor para el baile tradicional por parejas que se celebraba a media semana. La Reserva, que antaño había tenido una granja propia —antes de que se normalizaran los coches y los camiones—, ahora dependía de los productores locales a fin de suministrar una semana entera de comida a los treinta y tantos invitados que se presentaban en la casa.

En general, todas aquellas semanas de celebración tenían lugar sin complicaciones gracias a la planificación meticulosa de Peter y a la adhesión de Alice a sus instrucciones.

Pero el año en que Bear cumplía cinco trajo consigo un problema: George Barlow, su cuñado y buen amigo de su marido, había muerto de forma inesperada en junio de un ataque al corazón, dejando viuda a su hermana Delphine y también dejando abierta la cuestión de si ahora debían invitarla o no.

Alice tenía un dilema. La verdad era que no le había dedicado toda la atención que debería tras la muerte de su marido. Vivían a cuatro horas de distancia. Ella tenía una criatura; Delphine no. Durante años, las únicas ocasiones en que se habían visto de forma prolongada habían sido en el Adiós a las Moscas; ahora a Alice le producía un ligero pánico la idea de que lo primero que le escribiera a su hermana desde el funeral fuera una invitación a una semana de risueñas celebraciones.

Peter soltó un soplido de burla cuando ella expresó aquella preocupación.

—Tonterías —dijo—. A Delphine le sentará bien. Así se distrae un poco. Además, es una persona inteligente. Estoy seguro de que es capaz de decidir por sí misma si quiere venir o no.

Alice sintió un desaire en la palabra que había usado su marido. La inteligencia era una cualidad que Peter valoraba mucho y que estaba segura de que no le atribuiría nunca a ella.

Resultó que Delphine sí que aceptó la invitación. «Encantada», escribió en su respuesta.

Alice se sintió aliviada. Quizás aquella sería la oportunidad de volver a conectar con su hermana. De disculparse por sus años de ausencia. De empezar desde cero con ella, a quien había admirado tanto de niña que parecía que fuera un personaje famoso. Ahora que eran adultas las dos, pensó, quizás pudieran ser amigas.

El viernes, que era cuando tenían que llegar los primeros invitados, Alice se vistió con esmero. Luego fue por el pasillo hasta el solario, donde se quedó frente a la ventana, armándose de valor para ejercer sus funciones de anfitriona.

Se dirigió a un mueble bar, dispuesta a llevar a cabo su ritual. Levantó un vaso largo. Se sirvió un coñac, que en realidad no era más que un tipo de vino, razonó.

Se lo llevó a los labios.

Le llamó la atención un movimiento rápido tras ella y vio salir de la sala a Vic Hewitt.

—¿Vic? —dijo, y él se giró, avergonzado, con su gorra de pescador en las manos—. No sabía que estabas aquí —añadió Alice.

El hombre asintió con la cabeza. Era la única persona de la Reserva que hablaba todavía menos que ella. Peter decía que era un hombre simple, pero que se ocupaba de los terrenos como nadie. Llevaba barba. Era el último de una larga estirpe de guías de los montes Adirondack, el más famoso de los cuales aparecía mencionado por su nombre en la guía que había lanzado la industria turística por todo el parque nacional homónimo. El Peter Van Laar original había contratado a Vic cuando era un crío de unos dieciséis años. Al principio había sido para liderar sus expediciones de caza, después para encargarse de los terrenos y, finalmente, cuando Peter Primero ya tenía en mente la idea de Camp Emerson, para dirigir también las colonias. Igual que todo el mundo que trabajaba para los Van Laar, Vic Hewitt desempeñaba muchos roles y lo hacía sin quejarse.

Ahora, en cambio, parecía nervioso.

—¿Estás bien? —preguntó Alice, gestionando la ligera vergüenza de que la hubieran pillado bebiendo sola.

Vic asintió con la cabeza.

—Repasando los planes, supongo —dijo—. Asegurándome de que lo tengo todo listo.

Y ella lo entendió de repente. El Adiós a las Moscas era la única semana del verano en la que lo liberaban de dirigir las colonias. Durante la fiesta, sus tareas eran liderar múltiples expediciones de caza y de pesca y entablar conversación con grupos de forasteros. Alice imaginó que Vic era como ella. Prefería estar solo o con su hija Tessie Jo. Se giró hacia el mueble bar. Sirvió una segunda copa.

—Ten —le dijo—. Esto te ayudará.

Vic sonrió. Inclinó la cabeza. La cogió con las manos.

De fuera les llegó un ruido repentino de neumáticos sobre la grava.

Empezaba el Adiós a las Moscas.

Delphine apareció el sábado, un día después que el resto de los invitados. Su llegada a primera hora de la tarde fue recibida con un silencio fúnebre. Los demás invitados le murmuraron sus pésames dos y tres veces, y le preguntaron si estaba bien. En menos de una hora, sin embargo, los congregados ya habían reanudado las actividades del día: Vic Hewitt había instalado dianas en la playa y los invitados —hombres y mujeres por igual— estaban disparando flechas en dirección a la línea de los árboles del sur.

Lo extraño, lo incómodo, era la cuestión de qué podían hacer con una mujer sola que no estaba allí ni para ser guapa ni para entretener a los demás. Las bailarinas y las actrices estaban allí por su físico o por su escándalo, por la excitación sexual que aportaban a la fiesta. Curiosamente, Alice nunca se había sentido insegura en su presencia. No creía que nadie se acostara nunca con ellas; pensaba que se liaban entre ellos, aquellos hombres y mujeres jóvenes que venían todos los años a Autosuficiencia, y una parte secreta de Alice los aplaudía por ello. A veces se preguntaba cómo sería la experiencia de estar con otro que no fuera su marido, el único hombre con el que había estado en su vida.

Resultó que casi todo el mundo hacía como si Delphine no estuviera, salvo sus padres, a cuyo lado se sentaba en las comidas.

En vida de George Barlow, su hermana y él se habían mantenido ocupados el uno al otro. Eran la pareja más feliz que había conocido Alice; compartían el mismo sentido del humor y las mismas excentricidades. Una vez casada con George, Delphine había dejado de prestar tanta atención a su apariencia y había optado por la comodidad en detrimento de la elegancia. La mayor parte del tiempo llevaba pantalones, y encima feos. Sin embargo, George siempre elogiaba su aspecto, no solo delante de su mujer, sino también de quienes la rodeaban. Alice los sorprendía a menudo intercambiando miradas durante las comidas, bien de ternura, bien de diversión.

Ahora que George ya no estaba, sin embargo, las rarezas de Delphine habían perdido rápidamente cualquier encanto que hubieran tenido. Además, en ausencia de él había perdido el objetivo al que se habían dirigido en el pasado todas sus observaciones y su conversación. Y también, en apariencia, la capacidad de filtrar sus pensamientos.

Por ejemplo, cuando le preguntaban cómo estaba tras la muerte de su marido, Delphine contestaba con franqueza.

—Ha sido horrible —decía—. No duermo.

¿Qué se podía hacer con aquella clase de sinceridad?, se preguntaba Alice. ¿Qué respuesta se podía dar?

Al quedarse viuda tan joven —y sin hijos—, de alguna forma Delphine se había convertido en una cría. La sensación venía intensificada por el hecho de que a menudo la veían pasar el tiempo con los niños de la propiedad: con su sobrino Bear, pero también con el hijo de los McLellan y con Tessie Jo Hewitt, que tenía nueve años aquel verano y parecía ser la favorita de Delphine. Les enseñaba a jugar a las cartas y a apostar con palillos. Se los llevaba de paseo y les decía los nombres de los pájaros; llevaba siempre colgados del cuello los prismáticos de George y se los pasaba a los niños para que avistaran una curruca, un carbonero o un halcón. Y a veces, cuando le parecía que no había nadie mirando, acunaba los prismáticos con ternura sobre los brazos cruzados, como si fueran su difunto marido en persona.

En un par de ocasiones, Alice intentó dirigirse a ella, charlar sobre cualquier cosa, pero Delphine siempre se mostraba reacia y se la quitaba de encima.

—Sé que estás ocupada —decía—. Ve a ayudar a Peter. De veras que no pasa nada, Cuqui.

Y Alice obedecía, dejando atrás a su hermana y experimentando al hacerlo una sensación de alivio culpable.

En cualquier caso, era cierto que sus días estaban meticulosamente estructurados, algo por lo cual los amigos de más antigüedad de Peter se metían en broma con él. Frank McLellan, Howie Southworth, Merrill Williams y —antaño— George Barlow. Alice sabía que eran los únicos a quienes se les permitía burlarse de él y le gustaba aquella parte de las reuniones anuales, le encantaba oír a otros articular de forma graciosa e incisiva aquello que hacía tan difícil a su marido. «¿Cómo lo aguantas, Alice?», le preguntaban a menudo, y ella se reía con ellos, atolondrada y aliviada, persuadida de que aquellas partes de Peter que a veces la llegaban a asustar…, pues, bueno, a fin de cuentas no eran tan malas.

La primera comida del día era a las diez y media. Su marido prefería desayunar mucho más temprano y siempre se enorgullecía de que necesitaba dormir muy poco, pero los años de experiencia le habían enseñado que era poco probable que unos invitados que se quedaban levantados bebiendo hasta las tres de la mañana se presentaran a desayunar a las siete en punto.

Después, lloviera o hiciera sol, había una actividad organizada al aire libre, siempre competitiva. Las caminatas eran carreras; las excursiones de pesca eran campeonatos. Al final de la semana, la pareja que tuviera la puntuación más alta recibía, con gran pompa y circunstancia, un trofeo, que se les indicaba que tenían que traer de vuelta el año siguiente. Los McLellan, católicos deportistas de Manhattan, eran la pareja a la que más costaba derrotar y ya habían ganado diez veces, para disgusto de Peter.

Alice vivía todo aquello como una forma más de decepcionar a su marido. Poseía unas capacidades atléticas decentes, pero en cualquier competición la presión la hacía naufragar y la mirada de frustración que le clavaba él entonces provocaba que se le cayera todo de las manos.

Sentía un gran alivio, por tanto, cuando se acababan las actividades diarias y les traían un aperitivo; a continuación, todo el mundo se retiraba a sus respectivas habitaciones para descansar y cambiarse de ropa antes de los cócteles en el jardín, que empezaban —con exactitud— a las cinco.

A partir de ese momento, las tardes se volvían cada vez más bulliciosas. La cena era a las siete, seguida de juegos de sociedad en torno a un fuego, dentro de la casa o al aire libre, dependiendo de si llovía.

Esos juegos traían más competición, más oportunidades de ganar puntos. Y a Alice le parecían todavía peores que los que se jugaban a la intemperie. En un par de ocasiones —en las charadas, por ejemplo— había llegado al borde del llanto mientras Peter le gritaba sus intentos de adivinar la respuesta, seguidos de órdenes: «¡Por Dios, Alice, prueba algo distinto!».

El peor era un juego espantoso llamado Diccionario donde se usaba una edición colosal de 1930 del *Diccionario Oxford*. La premisa era que el líder de cada ronda tenía que encontrar una palabra lo bastante rara como para certificar, mediante consulta oral, que no la conocía nadie. Una de ellas había sido *limerencia*. *Nefelibata*. *Dasocracia*. El líder apuntaba la definición real en un papel; los demás escribían una inventada y después todos los jugadores le pasaban sus papeles al líder de la ronda, que los reunía y leía las definiciones en voz alta; luego todo el mundo votaba la que le parecía correcta y el ganador era el participante cuya entrada recibía más votos.

A Alice se le daban terriblemente mal todos los aspectos de aquel juego.

No creía tener ninguna creatividad y, por tanto, sus definiciones siempre eran las mismas: «Pájaro de Sudamérica» era una de sus favoritas, o bien «Reír con alegría» si sospechaba que lo que tenía entre manos era un verbo. Y peor todavía: cuando le tocaba ser la líder, nunca conseguía encontrar una palabra que no conociera nadie. Notaba la incredulidad que la rodeaba siempre que proponía alguna palabra como *estentóreo,* que además decía mal, y luego, cuando oía la pronunciación correcta de labios de Peter, irritado y avergonzado, se daba cuenta de que sí la conocía.

En el extremo opuesto del espectro estaba Delphine, que, a pesar de que le habían negado la oportunidad de solicitar siquiera el ingreso en la universidad, parecía conocer tanto el significado de cada palabra del diccionario como su etimología, y se dedicaba a explicárselos con total frescura a su nada receptivo público. Siempre estaba vetando palabras, confesando en tono risueño que las conocía. La quinta vez que esto sucedió, se oyeron gruñidos. La décima vez, un silencio cortés. Por fin a Delphine le cambió la expresión: acababa de entender el error social que había estado cometiendo.

Ya habían llegado a la mitad de otra ronda antes de que alguien se diera cuenta de que se había retirado discretamente a la cama.

—¿Dónde está Delphine? —preguntó Katherine Southworth.

Y Howie, su marido, le dijo:

—Ha hecho una *limerencia.* —Y todo el mundo se estuvo riendo a carcajadas un buen rato.

—Menos mal —dijo Merrill Williams, que era el que estaba más borracho, y a continuación, como le chistaron, lo repitió levantando la voz y poniéndose las manos ahuecadas a los lados de la boca—: ¡Menos mal! —gritó.

Algunos de los invitados ahogaron una exclamación. Luego hubo más risas, esta vez sin levantar la voz.

—Williams —dijo Peter por lo bajo—, ya basta.

Merrill puso los ojos en blanco, se levantó de la silla y fue dando tumbos a la puerta del jardín.

Por fin se terminaba el juego.

Alice se planteó brevemente ir a ver a su hermana. Pero sucedía que aquel momento —cuando se terminaban los juegos y todo el mundo podía hacer lo que quisiera— siempre era su favorito del día. Solo entonces se sentía libre de la carga de los juicios de Peter. Estaba lo bastante ebria como para sentirse generosa y amable; podía admirar la casa tan preciosa que tenían, ver sus tierras, igual de preciosas, al otro lado de las ventanas y escabullirse por el pasillo en silencio para visitar la habitación donde dormía su preciosidad de hijo y darle un beso. Y podía sentir, sentir de verdad, la suerte que tenía de que le hubiera tocado aquella vida. Una suerte que nunca le resultaba más evidente que durante aquellas horas de la madrugada, cuando todos los invitados eran libres de hacer lo que quisieran.

En vez ir con su hermana, que era lo que sabía que debería hacer, echó a andar en dirección al cuarto de su hijo, pasando de puntillas por entre varios invitados que ya dormían sin disimulo en el sofá y esquivando a otros —«los artistas residentes» era la forma ridícula que tenía Peter de llamarlos— que estaban bajando a la playa a oscuras para quitarse la ropa y nadar un rato.

Mientras caminaba por el pasillo, sin embargo, la detuvo el ruido de alguien que lloraba por lo bajo. Se detuvo a escuchar. Se dio cuenta de que el ruido venía de la habitación de Delphine.

Estaba lo bastante borracha como para sentirse valiente, de forma que se tumbó en el suelo del pasillo para mirar por la rendija de debajo de la puerta y vio a su hermana sentada en el borde de la cama, cabizbaja. La estremecían los sollozos y trataba de aquietarlos con las manos.

Alice se puso de pie, horrorizada. Delphine debía de haber oído sus risas y deducido correctamente quién era su objeto. También su hermana estaba avergonzada, pensó, pero por la razón opuesta a la suya. No por no saber lo bastante, sino por saber demasiado. Ninguna de ambas cosas era aceptable en una mujer. En un momento de valentía, Alice dio unos golpecitos suaves en la puerta, y, como no hubo respuesta, giró el pomo.

Delphine levantó la vista, sobresaltada. Llevaba un camisón blanco y largo, y el pelo moreno le caía sobre la cara, dándole un aspecto fantasmagórico.

—¿Estás bien? —le preguntó Alice.

Su hermana se la quedó mirando un momento largo, se secó la cara con la manga y dio unas palmadas a su lado sobre la cama.

—Ven aquí —dijo al ver que su hermana vacilaba. Por fin Alice obedeció: caminó despacio hacia la cama y se sentó a su lado. No había estado tan cerca de Delphine y a solas con ella desde que eran adolescentes.

—Lo siento, Delphine —dijo, y entonces, vergonzosamente, se le escapó un sollozo.

—¿Por qué, cielo? —preguntó su hermana.

—No estaban siendo muy amables —repuso Alice.

—Ah, *eso* —dijo Delphine—. Me importa un pimiento. —Hizo un gesto con la mano, como si estuviera espantando una mosca—. Esa clase de gente busca de forma casi automática a alguien a quien atacar colectivamente. La gente de nuestra clase, quiero decir. Nos crían para eso. Lo hacemos casi desde que nacemos. —Hizo una pausa—. Bueno, algunos de nosotros, por lo menos —dijo.

Delphine cogió un vaso de agua que tenía en la mesilla. Bebió de él. A continuación, como si le estuviera leyendo la mente, se lo pasó a Alice, que lo cogió con ambas manos y lo vació con agradecimiento.

—¿Por qué estabas llorando? —preguntó cuando se lo terminó.

—Por George —dijo Delphine—. Siempre estoy llorando por George. Si acepté esta invitación fue por él. Pensé que estar aquí me ayudaría a sentirlo más cerca.

Alice asintió con la cabeza. Volvió a sollozar.

—Dame eso —dijo su hermana, y ella le entregó el vaso. Delphine se puso de pie, desapareció un momento de la habitación y volvió con más agua—. Bébetela. Te lo agradecerás a ti misma por la mañana.

Alice obedeció. A veces le daba la sensación de que su vida entera consistía en seguir órdenes de quienes tenían un estatus superior al suyo, o bien en darlas a quienes tenía por debajo. Solo con su hijo tenía una conexión que existía fuera de las jerarquías de autoridad. Lo amaba sin más, sin condiciones ni complicaciones. Y creía que él la amaba de la misma manera.

—¿Y te funciona? —le dijo a Delphine tras acabarse el agua.

—¿El qué?

—¿Estar aquí te hace sentirte más cerca de George?

—No —dijo Delphine, que soltó una risa—. La verdad es que no. —Luego miró a Alice con más atención de la que había puesto nunca en ello—. ¿Eres feliz aquí, Cuqui?

Ella se movió nerviosamente.

—Pues claro —dijo.

—Feliz de verdad, digo. Sé que quieres a Bear, y es un cielo. Claro que lo quieres. Pero Peter... ¿Te trata bien?

Alice asintió en silencio con la cabeza.

—Claro... —contestó, esta vez con voz más débil.

Delphine suspiró.

—Siempre me he sentido culpable, ¿sabes? —dijo—. A veces tengo la sensación de que fui yo quien te emparejó con él. Pero, desde entonces, siempre me ha preocupado la posibilidad de que la situación te sobrepasara. Tanto George como yo creímos que Peter cuidaría de ti. Ahora ya no tengo tan claro que seáis una buena pareja.

Al oír aquello, Alice se puso tensa.

—¿Qué quieres decir?

—Solo que Peter puede ser muy inflexible, Cuqui. Y tú eres tan dulce... Espero que le plantes cara de vez en cuando. Espero que tú también estés sacando lo que quieres de esta vida.

«No llores», pensó Alice. Sería como suspender algún examen que le estaba poniendo su hermana. «No llores.»

No sirvió de nada. Las lágrimas le afloraron en los ojos y se derramaron.

—Ay, Alice —dijo Delphine. Intentó cogerle una mano con las suyas, pero ella la apartó de golpe. Quería marcharse. Quería levantarse y salir de la habitación. Había hecho mal en sentir lástima por su hermana; no se había acordado de que podía ser directa hasta el extremo de la crueldad.

—Escucha —dijo Delphine—. Lo mejor de estar casada una década con George Barlow fue descubrir que no pasaba nada por no hacer lo que se espera de ti todo el tiempo. Es una idea que me ha liberado mucho. La forma en que nos criamos, en que nos criaron nuestros padres, quiero decir, nos adiestró para pensar que nuestro trabajo es tener siempre una conducta absolutamente *correcta*. Pero no lo es, Cuqui. ¿Lo ves? Podemos tener ideas propias y vida interior. Podemos hacer lo que nos plazca si conseguimos aprender a que no nos importe tanto lo que piensa la gente.

La incomodidad de Alice iba en aumento. A su hermana le había aparecido un brillo en la mirada; a ella le pareció verle una pizca de locura.

Aun así, Delphine continuó:

—Lo interesante de George —dijo— era que él se había dado cuenta hacía mucho tiempo de que uno es libre de hacer lo que quiera en la vida y mandar al carajo las expectativas; aun así, nunca dejó que esto rompiera la amistad con su antiguo grupo. Con la gente que hay aquí, quiero decir. —Ladeó la cabeza en dirección al salón—. Desde su muerte —dijo—, he estado intentando ser más como él en ese sentido: mostrarme abierta a toda clase de personas. Incluso a *estas*.

Se oyeron más risas lejanas. Alice bebió de su vaso.

—A veces —siguió diciendo Delphine—, me sorprendo a mí misma casi estudiándolos, en vez de tratar con ellos como haría una amiga. Que es lo que siempre hizo George. Es una tendencia terrible que tengo. ¿Sabes que en otoño me matriculé en el programa de Antropología del Barnard College? Es lo único que me mantiene con vida. La idea de sacarme por fin el título. —Luego Delphine se giró hacia ella—. Alice, ¿alguna vez te has planteado ir a la universidad?

—Eh —dijo ella—. No. No, tengo que cuidar a Bear.

—¿Pero cuántos años tiene? ¿Cinco? ¿No va a empezar el colegio en otoño?

—Sí —dijo Alice a regañadientes—. Pero entonces tendré... que ocuparme de la casa.

—Deberías pensártelo —dijo Delphine—. Eres más inteligente de lo que nadie te reconoce. Me acuerdo de que siempre se te dieron bien las sumas.

Alice sopesó un momento aquellas palabras, sin saber qué hacer con ellas. Intentó recordar si alguna vez en su vida su hermana le había dedicado algún cumplido que no tuviera que ver con su físico o su indumentaria.

—¿Te puedo preguntar una cosa? —dijo Delphine. Y, antes de que ella contestara, aventuró—: ¿Nunca te ha preocupado la posibilidad de que nacer con dinero nos haya impedido crecer?

Alice palideció.

—No lo digo por nada —añadió Delphine—. Solo es que... últimamente me he estado preguntando si el hecho de tener todas las necesidades materiales cubiertas desde que nacimos ha sido algo positivo en nuestra vida. Me da la impresión de que quizás nos haya causado cierta carencia de anhelos o de esfuerzo. «La misión», lo llamo. Cuando tus abuelos o tus padres ya la han cumplido y se han impuesto, ¿qué les queda por hacer a las generaciones posteriores? —En ese momento hizo una pausa y se quedó mirando a lo lejos, pensativa—. Esa es la expectativa que más quiero desafiar.

Alice estaba petrificada. No tenía ni idea de qué decir. Hablar de dinero se oponía a todas las instrucciones que le habían dado en la vida. Le parecía prácticamente pecaminoso. Se hizo un largo silencio hasta que Delphine lo rompió:

—Bueno, piénsatelo, Cuqui —dijo—. El tema de la universidad, digo. George tiene... tenía un muy buen amigo que da clases en el Vassar. ¿Qué distancia hay de allí a Albany?

Pero Alice estaba negando con la cabeza.

—A Peter no le gustaría —dijo. La verdad era que a ella tampoco. Pero de pronto sintió que no quería decepcionar a Delphine, no quería desinflar la idea de ella que tenía su hermana en aquel momento.

Delphine hizo una pausa.

—¿Por qué crees que no?

—Bueno, tiene muy claro lo que yo he de hacer todos los días —repuso Alice—. Seguro que no creería que tuviera tiempo también para estudiar.

Delphine asintió con la cabeza.

—¿Y si le insistieras? —dijo.

Alice estuvo a punto de reírse. La idea de insistir en algo con Peter le resultaba casi inimaginable. No es que le tuviera… miedo, exactamente, aunque había habido un par de incidentes que le habían causado alarma. Era más bien que había llegado a verse a sí misma de forma casi exclusiva con los ojos de él, y, por tanto, contar con su aprobación era la forma más fácil de alcanzar algún bienestar.

—Yo no insistiría —se limitó a decir.

—¿Sabes? —dijo Delphine—. Siempre me ha parecido que Peter ladra más que muerde. —Sonrió—. Pero eres adulta —añadió—. Y lo conoces mejor que yo.

Cuando Alice emergió de la habitación de su hermana, ya eran casi las tres de la madrugada y por toda la casa se oían ecos de ronquidos. Se le había pasado el efecto del alcohol. Caminó apoyándose en los talones, evitando los tablones que sabía que hacían ruido. Cuando pasó frente a la habitación de Bear, abrió la puerta para echar por fin un vistazo a su cuerpo dormido; después continuó hasta la habitación que compartía con Peter.

Al entrar se encontró a su marido despierto.

Estaba tumbado boca arriba, con las manos detrás de la cabeza, el torso fino y flaco desnudo, y apenas visible a la luz de la luna.

Peter giró ligeramente la cabeza en su dirección, pero no dijo nada.

Alice se desnudó delante de él, incómoda, sintiendo su mirada calculadora a pesar de la oscuridad. Ya notaba en la cintura toda la comida y la bebida del fin de semana de celebraciones y tomó nota mentalmente de no comer nada al día siguiente; por lo menos hasta la cena.

Se puso el camisón por la cabeza y se metió en la cama junto a Peter.

—¿Dónde has estado? —le preguntó él.

—En la habitación de Bear —dijo Alice de forma automática—. Estaba inquieto. —No sabía muy bien por qué, pero le parecía peligroso contarle la verdad.

Peter se quedó callado un buen rato y ella pensó que quizás se habría vuelto a dormir.

Pero luego se dio la vuelta y la expresión de su cara era fría.

—Estás mintiendo —dijo Peter—. He mirado en la habitación de Bear. Te he buscado por toda la finca.

De repente se incorporó hasta apoyarse en un codo. Alice se puso tensa.

—¿Dónde estabas? —le volvió a preguntar. Ella reconoció el peligro en su voz.

—Sí que he ido a la habitación de Bear —dijo—. Dos veces. Pero también he ido a la de Delphine.

Peter hizo una pausa, aparentemente cogido por sorpresa. Alice sabía que no era la respuesta que se había esperado. De recién casados, había cometido una equivocación terrible en una de aquellas fiestas y había estado demasiado borracha para comprender lo que pasaba. Su equivocación, había entendido por fin, había sido beber demasiado. El resto fue culpa de otra persona. De un antiguo amigo de Peter a quien ya no invitaban a las fiestas.

—¿Por qué demonios estabas en la habitación de Delphine? —dijo.

—Quería ver si estaba bien —dijo Alice—. La he oído llorar. Y Merrill ha hecho ese comentario horrible.

Peter se quedó un momento callado. Luego retiró el codo y se volvió a acostar; la conversación había terminado.

Alice cerró los ojos. Se imaginó la cara amable de Delphine, su cabello moreno y su espalda siempre recta. El bienestar y la confianza en sí misma que irradiaba su persona pese a su reciente pérdida.

Peter volvió a hablar:

—Sé que es tu hermana, Alice —dijo—. Y siento decir esto. Pero yo que tú no me acercaría a ella. Siempre me ha parecido una manipuladora. —Las palabras aterrizaron pesadamente en la habitación vacía—. A todos nos preocupaba que George cambiara cuando se casaran —añadió—. ¿Y sabes qué? Cambió.

Después de aquello, los dos guardaron silencio.

CARL

_1961_

En el salón principal de Autosuficiencia, Vic Hewitt estaba atendiendo el fuego de la chimenea de piedra que hacía de punto focal de la sala. A su alrededor había una decena de personas de pie o sentadas; nadie hablaba. Las edades iban desde los veinte años hasta los ochenta. Aparte de los Van Laar, las únicas dos personas a las que Carl reconoció con seguridad fueron los padres de la joven señora, venidos de la ciudad. Su hija —la madre de Bear— estaba ausente. En cama, quizás. Llorando en alguna otra habitación. Su mujer había estado así durante las últimas semanas de vida de Scotty. Y durante un año entero tras su muerte.

Todos los presentes daban la impresión de acabar de llegar tras pasar horas en el bosque. Las caras aturdidas, macilentas y manchadas. Tenían la ropa tiesa, recién secada por el fuego tras las lluvias que habían caído aquel día.

Una quietud aprensiva llenaba la sala. Estaban asimilando la realidad. Carl se los imaginaba al principio de su búsqueda, a primera hora de la tarde, a plena luz del día: risas nerviosas y agitadas mientras peinaban los terrenos, convencidos de que encontrarían al niño, confiando en que les estuviera gastando una broma y en que a la hora del cóctel ya estarían contando la historia de su búsqueda con una copa en la mano.

Se imaginaba cómo debían de haber cambiado los ánimos.

Deberían haberlos llamado antes, pensó Carl. Era la obviedad que ninguno de los cuatro voluntarios había mencionado de camino a la Reserva. Al menos, se le debería haber ocurrido a Vic Hewitt. Los cuatro voluntarios tenían formación básica en seguir rastros y el hermano de Dick, Ronald, era dueño de Jennie, una sabueso con buen olfato. Pero no habían podido localizarlo, de forma que habían salido sin perro. Entre la tormenta y el hecho de que tanta gente hubiera pisoteado el terreno, al día siguiente sería mucho más difícil seguir tanto huellas como olores. ¿Por qué no los había llamado Hewitt?

De la decena de ocupantes del salón central ninguno se levantó cuando llegaron los voluntarios. Hasta que Vic Hewitt se puso a hablar, nadie pareció reparar en ellos.

—Han venido los miembros del cuerpo local de bomberos —dijo, dirigiéndose al señor Van Laar hijo—. Por si quieren hablar con ellos.

En la cocina, lejos de los congregados, los señores Van Laar padre e hijo atendieron a los voluntarios. Fue entonces cuando Carl se acordó de su gorra, una prenda blanda de fieltro que le había regalado su mujer hacía varios cumpleaños. Se la quitó de la cabeza y se atusó la barba y el pelo con la mano.

Como nadie decía nada, habló él:

—Bueno —dijo con la vista clavada en el suelo, incapaz de mirar a nadie a los ojos—. A ver. ¿Cuándo es la última vez que han visto al niño?

—A las tres en punto —dijo el mayor de los Van Laar.

—¿Y estaba… de excursión?

—Eso ya lo sabe usted —apuntó el hijo—. Lo hemos hablado por teléfono. —Lo dijo con impaciencia en la voz. A Carl se le ocurrió que quizás creyera que iban a salir al bosque aquella misma noche. No llegarían lejos si lo hacían; solo tenían una linterna de mano y una de diadema para todos, y a esta se le habían acabado las pilas, si no recordaba mal. Era posible que hubiera más equipamiento en la finca, pero, aun así..., si querían obtener algún resultado, iban a tener que llamar a la policía estatal, que contaba con el dinero de los contribuyentes.

—¿Le importaría repetir la información para los demás, señor? —preguntó Carl—. Por si acaso me he saltado algo al explicárselo.

—Hemos ido de excursión los dos, sí —dijo el señor Van Laar padre—. Bear me lo había pedido varias veces. Hemos salido de casa sobre las tres. Nos hemos metido por el bosque... Hay un atajo de cuatrocientos metros que conecta nuestra casa con el comienzo del camino, al pie del monte Hunt. Pero, en cuanto hemos llegado al principio, Bear ha dicho que se había dejado la navaja en casa. Y ha querido volver a por ella.

—¿Por qué? —preguntó Dick Shattuck, incapaz en apariencia de seguir guardando silencio. Carl se sintió aliviado.

—Ha dicho que me quería enseñar una cosa —dijo el mayor de los Van Laar—. No sé el qué.

Él sintió un momento de vértigo. Leña, pensó. «Suelta y ligera y blanda.» Quería enseñarle qué clase de leña servía para empezar un fuego, pensó Carl. Y luego se dijo que se lo había enseñado él. De hecho, le había enseñado muchas cosas a Bear. A silbar con un capuchón de bellota. A tallar un búho, un oso y una cabeza de zorro. A saber cuándo se avecinaba lluvia. Las mismas cosas que le había enseñado a su hijo Scotty.

—Y usted le ha dado permiso —dijo Shattuck, para hacer hablar al señor Van Laar.

—Sí —contestó—. Me estaba impacientando, pero le dije que podía ir.

—¿Lo ha visto volver hacia la casa? —dijo Shattuck.

—Sí.

—¿Cuándo lo ha perdido de vista?

El anciano lo pensó.

—Casi de inmediato —dijo—. Hay un recodo en la senda. —Van Laar se lo enseñó con la mano—. A unos cien metros del comienzo del camino, en dirección a la casa. Me he quedado mirando a Bear hasta verlo llegar a ese punto. Luego ha girado a la izquierda y he dejado de verlo.

—¿Cómo es el comienzo del camino? —preguntó Shattuck.

Carl lo sabía. Había estado un puñado de veces allí con Bear, que tenía permiso de sus padres para ir hasta el pie de la montaña, pero no más allá. El inicio era un recodo situado al final de una senda de tierra que llevaba a la Ruta 29, la principal carretera asfaltada que iba al pueblo. El monte Hunt, debido a lo pequeño que era, no se contaba entre los picos más populares de los Adirondack, pero, aun así, cuando hacía buen tiempo, solía haber media decena de coches estacionados allí y en el aparcamiento.

—¿Qué quiere decir? —preguntó el anciano.

—Quiero decir que si es un sitio transitado, con actividad.

—Normalmente no —dijo el anciano.

—¿Y hoy? ¿Cree usted que había más gente en la montaña?

—Eso no lo sé —repuso—. En el aparcamiento no había coches, pero no he llegado hasta la montaña. Me he quedado en el comienzo del camino, esperando a Bear, hasta que se ha puesto a llover.

Se hizo un silencio incómodo.

Carl miró a Bob Lewis. Era el más cínico y el pesimista de los cuatro. Tenía una vena paranoica que a veces lo llevaba a sacar conclusiones precipitadas relacionadas con mala gente y motivaciones turbias. En dos ocasiones había defendido la tesis del fuego intencionado cuando no habían encontrado explicación para alguno. (Aunque, de momento no había habido ningún caso de incendio intencionado en el municipio de Shattuck, por lo menos estando ellos de guardia.)

Como si lo hubieran interpelado, Bob Lewis intervino:

—¿Por qué iban de excursión con tormenta? —le preguntó al mayor de los Van Laar. Había sido brusco, así que se moderó—. Si no le molesta que se lo pregunte, señor.

—La tormenta ha llegado de repente —dijo el señor Van Laar—. Ha venido de la nada. Cuando hemos salido de casa, el cielo estaba despejado. Hacía sol. No había nada de humedad en el aire. Y entonces… —Pero no pudo continuar.

Dick Shattuck carraspeó.

—Señor Van Laar —dijo—, ¿cuánto rato diría usted que ha estado esperando a Bear en el comienzo del camino una vez que este dio media vuelta?

—No estoy seguro —contestó el hombre—. Quince minutos, quizás. O veinte. No he mirado el reloj que llevo en el bolsillo cuando se ha ido, pero sí cuando ha empezado a llover. Eran las 15:35. Ha sido entonces cuando he perdido la paciencia y me he vuelto yo también. El camino que atraviesa el bosque es corto, como ya he dicho. El niño no debería estar tardando tanto.

La conversación continuó, pero Carl guardó silencio, haciendo sus cálculos. El señor Van Laar decía que Bear había salido de excursión con su abuelo a las tres de la tarde. Él se había ido antes de tiempo del trabajo aquel día, a las tres y media. Era entonces cuando había visto al niño agachado frente a la casa, atándose los cordones del zapato y a punto de marcharse a alguna parte.

Si sus cálculos eran correctos, era posible que él, Carl Stoddard, fuera la última persona que había visto al crío antes de que desapareciera.

Se le ocurrió decir algo al respecto. Pero decidió no hacerlo de momento.

Los dos Van Laar se reclinaron al mismo tiempo en la encimera que tenían detrás, repentinamente cansados. En general, se movían en pareja. Tenían la misma altura, los mismos ojos, los mismos movimientos firmes y fluidos, y cierto aire atlético que Carl no solía asociar con la gente rica. Una vez había visto a Peter Tercero jugar un partido improvisado de béisbol en el jardín durante el Adiós a las Moscas de otro año. Había lanzado una pelota fuera de la vista de todos y luego había recorrido las bases improvisadas con unas zancadas despreocupadas que ocultaban lo que Carl identificó de inmediato, gracias a su época de jugador de fútbol americano, como una reserva impresionante de velocidad.

—¿Y, después de eso, alguien ha visto al niño? Aparte de usted, quiero decir —dijo Shattuck.

—Que yo sepa, nadie —repuso el anciano.

—¿Creen que ha llegado a casa?

—No está claro —contestó el hijo—. En casa no lo ha visto nadie, pero a esa hora muchos de los invitados estaban descansando. O fuera, supongo.

Carl tragó saliva. Quería hablar. Quería decir: «Yo lo he visto. Se estaba atando los cordones. Eran las tres y media». Pero entendía lo que cambiaría en cuanto lo revelara.

Shattuck siguió hablando y el momento pasó.

—¿Quién creen que había dentro de la casa?

Van Laar hijo asintió con la cabeza.

—Yo —dijo—. Mi mujer. Y algunos invitados, como he dicho. Varios miembros del servicio.

—¿Y cuándo se han puesto a buscar a Bear?

Los dos Van Laar se miraron.

Y el hijo habló:

—Mi padre me ha ido a buscar a casa —dijo—. Sobre las cuatro menos cuarto. Yo estaba descansando en mi dormitorio. Me ha dicho que no encontraba a Bear. —Levantó la voz al decir el nombre.

Carl apartó la vista; de repente le daba miedo ponerse a llorar.

—Y entonces… —dijo Shattuck en tono más amable.

—Hemos salido los dos bajo la lluvia —contestó el padre—. No queríamos alarmar a nadie todavía. Nos hemos puesto a llamarlo. A Bear. Y supongo que la gente nos ha oído. Y se ha ido formando un grupo. Nos hemos desplegado. Hemos pasado un rato dando vueltas por el bosque. Luego nos hemos dividido en grupos más pequeños. Uno de ellos ha subido el monte Hunt, hasta la cima. Otro ha bajado hasta la playa para recorrer la orilla. Otro ha buscado en Camp Emerson, por todas las cabañas y los edificios. Éramos una partida de unos veinte, más o menos. Nos hemos pasado unas tres horas en total buscando. Hemos acabado calados hasta los huesos.

Los cuatro voluntarios asintieron con la cabeza al unísono.

—¿Cuándo se lo han comunicado a la madre del niño? —quiso saber Bob Lewis. Nuevamente, la pregunta había sonado fatal, demasiado abrupta e insensible.

Fue Van Laar hijo quien contestó:

—Nos ha oído llamarlo y ha salido. —Tenía la voz tensa.

Carl dejó de mirar en dirección a la familia. Si lloraba ahora…

Por fin se permitió evocar con aprensión el recuerdo que llevaba horas amenazando con salir a la superficie. Era del verano anterior: Bear, pequeño y fuerte, sentado en un tocón junto a él mientras plantaba flores en el suelo. El niño había estado tallando alegremente una figurita de su invención. Luego, al oír que lo llamaba una voz masculina grave, interrumpió su tarea y se puso tenso.

Carl echó un vistazo. Se lo quedó mirando un momento, esperando a que respondiera.

No lo hizo.

—¿Es tu padre quien te llama? —le apuntó con delicadeza.

Regresó la voz:

—¡Bear Van Laar! ¡Peter Cuarto!

Él negó con la cabeza.

—Es mi abuelo —dijo. Y luego, en voz tan baja que apenas se lo oyó—: No me cae muy bien.

Y diciendo esto, plegó su navaja, suspiró hondamente y se la guardó en el bolsillo. Se puso de pie con los hombros caídos y echó a andar en dirección a Autosuficiencia.

Ya eran las 20:45. Se había puesto el sol. Atravesaron de vuelta el sombrío salón, que se había vaciado un poco desde su llegada. Salieron por la puerta principal a la hierba, que chapoteaba a cada paso, mullida por las aguas freáticas. La luna estaba muy llena y daba tanta luz que proyectaba unas sombras tenues tras ellos. Los cuatro caminaron en dirección norte acompañados por Vic Hewitt, en busca del sendero que cruzaba el bosque y que el niño y su abuelo habían tomado juntos aquel mismo día.

—¿Sabes qué ropa llevaba? —le preguntó Bob Alcott a Hewitt.

—Pantalones cortos, por lo que recuerdo —dijo este—. Y camisa roja, creo. De manga corta. Por lo menos es lo que llevaba cuando lo vi por la mañana.

—Pantalones largos —dijo Carl en tono pensativo. Se acordaba bien. El niño se había remangado los bajos para atarse los cordones.

Una pausa.

—¿Eh? —dijo Hewitt.

—Eso creo.

—¿Por qué?

—Me parece... que lo he visto. En la entrada de la casa. Justo antes de marcharme.

Vic Hewitt lo miró con expresión severa.

—¿A qué hora ha sido eso?

—A las tres y media más o menos.

Todos apartaron la vista para mirar el bosque.

—Carl —dio Vic—, ¿por qué no nos lo has dicho antes?

Él lo pensó.

—Me acaba de venir a la cabeza —dijo—. Ahora mismo.

Empuñando la única linterna que habían encontrado en el camión, Shattuck la movió de un lado a otro por la línea de los árboles que se levantaban al final del prado. Cada barrida del haz de luz subrayaba más la espesura del bosque. Había partes completamente enmarañadas. Impenetrables. El único punto despejado era la entrada al sendero. El último lugar donde se sabía que había estado Bear.

—¿Lo llamamos? —preguntó Carl.

Hewitt vaciló.

—Mejor que no —dijo por fin—. No ha habido respuesta en todo el día. No quiero agitar más a la familia. Dejémoslos descansar un poco.

Shattuck asintió con la cabeza. Volvió a dirigir la linterna hacia el sendero y después hacia la casa antes de hablar. Cuando lo hizo, fue con voz mesurada.

—Escuchad —dijo—. Podemos internarnos en el bosque los cuatro y dar un garbeo con la linterna. Por si vemos huellas. O bien podemos volver a la casa y buscar más o hacer antorchas. Y desplegar otra vez a todo el mundo. Pero, con toda la gente que ya habéis tenido aquí pisoteándolo todo, creo que lo mejor sería que trajéramos a un perro antes de que el olor del niño se disipe del todo. ¿No os parece?

Vic Hewitt asintió con la cabeza. Estaba evitando las miradas, dirigiendo la vista al bosque.

—En mi opinión —dijo Shattuck—, creo que haríamos bien en llamar a la estatal. Es mi opinión solamente. —Era lo que también estaba pensando Carl; lo que pensaban todos ellos, sin duda.

Hewitt no contestó. Estaba escuchando.

—¿Vic? —dijo Shattuck—. ¿Todo bien?

Un movimiento repentino en el bosque. El crujido frenético de un animal atrapado. Del camino despejado que llevaba a la montaña emergió una figura de pequeña envergadura corriendo a toda velocidad.

Todos tuvieron un momento de esperanza.

Pero no era Bear. Carl vio que era una niña. Shattuck la enfocó con su linterna. Tenía una expresión lívida de pánico y la boca abierta en una especie de aullido silencioso. La ropa húmeda, el pelo pegado a la cabeza y la larga trenza convertida en una cuerda mojada que le colgaba pesadamente sobre el hombro y el pecho.

—¿Qué demonios es esto? —dijo Hewitt por lo bajo, y solo entonces Carl se dio cuenta de quién era.

Hewitt echó a andar rápido en dirección a su hija.

Los demás se quedaron donde estaban.

CARL

1961

Hewitt cogió a su hija Tessie Jo —la boca abierta, los ojos cerrados— en brazos; la llevó al salón y después por el pasillo; una de las doncellas se puso a prepararle la bañera mientras su padre la tranquilizaba en una habitación contigua.

Se retiraron los pocos invitados que quedaban. Los voluntarios —con Carl en cabeza— se excusaron y regresaron al jardín, donde se quedaron con las manos en los bolsillos, sin saber qué hacer.

Bob Lewis fue el primero en hablar:

—¿Creéis que ha visto algo?

—Esperemos que sí —dijo Dick Shattuck.

Pero Carl tenía una idea distinta.

—Eran amigos —explicó—. Buenos amigos. Bear la seguía a todas partes. La admiraba. Quizás estaba un poco colado por ella. —Los otros tres lo miraron—. Quizás solo esté disgustada porque ha desaparecido.

Y eso fue, de hecho, lo que les confirmó Vic Hewitt cuando volvió dando zancadas por el pasillo: la chica se encontraba en estado de *shock*. Estaba cansada y muerta de frío y de hambre; llevaba en el bosque sin comida ni agua desde primera hora de la tarde, cuando se había informado de la desaparición de Bear. Le daba terror perder a su amigo, uno de los pocos que tenía, explicó Vic, y añadió que nunca se había llevado bien con los demás niños de su pequeña escuela. De momento, Tessie Jo se había tomado una sopa que le había dado Darla McCray y se había acostado, todavía temblando. Confiaban en que no enfermara.

Los cuatro recibieron aquella información asintiendo con la cabeza. A continuación, Vic les dijo que se fueran a casa y durmieran un poco. Se encargaría él de montar guardia aquella noche. Mañana ellos cinco y la policía estatal empezarían desde cero. Esta vez con perros.

Mientras el camión se alejaba de la casa, vieron a Vic bajo la tenue luz que salía de Autosuficiencia. Iba caminando hacia la leñera. Carl supuso que iba a encender una hoguera para hacer su guardia solitaria; quizás la luz del fuego o el humo ayudaran al chico a regresar.

Hasta aquel momento, él se había resistido a dar entrada a un sentimiento que había estado flotando en los márgenes de su conciencia. Pero, desde la plataforma del camión, vio cómo las luces de Autosuficiencia se apagaban una por una y por fin se permitió a sí mismo pensarlo: si fuera su hijo el que estuviera perdido en plena noche en el bosque —y quizás herido—, en fin, todavía estaría allí, buscándolo. Llamando a Bear hasta que le fallaran las fuerzas.

En casa, Maryanne seguía despierta. Estaba sentada a la mesa de la cocina, echando un solitario. Desde la muerte de Scotty había estado jugando casi todas las noches; decía que la ayudaba a vaciar la mente antes de irse a dormir.

—¿Ha habido suerte? —le preguntó sin girarse. Tenía la espalda recta, tensa.

—No —dijo Carl—. Mañana se ampliará la búsqueda. Llevaremos al perro de Ron Shattuck. —Hizo una pausa reflexiva.

Todavía no había contado a nadie lo que le había dicho Bear de su abuelo. La forma en que le había cambiado la postura al oír que lo llamaba aquella voz severa. Por un momento se planteó contárselo a Maryanne. Pero últimamente nunca sabía cómo iba a reaccionar su mujer a las cosas que él le decía. Cualquier desliz podía hacerla montar en cólera, que era la emoción que expresaba con más frecuencia hoy en día, como si necesitara reemplazar toda la tristeza que tenía por la muerte de Scotty por *algo*. Pero fue ella quien habló primero:

—Yo también iré —dijo Maryanne con voz tranquila.

—¿A la Reserva? —dijo Carl.

—Sí.

Él hizo una pausa. Tenía tan interiorizada su deferencia hacia los Van Laar que su primera reacción fue preguntarse si su mujer sería bienvenida en aquella propiedad. Luego entró en razón; estaba claro que la familia querría a tanta gente como fuera posible.

—¿Estás segura? —le preguntó.

Maryanne asintió con la cabeza. Puso un siete encima de un ocho.

—Mi madre cuidará de las niñas. Ya se lo he pedido.

—Muy bien —dijo Carl. Todavía con cautela. Por fin eligió el único tema que sabía que por lo general era seguro—. ¿Cómo les ha ido hoy?

Maryanne sonrió e hizo un gesto con la mano.

—Ah, bien. Jeannie está disgustada por una nota de la escuela. Margaret está disgustada por un chico. Y Antonia está disgustada por una amiga. —Por fin se giró hacia él y por un momento Carl le vio una chispa de humor en la mirada—. Me preocuparía más si todo el mundo estuviera bien.

Le subió por dentro una ola de calidez. Sintió el deseo instintivo de acercarse a ella, a su guapa mujer de espalda recta, ponerle las manos en los brazos y quedarse así un momento. Últimamente apenas se tocaban. Llevaban un año sin hacer el amor; la última vez Maryanne había llorado con tanta violencia al acabar que Carl se había prometido a sí mismo que no se volvería a acercar a ella. Por lo menos hasta que lo invitara, cosa que de momento no había sucedido. De forma que tampoco aquella noche se acercó a Maryanne, sino que carraspeó y subió las escaleras para ir al baño, donde se lavó antes de acostarse. Pasarían un par de horas, lo sabía, y ella entraría en silencio en el dormitorio, ya con el camisón puesto, se acostaría a su lado y no se tocarían para nada.

A primera hora de la mañana, lo despertó el olor del desayuno.

Su suegra ya estaba sentada a la mesa, con un café en la mano. Salvo por las botas, Maryanne se había vestido como para ir a la iglesia, con su atuendo de profesora de catequesis —vestido azul, sombrero de campana—, lo cual en circunstancias normales habría sido extraño para pasar el día trabajando en el bosque. Pero era el terreno de los Van Laar y en su mente aquella ropa era señal de respeto.

A las seis de la mañana, Carl llamó al parque de bomberos para informar a Bob L. de que iba a ir a la Reserva por su cuenta porque Maryanne había decidido acompañarlo.

—Bueno, no pasa nada —dijo Bob L.—. Resulta que todo el mundo se trae a su mujer. —En su voz había un matiz de queja.

El hecho de que todas las esposas hubieran decidido ir podía parecer un presagio, pero Carl no se imaginó la magnitud de la partida de búsqueda hasta que llegó a la Reserva.

En los jardines parecía haberse congregado la mayor parte de la población adulta de Shattuck: varios centenares de personas, esperando instrucciones. Estaba Ron Shattuck con su perra, Jennie; también había otros perros, sujetos con correas por hombres a los que Carl no reconoció.

Cerca de la casa había cuatro coches patrulla con las ventanillas abiertas.

Y en la cima de la colina, de pie frente a la puerta principal de Autosuficiencia, estaban los Van Laar padre e hijo. A su derecha, Vic Hewitt conversaba con los policías estatales.

Mientras contemplaba aquella escena con Maryanne al lado, Carl tuvo un momento de incertidumbre. Anoche había dado la impresión de que los cuatro miembros del cuerpo de bomberos voluntarios estaban a cargo de todo; hoy los habían destituido. Examinó a la multitud hasta que vio a Dick Shattuck, con aspecto idénticamente vacilante por primera vez en su vida. También lo acompañaba su esposa, una mujer flaca llamada Georgette a quien Maryanne llevaba tachando de estirada desde que las dos habían ido juntas a la escuela primaria. Ahora ella se puso a emitir pequeños carraspeos y Carl interpretó que estaba insinuando que su marido debía asumir el control de alguna manera.

De forma que él se dirigió, con Maryanne pisándole los talones, al lugar donde vio que estaba la acción. De camino buscó las miradas de los dos Bob y de Dick Shattuck, que lo siguieron.

Cuando llegaron hasta el grupo de hombres que había delante de Autosuficiencia, nadie se giró hacia ellos.

Ligeramente nervioso, Carl intervino:

—Buenos días —dijo, haciendo que Vic se interrumpiera y varios policías estatales lo miraran con las cejas enarcadas.

—Señores, este es Carl Stoddard —explicó Hewitt—. Trabaja aquí de encargado de las tierras y de bombero voluntario en el pueblo. Carl, estos hombres son de la policía estatal. Nos van a ayudar con la batida.

—¿Pasó algo anoche? —preguntó él, y Vic negó con la cabeza.

—Hice una hoguera como pude —dijo Hewitt—. A pesar de la humedad. Me pasé la noche despierto. Supongo que en algún momento me quedé adormilado.

—Y ni rastro del niño —dijo Carl inútilmente.

Hewitt negó con la cabeza.

—Estaba diciendo —continuó— que lo más importante es no deteriorar las huellas que puedan quedar. Ni los olores. Más de lo que ya se han deteriorado, quiero decir. Los que llevan perros saldrán primero y adelantarán un buen trecho. Mientras ellos buscan, dividiré al resto de la gente y les enseñaré cómo moverse. Y qué buscar.

Los policías asintieron, escuchando. Era interesante, pensó Carl, que ninguno de ellos estuviera reivindicando su autoridad; todos sin excepción reconocían su lugar como subordinados de la familia que dirigía la operación y de Vic. Y es que era cierto que los Hewitt eran conocidos desde hacía generaciones como los mejores guías de la región y que se creía que el hombre tenía un don especial. Unos cuantos de los agentes eran de la zona y sin duda debían de conocer su reputación.

De golpe, Vic Hewitt se giró y se alejó dando zancadas, dejando a Carl y a los demás a solas con los policías, que se apartaron para formar un corro cerrado entre ellos.

Bob L., que nunca se cortaba de quejarse, fue el primero en decirlo:

—Es como si no estuviéramos aquí.

Los hombres que llevaban perros se fueron primero, tal como estaba planeado.

Diez minutos después, salió el resto de la gente, algunos en vehículos, rumbo a las ubicaciones que les había asignado Vic Hewitt. A los cuatro bomberos y a sus esposas les habían encomendado la tarea de peinar tres kilómetros cuadrados de bosque que había al otro lado de la Ruta 29; fueron con los coches al lugar en cuestión y los aparcaron en fila en el margen.

El objetivo, les había dicho Vic —levantando la voz lo máximo posible para dirigirse a todos los congregados— era formar una línea de personas, separadas a intervalos regulares, y avanzar colectivamente. Tenían que buscar colores y depresiones inusuales en la maleza. Y, más o menos cada treinta segundos, llamar al chico.

Esto último resultó ser lo que más le costó a Carl. A todos los hombres.

No estaban acostumbrados a levantar la voz de aquella manera, a llamar de forma repetida a alguien.

Resultó que las mujeres estaban más dispuestas a hacerlo y, por tanto, eran las voces de ellas las que arrancaban ecos por el bosque. Todas eran madres. Todas estaban acostumbradas a dejar de lado su sentido del decoro para llamar frenéticamente a sus hijos.

Oían hacer lo mismo a otra gente por toda la Reserva; el nombre del chico resonaba como un eco.

Pasó una hora. Dos, tres. No hacía calor, pero aun así Carl terminó sudando. Algo en el hecho de llamar a Bear apelaba a su conciencia, acelerándole el ritmo cardiaco y desencadenando el mismo recuerdo que le había estado flotando al margen de la mente desde el día anterior por la tarde.

«Bear Van Laar», lo había llamado su abuelo. Y este había dado un respingo, sobresaltado y apenado por separarse de Carl.

Ahora era cuestión de poner un pie frente al otro. El crujido del suelo del bosque cubierto de agujas de pino. Si hubiera estado solo, se habría quitado la camisa. Se esforzó por concentrarse en el suelo, tal como le habían instruido y tal como sabía que debía hacer. Pero estaba empezando a ver el paisaje borroso. Dio un sorbo de la cantimplora de agua que le colgaba del cuello.

Por lo general, Maryanne se fijaba en aquellas cosas; se daba cuenta enseguida de cuándo Carl o alguna de las criaturas se encontraba mal o nerviosa o con los ánimos bajos. Pero hoy estaba concentrada en la tarea que se traía entre manos. Al poco de empezar se había anudado los bajos del vestido a la altura de las rodillas. Ahora estaba dando pasos largos con las botas, llamando al niño.

De pronto Carl tropezó y se cayó al suelo. La cadena entera se detuvo.

Sintió una especie de dolor en el estómago y el pecho, como si se lo estuvieran retorciendo con un tornillo de banco.

El nombre que habían estado gritando cambió. «Carl —dijo ahora la gente—. Carl. Carl.»

Fue lo último que oyó antes de perder el conocimiento.

III
SI TE PIERDES

TRACY

A Tracy le daba miedo usar la palabra, pero a veces le parecía que se estaba enamorando de Barbara Van Laar.

Le fascinaban los detalles de su cara y su cuerpo; sus ojos de pestañas largas y perpetuamente soñolientos; el contorno de sus piernas fuertes; las uñas, que se mordía hasta la raíz, y el vello muy claro de sus antebrazos y muslos, que cuando le daba el sol parecía hilo de oro y le resaltaba el negro artificial del cabello. Si Barbara sorprendía a Tracy mirándola, y seguro que debía de haberla sorprendido, no decía nada. Se limitaba a sonreír vagamente en su dirección, como si estuviera acostumbrada a recibir aquellas miradas.

Y lo más importante: Barbara era la primera amiga que tenía con quien la simpatía parecía ser recíproca. Para empezar, le decía a Tracy que era graciosa; se reía muy alto y a menudo de las cosas que decía, atrayendo miradas de interés de la gente que las rodeaba. También le decía que era lista. Mantenía cierto desdén hacia las opiniones mayoritarias sin desdeñar a quienes las tenían. De hecho, era la persona menos proclive a juzgar que Tracy había conocido nunca.

El lugar que ocupaba Barbara en Camp Emerson era interesante: tenía el glamur de una forastera, porque era su primer verano en las colonias, pero también era alguien de la casa en mucha mayor medida que los demás. Había frecuentado los terrenos fuera de temporada; había visto el interior de trasteros, almacenes y cocinas que estaban vetados a los demás campistas.

Y lo más intrigante era que parecía tener una relación estrecha con T. J. Hewitt, la directora de las colonias, que era esencialmente un misterio para todos los demás campistas del centro. Sí, impartía todas las lecciones de supervivencia al raso; pero incluso en aquellos momentos se mostraba seria y distante. Lo único que sabía Tracy de la vida personal de T. J. tenía que ver con sus antecedentes en Camp Emerson. Era la hija del hombre que había dirigido durante mucho tiempo las colonias, Vic Hewitt, una leyenda viviente cuyo retrato colgaba en un lugar privilegiado del economato, y de quien se decía que tenía alguna enfermedad. Aparte de esto, nadie sabía nada de T. J.; los monitores la reverenciaban y nunca cotilleaban sobre ella. Parecía más un símbolo que una persona de carne y hueso: alguien a quien profesar un enorme respeto pero con quien no se podía hablar directamente.

Por tanto, la primera vez que Tracy se cruzó con T. J. mientras iba con Barbara, le sorprendió oír que su nueva amiga llamaba con tono jovial a la directora por su nombre.

—¿Qué pasa? —dijo la chica.

T. J. era la única persona del centro de colonias que no llevaba uniforme. Vestía pantalones cortos —de pana o vaqueros—, camisetas o camisas de franela, calcetines altos y botas de excursionismo marca Danner con los cordones fuertemente atados hasta arriba. Su corte de pelo era de una asimetría tan graciosa que en cualquier otra persona habría sido objeto de burlas. En T. J., sin embargo, no parecía indicar más que despreocupación por los asuntos terrenales. Funcionaba, igual que la tonsura de un monje, para distinguirla del personal laico de las colonias.

Ahora estaba de rodillas frente a uno de los puentecillos del arroyo que separaba las cabañas de los chicos y de las chicas. La vieron clavar una fila de clavos con velocidad aterradora. Por fin levantó la vista y frunció el ceño.

—¿Dónde tendríais que estar? —les dijo.

—¡No me acuerdo! —dijo Barbara en tono socarrón. Se giró hacia ella—. ¿Tú te acuerdas, Tracy?

—En el almuerzo —se apresuró a decir—. Estamos yendo a almorzar.

—Ah, es verdad. Lo siento, T. J., soy nueva. —Barbara sonrió. T. J. no. Pero saltaba a la vista que estaba refrenando una sonrisa.

—No me estorbéis, anda —dijo. Levantó otra vez el martillo y volvió a su trabajo.

Siguieron su camino. En un momento dado su amiga vio la expresión de Tracy: los ojos muy abiertos, esperando una explicación.

—¿Qué? —dijo, y ella miró por encima del hombro—. Ah, T. J. Es inofensiva. No sé por qué intimida tanto a todo el mundo.

—¿A qué se dedica el resto del año? —preguntó Tracy.

—A cuidar a su padre. Y se encarga de los terrenos. También se queda conmigo en Albany cuando mis padres necesitan ir a alguna parte.

Ella la miró.

—¿Es tu... *niñera?* —No se lo podía imaginar. Los largos silencios serían insoportables, pensó.

Barbara se rio.

—Yo no lo llamaría así. Simplemente se queda conmigo y se asegura de que no me meto en líos. Los Hewitt son como de la familia.

Tracy se encogió de hombros.

—Si tú lo dices —dijo.

Cuando no estaba con Barbara, se dedicaba a intentar averiguar cosas de ella. Su historia personal cada vez le suscitaba mayor curiosidad. Si sus compañeras de cabaña conocían la historia de la desaparición de su hermano, su llegada había provocado una especie de silencio respetuoso sobre el tema.

Solo en una ocasión tuvo Tracy acceso a algo sustancial.

Un día de mediados del verano estaba volviendo a pie de los baños cuando se encontró con Lowell Cargill, el otro objeto de sus afectos, sentado a una mesa de pícnic. Estaba leyendo un periódico que le tapaba la cara.

Por encima del pliegue, la fecha: «13 de julio de 1975». Debajo, una cara masculina miraba al espectador: muy seria, con gafas y entradas en el pelo. Por el pie de foto supo que se trataba de Jacob Sluiter, a quien los campistas llamaban el Puñal. Había oído susurros en la oscuridad sobre él y sabía que se rumoreaba alguna conexión entre el Puñal y Bear Van Laar; pero no tenía claros los detalles de aquella conexión.

Aparentando tanta despreocupación como pudo, se sentó a una mesa distinta, de cara al periódico. Miró con los ojos entrecerrados en dirección al artículo y trató de distinguir los detalles. En momentos como aquel se arrepentía de no llevar sus gafas. AFIRMAN HABERLO VISTO, decía el titular. Más abajo vio palabras en tipografía grande como armado y peligroso.

—¿Nerviosa?

Tracy se sobresaltó.

Lowell Cargill la estaba mirando por encima del periódico que tenía en las manos.

—Aquí dice que podría estar desplazándose hacia el norte, en dirección a su antiguo territorio de caza —dijo él en tono despreocupado. Dobló el periódico. Cruzó las piernas, tobillo sobre rodilla—. No tengas miedo —añadió al ver la cara de Tracy—. Cuando se escapó, estaba en Fishkill. Si va a pie, todavía no habrá llegado a esta zona. Seguro que lo pillan antes. —Hizo una pausa—. A menos que haya hecho autoestop —añadió en tono incierto—. Pero ¿quién lo cogería?

—¿De dónde has sacado ese periódico? —preguntó ella.

—De la cafetería —dijo Lowell—. Venden la prensa diaria. Lo que pasa es que no la quiere nadie.

«Yo sí», pensó Tracy. En su casa le gustaba leer la prensa con su madre. Y también veía como una evidencia más de su compatibilidad con Lowell Cargill el hecho de que él también la leyera: una cualidad que le parecía inusual en un chico de su edad.

Él se puso de pie de repente y estiró los brazos en el aire, revelando una franja de abdomen que la electrizó.

—Te lo puedes quedar si quieres —dijo Lowell—. Ya he terminado de leerlo.

Tracy lo cogió, sabiendo a ciencia cierta que lo iba a conservar en su baúl durante el resto del verano, como si fuera una reliquia sagrada, santificada por el contacto con Lowell Cargill.

El sistema de megafonía cobró vida con un crujido, anunciando el final de la hora libre, y el chico se giró para marcharse.

Luego, como si recordara algo, se volvió a girar.

—Eh. Barbara dice que cantas bien. ¿Quieres cantar conmigo alguna vez?

Tracy sintió que toda la sangre del cuerpo se le iba de la cabeza.

Lowell frunció el ceño.

—Si no quieres, no pasa nada —dijo—. Es una idea nada más. Estoy intentando aprender a hacer armonías.

Echó a andar.

Tracy lo vio alejarse, maldiciéndose por su cobardía. Por fin, cuando ya lo tenía a diez pasos de distancia, se obligó a sí misma a hablar:

—Lo haré —dijo. Y lo repitió levantando la voz.

—Muy bien —contestó Lowell—. Te buscaré.

En la litera de arriba, después de cenar y antes de apagarse las luces, Tracy dobló la portada de *The Saratogian* hasta formar un cuadrado pequeño y leyó el artículo.

Así se enteró de toda la historia de Jacob Sluiter. Leyó que era un famoso asesino que había operado en el Parque Nacional de Adirondack hacía poco más de una década. Lo habían acusado y procesado por once asesinatos, todos cometidos entre 1960 y 1964, el año en que por fin lo habían capturado. La mayoría de aquellos asesinatos los había cometido en zonas de acampada o en cabañas aisladas. Ataba a las víctimas —parejas y a veces mujeres solas— y las apuñalaba; no usaba armas de fuego. Lo que había permitido a Sluiter eludir la captura durante tanto tiempo era su profundo conocimiento de las técnicas de supervivencia en el bosque, forjado a lo largo de una infancia de pobreza rural. Sabía poner trampas y pescar con gran pericia. Durante los cuatro inviernos que pasó fugitivo de la justicia, Sluiter había ido de una cabaña desocupada a la siguiente, robando comida enlatada y otras provisiones que dejaban los veraneantes; entre mayo y septiembre, cuando la región estaba más poblada y la gente volvía a sus cabañas, acampaba en el monte. Y podría haber seguido así eternamente de no ser por un golpe de mala suerte: una casa de campo que él había dado por sentado que se pasaba el invierno vacía era, de hecho, el lugar donde sus dueños celebraban la Navidad. Cuando el propietario aparcó frente a la casa, vio que estaba encendida la chimenea. Antes de que Sluiter alcanzara su pistola, el otro ya estaba dentro y se le había echado encima.

Ató a Jacob Sluiter a una silla mientras llamaba a las autoridades. El 23 de diciembre de 1964 fue capturado por fin.

No confesó nada. Mantuvo su inocencia pese a las evidencias que lo condenaban de forma irreversible: posesiones de las víctimas entre sus pertenencias; sus huellas dactilares en las escenas de todos los crímenes; testimonios de dos de sus hermanos que afirmaban sus tendencias sádicas, y, por último, la identificación visual de un superviviente de intento de homicidio. Aun así, Sluiter lo negó todo. Su falta de transparencia, escribía el reportero, llevó a especular con la posibilidad de que fuera responsable de otros homicidios aparte de aquellos de los que lo acusaban. Se reabrieron varios casos relacionados con excursionistas desaparecidos que hasta entonces se había creído que simplemente se habían perdido.

«¿Incluido Bear Van Laar?», se preguntó Tracy. Ese era el rumor aterrador que había oído durante su primera noche en las colonias.

El artículo continuaba: diez años después de que lo capturaran y lo sentenciaran —cadena perpetua sin libertad condicional—, Jacob Sluiter había fingido estar enfermo para conseguir el traslado a una prisión de menor seguridad, situada a trescientos kilómetros al sur de Camp Emerson. Y hacía tres semanas que se había escapado de ella. El ejemplar de *The Saratogian* que tenía en las manos se había publicado durante su cuarta semana de prófugo; el titular informaba de un posible avistamiento en las inmediaciones de Schoharie, en Nueva York.

Acompañaba el artículo un diagrama, una especie de mapa que mostraba las ubicaciones de los asesinatos conocidos de Sluiter y también de su anterior arresto. Tracy no pudo evitar fijarse en dos de los puntos de referencia que el autor había incluido en el mapa. Uno era el pueblo de Shattuck, a tres kilómetros de Camp Emerson. Y el otro era la propia Reserva Van Laar. Usó el dedo y la leyenda para calcular la distancia entre donde estaban y el lugar donde habían detenido a Sluiter. Treinta kilómetros, como mucho cincuenta. Trazó una línea desde Camp Emerson hasta el lugar de la detención y del asesinato más cercano: también treinta o cuarenta kilómetros, y al hacerlo delineó un triángulo isósceles perfecto, una flecha que apuntaba al oeste con Camp Emerson en el vértice.

TRACY

Resultó que Lowell Cargill lo había dicho en serio. Y al cabo de una semana agónica se presentó un día en el porche de Abeto con la funda de la guitarra y llamó a la puerta. Salió a abrir una de las Melissas, confundida. Cuando él preguntó por Tracy, se quedó todavía más boquiabierta.

Lowell le sugirió que fueran a ensayar al anfiteatro y así fue como ella terminó siguiéndolo en silencio por los terrenos del centro de colonias. Intentó sin éxito que se le ocurriera algo que decirle. Pero él parecía cómodo sin hablar y por fin llegaron a su destino. Se sentó en un tocón y abrió la funda de la guitarra.

Una cosa en la que se había fijado Tracy, la primera vez que había oído cantar a Lowell, era que carecía por completo de timidez: cantaba *de verdad,* a veces con los ojos cerrados, como si se aislara por completo del mundo.

Ese día no fue distinto. Entonó la misma canción de Ian & Sylvia que había cantado la otra vez; la que conocía ella.

Viéndolo cantar, Tracy sintió un conflicto: por un lado, le costaba no estallar en risillas histéricas, y hasta se tuvo que clavar las uñas en la palma de la mano para refrenarse; por otro, la pasión de Lowell le parecía inspiradora, incluso atractiva. Aquella cara sincera, hermosamente esculpida y de movimientos agitados, era quizás lo más erótico que había visto nunca a sus doce años.

—Vale —dijo Lowell cuando llegó al final de la canción—. Ahora te la voy a enseñar.

—Ya me la sé —repuso ella.

Se pasaron una hora ensayando y esta vez fue Tracy quien le enseñó a aguantar la nota mientras ella aguantaba la suya. De pronto se sorprendió echando de menos a su madre: una rata de hipódromo, preparadora de caballos, poco femenina y brusca, alta, pelirroja y pecosa como ella. Comía a trompicones, encorvada sobre su plato, se reía estrepitosamente y caminaba meneando los codos y las rodillas, desgarbada, entre sacudidas, unos andares que a Tracy le recordaban a una marioneta. Sus únicos momentos de elegancia se producían cuando iba a caballo. En el año que siguió al divorcio de sus padres, ella había dirigido la mayor parte de su rabia hacia su madre, cuya cercanía la convertía en un blanco más fácil. Ahora, en cambio, había una cosa por la que Tracy le daba gracias interiormente: haberle enseñado a hacer armonías.

Aquella noche, regresó flotando a su cabaña como si fuera un fantasma. Al entrar la recibió la mirada inquisitiva de Barbara, que debía de haberse enterado de adónde había ido.

Se sentó junto a ella en la litera de abajo y miró el suelo.

—¿Qué ha pasado? —susurró Barbara.

Tracy se lo contó en voz baja.

Era la primera vez en su vida que le daba la sensación de que tenía una historia interesante de verdad que contar. Y además ella, Tracy Jewell, era la protagonista, la ingenua. A su lado, Barbara iba asintiendo sabiamente con la cabeza mientras la escuchaba.

—¿Te ha dicho si quería quedar otra vez? —preguntó.

—Sí —dijo ella.

La otra pensó.

—Bueno, le gustas —concluyó—. Eso es obvio.

Era extraño, pero Tracy sabía que su amiga tenía razón. No había ninguna duda: le gustaba a Lowell Cargill.

—¿Y ahora qué va a pasar? —le preguntó.

Barbara se encogió de hombros.

—Depende de si tiene experiencia o no —dijo—. Quizás te invite a ser su pareja en el baile. O quizás, la próxima vez que toquéis juntos, intente algo.

¿El qué?, se preguntó Tracy, aunque una parte de ella ya lo sabía.

—No tienes miedo, ¿verdad? —le preguntó Barbara.

—No —dijo ella—. No tengo miedo.

Estaba petrificada.

Hubo un momento largo de silencio.

—¿Te gusta escuchar música? —preguntó Barbara.

Sí le gustaba, pero era un tipo de música que no le confesaría nunca a su amiga. Escuchaba lo mismo que su madre o, si no, bandas y cantantes de los que salían en la portada de *Tiger Beat*.

Barbara siguió hablando sin esperar respuesta:

—Besar a alguien, a alguien a quien *quieres* besar, es como vivir dentro de la mejor canción que has oído nunca. Es la misma sensación.

Más tarde, en su litera, Tracy sacó su diario e hizo una lista de todo lo que sabía sobre el sexo.

Qué partes de la anatomía estaban involucradas: eso fue lo primero.

Lo que sucedía entre aquellas partes: conocía los aspectos técnicos, pero no acababa de entender la mecánica.

Se giró para mirar por la ventana: la luna estaba casi llena.

Y eso fue lo último que recordaría haber visto antes de que las despertaran, por la mañana, haciendo sonar la sirena.

—Viaje de supervivencia —susurró una de las Melissas. Alrededor de Tracy, las campistas de Abeto se pusieron en movimiento con brío.

Barbara, en la litera de abajo, fue la primera en vestirse y salir por la puerta.

TRACY

Agosto de 1975

Hace una hora que Tracy sabe que Barbara ha desaparecido. De momento, no ha tenido necesidad de mentir.

Le han hecho las siguientes preguntas varias veces: «¿Sabes dónde está? ¿La has oído marcharse?». Y ella ha podido contestar que no a ambas sin faltar a la verdad.

Ahora que los monitores andan fuera buscándola, a los de prácticas les corresponde asegurarse de que todo el mundo siga la rutina diaria. De camino al economato, Tracy traza un plan. Se queda rezagada al final del grupo y se esconde detrás de un edificio. Espera, jadeando, a que todas sus compañeras de cabaña se pierdan de vista.

Necesita ir a un sitio. Cree que será una escapada breve, una simple travesura; pero tiene que descartar el lugar al que cree que puede haber ido Barbara. Se promete a sí misma que, si no la encuentra allí, les confesará a las autoridades todo lo que sabe.

No es una decisión que tome a la ligera, porque su amiga le hizo jurar que le guardaría el secreto. Y el hecho de que le confiara algo tan importante a ella —¡a Tracy!— la hace reticente a desvelarlo tan deprisa.

Sabe adónde va Barbara todas las noches.

Aunque su amiga no le ha querido contar a Tracy nada de su novio, sí que le habló una vez del lugar donde se reunían: una ca-

171

baña de observación que hay en la cima del monte Hunt, antaño ocupada por una serie de hombres cuyo trabajo era vigilar que no empezaran incendios forestales en las inmediaciones A su lado hay una torre antincendios que todavía tiene mejores vistas. En los últimos tiempos las dos estructuras han quedado desocupadas por falta de personal. Pero las dos son muy útiles como refugios cuando hace mal tiempo. O para reunirse en secreto.

—¿De noche? —susurró Tracy, incrédula. Y Barbara se rio.

—¿Sabes cuántas veces he subido esa colina? —dijo—. Puedo hacerlo dormida.

—¿Pero cuánto tardas en llegar hasta allí? ¿Y cómo *ves* en la oscuridad? —preguntó.

—Media hora. Voy corriendo. Y me llevo esto. —Barbara echó un vistazo a su alrededor. Luego metió la mano entre la parte superior del colchón y el somier. Sacó una linterna, al parecer suya, distinta de la que tenían que usar cuando salían de noche a usar el lavabo.

La teoría de Tracy es que quizás Barbara se haya quedado dormida allí; y quiere descartar esa posibilidad. Cree que puede subir y bajar el monte Hunt en una hora y media. Estará de vuelta a tiempo para sus actividades matinales; si hay suerte, trayendo noticias de ella o quizás acompañada de la misma Barbara. Sabe que la escapada le causará problemas, pero no le importa. A fin de cuentas, esa chica es lo único que le gusta de las colonias.

Se pone en marcha desde detrás de la residencia de empleados, rumbo a la espesura más cercana, el bosque cerrado que hay entre Camp Emerson y la Ruta 29, con la esperanza de que así no la vea nadie.

No hay suerte: al cabo de veinte segundos divisa a Lee Towson, uno de los cocineros. Muy guapo. Dicen que es amigo de Louise.

Lleva dos bolsas de basura y camina como pisando ascuas, con cuidado de no hacer ruido. Tracy da un respingo cuando lo ve, sobresaltada, y el movimiento llama la atención de él.

Por un momento, se quedan quietos mirándose. Luego ella se lleva un dedo a los labios con expresión de súplica en la cara; Lee asiente con la cabeza y sigue su camino.

A Tracy agosto en los montes Adirondack no le parece agosto. Se imagina que en Long Island deben de estar en plena canícula. Aquí, en el bosque, hace un tiempo agradable. Parece imposible tener sed: el aire mismo da la sensación de ir cargado de agua fresca y tiene un tacto aterciopelado. Tracy camina, vigorizada, con cuidado de permanecer a cubierto de los árboles. Intenta que le resulten en todo momento visibles a su derecha los edificios de Camp Emerson.

Continúa así durante cinco minutos y por fin se detiene en seco. Tiene delante el camino para vehículos que va de la Ruta 29 a Autosuficiencia. Para seguir va a necesitar cruzarlo, pero no puede: frente a ella avanza lentamente una hilera de coches de policía. Se mantiene en la penumbra del bosque, esperando.

Pasan cuatro coches, cinco.

Se queda asomada detrás de un árbol hasta que ve que puede cruzar el camino sin peligro. Y entonces se interna en el bosque del norte.

Y ahora no tiene ningún margen que seguir.

A su derecha se extiende un tramo largo de espesura que llega hasta Autosuficiencia. A su izquierda, otro en dirección a la Ruta 29. Ve la cima del monte Hunt a través de las copas de unos árboles cercanos. Si camina en línea recta, llegará en diez minutos.

Pasa el rato. El suelo desciende hasta un pequeño valle y Tracy pierde de vista las montañas; pero se dice a sí misma que, si mantiene el sol a su derecha, no se perderá. El problema es que cada vez cuesta más verlo. La vegetación se está cerrando más y más en torno a ella. El sotobosque, que era escaso junto al camino, ya no se puede franquear por muchos sitios. Tracy ya tiene rasguños en las espinillas y las pantorrillas.

Más adelante, ve que el terreno se vuelve a elevar y eso la tranquiliza: tiene sentido que haya una hondonada antes de llegar al monte Hunt. Está claro que pronto volverá a ver la cima.

Ni siquiera lleva reloj. Más adelante entenderá lo tonta que ha sido y el poco respeto que les ha mostrado a esos bosques pensando que podría entrar en ellos tan descuidadamente, sin reloj ni brújula, sin pantalones largos y sin agua ni siquiera, prescindiendo de todo lo que T. J. Hewitt se ha esforzado por enseñarles en lo que llevan de verano. Pero, con casi trece años, Tracy oscila sin control entre la inseguridad y el exceso de confianza en sí misma. No hay punto medio.

Se pone a contar por dentro para calcular cuánto tiempo ha pasado. Un elefante, dos elefantes, etcétera, hasta que ya han pasado diez minutos y sigue sin ver ni el monte Hunt ni el sol.

Solo entonces se permite reconocer lo que ha hecho. La gran equivocación que ha cometido.

Se sienta, demasiado tarde. Se ha alejado demasiado. La verdad es que lleva ochocientos metros perdida.

Se sienta a pesar de todo, oyendo en su cabeza la voz de aquel monitor, el que le dio la bienvenida, la primera persona con quien habló en estos parajes.

Y grita.

JUDYTA

Durante muchos años, Judyta Luptack, nacida y criada en Shenectady, nunca fue la primera en nada. En su familia era la tercera hija, por detrás de dos chicos y por delante de otro más. En términos académicos, solía estar en mitad de la clase. Cuando en gimnasia les hacían correr una carrera, solía contarse entre los primeros. Pero no ganaba nunca.

Por tanto, cuando el *Times Union* publicó aquel artículo, experimentó una sensación poco familiar. ¿Era orgullo? No exactamente. Más bien sorpresa.

«Se gradúa en Albany la primera promoción femenina de agentes estatales del país», decía el titular. Y debajo había una foto de ellas cuatro: Cindy, Linda, Niecy y ella: «Judyta Luptack, 21 años», decía el pie de foto.

Su padre se dirigió a su madre:

—Bueno —dijo—, si uno de nuestros hijos tenía que salir en el periódico, me alegro de que sea por esto.

Y fue lo único que comentó alguien al respecto, a excepción de su hermano Leonard, que empezó a referirse a ella como la Primera del País en vez de por su nombre.

Ya hace un lustro de aquello y a Judy —que ahora tiene veintiséis años— le ha ido bien. No ha habido año en que no superara las expectativas que le habían marcado. Escribe informes buenos y claros; hace buenas detenciones. Es ambiciosa; no calienta la silla. (De acuerdo con su sargento, todos los agentes del cuerpo pertenecen a una de estas dos categorías.) Y el año pasado, después de unos resultados especialmente impresionantes, la recomendaron para ascenderla a la Oficina de Investigación Criminal del Estado de Nueva York, la OIC, convirtiéndola en la primera mujer detective del estado.

Ahora, tras completar los meses de formación obligatoria, la Primera del País está yendo en coche con un detective sénior por la autopista estatal de Nueva York. Su compañero se llama Denny Hayes y, aunque nunca lo ha mencionado, parece haberse nombrado a sí mismo mentor de Judy. Así, en calidad de tal, lleva dos semanas acompañándola durante todas sus jornadas de trabajo. A ella no se le escapa que no es la única detective novata de la OIC. Pero todos los demás son hombres, claro.

En el asiento del pasajero, Judy cruza y descruza las piernas, sin saber muy bien cuál de las dos cosas transmite mejor una naturaleza completamente asexual. (De hecho, no lo es; pero entiende que lo más conveniente en su línea de trabajo es que la vean de esa forma.) Por lo menos, ahora que va de paisano puede llevar pantalones.

A su lado, Denny Hayes va silbando. Lo hace mucho. Es un tipo de hombre que Judy conoce bien: cuarenta y pocos años, con hijos, exdeportista, popular en la escuela secundaria.

—La Reserva Van Laar —dice él entre que silba una canción y la siguiente—. Esto va a ser interesante.

Esa mañana, mientras iban de camino a hacer entrevistas relacionadas con un caso de hurto mayor en Long Lake, les entró una llamada por la radio: una chica de trece años desaparecida en un centro de colonias aislado en las montañas, cerca del pueblo de

Shattuck. Su coche era el que estaba más cerca de allí, de manera que serán los primeros detectives de la OIC que se presenten en la escena.

—¿Has oído hablar de la familia Van Laar? —le pregunta Denny.

—Algo he oído —dice ella. (No es verdad.)

—¿Te acuerdas de una noticia de un niño que desapareció en las montañas? Fue hace unos doce o catorce años —dice Hayes.

Por entonces Judy debía de ser una cría. Pero a veces parece que a la gente le ofende que le recuerden lo joven que es, de forma que dice:

—Sí, creo que sí.

—Pues lo interesante —dice Hayes— es que pillaron al tipo que se cargó al niño. Un puto enfermo. Pero ya está muerto. Y ahora desaparece otra chica en el mismo sitio. ¿Quién lo ha hecho esta vez? —Mira a Judy y le guiña el ojo, como si le estuviera contando un chiste.

El terreno por el que pasan se va volviendo cada vez más rural. Cuando la aceptaron en la OIC, la asignaron a la Tropa B, con sede en Ray Brook, en los Adirondack. Estaría muy bien —y hasta sería preferible— si no fuera porque, dos semanas después de llegar a su nuevo cargo, Judy sigue viviendo con sus padres en Shenectady; y esto implica un trayecto diario al trabajo que roza lo imposible.

Hay dos horas de su casa a Ray Brook. Pero el traslado era su única forma de hacerse detective, tal como les ha explicado —muchas veces— a sus padres. Algún día no muy lejano los convencerá de que debería encontrar casa propia más cerca del trabajo, pero ninguno de sus hermanos se ha ido nunca de casa antes de casarse, así que de momento a Judy le parece mejor no agitar las aguas. Por tanto, lleva catorce días poniendo el despertador a las cuatro de la madrugada y aguantando los quejidos de sus hermanos cuando empieza a sonar.

—Ya estamos —dice Hayes.

Cogen un camino largo para coches. A la izquierda hay un grupo de antiguas instalaciones agrícolas aparentemente en desuso. Ante ellos aparece una ladera cubierta de hierba y de pronto tienen delante una casa que parece sacada de alguno de los libros de texto que tenía en la escuela.

Cuando paran, Judy nota que Hayes la mira de reojo. Estudiándola.

Lo que él no sabe es que ella está acostumbrada a tratar con gente rica. A partir de los doce años —primero en negro y después de forma legal—, trabajó en el club de golf Iroquois, donde su padre sigue siendo el jefe de mantenimiento. Lavaba platos y servía mesas, y más adelante hizo también de camarera. Todavía la llama alguna vez Chick Janowicz, el encargado general, para que haga alguna sustitución cuando alguien enferma. Y todos los años por diciembre trabaja en la elaborada fiesta de Navidad para sacarse algo de dinero. Lo hace toda la familia Luptack, hasta su madre.

Hayes aparca el coche en un ángulo torcido sobre la hierba. Ya hay algunos agentes estatales en la escena. También hay presentes cuatro vehículos desocupados de la Agencia Estatal de Medio Ambiente: agentes forestales que seguramente ya estarán haciendo las batidas iniciales por el bosque.

Hayes se los queda mirando un momento y pregunta:

—¿Tú qué dices? —Judy lo mira—. ¿Qué te parece que le ha pasado a la chica?

—Ah —dice ella—. No estoy segura.

—Yo creo que se ha escapado —dice Hayes—. Cuando desaparece una chica de esa edad, casi siempre es por eso.

Judy no dice nada.

—Seguramente ahora mismo estará haciendo dedo por alguna carretera rural. Espero que podamos encontrarla nosotros antes que algún sinvergüenza —dice Hayes.

Luego, sin esperarla, sale del coche, echa a andar en dirección al agente más cercano, un tipo orondo de cejas rubias, y estira el brazo para estrecharle la mano.

Judy vacila. Sale y camina lentamente en círculo, contemplando la casa, el lago que hay al otro lado y los bosques que lo rodean todo. Al sur hay alguna clase de organización, una escuela infantil o un centro de colonias: oye voces agudas que chillan y ríen procedentes de allí.

Cuando Denny Hayes vuelve, le cuenta los detalles del caso.

La desaparecida es la hija de los Van Laar, dice. Una chica de trece años de la misma familia cuyo hijo desapareció hace más de una década.

Se llama Barbara Van Laar, dice Hayes; estaba de colonias en la Reserva; la vieron por última vez anoche, durmiendo en una litera en su cabaña.

Las breves declaraciones que han tomado los policías no han arrojado ninguna pista ni tampoco teorías. La desaparición parece haber sorprendido a todo el mundo. Nadie tiene ni idea de adónde puede haber ido.

Y, para terminar de complicar el caso, le han dicho que acaba de desaparecer otra campista: la compañera de litera de Barbara, una chica llamada Tracy Jewell, que no tiene conexión alguna con la familia. A Tracy la han visto hace solo un par de horas, yendo a pie de su cabaña al economato para desayunar. Ya se ha alertado a sus padres, que están de camino.

A raíz de estas dos desapariciones, se ha reunido a todos los campistas en el centro comunitario, con dos agentes estatales asignados a su vigilancia. Están llamando a todos los progenitores, uno por uno, para que vengan a recoger a sus hijos. Pero, como hay noventa y una familias y solo dos líneas de teléfono, el proceso se está alargando mucho. Mientras tanto, no se permite entrar ni salir a nadie del centro comunitario sin enseñar identificación. Si hace falta, aquellos campistas cuyos padres no puedan llegar hoy a Camp Emerson dormirán ahí esta noche, todos juntos.

—¿Sabes que la familia está en contra? —dice Hayes.

—¿En contra de qué?

—De que vengan los padres a recoger a los campistas. Desaparecen dos chicas en dos incidentes separados, una de ellas su hija, y quieren que sigan las colonias. No quieren que se alarme a la gente innecesariamente.

Judy había creído que se pasaría el día siguiendo a Hayes, pero enseguida entiende que el plan de este es separarse de ella y que tomen declaraciones por separado. Así podrán cubrir más territorio.

—Puedes llevar a la gente al coche para entrevistarlos —dice—. Es más privado. —Luego señala en dirección al centro de colonias—. ¿Ves ese edificio que hay a lo lejos, el plano y alargado? Me ha dicho un policía con el que he hablado que dentro hay un buen sitio para hacer entrevistas. Y que ya están ahí los padres de Van Laar. Y ahí me encontrarás si me necesitas. —Se gira hacia ella. Le guiña el ojo—. Pero no vas a necesitarme, ¿verdad?

—Claro —dice ella. Hayes le da una palmadita en la espalda. Judy ya se está cansando de la facilidad con que la tocan los hombres que tiene alrededor, aun cuando, como en el caso de él, sea un contacto más paternal que lascivo. Luego su compañero inclina la cabeza hacia ella—. Escucha, cielo —le dice en voz baja—, ya me encargo yo de lo duro. De las amigas de la chica, de los monitores y, sobre todo, de los padres, si hay que vigilar a alguien es a ellos. Tú hazte cargo de la gente que hay aquí en la casa. Los actores de reparto, ¿me entiendes? Y no estés nerviosa.

Judy se muere de ganas de hacerse a un lado. De apartarse de él. Pero se limita a asentir con la cabeza.

—¿Te acuerdas de qué hacer? ¿Lo que aprendiste en la formación? —Ella asiente con la cabeza—. Buena suerte —dice Hayes, y se aleja colina abajo hacia el centro de colonias.

Frente a la casa llamada Autosuficiencia, Judy Luptack contempla el llamador de hierro con forma de mosca. La levanta y deja caer el tórax tres veces, sintiendo una aprensión extraña a la hora de tocarla.

Al cabo de un momento sale una mujer a abrir. Una doncella, quizás.

La mujer se la queda mirando un momento antes de hablar:

—¿Puedo ayudarla?

Judy pronuncia por primera vez en voz alta las palabras que la han entrenado para decir:

—Soy la detective Judyta Luptack. Estoy aquí para ayudar con la búsqueda de Barbara Van Laar.

En el salón hay una decena de personas sentadas y de pie en grupitos. No son como la gente rica a la que ha conocido trabajando en el club de golf; aquellos eran por lo general hombres y mujeres mayores vestidos con ropa seria y formal, y sentados con la espalda muy recta en su silla.

La gente de aquí, en cambio, está repanchingada y lleva pijama y batín. A Judy le da la sensación de que no tienen prisa por cambiarse. Dos de las mujeres llevan camisón de seda y a través de la tela ella ve claramente el contorno de los pechos. Dos chicas jóvenes —empleadas domésticas— se mueven en silencio, recogiendo los restos de la fiesta.

Judy mira su cuaderno, poniéndose manos a la obra, preparándose para abordar a su primer sujeto.

Ya ha decidido quién será: un hombre mayor que es quien más le recuerda a los miembros del club de golf Iroquois. Es alto y canoso, y está sentado en una banqueta que hay cerca de la puerta principal, atándose un par de recias botas de montaña. A su lado hay una mujer que debe de ser su esposa.

Judy se les acerca, se planta delante y carraspea. La sala le parece muy silenciosa. Se han detenido las conversaciones.

La pareja no la oye, o bien les trae sin cuidado.

—Disculpe, caballero —dice, y se siente repentinamente transportada a su trabajo en el club. El hombre levanta la vista despacio—. ¿Le puedo hacer unas preguntas?

JACOB

Agosto de 1975: día 1

Al amanecer, caminando al amparo de los árboles que bordean la Northway, llegó a un arroyo y sintió el impulso inexplicable de seguirlo hasta su origen. En su cabeza se despertó un recuerdo que parecía casi ancestral: *conocía* aquel arroyo, aunque no sabía de qué.

Jacob no cree en otro dios que sí mismo. Es supersticioso, sin embargo, y tiende a suscribir la idea de que no existen las coincidencias; de que, cuando hallas algo inesperado o inaudito, es importante dedicar unos minutos extra a plantearte *el motivo*.

¿Por qué, se preguntó, se había encontrado con aquel arroyo en mitad de su viaje al norte? ¿Por qué le resultaba tan familiar? Bajo la penumbra, se planteó sus opciones: era hora de acostarse hasta que oscureciera, pero el arroyo lo empujaba poderosamente hacia el interior del bosque. ¿Qué tenía de malo seguirlo un rato?, pensó.

Empezaron entonces unas horas de caminar, vadear y hundirse un poco, a ratos, en el terreno cenagoso. Los zapatos se le empaparon y se le llenaron de barro; iba a tener que cambiarlos por los de algún desconocido en cuanto pudiera.

El bosque estaba clareando: a través de los últimos árboles que le quedaban por delante, vio una carretera rural que se cruzaba con su trayectoria. El arroyo que había estado siguiendo desaparecía en una alcantarilla.

Esperó a que dejaran de pasar coches y cruzó corriendo la carretera; encontró la alcantarilla al otro lado y siguió avanzando.

Allí, más adelante: una serie de cabañas pequeñas, una tras otra, alejándose de él en dos hileras que flanqueaban el pequeño arroyo. Había unos puentecillos que lo cruzaban a intervalos. A su izquierda, otros edificios más grandes. De fondo, una colina.

Al cabo de un instante entendió por qué lo atraía aquel arroyo y por qué llevaba tanto rato siguiéndolo.

Había estado allí antes.

JUDYTA

Agosto de 1975: día 1

Judy Luptack acaba de pedirle al caballero que tiene delante que le dedique unos minutos de su tiempo y sigue esperando su respuesta.

Vuelve a empezar:

—Soy la detective Luptack. Estoy aquí para asistir en la búsqueda de Barbara. ¿Le importa…?

—Me temo que sí —dice el hombre. Y le da la espalda. Mira por la ventana, en dirección a los árboles.

Por un momento, Judy se queda paralizada, sin saber qué hacer. Sus instintos de antaño le dicen que se pliegue a la autoridad de ese hombre al que podría haber servido en el club de golf. Los nuevos le dicen que se muestre directa.

—Señor —le dice—, solo será un momento. Unas pocas preguntas.

—Esperaré a tu sargento —le dice él—. No me gusta repetirme.

—No hay… —empieza a decir Judy. *Sargento* no es el rango que hay por encima del suyo en la OIC: es *detective sénior*. Pero no le apetece confesarle a Denny Hayes, que es quien ejerce ese rol, que ya está fracasando.

De manera que se limita a decir:

—Por favor.

Cuando oye esas dos palabras y la humillación de su voz, el hombre deja caer un poco los hombros. La mira.

—Muy bien —dice—. Que sea breve.

—Vamos a mi coche.

—Vamos a la cocina —repone él.

Es una estancia enorme. La pareja de ancianos se sienta frente a ella en torno a una mesa de gran tamaño. El marido se cruza de brazos y de piernas y se reclina en el respaldo de su silla.

Judy coge el cuaderno con las manos. No lo quiere dejar sobre la mesa; no quiere que ninguno de ellos lo lea del revés.

—¿Nombre? —empieza ella.

—Peter Wallingford Van Laar Segundo —dice el hombre.

—¿Fecha de nacimiento? —pregunta.

Él enarca una ceja.

—Veintitrés de febrero de 1898.

Judy anota estos datos en el cuaderno pautado. Y añade: «Conducta tensa».

—¿Qué relación tiene con la víctima? —pregunta.

—¿La víctima?

—La señorita Van Laar —dice ella.

—Le agradecería que evitara referirse a mi nieta como tal —dice el hombre. Judy se ruboriza. Tiene razón—. Ya tiene su respuesta, en cualquier caso —añade el señor Van Laar—. Soy su abuelo. Esta es su abuela —dice, inclinando la cabeza hacia su mujer—. La señora Helen Van Laar. Fecha de nacimiento: 3 de mayo de 1898.

Judy anota con diligencia también esos datos.

A continuación hace una pausa y deja que su formación la guíe.

—¿Me pueden decir los dos lo que han hecho hoy? ¿A qué hora se han despertado y qué han hecho después?

Él suelta un suspiro profundo. Es la clase de hombre que irradia desaprobación de forma casi automática. Junta las manos sobre la mesa.

—Señorita... —dice.

—Luptack.

«Detective Luptack», piensa Judy.

—Señorita Luptack, se la ve a usted muy joven —dice el señor Van Laar. Su mujer le echa un vistazo rápido—. ¿Cuántos años tiene, veinte, veintidós?

El hombre espera. «Veintiséis», piensa ella. Pero no lo dice.

—Sospecho que no lleva usted mucho tiempo en este trabajo —añade el señor Van Laar—. Permítame que la ayude.

—Peter —interviene su mujer, la primera palabra que pronuncia, pero su marido levanta una mano en su dirección y ella no sigue.

—Nuestra nieta se ha escapado —dice el hombre—. Lo sé porque lleva dos años amenazando con hacerlo casi todos los días. Poco a poco, tranquilizar a Barbara y no molestar a Barbara se han ido convirtiendo prácticamente en los únicos temas de conversación en casa de mi hijo. Es una chica de trece años que se comporta como la mayoría de las chicas de su edad. Pero peor. —Hace una pausa. Tose—. Nuestros paraderos de esta mañana no son piezas importantes de este rompecabezas. Lo que necesitan hacer usted y sus compañeros es mandar una partida de búsqueda grande por estos bosques. Porque en este momento son el único peligro para Barbara, aparte de sí misma.

Se pone de pie de repente y mira a su mujer, esperando que lo imite. Ella lo hace, con menos determinación.

—Y ahí es adonde voy a ir —dice el señor Van Laar—, con unos perros. En realidad era donde me disponía a ir cuando usted me ha interrumpido. Apunte eso en su cuaderno, en caso de que me busquen sus superiores. —Y sale de la cocina. Su mujer mira un momento a Judy antes de seguirlo, con expresión inescrutable.

—Señor —dice ella. La palabra le sale antes de que sepa qué le va a decir a continuación.

El hombre espera.

—¿Qué pasa? —pregunta.

—Es que…, teniendo en cuenta la desaparición de su nieto —dice Judy—, da la impresión de que deberíamos tratar la de Barbara con la misma atención.

A él le cambia por completo la expresión. Hasta ahora estaba molesto con la conversación; ahora está furioso. Abre la boca para hablar y a ella le recuerda a un animal enseñando los dientes.

—No hable de mi nieto —dice el señor Van Laar—. No se atreva a pronunciar su nombre.

Se marcha. Su mujer lo sigue.

Judy se queda un momento sentada a solas en la cocina enorme. Da la impresión de que anoche hubo una fiesta. Hay recipientes de comida abiertos sobre las encimeras, cosas que deberían estar en la nevera. Ensaladas y postres de chocolate.

Mira el cuaderno. Tacha la palabra *tensa*.

«Conducta hostil», escribe.

Una pila de platos que hay en el fregadero, en equilibrio precario, se descoloca de repente y el estrépito arranca ecos de las paredes.

Judy no se inmuta. Por lo general los ruidos de las cocinas la reconfortan.

Está pensando en la reacción desproporcionada que ha tenido el señor Van Laar cuando le ha mencionado a su nieto. En el odio de su mirada y en el gesto de enseñar los dientes amarillentos. Le ha visto esa misma expresión a otra persona.

Y por fin se acuerda: la señora de Charles Hanover, piensa. Durante una fiesta de Navidad del club de golf de hace unos años, Judy dobló una esquina poco transitada y se encontró a la señora Hanover registrando metódicamente los bolsillos de los abrigos de piel del guardarropa. De vez en cuando sacaba algo, lo examinaba y se lo guardaba. Ella se la quedó mirando, estupefacta, hasta que la mujer se giró y la miró a la cara. A continuación sonrió, encontró su abrigo, se lo puso y salió.

Judy corrió a la cocina para buscar a Chick Janowicz, el encargado general, que se pasó las manos por las mejillas y se quedó mirando el suelo unos segundos. Por fin asintió con la cabeza y partió, resignado a su destino.

Desde la cocina, oyó viajar por el pasillo los aullidos de indignación. A continuación, se abrió de golpe la puerta batiente y aparecieron los Hanover, con la mujer en cabeza, señalando a Judy con un dedo furioso y con exactamente la misma expresión que se le había puesto al señor Van Laar al mencionarle a su nieto.

—No tienes ni puta idea de lo que has visto —se puso a decirle la señora Hanover—, pedazo de...

—Paulette —le dijo su marido a modo de advertencia.

El señor Janowicz tuvo que amenazar con llamar a la policía para que por fin la mujer vaciara su bolso. Dentro había cinco billeteras y dos pitilleras. Aunque se expulsó a los Hanover del club, nunca se denunció a Paulette a las autoridades.

Cuanto más se enfurece la gente rica, pensaba Judy —lo pensaba entonces y lo sigue pensando ahora—, más consciente es de que están a punto de hacerle responsabilizarse de sus fechorías.

TRACY

Ese día Tracy descubre la respuesta a la pregunta que lleva haciéndose desde que empezaron las colonias.

¿Qué se supone que tienen que gritar cuando se pierden? Las instrucciones que les dieron no incluían la respuesta.

Pues resulta que al final grita: «¡ME HE PERDIDO!».

Lo grita de forma continua, una especie de cántico histérico; y luego, recordando que necesita conservar la voz, va alargando las pausas.

Al principio, mientras grita esa frase ridícula, la consumen la vergüenza y la humillación. No le cabe duda de que está a un tiro de piedra del margen del bosque; de que en cualquier momento va a aparecer algún campista de diez años con uniforme y cara de burla, señalando en dirección al centro de colonias. Aun así, continúa gritándolo. Es mejor acabar con esto cuanto antes, piensa.

Ya lleva un rato con sed. Ahora le está entrando hambre. Eso basta para convencerla de que lleva allí demasiado tiempo. Y parece que hay menos luz que antes, ¿no? Imposible, piensa. Era primera hora de la mañana cuando salió. Pero en el bosque el tiempo avanza de forma extraña. Ya ha entrado en una realidad distinta de la que conocía.

—¡Me he perdido! —grita Tracy, una y otra vez.

El mundo que la rodea es gris y borroso. Se maldice a sí misma por su vanidad, por ser demasiado orgullosa para llevar las gafas que le prescribieron este año.

Esto ya no tiene nada de aventura. Por fin se ha apoderado de ella el miedo de verdad y ahora suelta gritos inarticulados. Ya no dice: «Me he perdido» o «Socorro», sino que se limita a vociferar, aullidos primordiales y guturales intercalados, de vez en cuando, con «mamá, papá», algo que la sorprende. Tracy se considera una persona independiente pese a su edad. Pero allí está, sedienta, hambrienta, llorando y llamando a gritos a sus padres, que ya ni siquiera se hablan entre sí.

Después de un rato así, se interrumpe en mitad de un grito para escuchar con el cuerpo entero. Contiene la respiración. Oye algo que parecen pasos.

Espera un momento.

—¿Hola? —dice.

Por un momento, nada; y luego vuelve a oír el ruido.

—¿Hola?

Tracy se levanta del suelo donde está sentada. Se gira lentamente. Y por fin ve una cara que la mira desde detrás de un árbol.

Y la persona sale de su escondite.

LOUISE

Agosto de 1975: día 1

Detrás del escenario del centro comunitario hay tres camerinos improvisados, un guardarropa y una puerta que comunica con el exterior. De momento, los policías estatales, que han sido los primeros en llegar a la escena, han convertido ese sitio en su puesto de mando, usando los camerinos como salas de interrogatorios.

Dentro del primero, que es el más pequeño, Louise está sentada a solas en una silla de vinilo.

Hace una hora, su monitora en prácticas —tras descubrir de golpe la ausencia de otra campista de su grupo— ha cruzado los terrenos de Camp Emerson con mirada frenética, llamando a gritos a Louise y encontrándola mientras volvía de la cabaña de la directora a la residencia de empleados.

—¡También ha desaparecido Tracy! —le ha dicho Annabel, jadeando.

Un policía que estaba cerca ha preguntado:

—¿Quién?

Al cabo de un momento una tropa de policías las ha escoltado hacia el centro comunitario.

De camino a allí, Louise ha buscado una y otra vez la mirada de Annabel. Quería decirle con los ojos: «Acuérdate. Acuérdate de lo que has prometido».

Pero la otra le ha rehuido la mirada.

Ahora su compañera está en el camerino contiguo al suyo. A través de la fina pared que las separa, Louise oye unos ruidos amortiguados que cree que podrían ser sollozos.

También oye las voces furiosas de una mujer distinta y de un hombre: el señor y la señora Southworth, le parece. Los padres de Annabel. Invitados esta semana en casa de los Van Laar.

Alguien da un golpecito en la puerta de Louise y la abre antes de que ella conteste.

Entra un hombre de unos cuarenta años con entradas. Se detiene y se la queda mirando un momento, como dándose cuenta de algo. No lleva uniforme, sino camisa Oxford amarilla de manga corta con corbata roja. Y el abrigo marrón echado sobre el brazo.

—¿Louise Donnadieu?

Ella asiente con la cabeza.

Él sonríe. Es delgado y musculoso.

—¿Te acuerdas de mí? —dice.

Solo entonces le mira la cara con atención y se da cuenta de que le suena.

—Denny Hayes —añade el hombre—. Antes vivía en Shattuck. Conozco a tu madre.

—Ah —dice ella—. Señor Hayes.

Él levanta la mano y niega con la cabeza.

—Por favor —le dice—, llámame Denny. Ya eres adulta, ¿no?

El comentario le choca, aunque supone que técnicamente es cierto.

—¿Cómo está? —pregunta Denny Hayes.

—¿Quién?

—Tu madre.

Louise tarda un momento en contestar.

—Bien, supongo. No hablamos mucho.

Él asiente una vez con la cabeza. Tan deseoso como ella de cambiar de tema.

Si no le falla la memoria, Denny Hayes fue uno de los varios hombres que empezaron a pulular por su casa justo después de que su padre se marchara. Le echa un vistazo a su mano. Se fija en que lleva anillo de casado. Si lo estaba por entonces, ella no lo sabía. Aunque tampoco le habría sorprendido.

Ya no le sorprende nada de lo que hizo o hace su madre. Ni siquiera el hecho de que se quedara embarazada de Jesse cuando Louise tenía once años. Ni que confesara no estar segura de quién era el padre.

Dios, piensa. Espero que este hombre no sea el padre de Jesse.

—¿Y tú? —le pregunta Denny—. ¿Estás casada o algo? ¿Tienes hijos?

—No —contesta ella—. Solo trabajo.

—Yo tengo dos —dice él—. Niño y niña. Y un tercero de camino. Me fui de Shattuck hace siete años, cuando me ascendieron. Ahora vivo en North Elba. Cerca del trabajo.

Louise asiente con la cabeza.

—¿Te importa si me siento? —dice Denny.

El camerino es diminuto y tiene mucha luz, y las únicas dos sillas que hay en él están lado con lado. Los dos tuercen incómodamente las rodillas hacia el otro. Demasiado cerca para su gusto. Mira el espejo y ve a Hayes sacarse un cuaderno y un bolígrafo del bolsillo de la pechera.

—Entonces —dice Denny— eres la monitora de la hija de los Van Laar...

Louise asiente con la cabeza.

—¿Alguna idea de adónde puede haber ido?

—No —contesta en voz baja.

Denny le echa un vistazo.

—La mujer de ahí fuera —dice, mirando sus notas—, T. J., la mujer del pelo corto...

—La directora —dice Louise.

—Eso. Dice que eres la primera que informó de la desaparición. ¿Es verdad?

Ella asiente con la cabeza.

Denny la mira un momento, sopesando si decir algo o no.

—¿Y no te diste cuenta? —pregunta—. ¿No oíste la puerta ni nada?

Louise siente un nudo en la garganta, aunque no le parece posible estar al borde del llanto. No se acuerda de la última vez que lloró.

—¿Estuviste en la cabaña toda la noche? —dice Denny.

Ella abre la boca para dar respuesta, pero no le sale nada.

Él deja su cuaderno. Pone el bolígrafo encima.

—Mira —dice—. En serio, yo no debería estar dándote consejos. Pero, por una vieja amiga, lo haré. —Se inclina hacia ella y baja la voz—. No te conviene meterte en líos aquí. No te conviene decir algo de lo que no vas a poder desdecirte. Porque mentir —dice—, a la larga te traerá problemas.

Louise levanta la vista para mirarlo. Lo tiene a dos palmos de la cara. Su bigote tiene un aspecto húmedo.

—En el cuarto de al lado hay una chica —dice—. Creo que trabaja contigo. Voy a hablar con ella. Si resulta que tenéis versiones distintas —dice Denny—, en fin, pintará mal. Suscitará preguntas.

—Entiendo —dice Louise.

—Eras una buena chica cuando te conocí —afirma—. Siempre me caíste bien. Oí que, cuando te hiciste mayor, había gente que se metía contigo, decía cosas de ti y tal. Nunca me las creí.

Ella espera.

—Gracias —dice por fin. En este momento lo odia. Odia lo que está insinuando. Porque la mayor parte de lo que se decía de Louise aludía a amoríos inventados con otros estudiantes. Y, una vez, con un profesor.

—Por eso te voy a dar un consejo —dice él. Se pone de pie y se guarda el cuaderno y el bolígrafo—. Pide un abogado. Y no digas que soy yo quien te lo ha dicho.

Ella habla sin pensar:

—Ya tengo uno —dice.

Le resulta agradable decirlo y ver cómo la expresión de Denny titubea un momento.

—Pues muy bien —repone él—. No habrá que buscarte uno de oficio, entonces. Si surge la necesidad.

Ella lo mira con cara inexpresiva.

—Sabes lo que es uno de oficio, ¿no? —pregunta el hombre.

Silencio.

—Un defensor público —dice Denny—. Uno gratuito. No parece que te haga falta uno de esos.

Solo entonces Louise se da cuenta de lo que acaba de hacer.

ALICE

Un agente forestal ha tenido la amabilidad de ponerle una toalla a Alice sobre los hombros; al cabo de un rato, trae otra y se la echa también encima. Está sentada al sol de la una de la tarde en una silla estilo Adirondack, temblando tanto que le castañetean los dientes. Recuerda que le pasó lo mismo cuando desapareció Bear. Es el *shock*, le dijo alguien entonces.

—No se preocupe, señora —le dice el agente forestal, poniéndole una mano en la rodilla—. La encontraremos, ¿de acuerdo? Es para lo que sirve toda nuestra formación.

Alice asiente una vez con la cabeza. Quiere que el hombre se quede con ella.

Hay otros agentes forestales con perros recorriendo el centro de colonias, buscando olores. Hace un rato le han pedido que les diera unas bragas usadas de Barbara para ayudar a los canes. Se ha quedado un momento mirando al guardabosques que se las pedía, horrorizada, hasta que el hombre se ha disculpado.

—Es realmente la prenda más útil para los perros —le ha dicho.

No ha sido capaz de hacerlo ella. Les ha pedido que buscaran a un monitor. Podían encontrar las pertenencias de Barbara sin su ayuda.

Peter está en uno de los edificios de Camp Emerson con un detective. Le ha dicho a Alice que no hable con nadie hasta que llegue el capitán LaRochelle de Albany. El mismo que supervisó el caso de Bear.

Su marido confía en él.

Mejor dicho, no confía en nadie más.

Alice contempla el lago. La verdad es que no tiene ni idea de dónde puede estar Barbara. Todo el mundo parece sugerir que lo más probable es que se haya escapado, pero a ella le preocupa que pueda haber pasado otra cosa.

Barbara siempre ha sido una chica difícil.

De pequeñita tenía unas pataletas tan terribles que a Alice le preocupaba lo que pudieran pensar sus vecinos de Albany. Con seis años no daba señales de mejorar: daba igual cuánto le gritaran, la sobornaran, le dieran azotes o incluso bofetadas. —Peter lo había probado, algún bofetón en toda la cara cuando la cosa se salía mucho de madre—. No había forma de detener las pataletas. Al contrario: chillaba todavía más, con unos gritos terribles que hacían imposible pensar.

Bear nunca fue así.

Aquellos episodios de Barbara terminaron siendo el factor determinante en su decisión de mandarla a estudiar fuera en cuanto pudieron. Con siete años, la metieron interna en la escuela Emily Grange, donde, según todos los testimonios, no causaba ningún problema... al principio.

Pero últimamente habían estado oyendo otras cosas.

En mitad de su último año de escuela, los había llamado por teléfono la directora del internado, Susan Yoder. Era una mujer formidable —lesbiana, pensaba Alice—, con fama de progresista. Era la primera persona a la que había conocido que le había pedido que no la llamara «señorita» pese a ser soltera. Había invitado a ambos al campus para que se vieran con ella en persona: algo que nadie les había pedido nunca.

Peter estaba indignado: «Con todo lo que les pagamos —dijo—, lo normal sería que esa persona entendiera lo inconveniente que es pedirle a un hombre que saque tiempo de su jornada de trabajo».

—Hace poco la hemos… descubierto en su habitación con un chico del pueblo —les contó la señora Yoder.

Alice vio que su marido agarraba con fuerza el brazo de su silla.

—¿En qué estado? —preguntó Peter.

—¿Perdón?

—¿En qué estado se encontraba mi hija cuando la encontraron?

—Ah —dijo la señora Yoder, ruborizándose—. Bueno, con ropa.

—¿Pero…? —dijo Peter.

—Pero…, bueno, la realidad es que no podemos estar seguros de qué habían estado haciendo antes de que entrara en la habitación la señora Burke. Tener a un chico sin supervisión en el dormitorio de una chica ciertamente no es… lo ideal.

Esbozó una sonrisa, intentando aligerar un poco la tensión que reinaba en la sala. «¡Críos!», parecía estar articulando en silencio la señora Yoder.

Pero Peter permaneció impasible como una piedra. Alice notó que estaba tomando una decisión.

—Señor Van Laar, permítame que le asegure que no estamos demasiado preocupados. Es una conducta perfectamente normal para una chica de la edad de Barbara —dijo la señora Yoder—. Solo queremos estar seguros de que…

Peter la interrumpió:

—¿Y quién es responsable de esa negligencia?

La mujer frunció el ceño, confundida.

—¿De qué…?

—¿Quién es responsable de dejar que entrara el chico en el dormitorio?

—Bueno, pues Barbara —dijo la señora Yoder.

Por un momento, Alice tuvo miedo. Peter era capaz —por muy infrecuente que fuera— de perder los nervios. Pero simplemente dejó que las palabras de la mujer flotaran en el aire.

—¿Quién era el chico? —dijo por fin.

—No estoy segura de cómo se llama —contestó la señora Yoder. Le estaba cambiando un poco la expresión. Estaba adoptando un aspecto desafiante. ¿Era posible que también ella tuviera mal genio?, se preguntó Alice. Normalmente estaba tan preocupada por Peter que casi nunca se le ocurría preocuparse por otros.

—¿Qué edad tenía? —preguntó él.

—No estoy segura —dijo la señora Yoder—. Pero la señora Burke, de la residencia oeste, no pareció preocupada, si es lo que me está preguntando.

Peter no había terminado.

—Por favor, descríbamelo —pidió.

La señora Yoder suspiró.

—Yo no estaba presente —dijo—. Pero la señora Burke lo describió como delgado y de pelo moreno. —Solo lo había visto por detrás, siguió explicando, mientras el chico se escapaba por la ventana (la habitación de Barbara estaba en una primera planta) y se metía en el bosque que bordeaba la escuela.

—¿Qué ropa llevaba? —preguntó Peter.

—Me temo que no lo sé.

—¿Dijo algo?

—La señora Burke no lo mencionó.

—¿Y Barbara?

—Dijo que era un amigo del pueblo.

Peter soltó un soplido. Se hizo un largo silencio.

Alice se concentró en los objetos de la sala. Una pequeña estatua de mármol de la diosa Justicia con los ojos vendados. En los estantes, una colección de libros en hileras pulcras, sin las sobrecubiertas y ordenados por alturas. En la pared, la foto enmarcada de un equipo femenino de hockey sobre hierba de hacía mucho tiempo. De cuando era joven, pensó Alice.

No se había dado cuenta de que Peter se había levantado de la silla.

—Gracias, *señorita* Yoder —dijo, haciendo énfasis en el tratamiento.

La mujer frunció el ceño.

—Me temo que hay más cosas de las que hablar —dijo—. En situaciones como esta, por lo general emprendemos alguna clase de medida disciplinaria.

—Lo que le parezca a usted mejor —dijo Peter—. Vamos, Alice.

Se levantó. Pero, antes de que salieran de la sala, la señora Yoder volvió a hablar:

—Señora Van Laar —dijo, mirándola directamente. Una mirada cargada de intención—, ¿tiene alguna pregunta para mí?

Si la tenía, no le vino a la mente. De forma que negó con la cabeza y siguió a su marido en silencio hasta la puerta.

De camino al coche, Alice le preguntó a su marido si quería esperar a Barbara para hablar con ella directamente. Peter negó con la cabeza.

—Solo mentirá —dijo él—. No lo soporto.

De regreso a Albany, su marido guardó silencio mientras ella, sentada a su lado, buscaba algo que decir.

Se había fijado hacía poco en que estaba adoptando los hábitos de la madre de Peter, que la mayoría de las veces se quedaba sentada a un lado, con una sonrisa afable, y dejaba que su marido se hiciera cargo de todo. Cuando Alice la había conocido, se había preguntado por su inteligencia. Pero, en las pocas ocasiones en que las dos habían estado solas, la señora Van Laar había demostrado una capacidad para conversar que iba más allá de lo que le mostraba a su marido. Incluso era ingeniosa, a su manera.

—Es pronto para que estén cambiando las hojas —dijo Alice por fin. Y Peter afirmó que lo era.

Aquella noche, su marido fue a verla para comunicarle que había tomado una decisión. La escuela Emily Grange no podía manejar a Barbara, le dijo. Tenían que cambiarla a otra.

Después de consultar por teléfono a un amigo aquella misma noche, salió de su habitación con un anuncio: la matricularían el año siguiente en la Élan, una escuela de Maine para chicas con problemas de disciplina. Lo describió como «un programa de modificación de la conducta».

Pasarían el verano todos juntos en la Reserva, le dijo. Y luego la niña tendría que ir allí.

—Díselo a Barbara, por favor —dijo Peter en tono despreocupado. Alice hizo una mueca de dolor.

—No le va a gustar nada —repuso.

—Eso es irrelevante —afirmó él—. Lo importante es ponerla en el buen camino. Impedirle que cometa una equivocación irreversible. ¿Te imaginas que...? —dijo, pero se detuvo.

Alice lo entendió. Un chico en la habitación de Barbara en la Emily Grange implicaba la posibilidad de relaciones sexuales. Y eso implicaba la posibilidad de un embarazo.

Antes de casarse y entrar en la familia Van Laar, ella nunca había conocido a una familia tan obsesionada con su reputación. Peter se lo había explicado una vez, escuetamente, cuando eran más jóvenes, en la época en que Bear tenía cuatro o cinco años.

—La banca es una industria que se basa en la confianza —dijo—. Si queremos que los clientes confíen en nuestras decisiones sobre su dinero, deben confiar en nuestros juicios sobre todas las cosas.

—Aquella, dijo, era una de las razones por las que Peter Primero había fundado la Reserva y Camp Emerson; su interés por la conservación de la naturaleza era genuino, pero también interesado, diseñado para potenciar su reputación en la región. Lo mismo se podía decir exactamente de las amistades que habían cultivado a lo largo del tiempo con gente bien relacionada: interesadas. Previsoras. Los Van Laar calculaban con meticulosidad a quiénes dejaban entrar en su vida. Y se mostraban implacables con aquellos a quienes expulsaban.

La cuestión era que Alice todavía no le había comunicado a Barbara sus planes para el otoño. Siempre se cortaba cuando se imaginaba el alboroto que se armaría: la furia de su hija, la escena que montaría. Rezumaba cierta violencia, una agresividad intrínseca que ella había visto desde su nacimiento. Más allá incluso de las pataletas que había tenido de pequeña, de adolescente parecía vivir en una tempestad permanente, siempre a un solo malentendido de distancia de propinar un puñetazo.

Por tanto, cuando Barbara le había pedido pasar el verano en Camp Emerson, a Alice le había parecido una excusa más para demorar el anuncio.

Su decisión final había sido comunicárselo al acabar el verano. Sería lo mejor, pensó. Decírselo de golpe y de improviso, y mandarla a la Élan. Quizás incluso se lo pudiera comunicar cuando ya estuviera en el coche, con las maletas hechas para ir a la Emily Grange. Cuando ya estuviera a buen recaudo en el vehículo, con el chófer al volante.

Lo tenía todo planeado.

Barbara, ha habido un cambio de planes, le diría en tono tranquilo.

De pronto, a Alice la saca de sus pensamientos un ruido lejano.

Parece una chica llorando.

—¿Alguien más lo oye? —dice.

Se gira para mirar por encima del hombro, pero el guardabosques que le han asignado para hacerse cargo de ella ya no está.

JUDYTA

A través de la ventana de la cocina, Judy mira cómo los ancianos señores Van Laar cruzan el prado en dirección al bosque. Él camina con pasos rápidos y agresivos; ella le va a la zaga esforzándose por seguirle el paso, echando a trotar de vez en cuando para no quedarse atrás. A los hombres de esa clase nunca parece gustarles realmente su mujer, piensa. Ni a los del club ni a los de aquí. Su padre, por estricto que sea con sus hijos, no solo muestra deferencia hacia su madre, sino que casi la venera. Una vez, en su vigésimo quinto aniversario de bodas, le leyó un poema espantoso que había escrito él mismo, con el papel moviéndosele en las manos temblorosas; Judy y sus hermanos tuvieron que hacer esfuerzos para no reírse.

Hace acopio de fuerzas una vez más antes de volverse hacia el salón donde está la chimenea. Sigue habiendo varios hombres y mujeres congregados delante que no pueden ser mucho mayores que ella. No está segura de cómo encajan en todo esto, pero entiende que es su trabajo averiguarlo. Advierte en todos una actitud inapropiadamente despreocupada; una conducta relajada que casi resulta ofensiva.

Se queda un momento pululando, mirando el cuaderno como si viera algo importante en él.

—Agente —le dice alguien en tono de ironía y burla.

«Detective», piensa Judy antes de girarse. Hay una joven reclinada en un sofá, con los pies encima del respaldo, mirando en su dirección. Tiene la cabeza apoyada en el regazo de un joven. Le resulta familiar: ¿actriz? ¿Cantante? Le da la sensación de haberla visto en televisión.

—¿Con qué teoría se está trabajando? —dice la chica.

El joven en el que está apoyada se tapa la boca con la mano, como reprimiendo una risa.

Judy hace ver que no la ha oído. Vuelve a mirar su cuaderno.

—¿Quién es el sospechoso principal? —insiste la chica, incorporándose hasta sentarse.

—Cállate, Polly —dice desde la otra punta de la sala una chica distinta, que tiene el pelo rizado y se frota los ojos somnolientos.

Polly mira al joven que tiene al lado.

—¿Tú de qué te ríes?

—De la forma en que lo has dicho —le dice él—. ¡Te has puesto muy... *seria!* —Y se permite la risotada que estaba disimulando—. Lo siento —dice, mirando a Judy—. Ya sé que esto es serio. Es que tengo resaca.

—Me interesa —dice Polly—. Lo quiero saber.

Detesta a esta gente. Y luego se acuerda de su formación; se siente culpable por haber saltado tan deprisa al odio.

Con determinación, y sorprendiéndose incluso a sí misma, atraviesa el salón sin hacer caso de ninguno de ellos y se adentra en un pasillo del otro lado. Quiere aclararse las ideas antes de entrevistar a nadie más.

Una parte de ella reconoce que está yendo en esa dirección, alejándose del grupo al que supuestamente ha de entrevistar, por una cuestión de curiosidad personal; siempre se ha preguntado cómo serán las casas de los miembros del club de golf a los que sirve, y esta es todavía más majestuosa, de eso está segura. Pese a todo, se asegura a sí misma, si la pilla algún colega suyo tendrá derecho a decirle sin más que está buscando a más gente a la que entrevistar.

Hay algunas puertas abiertas en el pasillo y otras cerradas. Se ciñe a las que están abiertas: llama a ellas suavemente con los nudillos y asoma la cabeza.

La mayoría están desordenadas. Camas sin hacer y maletas abiertas con su contenido desparramado.

En una de ellas encuentra a un hombre que todavía duerme, roncando de manera ruidosa, sin enterarse en apariencia del alboroto en el exterior, aunque quizás no le interese sin más.

Sigue adelante. La siguiente puerta está cerrada, pero no tiene pestillo.

Apoya el dedo en ella y la empuja. Dentro nota un vago olor a pintura fresca. Las paredes son de un rosa claro que hace que Judy arrugue la nariz.

Hay una maleta abierta en el suelo frente a ella.

Da un paso vacilante, apoyándose en los talones.

Dentro hay cosas femeninas descuidadas por su dueña: vestidos, enaguas, zapatos de tacón alto y un bikini de color naranja intenso, todavía mojado después de una sesión de natación. Ella, siempre ordenada, reprime el impulso de tenderlo en alguna parte.

Dentro de la habitación salta a la vista que se han pintado las paredes a toda prisa. Un intento rápido por parte de los anfitriones de dejarlo todo presentable antes de que empezara la fiesta, supone Judy. Su madre habría hecho lo mismo.

Unos golpes rápidos en la puerta de la casa interrumpen sus pensamientos. Las voces del salón guardan silencio.

Va a investigar.

LOUISE

Resulta que Annabel tiene una versión distinta.

A solas en su camerino —Denny Hayes se ha excusado y le ha dicho que espere allí—, Louise ya no oye las lamentaciones angustiadas e ininteligibles que han salpicado la primera media hora. Lo que oye ahora son las risas ocasionales de su compañera. Se ha calmado. La han exculpado. Denny Hayes está bromeando con sus padres.

Menuda llorona, piensa Louise. Menuda chivata.

No le cabe ninguna duda de que Annabel ha cantado.

Por fin llaman a su puerta.

Denny Hayes entra sin esperar respuesta. Lleva en las manos algo que Louise reconoce.

Él no dice nada. Deja la bolsa de basura de papel marrón sobre el tocador que hay a la izquierda de ella. Luego se le sienta delante, contemplándola en silencio.

Louise se sacude unos trozos de uñas del regazo.

El olor del vómito de Annabel, todavía dentro de la bolsa de patatas vacías, le llega y le provoca una arcada. La disimula.

¿Por qué demonios, se pregunta, le ha asignado a esa chica la tarea de deshacerse de esa prueba? ¿Por qué no lo ha hecho ella misma?

Denny Hayes carraspea.

—He encontrado tu bolsa —dice.

Louise casi se ríe.

—Es de Annabel.

—No es lo que dice ella.

Tarda un momento en procesarlo. Ya se esperaba que la otra se viniera abajo, que confesara que las dos estuvieron ausentes anoche, que su compañera estaba de fiesta cuando tenía que haber estado vigilando a las chicas. Que estaba borracha y colocada. Que esta mañana se encontraba enferma. Nada de eso habría sorprendido a Louise. Las chicas como ella siempre se vienen abajo.

Lo que no se esperaba era una mentira total.

—Annabel nos ha contado lo que hiciste anoche —dice Denny.

—¿Lo que hice *yo* anoche? —repone—. ¿Y no ha contado lo que hizo *ella*?

Él se pone de pie, camina hasta el tocador y abre la bolsa. Louise tiene otra arcada. Denny, en cambio, se mantiene impasible. Si el olor lo afecta, no da muestras de ello.

Saca de la bolsa la botella de cerveza, la colilla de porro y una bolsita más pequeña que contiene unos polvos blancos. Una cantidad sustancial de ellos.

—¿Eso qué coño es? —dice Louise. Aunque lo sabe; claro que sabe lo que es. Lleva cuatro años saliendo con John Paul. Y la sustancia en cuestión ha sido objeto de disputas entre ambos casi desde el principio.

—¿La has conseguido aquí —dice Denny— o en Shattuck?

—No es mía —responde—. Si estaba ahí dentro, la ha añadido Annabel. —Está empezando a entender que su compañera no es la niña inocente que ella creía—. En mi vida he tomado coca —dice Louise.

Denny tarda un momento en contestar.

—¿Pero sabes qué aspecto tiene? —Ella no dice nada—. Ese abogado que mencionabas... ¿Puedes llamarlo?

Acompañada por Denny Hayes, Louise sube lentamente la colina hacia la casa de los dueños. Tiene la sensación poco familiar de que le falta el aliento: los años de correr largas distancias cuesta arriba han contribuido a que su ritmo cardiaco en reposo sea bajo y a que su conducta sea tranquila en líneas generales. Ahora, en cambio, respira deprisa, con los orificios nasales dilatados y las axilas húmedas.

Cuatro años juntos. Cuatro años de su vida. Su relación es importante, se dice a sí misma. Tiene derecho a hacer esto. No es nada raro que una pida ayuda a su prometido en caso de emergencia.

Y es lo que Louise tiene intención de hacer: cuando llegue a lo alto de la colina, llamará a las enormes puertas dobles de Autosuficiencia y pedirá que la dejen hablar con John Paul McLellan.

Su padre es abogado.

Cuando Denny le ha preguntado adónde iban, Louise no le ha mencionado los detalles. Lo único que ha dicho es que un amigo de su familia estaba en la casa de los dueños.

—¿Tú? —ha dicho él, escéptico.

Delante del edificio hay congregado un grupito de mujeres jóvenes de su edad, hablando en voz baja. Ahora la observan. Miran su uniforme de monitora.

Es Denny quien levanta el llamador de hierro, forjado en forma de mosca. Aporrea la puerta tres veces.

Louise se queda tras él, con el corazón a cien, ensayando las primeras palabras que dirá.

Al cabo de un momento abre una mujer joven vestida con una especie de camisón de seda. Es un bellezón despampanante y ella parpadea, intentando decidir si es famosa.

Denny también parece pasmado. Se queda un momento allí plantado, boquiabierto.

—¿Necesitáis algo? —pregunta la joven.

Él da un paso atrás teatralmente y hace un gesto ampuloso con la mano, indicándole a Louise que la protagonista allí es ella, no él.

—¿Está John Paul? —pregunta—. ¿John Paul McLellan?

La joven se la queda mirando. Louise se mueve; está nerviosa. Se estira hacia abajo los pantalones cortos, que se le suben por las piernas.

—¿Padre o hijo? —pregunta la otra. Ella le detecta algún acento en la voz. Quizás italiano.

—Hijo.

La joven asiente con la cabeza y desaparece por un pasillo. Louise cierra los ojos, se imagina lo que dirá la chica —«Hay una *monitora* que pregunta por ti, John Paul», con una sonrisilla burlona en su cara preciosa— y experimenta un momento de celos reflejos. Pese a todo.

Se fija en que Denny Hayes se ha apartado, dejando una distancia respetuosa.

No recuerda gran cosa del año o años en que estuvo saliendo con su madre, pero, cuando lo piensa, sí que recuerda cierta amabilidad en él. O por lo menos cierta ausencia de crueldad.

Se pregunta si Denny, como ella, se estará sintiendo pequeño en estos momentos, de pie ante la fachada majestuosa de una casa en la que no son bienvenidos.

Ahora oye pasos: es la joven, que vuelve con John Paul. Se pregunta cuánto recordará de anoche. En otras ocasiones, después de una pelea, se ha mostrado lleno de remordimientos y conciliador, y se ha abstenido de beber durante un tiempo, aunque lo retoma con fervor en cuanto se reúne con sus amigos de la facultad.

Confía en que esta mañana no sea distinto. En que se sienta culpable por lo de anoche, y no furioso.

Pero, cuando los pasos del pasillo aumentan de intensidad y por fin se detienen, Louise ve que no es John Paul quien ha regresado.

Es su padre.

Al señor McLellan se lo ve preocupado y pálido, muy distinto de como era la última vez que lo vio, hace más de un año: aquella vez había estado achispado, con la cara rosada y bebiendo tragos fuertes en un restaurante elegido por John Paul. Louise había visto claro nada más llegar que los McLellan no la esperaban. Ella había creído que el propósito de la cena era anunciar la noticia de su compromiso, pero el tema no había salido a colación para nada y se habían peleado al respecto de camino a casa. En aquella otra ocasión, el padre había sido amable, o por lo menos más que su esposa y que la hermana. Se acuerda de que los McLellan se habían pasado todo el tiempo hablando de política, un tema del que, de hecho, Louise sabía bastante. Y acerca del cual tenía opiniones contundentes. Pero nadie le había pedido su opinión.

Hoy, plantado delante de ella, el hombre no da señales de reconocerla. Su cara permanece completamente inexpresiva.

—Señor McLellan —empieza a decir. Pero no encuentra las palabras.

—Adelante —dice el padre de John Paul en tono distraído—. ¿Puedo ayudarla?

—No estoy segura de si se acuerda de mí —dice Louise—. Soy... Conozco a John Paul.

Él la mira con la cabeza un poco ladeada. Intentando ubicarla sin éxito. Al cabo de un momento le cambia la expresión.

—Ay, Dios —dice el señor McLellan en voz lo bastante baja como para que solo ella lo oiga—. ¿Eres la razón de que se haya ido?

Louise parpadea.

—*¿Se ha ido?*

Pero el señor McLellan pasa por alto su comentario.

—¿Estuviste con él? —pregunta.

—Más o menos. Muy poco rato.

Él parece impaciente.

—Esto es lo que sé —dice—. Cuando entró por la puerta en mitad de la noche, estaba hecho unos zorros. Los demás estábamos sentados hablando en el salón cuando entró: le habían molido la cara a palos. Le sangraba el labio. Dijo no sé qué de una chica, que supongo que eras tú, y se alejó dando tumbos por el pasillo. Borracho como una cuba. —El señor McLellan niega con la cabeza, asqueado—. Esto pasó delante de todos nuestros *amigos*. Y esta mañana no estaba. No había ni rastro de él ni de su coche. —La mira como si esperara una disculpa. Como no le llega ninguna, sigue hablando—: ¿Hay algo que deba saber de lo que pasó anoche? Si es así, tienes que contármelo. Y deprisa.

—No —dice Louise—. O sea, en realidad no. Tuvimos una discusión. Me... —Se interrumpe para elegir las palabras. Quiere decir «me amenazó»—. Estaba enfadado conmigo —dice—. Tuvo que... intervenir mi amigo. Por eso John Paul tenía golpes.

—Tu amigo —repite el señor McLellan, mirándola.

—No sé adónde ha ido —repone ella—. He venido a verlo. A hablar con él. No tenía ni idea de que no estaba.

El hombre asiente lentamente con la cabeza. Louise ve que sus ojos se parecen mucho a los de John Paul: de color verde muy claro y muy bonitos cuando les da el sol. Pero los del señor McLellan esta mañana están surcados por unas venitas rojas cuyo número parece aumentar a medida que continúa su conversación.

—¿Sabes la impresión que da todo esto? —le dice a Louise. Su voz es baja y cruel—. Pues que se ha ido. ¿Y entiendes la impresión que eso da, teniendo en cuenta que también ha desaparecido Barbara?

Lo entiende. De hecho, ha pensado lo mismo.

Ahora Denny está carraspeando ruidosamente, con ganas de irse.

El señor McLellan se mueve como si fuera a volver a entrar en la casa, pero se detiene.

—¿Te han detenido por algo? —pregunta.

—Sí —dice Louise.

—¿Por qué?

—Por drogas. Pero no son mías.

Por un instante le pasa por la cabeza la fugaz esperanza de que el señor McLellan le vaya a ofrecer ayuda jurídica.

Pero el hombre se limita a dar un paso atrás que lo sumerge en las sombras de la casa, como si estuviera tirando de él una fuerza invisible.

—Buena suerte —dice, se gira y deja que se cierre la puerta tras de sí.

TRACY

Agosto de 1975: día 1

La figura desconocida no habla. Tracy la tiene a unos diez metros. Sin las gafas, todo lo que le queda a más de seis es borroso.

—¿Hola? —dice.

Pero la persona que tiene delante no dice nada. Se limita a llevarse un dedo a los labios y luego le hace un gesto —señas para que la siga—, antes de echar a andar en silencio en la dirección por la que parece haber venido.

El pelo plateado le resplandece bajo la luz tenue que se filtra por entre el dosel de los árboles. Su forma de moverse es fantasmal y, por un momento, a Tracy le recuerda a Mary la Siniestra —uno de los fantasmas legendarios de la Reserva—, a quien siempre describen así. Una mujer con el pelo canoso, inmóvil en el bosque. Los campistas afirman verla solo desde lejos; luego ella sigue su camino.

El problema de esa teoría es que esta figura, en opinión de Tracy, camina más como un hombre que como una mujer.

La figura se gira para esperarla. Por un momento, se plantea no moverse. Pero el hambre y la sed toman la decisión por ella. Así que echa a andar detrás de su guía.

Caminan unos veinte minutos, con Tracy un poco rezagada. Sin saber si esa persona que tiene delante la está poniendo a salvo o llevándola al peligro.

Y entonces ve un claro entre los árboles y de pronto ya se ha vuelto a orientar.

La figura señala en silencio en dirección a Autosuficiencia y vuelve a retirarse a la espesura.

Allí, delante de Tracy: un bullicio de actividad en el prado. Todos los coches patrulla que esta mañana cuando salía se han cruzado en su camino ahora están aparcados en ángulos torcidos sobre la hierba, además de cuatro camionetas y una ambulancia. Se pregunta si, con todo el revuelo que rodea la desaparición de Barbara, su ausencia habrá pasado desapercibida. Con esto en mente, dobla en dirección sur y echa a andar en dirección a Camp Emerson. Mantiene la cabeza gacha y aprieta el paso.

Ya casi ha llegado al risco que baja hacia el centro de colonias cuando oye gritar a una mujer:

—¡Ahí está!

La voz le suena de algo.

—¿Barbara? —pregunta alguien.

—No —grita la mujer—. ¡Tracy! Ha vuelto Tracy.

Y de pronto, todavía de espaldas a Autosuficiencia, cae en la cuenta de por qué le suena la voz: es la de Donna Romano.

JUDYTA

Judy lleva cinco minutos de pie en una esquina del salón, viendo cómo un hombre de mediana edad habla en voz baja en el umbral de la puerta principal con una mujer joven que está al otro lado. La mujer es bajita y muy guapa, y tiene el pelo largo y moreno peinado con raya en el medio. Lleva un polo de Camp Emerson y está mirando al hombre alto que tiene delante con una expresión que roza la desesperación. Judy no oye lo que están diciendo.

La chica se retira, el hombre también y la puerta de la casa se cierra. Al cabo de un momento, entra Denny Hayes. Sus miradas se encuentran y él le hace señas para que se le acerque.

—Escucha, cielo —le dice cuando ella lo alcanza—. Tengo conmigo a la monitora de Barbara Van Laar. La voy a llevar a la comisaría de Wells. A ver si le puedo sacar algo más. Volveré dentro de un par de horas. —Judy frunce el ceño. Le parece raro—. No te preocupes. No vas a estar sola mucho rato. Viene de camino una decena más de agentes de la OIC. Incluso el capitán desde Albany. —Ella enarca las cejas—. La familia está bien relacionada, ya sabes.

Judy asiente con la cabeza.

—¿Quién era ese hombre? —pregunta—. El que estaba en la puerta.

Denny mira su cuaderno en busca del nombre.

—John Paul McLellan padre —dice—. El abogado de los Van Laar. La chica que estaba fuera dice que es amigo de su familia.

Denny y Judy se miran un momento y las caras reflejan lo improbable de la afirmación.

—¿Qué han dicho los padres?

—¿Los padres? —dice Hayes. La pregunta lo ha pillado con la guardia baja.

—Los Van Laar —repone ella. Lo último que le ha dicho Denny cuando se han separado por la mañana era que iba a encargarse de las entrevistas con los padres, en el centro comunitario que hay colina abajo.

—Ah —dice él, con aspecto avergonzado—. Se han vuelto a la casa. Querían esperar al capitán LaRochelle. Supongo que deben de conocerlo. Recobra la compostura y continúa—: Si tienes hambre, los de Medio Ambiente han traído bocadillos. Están en el jardín.

No tiene hambre. Pero sí que necesita mear. Se ha tomado varias tazas de café en comisaría esa mañana y lleva con ganas de ir al lavabo casi desde que han llegado.

No está segura de qué dicta el protocolo. En la formación nunca se encontraron exactamente con este escenario: ¿qué haces si te pasas horas y horas en una vivienda privada sin acceso al exterior? Sobre todo si es de alguien rico. No quiere pedirle nada a esta gente. Si fuera un hombre, mearía en el bosque.

Está yendo en esa dirección cuando oye una voz:

—Perdone.

Se gira. Es una joven con camisón de seda. Judy se ha fijado en ella antes, cuando entraba en la casa.

—¿Tiene un momento? —dice, y ella le nota acento en la voz.

Asiente con la cabeza. Saca su cuaderno.

—Quiero contarle una cosa —dice la mujer. Y echa un vistazo por encima del hombro.

—Adelante —la anima.

—Esta madrugada —dice la mujer—, ha entrado un hombre en la casa después de pasar casi toda la noche fuera. Y tenía pinta de haber estado peleando. Su cara tenía un aspecto... horrible. Sangraba. —Judy apunta las frases—. Ahora se ha ido —prosigue la joven—. Cuando han venido preguntando por él la monitora y el otro policía, he sido yo quien les ha abierto la puerta. Me han pedido que lo avise, pero no lo he encontrado. Y he mirado en toda la casa. —Enarca las cejas y extiende las manos hacia delante con las palmas hacia arriba, un gesto que Judy interpreta como: «¿Me entiendes?».

—¿Sabes cómo se llama?

—John Paul McLellan —dice la mujer—. Hay dos con ese nombre. Hablo del más joven. El hijo. A quienes sí he encontrado ha sido al padre y a la hermana. Son quienes me han dicho que se había marchado. Y ha sido el padre quien ha salido a hablar con la monitora.

Judy asiente con la cabeza. Eso concuerda con lo que le ha dicho Denny.

—¿Sabes de qué conoce la monitora a los McLellan?

—No.

—¿Alguna idea de cómo ha acabado el hijo con la cara así?

—No. Nadie habla del tema. Me parece raro. ¿A usted no? —La mujer se acerca a ella—. Dicen que su padre es amigo íntimo de los Van Laar. Creo que trabaja para el banco.

Judy la mira, intentando decidir cuánta confianza le inspira.

—¿Los padres de Barbara le han visto la cara así? ¿El señor y la señora Van Laar?

—No —dice la mujer—. Ya se habían ido a dormir. —Vacila un segundo y añade—: Si lo hubieran visto, creo que ya tendría usted esa información.

Judy se lo apunta.

—En fin, gracias —dice—. ¿Quieres añadir algo más?

—Parecía borracho. Cuando ha llegado a casa olía a alcohol. Pero toda esta gente bebe demasiado —explica la mujer, haciendo un gesto con la mano, abarcando a todos los invitados de la casa—. Ah, y conduce un Trans Am azul.

Judy levanta la vista, sorprendida por una observación tan específica. No le ve pinta a esta mujer de fijarse en los coches.

—¿Cómo lo sabes? —le pregunta.

La mujer la mira con serenidad.

—Porque he estado dentro —dice.

Ella se ruboriza. Baja la vista y lo apunta.

—¿Y cómo te llamas?

—Prefiero no decirlo —contesta la mujer—. Si es posible. —Baja la vista. Vuelve a mirar a Judy—. No conozco bien a esta gente. Fue una amiga quien me dijo que viniera, una chica a la que conocí en Nueva York, en el *casting* de una obra. Me pareció que sería divertido. El paisaje es precioso, pero la gente es... espantosa. Me muero de ganas de volver a Los Ángeles. —Judy asiente con la cabeza—. O a Roma —añade—. Quizás debería volver a Roma. Allí tenía trabajo fijo. Aquí, no mucho. —Luego, como si se acabara de sorprender a sí misma, sonríe a Judy, que, sin quererlo, se ruboriza—. ¿Cómo te llamas, cariño?

—Judyta —dice. No «detective Luptack». Ni tampoco «Judy». Y no lo dice usando la pronunciación que emplean la mayoría de los estadounidenses cuando se ven obligados a pronunciar su nombre de pila. No: lo dice como lo hace su madre, y la mujer italiana suspira, como si estuviera oyendo un poema, y contesta que es precioso.

LOUISE

———

Hay una comisaría satélite de la policía estatal en Wells, en Nueva
York, y es allí adonde Denny Hayes lleva a Louise, entreteniéndo-
la por el camino con la historia de su vida, describiéndole a los
dos hijos que ha tenido con una mujer a la que ama. Le cuenta sus
aficiones y los pequeños problemas que han causado últimamente: nada grave.

Él se queda esperando, quizás a que ella responda. O por lo
menos a que dé muestras de haberlo oído. Louise no hace ni una
cosa ni otra, y por fin Denny se calla.

La comisaría de Wells es minúscula y austera, un edificio de cemento cuyo único adorno es un teléfono en la pared.

Hay un policía estatal sentado a una mesa. Por lo demás, el
edificio parece completamente desocupado.

—¿Tienes una moneda? —le pregunta Denny. Como ella dice
que no con la cabeza, se hurga en el bolsillo y saca una para dár-
sela. Luego señala el teléfono—. Adelante —dice, y se retira a un
rincón distinto, bajando la cabeza con respeto y fingiendo que eso
le impedirá oír todo lo que ella diga.

Louise acerca el dedo al dial. Vacila. No quiere recurrir a su
madre, pero no tiene a nadie más a quien llamar.

Por fin, a su pesar, marca el número de su casa de la infancia, cerrando los ojos para no ver los recuerdos que evoca ese acto: quedarse olvidada demasiadas veces en casas de amigas; llamar desde la enfermería, sudando por culpa de la fiebre, sabiendo que no va a contestar nadie. Ahora, igual que entonces, el teléfono suena demasiado rato sin respuesta; pero luego se oye al otro lado de la línea una vocecilla que coge desprevenida a Louise.

—¿Hola?

—¿Jesse? —dice ella—. ¿Jesse? —Su hermano nunca contesta al teléfono. Es tímido hasta el punto de la incapacidad: un rasgo del que su madre se queja cada vez que tiene ocasión—. Jesse, ¿estás bien?

—Louise —dice él—, mamá está enferma.

—¿Enferma cómo? —pregunta ella.

—Está en la cama.

—¿Está despierta? —quiere saber—. ¿Respira? Jesse.

Al otro lado de la sala, Denny Hayes levanta la cabeza.

—Está bien —dice él—. Simplemente hace días que no sale de su habitación.

Louise cierra los ojos.

—¿Has comido hoy? —le pregunta ella en voz baja. Desearía tener intimidad. Se mueve para darle la espalda a Denny. Al otro lado de la línea, oye que su hermano da una bocanada temblorosa de aire: está intentando no llorar. Se lo imagina con las comisuras de la boca torcidas hacia abajo—. Escucha —dice Louise—, ve a la tienda de Shattuck. Compra unas cuantas cosas y ponlas a mi cuenta. No a la de mamá —recalca—. A la mía.

—Jo, Lou —dice Jesse, y se imagina cómo se le ruboriza la cara solo de pensarlo. A su hermano le resulta casi impensable interactuar con ningún adulto de fuera de la familia.

—Hazlo —dice Louise—. Jesse, necesito que lo intentes. No puedes pasar hambre.

Él vacila. Detrás de ella, oye que Denny carraspea.

—¿Qué compro? —dice el chico por fin.

De pronto, una voz distinta: la operadora pidiendo más monedas. Louise no tiene ninguna.

—Cosas baratas que te llenen —dice en tono urgente—. Pan y queso. Ese queso que viene en frasco. Y toda la carne cocinada que encuentres. Lo que tengan.

—Vale —dice Jesse entre lágrimas—. Lo intentaré. —Pasan un momento en silencio. Luego él vuelve a hablar—: Louise, ¿por qué llamas?

Pero hay un clic en la línea —se ha acabado el tiempo— y la operadora pone fin de golpe a su conversación.

Louise se queda un momento de pie con el teléfono en la mano, reuniendo fuerzas para volver con Denny, que está claro que lo ha oído todo. Que se acuerda de su madre, que sin duda presenció los peores momentos de la mujer. Quizás se compadezca de ella, piensa. Si hay algo que odia es la sensación de despertar compasión, especialmente la de alguien como Denny Hayes, que también es digno de compasión de incontables maneras.

Y, en efecto, cuando cuelga el teléfono y se arma de valor para hacerle frente, él la está mirando con expresión sombría y unos labios que forman una línea recta cargada de compasión, fingida o real. Louise le devuelve una mirada desafiante.

—¿Qué? —le dice.

—¿Estás bien? —pregunta Denny. Tiene algo en las manos. Es un vaso de plástico de café. Se lo ofrece. Ella no lo coge.

—Claro —dice Louise—. Salvo por el hecho de que estoy detenida por algo que no he hecho. Es lo único que me pasa.

La expresión de Denny se endurece.

—Vamos —dice, y la acompaña a una de las dos salas de atrás; la hace sentarse a la mesa que hay allí y deja el café bruscamente encima. Se derrama un poco de líquido y le quema la mano a Louise. Le explica que enseguida vendrá un detective distinto para hablar con ella. Él tiene que volver a la Reserva.

Luego cierra la puerta que los separa y echa el pestillo.

ALICE

_____

Agosto de 1975: día 1

Alice está sentada con la espalda muy recta, prestando atención por si vuelve a oír el ruido. Era la voz de una chica llorando. No ha entendido lo que decía, pero el tono de la voz dejaba claro que estaba angustiada.

No era Barbara. Reconocería las voces de sus dos hijos donde fuera.

No se mueve. Cierra los ojos, que es algo que a veces la ayuda a oír mejor. Se queda sentada en su silla estilo Adirondack, escuchando por si vuelve a oír la voz.

—Alice. —Ha estado esperando a que volviera el joven agente forestal al que han encargado vigilarla. Pero no es el que está frente a ella ahora. Es su marido, mirándola con algo parecido al desprecio—. ¿Por qué estás así?

—He oído llorar a una chica —dice ella—. Estaba escuchando.

Peter la mira, escéptico.

—¿A Barbara?

—No. No era Barbara.

—Han encontrado a otra chica —admite él—. Una compañera de cabaña. Parecer ser que había salido a buscarla.

Alice asiente con la cabeza, satisfecha.

—¿Alguien te ha pedido que hicieras declaraciones desde la última vez que hemos hablado?

—No.

—Bien.

Ella se levanta tambaleándose de la silla. El asiento es tan hondo que necesita mecerse varias veces antes de levantarse. Peter no hace ningún gesto para ayudarla. Se limita a mirarla con cara impasible.

—Está viniendo de Albany el capitán LaRochelle —dice—. Mi padre ha solicitado en persona que venga. Cuando llegue, solo nos comunicaremos con él.

—¿Y querrá hablar conmigo? —pregunta Alice.

—No —contesta su marido—. Estás demasiado trastornada.

—¿Qué quieres decir?

—Que estás demasiado trastornada. Te has vuelto a la cama. —Alice no dice nada. Quiere una pastilla—. Venga —dice él—. Te ayudo a subir a casa.

Dos pastillas. Le resuenan en la cabeza las palabras del doctor Lewis, como siempre: «En los días muy malos».

¿Y qué es hoy? Pues un día muy malo.

Se tomará dos, piensa, cuando llegue a Autosuficiencia.

IV
VISITAS

CARL

1961

Cuando Carl Stoddard recobró el conocimiento, estaba tumbado en la plataforma de la camioneta de Dick Shattuck, contemplando el cielo. Debajo de él, la superficie retumbaba; encima, el mundo pasaba a toda velocidad. Las ramas de los árboles se fundían entre sí formando un verdor continuo. Parpadeó lentamente, intentando entender cómo había llegado hasta allí. Y entonces oyó la voz de Maryanne.

—Gracias a Dios —estaba diciendo—. Gracias a Dios.

Su mujer lo miró desde encima, con la cara del revés y la cabeza bamboleándose cada vez que había un bache en la carretera.

El doctor Treadwell, presionándole suavemente el pecho desnudo con un estetoscopio, le dijo que era una arritmia. Estaban en una clínica regional, sin equipamiento para mucho más que aplicar primeros auxilios y atender de vez en cuando el parto de un bebé cuya madre no podía llegar hasta Glens Falls. El hombre, que ya tenía ochenta años, conocía sus limitaciones, que le impedían dar un diagnóstico más formal que aquel.

—Me temo que vas a tener que ir al hospital —dijo.

Carl echó un vistazo a Maryanne. Sabía que los dos estaban pensando lo mismo: las urgencias del hospital eran una opción mucho más cara que un médico local. Todavía estaban trabajando para pagar la montaña de facturas que habían resultado del tratamiento de Scotty.

—¿Es realmente una urgencia? —preguntó—. ¿No podría... no podría llamar y pedir cita con alguien? No tengo dolor.

De hecho, sí que tenía un poco, aunque solo cuando se cansaba.

—Carl —dijo Maryanne.

El doctor Treadwell carraspeó. Se sentó.

—Como profesional, no te puedo recomendar que esperes —dijo—. Pero, *si* fueras a esperar, yo de ti me movería lo menos posible, descansaría en cama y bebería mucha agua. Evitaría los cigarrillos, el café y... —miró a Maryanne— cualquier actividad que eleve el ritmo cardiaco.

En casa, su mujer lo acompañó escaleras arriba hasta su dormitorio. Encendió una luz. Le puso una mano en la espalda mientras él se metía en la cama, sintiendo todavía un dolor apagado en el pecho.

Cuando estuvo acomodado, se sentó en el borde del colchón. Como siempre, le daba la sensación de que su mujer le estaba leyendo la mente.

—No pasa nada —dijo ella—. No será la presencia de Carl Stoddard en esos bosques la que marque la diferencia entre encontrar al niño y dejarlo perdido.

Él apartó la vista. Miró el techo.

—Conozco el terreno —repuso.

—¿Sabes quién más conoce bien el terreno? ¿Mejor que tú, incluso? —Carl asintió con la cabeza—. Vic Hewitt —dijo Maryanne.

—¿Por qué no vuelves tú? —le preguntó—. Cuanta más gente haya, mejor.

Ella lo escrutó.

—¿Y quién te va a cuidar?

—Estoy bien —dijo Carl—. Lo ha dicho el doctor Treadwell. Descansaré. Jeannie me ayudará.

—¿*Nuestra* Jeannie? —preguntó Maryanne—. ¿U otra?

Él sonrió. La mayoría de las bromas que se hacían entre ellos ahora consistían en burlarse amablemente de las hijas que les quedaban. Era algo mundano, que les recordaba al pasado, cuando no les pesaba tanto la fragilidad de los cuerpos de sus hijos. Maryanne le había confesado una vez, después de la muerte de Scotty, su miedo a ser incapaz de perder de vista a las niñas. Reírse de ellas, aunque fuera un poco, también servía de recordatorio de que tenían que tratarlas con desenfado.

Maryanne le puso la mano en la mejilla. Era el contacto más generoso que le había dispensado en un año. Le acarició el pelo para apartárselo de la frente. Carl parpadeó rápidamente para no echarse a llorar.

—Eres un buen hombre —le dijo. Él puso la mano sobre la de ella. Se la llevó a la boca. La besó—. Muy bien —dijo Maryanne—. Iré.

A Carl lo despertaron más tarde los pasos de su mujer. Eran distintos a los de sus hijas, que habían estado pululando con despreocupación por la casa desde que se había marchado su madre.

Se apoyó en el codo para sentarse, evaluando cómo se sentía, y a continuación, como no le vino ningún mareo que amenazara su estabilidad, dejó colgar las piernas por el borde de la cama y se incorporó lentamente hasta levantarse.

—¿Maryanne? —la llamó con voz débil.

Como no recibió respuesta, caminó arrastrando los pies hasta el umbral de su habitación. La casa —su casa— llevaba ciento cincuenta años siendo propiedad de la familia de su mujer. Tenía las habitaciones estrechas y los techos bajos; la habían construido para acomodar únicamente la altura insustancial de sus antepasados. Al otro lado del pasillo del piso de arriba estaba la buhardilla donde dormían sus tres hijas; Scotty había dormido abajo, en un antiguo porche-dormitorio que Carl había aislado de forma imperfecta contra el frío. Ahora los Stoddard casi nunca entraban en él, pese a lo pequeña que era la casa.

Fue una sorpresa, por tanto, bajar las escaleras y encontrarse a Maryanne plantada muy quieta en el umbral de aquella habitación. Por un momento contempló su espalda recta, enfundada en su vestido de los domingos, y la vio hacer presión con las manos contra el marco de la puerta, como si estuviera apuntalándose para resistir una tormenta.

Carl la llamó por su nombre en voz baja para no sobresaltarla, pero aun así ella dio un respingo.

—¿Qué haces fuera de la cama? —le dijo Maryanne—. Tendrías que estar acostado.

—Me encuentro mejor —dijo él. Era una verdad a medias. De hecho, se había mareado al bajar las escaleras.

Se acercó a ella y los dos contemplaron juntos el porche cerrado. Todavía había una cama individual a un lado de la habitación, pero el resto del espacio estaba vacío, con todo su contenido metido en cajas y guardado en el sótano: se había encargado de ello Maryanne. Su mujer le había estado pidiendo que hiciera algo allí, que le diera alguna utilidad al espacio, un instinto que Carl entendía que no obedecía a la frialdad, sino a la autopreservación.

—Quizás podríamos volver a abrirlo —dijo ahora, imaginándose que quizás fuera aquello lo que tenía en mente Maryanne—. Poner las mosquiteras otra vez. Estaría bien comer aquí en verano.

Pero ella no dijo nada.

Carl empezó a tener la sensación de que debería sentarse. Cambió la pierna en la que se apoyaba.

—¿Cómo ha ido el resto del día? —preguntó—. ¿Han encontrado algo?

Maryanne asintió con la cabeza.

—¿El qué?

—Carl —dijo ella—, ¿conoces bien a ese niño?

Él frunció el ceño.

—Un poco —repuso—. Le gustaba la naturaleza. Siempre venía a preguntarme por las plantas que estábamos poniendo. Una vez le enseñé a hacer fuego.

—Carl —dijo Maryanne—, ¿por qué hablas como si estuviera muerto?

Él se quedó un momento callado.

—¿Qué quieres decir?

—Has dicho que «le gustaba» —contestó ella—, que «le gustaba la naturaleza».

—No lo sé.

—Sí que han encontrado algo —explicó Maryanne—. A un par de metros del comienzo del camino, debajo de unas matas. El sabueso de Ron Shattuck ha olido una talla pequeña de un oso pardo. Como las que sabes hacer tú.

—Ajá —dijo Carl.

—Es extraño —repuso ella—. ¿No te parece?

—No tanto —contestó él—. Le enseñé a tallar una vez. A Bear, quiero decir. Seguramente debí de enseñarle a hacer un par de cosas. Quizás esa fuera una.

—¿Y lo sabe alguien más?

—No estoy seguro. Creo que quizás lo sepa Vic Hewitt. El niño también rondaba por ahí con él. —Y luego se corrigió—: Ronda.

—Los he oído hablar —dijo Maryanne—. Tienen curiosidad. Les gustaría encontrar a la persona que lo talló. La policía lo ha comunicado y ha corrido la noticia. Es lo único que hemos encontrado en una jornada entera de batidas. Los perros no sirven de nada por culpa de la lluvia. No hay nada. Siguen buscando, pero...

Su voz se apagó. De repente, se apartó del umbral de la habitación de Scotty, fue a la cocina y se puso a abrir armarios, registrándolos en busca de algo para cenar.

—¿Quieres que te ayude? —preguntó Carl.

—No —dijo Maryanne—. Vuelve a la cama. No tendrías que estar aquí. —Pensó un momento y luego preguntó—: ¿Por qué crees que lo llevaba encima?

—No estoy seguro —dijo él—. Debía de gustarle.

—¿Y por qué crees que lo dejó caer?

—No estoy seguro.

Carl subió la escalera peldaño a peldaño, descansando varios segundos entre uno y otro. Con la visión periférica vio que sus hijas lo miraban en silencio desde la mesa del comedor, donde se suponía que estaban estudiando. Les hizo un gesto con la mano: «Volved a vuestros deberes».

En el rellano del piso de arriba, se permitió a sí mismo reconocer por qué había usado el pasado al hablar de Bear Van Laar. Lo cierto era que estaba pensando en Scotty. En su mente los dos niños se estaban acercando entre sí.

CARL

1961

Maryanne volvió al día siguiente a los trabajos de búsqueda, y al siguiente. Todas las noches informaba a Carl de los acontecimientos de la jornada: a medida que corría la voz, cada vez había más gente en los terrenos. Cien personas el segundo día. Quinientas el tercero. El pueblo entero de Shattuck había detenido su actividad diaria para contribuir a la causa: todo adulto por encima de la edad escolar y también algunos niños. La tienda de comestibles permaneció cerrada dos días enteros mientras los Shattuck y sus empleados buscaban a Bear, lo cual quería decir que cualquiera al que se le acabaran la leche, el pan o el papel higiénico necesitaba ir media hora en coche para comprar más.

Según Maryanne, de momento, Vic Hewitt había estado a cargo de las operaciones; cada día mandaba grupos pequeños a mayor distancia en todas las direcciones. Aun así, no había ni rastro de Bear.

El discurso que aquel pronunciaba todas las mañanas a voz en grito ante los reunidos era formal y optimista, destinado en la misma medida a los oídos de los padres y de quienes efectuaban las batidas.

Lo que a Maryanne le decían en voz baja las demás esposas no lo era tanto.

Los sabuesos, decían, habían perdido enseguida el rastro del niño. Jennie, la perra de Ron Shattuck, era la que había olido la talla del oso, a medio camino entre la casa y el comienzo del sendero; después se había pasado el resto del día sin señalar.

El problema había sido el aguacero del día de la desaparición del niño. «De no ser por la lluvia...», decían, pero nadie terminaba la frase.

—Vic está perdiendo la esperanza —dijo Maryanne la noche del tercer día—. Se le nota. Le ha cambiado la postura.

Carl asintió con la cabeza. Llegado aquel punto, costaba imaginarse que un niño de la edad de Bear pudiera sobrevivir mucho más tiempo en el bosque. Aunque conociera las técnicas.

—¿La gente especula? —preguntó él.

Maryanne vaciló un momento antes de contestar.

—Sí —dijo con cautela—. Hay mucha gente que cree que el niño se fue por su cuenta. Por curiosidad o por enfado, nadie está seguro. Es imposible saber cuánto se puede alejar un crío de su edad y de su tamaño antes de darse cuenta de que se ha perdido. Después... —añadió—, en fin, si resultó herido, podría haber sucumbido al frío de la noche.

Carl asintió con la cabeza. Esa era también su teoría, o por lo menos la principal. Odiaba decirlo, e incluso pensarlo, pero parecía lo más probable. Solo que...

Maryanne siguió hablando:

—Pero, Carl, la gente también tiene otra teoría.

Él ya sabía cuál antes de que lo dijera.

—La talla —afirmó.

—No —dijo ella—. No es eso.

—¿Entonces? —preguntó él.

Maryanne vaciló.

—Se rumorea que fuiste la última persona que vio con vida a Bear.

Carl guardó silencio un momento. Asintió con la cabeza.

—Es verdad. Lo vi cuando me estaba marchando, sentado en los escalones de Autosuficiencia. Atándose los zapatos.

Ella lo miró, parpadeando.

—¿Por qué demonios no me lo has contado?

—Tengo algo más que contarte —dijo Carl. Ella se tapó la cara con las manos—. No, Maryanne. No es eso, por el amor de Dios. —Estiró el brazo y le cogió una mano—. Bear tenía miedo de su abuelo —le dijo.

—¿Cómo lo sabes?

Le contó cómo le había cambiado la expresión al niño al oír que lo llamaba su abuelo; le repitió lo que había dicho: «Es mi abuelo. No me cae muy bien». No dijo directamente lo que pensaba, pero ella sí.

Luego se echó a llorar.

—¿Qué pasa, Maryanne?

—Nada —dijo su mujer.

—Por favor.

Ella se secó la nariz.

—De acuerdo. Estoy llorando porque seguro que tienes razón. —Tenía los hombros caídos y gesto abatido. La cabeza gacha—. Y porque pienso que no te va a creer nadie —dijo Maryanne.

Ninguno de los dos pudo dormir. Su mujer no paraba de dar vueltas en la cama. Carl estaba quieto, mirando el techo a oscuras, sintiendo el dolor de los latidos de su corazón. Había conseguido una cita para el lunes por la mañana con un médico de Glens Falls. Hasta entonces su única tarea era mantener la calma: un encargo cada vez más imposible.

En un momento dado oyeron que alguien llamaba a la puerta de la casa. Maryanne se incorporó hasta sentarse; el ruido sonó más fuerte. Carl no sabía qué hora era. Quizás medianoche o la una.

—Debería abrir —dijo. Pero, cuando intentó sentarse, se le volvieron a nublar los márgenes de la visión.

—Tú quédate aquí —dijo ella. Fue al armario y cogió del estante superior una escopeta que había sido de su padre. La cargó. Se dirigió a la puerta.

—Maryanne —susurró Carl, sintiéndose inútil—. Sea quien sea, puede volver por la mañana.

Pero ella no le hizo caso.

Se esforzó por oír. La puerta de la casa estaba abierta. Oyó voces de hombres murmurando en tono grave. Se apoyó en los codos, intentando oír más.

Luego hubo una pausa seguida de pasos en las escaleras —muchos—, lo cual significaba que Maryanne no estaba volviendo sola.

Carl se pasó las manos por la cara y alrededor de la boca. Tenía el mentón áspero después de tres días sin afeitarse. Llevaba una camiseta blanca, amarillenta en el cuello y las axilas.

Luego entró en la habitación su mujer, seguida de Dick Shattuck, Bob Lewis y Bob Alcott.

Los tres hombres eran tan corpulentos que llenaron la habitación de techo bajo. Mirándolos desde su cama, él se sintió como un crío.

—Carl, estos hombres tienen algo que decirte —dijo Maryanne.

Iba a venir la policía a por él por la mañana. Sus amigos querían avisarlo antes.

—Nosotros no creemos que hayas tenido nada que ver con la desaparición del niño —dijo Dick Shattuck—. Queremos que lo sepas. Supongo que estamos aquí por eso.

Carl se llevó la mano al pecho.

—¿Qué debería hacer? —Oyó su tono patético.

—Escaparte a las colinas —dijo Bob L.—. Esos palurdos te van a colgar.

—Bob —dijo Shattuck, reprendiéndolo.

—Perdón, Maryanne.

—No lo sé, Carl —dijo aquel, cabizbajo—. Ojalá pudiéramos hacer algo.

Se hizo un momento de silencio en la habitación.

—No tienen pruebas —dijo Bob Alcott. Era lo primero que decía. Era un hombre callado, profesor de historia en la escuela central—. Todas sus pruebas son circunstanciales. No se sostendrían ante un tribunal.

Carl no estaba seguro de qué significaba aquello, pero era lo primero que oía que lo reconfortaba.

Tuvieron una breve conversación, después de que los hombres se marcharan, acerca de si debería, efectivamente, desaparecer. Maryanne estaba a favor. Carl en contra. El pecho le dolía más que nunca; tenía que recordarse a sí mismo de forma consciente no llevarse allí la mano, porque, cada vez que lo hacía, ella ponía cara de ir a llorar.

Por fin, a las tres de la madrugada, Maryanne lo rodeó con los brazos, cogiéndolo como si fuera un niño, y los dos se quedaron dormidos así.

A las siete de la mañana volvieron a llamar a la puerta.

ALICE

1962

Quería amar al nuevo bebé.

A lo largo del parto casi insoportable, Alice entonaba aquellas palabras como si fueran una plegaria: «Amaré al nuevo bebé. Amaré al nuevo bebé».

Peter, por supuesto, no estaba. Otros padres aguardaban en la sala de espera, leyendo periódicos, pero su marido no; tenía una reunión que no se podía perder. Cuando naciera el bebé, lo traerían en coche desde el banco, le entregarían a la criatura y después se volvería a trabajar y al bebé lo llevarían a la sala de neonatos. Entonces, Alice podría dormir por fin.

Fue lo único que se imaginó durante el parto: el momento de descansar.

«Amaré al nuevo bebé», pensó.

Con Bear no había sido así. Ya sabía que lo iba a querer desde el momento en que había sentido su primera patada. Por entonces tenía dieciocho años y solo llevaba unos meses casada. Peter se pasaba el día fuera y ella no tenía nada que hacer en su nueva casa. Los primeros movimientos delicados de su bebé le parecieron regalos.

Después de casi diez meses de llevar a su hijo dentro como si fuera una perla, lo parió y entonces dejó de ser únicamente de ella. En cuanto Alice lo llevó a casa, todo el mundo se empezó a quitárselo.

Primero su madre, que le cogió el bebé de los brazos nada más atravesar la puerta de la casa de Albany. Y le ordenó que subiera al piso de arriba para lavarse el pelo.

A continuación los Van Laar, y sobre todo el padre de Peter, que inspeccionó a Bear como si fuera ganado. Se pronunció sobre el tamaño de su cabeza y la longitud de sus piernas. Declaró ambas cosas satisfactorias. Y devolvió el bebé.

Por último, las dos niñeras, que habían sido idea de su marido. Una para el día y otra para la noche.

Peter las entrevistó en privado, de forma que Alice no las conoció hasta el día en que empezaron a trabajar. La niñera de día, Francine, era una matrona flaca y canosa que trabajaba con eficacia silenciosa, sonreía a menudo y cuidaba tanto de Alice como de Bear, sobre todo en los meses posteriores al parto. Le caía muy bien y así se lo dijo a Peter.

En cambio, la niñera de noche, Sharon, era distinta. Era pelirroja, corpulenta y no mucho mayor que ella. Católica, pensaba: todavía vivía en casa con sus padres. Contaba a menudo que era la mayor de diez hermanos y hermanas, con una especie de orgullo en la voz que con frecuencia se convertía en autoritarismo cuando Alice cuestionaba cualquier cosa que dijera.

Lo peor era que Peter solía ponerse de su lado.

—Tiene frío —decía ella, oyendo llorar a Bear en plena noche—. Le ha puesto un pijama demasiado fino. La casa está llena de corrientes de aire.

Y él decía:

—La temperatura corporal baja induce el sueño.

—Tiene hambre —decía Alice—. No ha cenado suficiente.

—Si se pone a comer en plena noche, ya no querrá parar.

Sharon se quedó varios años con ellos durante la primera infancia de Bear, indiferente al hecho de que su madre no aprobara casi ninguna de sus decisiones. Tarareaba jovialmente para sí misma mientras se lo llevaba a la cama y Alice la miraba, anhelando coger el cuerpo pequeño y suave de su hijo, envuelto en tela de algodón, deseando sentir aquel peso en los brazos.

—Quizás —le dijo una vez a Peter—, yo podría acostar a Bear por las noches y Sharon podría ser quien se despertara con él si no duerme bien.

Él, que estaba leyendo, levantó la vista, irritado.

—En serio, Alice —dijo—, ¿para qué le pagamos? ¿Para que duerma aquí? Debería ser ella quien nos pagara a nosotros un alquiler.

La mejor parte de su día eran las dos horas que iban desde que Sharon se marchaba por la mañana hasta que llegaba Francine y las dos horas del final de la jornada, cuando volvían a cambiarse. Durante aquellas cuatro horas, sin nadie que la vigilara ni la corrigiera, Alice jugaba con Bear, o le leía, o se tumbaba en la cama con él, observándolo. Era listo, pensaba; aquello era lo más importante de todo. Aprendió a hablar temprano y hacía observaciones sobre el mundo que la asombraban por su lucidez. Aprendió a contar deprisa. Entonaba con voz dulce todas las canciones que ella le enseñaba —a Alice le gustaba cantar— y a veces se las repetía a Peter cuando ella se lo pedía. Incluso él sonreía en aquellas ocasiones.

Cuando lloraba, era fácil de consolar, decía Sharon. Alice lo oía llorar por las noches —siempre—, pero el llanto nunca duraba mucho.

Cuando Bear tenía dos años, sin embargo, y decía palabras, de pronto empezó a llamarla llorando en plena noche. «Mamá», empezó a decir.

La primera noche que lo hizo, ella se sentó con la espalda recta en la cama.

—¿Qué pasa? —preguntó Peter en tono soñoliento.

En la otra punta del pasillo, Bear volvió a llamarla: «Mamá».

—Nunca hace eso —dijo Alice. Él se encogió de hombros y se dio la vuelta.

—Sharon está en la habitación con él —repuso su marido—. Si hay algún problema, nos lo dirá.

Los gritos no tardaron en acabarse, pero ella se pasó una hora sin dormir. ¿Y si estaba llamándola por algo que estaba haciendo Sharon? ¿Y si le estaba haciendo daño de alguna forma?

La situación se repitió la noche siguiente, y la siguiente. Hasta que un día lo oyó decir claramente y en tono lastimero: «Mamá, ¿me oyes?».

La primera vez que la llamó así, Alice salió de un salto de la cama, con una urgencia que no había sentido nunca. El cuerpo entero le ardía por la necesidad de ir con su hijo. Detrás de ella, Peter la llamó, pero no se detuvo.

Abrió de golpe la puerta del cuarto de Bear y entró a raudales la luz del pasillo. Sharon estaba tumbada boca abajo en la cama individual de su rincón del cuarto, despierta pero sin moverse. Cuando vio a Alice, se incorporó hasta sentarse. Tenía el camisón subido hasta las rodillas. Llevaba rulos en el pelo.

—Señora Van Laar, ¿qué hace? —dijo, pero ella ya había llegado a la cuna de Bear. Allí estaba su hijo, suave y con pijama de algodón, los brazos extendidos hacia su madre, sonriendo con alborozo ante la experiencia novedosa de verla de noche. Lo sacó de la cuna y lo abrazó con fuerza, y su cuerpo la recompensó, la inundó de la misma calma que le venía siempre que se reunía con su hijo—. Señora Van Laar.

—¡Mamá! —dijo Bear encantado. Le puso ambas manos en las mejillas a su madre. Ella pegó la frente a la de él.

Luego oyó otra voz en la puerta. La de Peter. Furiosa.

—Alice —dijo—. ¿Cómo se te ocurre?

Ella se giró hacia él, con el niño todavía en brazos.

—Me ha llamado —repuso.

Su marido extendió una mano con la palma hacia arriba en dirección a Sharon.

—Tiene a su niñera aquí —dijo. Sharon asintió una vez con la cabeza, firme, victoriosa—. Dáselo a ella —dijo Peter—. Alice. —Su hijo la abrazó con más fuerza—. Alice —insistió.

Se acercó a ella, le cogió al niño con cuidado de los brazos —Bear se puso a berrear de inmediato— y se lo dio a Sharon, con sus rulos y su camisón. A continuación, la cogió del codo y la sacó de la habitación.

El crío siguió llorando. Se pasó diez minutos llorando enérgicamente, llamando a Alice a gritos.

Era una tortura: una especie de angustia física que sobrepasaba casi todos los dolores que había sentido nunca. Ella lloraba también.

—Me necesita —decía—. Peter, me está llamando.

—Ponte cera en los oídos —le dijo él—. Átate a un mástil.

Ella no sabía qué le estaba diciendo. A menudo su marido hablaba con acertijos, o bien usaba referencias a la literatura y a la historia que ella no entendía. A Alice le daba la sensación de que se regodeaba en aquello, en hacer ostentación de una cultura que ella no tenía. O, por lo menos, no compartía. De día, durante las largas horas que pasaban entre sus ratos matinales y sus ratos vespertinos con Bear, a veces intentaba obligarse a leer los libros de la biblioteca que Peter conservaba de la universidad. Pero por lo general la aburrían y entonces se iba a dar paseos, o leía novelas picantes que encontraba en las papeleras de delante de la biblioteca pública del pueblo.

«¿Mamá?», la llamó Bear desde la otra punta del pasillo, por última vez, en tono vagamente derrotado; una última pregunta sin respuesta, hasta que por fin guardó silencio.

—No puedo hacer esto —susurró Alice. Estaba segura de que Peter dormía. Llevaba minutos sin moverse.

Pero él habló:

—Sí que puedes —le dijo.

«Lo vas a hacer», quería decir.

Ahora, en el parto de su segunda criatura, se estaba resistiendo a la necesidad de empujar.

Ojalá pudiera quedársela dentro, pensó. Ojalá pudiera protegerla del mundo durante un minuto más.

Pero la necesidad se estaba volviendo insoportable y por fin entró un médico medio calvo que traía una mascarilla en la mano y se la puso en la cara sin aviso previo. Se acordaba de que le habían hecho lo mismo al nacer Bear. Qué mala educación, pensó, y de pronto se le acabaron las palabras.

Y entonces oyó una voz que la llamaba por su nombre: no «Alice», sino «Mamá»; un grito de angustia que reconoció de inmediato como procedente de su hijo.

Bear estaba allí.

Estaba en un rincón, con ocho años y una expresión que Alice no le había visto casi nunca en su cara preciosa. Lo vio por encima del hombro de la enfermera y se le escapó un grito.

—Está ahí —dijo—. Está ahí mismo.

¿Por qué no lo veía nadie?

—Ha vuelto —insistió. Se había terminado la búsqueda.

Intentó señalar, pero la enfermera la inmovilizó.

—Por favor —dijo Alice—. Por favor, traédmelo. No quiero que se marche otra vez.

Ahora Bear centelleaba, como la luz de una vela.

—Id con él —pidió—. Por favor, por favor, que se marcha.

Tenía que levantarse de la cama. Tenía que ir con él. Si no iba deprisa, se marcharía. Se bamboleó de un lado a otro.

—Señora Van Laar —dijo el médico—. Señora Van Laar, quédese quieta.

Usando todas sus fuerzas, se liberó los tobillos de las manos de él y se levantó de la mesa. Estaba intentando bajar las piernas al suelo.

En el rincón, Bear levantó los brazos hacia ella como si fuera un niño de pecho y quisiera que lo cogieran en brazos. Era insoportable —insoportable— que no la dejaran ir con él.

El médico gritó algo que Alice no entendió. Estaba llorando y no veía bien, pero ya casi había llegado al rincón donde estaba Bear. El niño tenía los brazos estirados en su dirección y ella se abalanzó hacia él. Ya casi lo tocaba. Ya casi sentía su piel. Ambos tenían las manos extendidas para cogerse.

Alguien la agarró. La llevaron a la fuerza hacia atrás, hasta la camilla. Le sujetaron las extremidades, primero, con manos y, después, con cuerdas.

Ahora estaba chillando abiertamente, con unos alaridos que hacían que le temblara cuerpo entero, y la enfermera le puso una mano en la frente y le dijo que no pasaba nada, que su hijo llegaría pronto.

Mi bebé está ahí, pensó Alice. En el rincón. Ahí mismo.

Chilló su nombre una y otra vez: «¡Bear, Bear!». Y el apelativo mismo se convirtió en un cántico o un sortilegio, una llamada al oso que daba nombre a su hijo y a todos los significados de aquel animal. «Lucha. Resistencia. Dominio. Serenidad. Ferocidad.»

Si lo decía las suficientes veces, pensó, quizás el mundo lo invocara para que fuera con ella.

Pero era demasiado tarde: Bear se apagó con un parpadeo y desapareció.

Había vuelto a abandonarla. El rincón donde había estado se acababa de vaciar.

Le pusieron la mascarilla de golpe sobre la boca, esta vez durante un momento más largo.

Y se durmió.

—Es niña, señora Van Laar —dijo el médico.

Alice abrió los ojos. Los cerró. La luz del techo era demasiado fuerte. «Bear», pensó, y se incorporó para sentarse lo mejor que pudo, pero él seguía desaparecido.

—Mi hijo —dijo, pero las palabras le salieron roncas.

—Su hija —la corrigió el médico, trayéndole al bebé. Estaba envuelta en una manta. Se la ofreció a Alice con gesto expectante, pero a ella le pesaban demasiado los brazos—. Señora Van Laar —dijo; era joven, a pesar de sus entradas, y parecía asustado—, ¿está usted bien?

En la habitación había una ventana que daba a un patio. A través del cristal, Alice vio un árbol muy verde que agitaba las ramas. Más allá había otro edificio y luego el cielo.

—¿Señora Van Laar?

Llegó una enfermera y le cogió el brazo.

—Esto le parará la leche —dijo la mujer. Y le puso una inyección antes de que Alice respondiera. A Bear nunca le había dado el pecho. Tenía la idea a medio formar de que con esta otra criatura le habría gustado intentarlo, al menos una vez.

Oyó murmullos en el pasillo. La voz de Peter: había llegado del trabajo.

Al cabo de un momento entró en la habitación, con el nuevo bebé en brazos. Se sentó en la cama con ella. Detrás de él pululaban dos enfermeras y se dirigió a ellas en tono brusco:

—Un poco de intimidad, por favor —les dijo, y se esfumaron.

Luego se volvió a girar hacia Alice.

—Peter —dijo ella en tono apremiante—, he visto a Bear. Estaba ahí mismo. —Señaló el rincón. Lo veía con claridad en su cabeza: alto para su edad y guapo, con el pelo demasiado largo y su camiseta azul favorita. Con tierra debajo de las uñas de lo mucho que le gustaba el bosque. Le faltaba un diente de leche—. Lo tenemos que encontrar. Está vivo, Peter. Estaba aquí.

Pero él negó con la cabeza.

—Ha sido el gas que te han dado.

—No —dijo Alice. Levantó la voz y supo que iba a llorar—. Lo he visto. —Peter negó con la cabeza—. Creo que ha sido una señal —añadió—. Aunque no estuviera aquí. Creo que ha sido una señal de que está vivo.

Bajó la cara hasta tapársela con las manos, escondiéndose. Peter odiaba el llanto.

Desde la oscuridad de sus miembros, oyó que su marido suspiraba. A continuación vendrían los gritos.

Pero lo que pasó fue que sintió la mano de él en la mejilla. Se la cogió.

—Mírame —dijo Peter con una amabilidad sorprendente—. Mírame. Bear ya no está.

—Eso no lo sabes —dijo Alice.

Él tardó un momento en contestar.

—Tenemos que vivir la vida como si ya no estuviera, Alice. —Miró a la bebé que tenía en brazos, que levantó una manita de repente y la volvió a bajar—. Barbara. —Lo pronunció pausadamente—. Me gustaría llamarla así.

Aquello la cogió desprevenida. Durante el último mes había intentado sacar a colación dos veces el tema de los nombres con su marido. Si era niño, le gustaba Darien: de pequeña había conocido a un crío que se llamaba así y le parecía muy bonito. Si era niña, Charlotte. Pero, cada vez que se lo había preguntado, Peter se la había quitado de encima alegando que estaba ocupado.

Y ahora estaba allí, a su lado, sugiriendo un nombre que Alice no se había planteado para nada. Conocía a varias mujeres llamadas así, todas de la edad de Peter. Era un nombre que asociaba más con la generación de él que con la del bebé.

—Si te parece bien —añadió su marido en tono concluyente.

—¿Por qué Barbara? —preguntó Alice.

—Es un nombre que me ha gustado siempre —dijo Peter—. Creo que suena bien. Barbara Van Laar.

Y contempló a su hija con tanta ternura que dijo que a ella también le gustaba. Había oído que era importante dejar que tu marido se sintiera implicado con los hijos. Que había que recompensar cualquier interés que mostrara.

Solo más tarde, cuando ya estaban de vuelta en la casa de Albany tras pasar una semana en el hospital, Alice encontró el libro de nombres que había comprado en una librería cuando estaba embarazada de Bear, cuyo nombre de pila también había sido elegido sin consultarle.

Fue a la sección de nombres de chicas y buscó la página de Barbara: «De la palabra griega *barbaros* —decía el libro—, que significaba 'extranjero', 'salvaje' o 'extraño'».

Alice levantó la vista con un sobresalto. Qué terrible, pensó; qué absolutamente terrible llamar a una bebé «extraña».

El libro continuaba: «De la misma raíz deriva la palabra *bárbaro*», decía en tono risueño.

Alice se estremeció. ¿Acaso todo el mundo sabía esto del nombre Barbara? A menudo le costaba distinguir qué clase de conocimiento era común y qué datos se consideraban poco conocidos.

Cerró el libro de golpe, resignada. No iba a sacar el tema con Peter; era incapaz. El nombre ya estaba fijado y el certificado de nacimiento emitido. Se limitaría a vivir con ello, pensó. A fin de cuentas, había muchas famosas que se llamaban Barbara.

ALICE

Durante los dos primeros meses después de que llegara Barbara, pareció que las cosas mejoraban. Tener a una recién nacida en casa la distraía de su dolor, que, llegado aquel punto, daba la sensación de consumirlo todo.

No se había querido quedar embarazada tan pronto después de Bear. Era Peter quien había insistido en que lo intentaran. «Ya no somos tan jóvenes», le había dicho.

«Además —había añadido—, eso te mantendrá ocupada.»

Pero algo cambió en mitad del tercer mes de Barbara, cuando a Alice la despertó en plena madrugada la voz de una criatura que la llamaba.

Entendía la idea de que un bebé de la edad de su hija no pudiera articular su nombre de madre, el nombre que le había puesto Bear: «Mamá».

Se incorporó hasta sentarse. Se quedó quieta. Escuchando.

Y lo volvió a oír.

«Mamá.»

El cuarto del bebé estaba en silencio y a oscuras. Entró de puntillas. La niñera nueva, Lorraine, dormía a un lado. Barbara dormía

246

al otro. Alice escuchó durante un par de minutos, plantada en camisón en el centro de la habitación. Pero solo había silencio.

Volvió a salir de puntillas y, mientras estaba cerrando la puerta tras de sí, le llegó de nuevo: «Mamá».

Giró sobre los talones. Fue hacia el cuarto que había sido de Bear. Puso la mano en el pomo.

—Alice.

Dio un respingo.

Al final del pasillo estaba Peter, con el ceño fruncido.

—Vuelve a la cama —dijo.

No paraba de repetirse. Oía la voz todas las noches. A veces parecía que venía del otro lado de la ventana. Otras, de los pisos de abajo. A menudo, del cuarto del bebé.

A pesar de la niñera nocturna, dormía muy poco.

Peter reparó en ello e hizo venir al médico de la familia: el mismo anciano que llevaba atendiendo a los Van Laar desde que el padre de él tenía veintitantos años.

Se llamaba doctor Lewis y la primera pastilla que le recetó a Alice tenía que ayudarla a dormir.

Pero la palabra se abrió paso a pesar de las pastillas y pobló sus sueños de imágenes oscuras y ansiosas. «Mamá, mamá», la llamaba la voz.

No podía hablar con Peter. Tampoco con su familia. Todo el mundo en su vida la animaba a pasar página, a olvidar el pasado con el supuesto de que nunca encontrarían a Bear.

Pero a Alice le parecía una tarea imposible.

Hasta que tuviera pruebas de lo contrario, seguía permitiéndose a sí misma imaginarse que su hijo todavía existía en el mundo, en algún lugar donde no lo veían, como un actor entre bastidores que en cualquier momento podía entrar en escena.

Más adelante, Alice se preguntaría si era aquella idea lo que le impedía aceptar plenamente a Barbara. Una parte de ella temía que Bear —estuviera donde estuviera, en este mundo o en el otro— notara una división en el corazón de su madre y eso lo hiciera esfumarse o perecer.

De manera que todas las noches, antes de caer bajo el influjo de las pastillas del doctor Lewis, rezaba no para que se detuviera la voz que oía, sino para que siguiera llegándole una y otra vez. Para que Bear, bajo la forma que fuera, la siguiera visitando durante el resto de su vida.

El problema empezó cuando las visitas se alargaron.

ALICE

———

Era un lugar agradable y muy discreto.

Esas eran las palabras que usaba todo el mundo cuando se lo describía.

Les tocó a sus padres la tarea de llevarla, presumiblemente a petición de su marido y su suegro. Todos guardaron silencio durante el trayecto de tres horas en coche. Ni siquiera sonó la radio.

Cuando se imaginaba el hospital, Alice pensaba en un edificio histórico, de aspecto parecido a Autosuficiencia, de hecho. En mitad de la naturaleza, quizás. Un lugar antiguo y bonito donde tendría tiempo para descansar. Pero el edificio, situado en la costa norte de Long Island, era nuevo, de estilo brutalista, y estaba hecho de un cemento amarillento que la lluvia oscurecía. Los terrenos eran yermos y no tenían árboles. De vez en cuando se veía en los bancos a alguna empleada de uniforme sentada con una paciente de aspecto adormilado.

Quizás se hubieran equivocado de sitio, pensó Alice. Pero no, lo decía el letrero: «Instituto Dunwitty». Fundado por un amigo del doctor Lewis, que era quien lo había recomendado.

En el asiento delantero, su padre giró la cabeza hacia su madre, buscando sin éxito su mirada. También ellos debían de estar viendo lo mismo que ella; seguro que entendían que se había cometido

249

una equivocación. Pero su madre salió del coche sin decir palabra y su padre la siguió al cabo de un momento. A continuación, le abrió la portezuela a Alice.

No tenía compañera de habitación. Eso al menos era una suerte. Le habían concedido aquel privilegio gracias a su conexión familiar con el doctor Dunwitty. La enfermera —una mujer flaca y ceñuda que ya estaría a finales de la mediana edad— se lo había revelado con expresión desaprobadora, carraspeando después de comunicárselo, como para quitarse de la boca el mal sabor de las palabras.

No se permitían libros. Ni televisión.

Las únicas actividades admitidas eran diferentes tipos de problemas lógicos: puzles, crucigramas, acrósticos. Estaba claro que debía de haber alguna teoría detrás de aquello; Alice se preguntó ociosamente cuál sería.

Lo que más odiaba del lugar era que allí no la visitaba Bear. La primera noche rezó para que viniera: le habría ido bien un poco de compañía.

Pero las únicas que la visitaron fueron las pesadillas, en las que regresaba a aquellos terribles días iniciales de la búsqueda y se veía frustrada una y otra vez por fuerzas o personas que no podía controlar. Cuando eran niñas, Delphine los llamaba «sueños de no llego a tiempo»: visiones de trenes y exámenes perdidos, atascos de tráfico que detenían su coche antes de que zarpara el barco. Alice los recordaba de toda la vida, pero ninguno comparable a los que había tenido en el Instituto Dunwitty.

Se había pasado un mes sin recibir visitas y sin permiso para realizar llamadas telefónicas.

Cuando ya llevaba treinta y cinco días allí, entró en su habitación una enfermera y la hizo salir. Alice la siguió, desconcertada, por un pasillo muy largo que no había visto hasta entonces. Al final había una cabina. La enfermera le dio una moneda.

Ella se la quedó mirando.

—¿Y bien? —dijo la enfermera—. Adelante.

Pero Alice se dio cuenta de que no había nadie a quien quisiera llamar.

Metió la moneda en el teléfono. Marcó un número que recordaba de la infancia. Contestó una voz de mujer.

—¿Está Geraldine? —preguntó. Era el nombre de una amiga del Brearley con quien no había hablado desde que se había casado con Peter.

Pausa.

—¿Puedo preguntar quién la llama?

—Soy Alice, señora DeWitt. Alice Ward.

—Ah, Alice —dijo la mujer—. Alice, siento mucho lo que pasó con tu...

Colgó el teléfono de inmediato.

Al cabo de una semana, le dijeron que tenía una visita.

Si hubiera sabido quién era, no habría salido de su habitación. Pero no lo había preguntado y fue así como se vio cara a cara con su hermana Delphine, cada una al lado de un tablero de damas.

Alice se dirigió a la enfermera.

—Me quiero ir —dijo—. No quiero estar aquí. Me gustaría volver a mi habitación, por favor.

Pero la mujer respondió:

—Venga, mujer, es su hermana y ha hecho un viaje muy largo para venir.

Delphine sonrió con expresión tensa, primero mirando a la enfermera y después a Alice.

—No la entretendré mucho rato —dijo su hermana usando su voz más mayestática y ampulosa. Y la enfermera, obediente, prácticamente abandonó la sala haciendo reverencias.

Se quedaron unos minutos sentadas en silencio. La única forma de sobrevivir a aquello, pensó Alice, era imaginarse que estaba en un mundo distinto. Por tanto, igual que había hecho de niña, cerró los ojos, sentada con la espalda muy recta, y abandonó el mundo terrenal.

«Estás delante de la habitación de Bear —pensó—. Pronto se despertará. Y te llamará.»

—Alice —dijo su hermana.

«Mamá», pensó ella.

—Alice, ¿me oyes?

«Mamá.»

—Lo siento —dijo Delphine.

V
ENCONTRADA

JUDYTA

Agosto de 1975: día 1

Judy está fuera, contemplando con los brazos en jarras los coches que hay aparcados junto a la casa. La mayoría Cadillac, Oldsmobiles y Lincoln señoriales. Intenta imaginarse entre ellos un Trans Am azul. Habría destacado.

Da una vuelta alrededor. En el camino de tierra hay dos surcos oscuros y violentos que indican que un coche ha salido dando marcha atrás enérgicamente y después ha enfilado hacia la Ruta 29.

Sabe que la información que ahora tiene de John Paul McLellan hijo es importante. El hecho de que regresara tarde a casa; la cara magullada; su desaparición de esta mañana; todo junto lo convierte como mínimo en persona de interés. Pero, en calidad de detective júnior, no está autorizada a hacer nada sin la aprobación de su superior.

Se mira el reloj, preguntándose cuándo volverá Denny Hayes.

Al cabo de unos minutos vuelve a entrar en la casa. Mientras espera a su compañero, sabe que tiene que seguir aislando y entrevistando a todo el mundo a quien encuentre.

Los jóvenes desgarbados que hay tirados por los sofás del salón son la gente con la que menos ganas tiene de hablar. Tienen pinta de que deberían estar dándose de comer uvas los unos a los otros, como dioses jóvenes; o por lo menos así se deben de ver

255

ellos mismos. Pese a todo, los aborda uno por uno, les pregunta por cortesía si quieren hablar con ella y los lleva a un solario vacío que ha encontrado al inspeccionar la casa.

Allí les hace preguntas estándar: nombre, edad, ocupación y lugar principal de residencia, a lo que todos sin excepción contestan «Manhattan» o «Los Ángeles».

La última persona a la que entrevista es una joven flaca y con aspecto severo de veintitrés años. Es la única que le dice a Judy que ha estado alojaba en la casa principal y no en uno de los edificios anexos.

Se identifica como Marnie McLellan.

Cuando oye el apellido de la chica, hace una pausa y se queda un momento inmóvil.

—¿Ocupación? —dice.

—Galerista.

Judy no conoce la palabra. La apunta para buscarla más tarde.

—¿Relación con los Van Laar?

—Ahijada.

—¿Tenéis un vínculo estrecho?

Marnie McLellan levanta la barbilla.

—Extremadamente estrecho.

Judy deja el bolígrafo suspendido por encima del cuaderno. Comprende que va a tener que andarse con pies de plomo.

Le hace a la chica las mismas preguntas que le ha hecho a todo el mundo y obtiene respuestas parecidas; estaba en la fiesta, se quedó hasta tarde, había mucho bullicio y se bebió mucho. Conoce bien a Barbara; sus familias se han frecuentado mucho y se han ido de vacaciones juntas; pero no tiene ninguna teoría acerca de dónde puede estar la chica.

—¿Cómo describirías a Barbara?

—Uf, desgraciada —dice—. Una persona muy infeliz.

Judy asiente con la cabeza. Escribe en su diario: «B. le cae mal».

—¿En qué sentido? —pregunta.

—Bueno, siempre se lo ha hecho pasar mal a su familia. Sé que se ha metido en líos en la escuela. Se supone que es bastante

precoz para su edad. Y lleva una ropa y un maquillaje que son…
—Marnie hace una pausa, invocando la palabra para describir-
lo— terribles. Todo negro. Los ojos embadurnados de negro.
Pinchos en las orejas. Espantoso, en mi opinión. Producto de
una mente trastornada.

A Judy nadie le había dicho esto de Barbara.

Apunta: «B. vestía raro».

Por fin, llega a las preguntas que se ha estado reservando:

—¿Los demás miembros de tu familia también están alojados aquí?

—Sí.

—¿Me puedes dar los nombres completos?

—¿Por qué?

—Estoy intentando elaborar una lista de todos los invitados.
Para asegurarme de que no me dejo nada antes de que vuelva mi
jefe —añade Judy. Sonriente, respetuosa.

Marnie está muy quieta.

—Mi padre —dice— se llama John Paul McLellan. Mi madre,
Nancy McLellan.

Ella la mira.

—¿Ocupaciones?

—Mi madre es ama de casa —explica—. Mi padre es socio de
los Van Laar.

—¿Banquero? —dice Judy.

—Abogado. Representa a la familia y al banco.

Ella asiente con la cabeza, escribiendo. Y añade con calma forzada:

—¿Tienes hermanos o hermanas?

—Un hermano, John Paul McLellan hijo.

—¿Ocupación?

Marnie suelta un soplido de burla, pero recobra la compostura
enseguida.

—Ninguna en particular —dice—. Se licenció de la universidad el año pasado. Algún día heredará el banco. Si consigue sentar
la cabeza.

Judy lo piensa.

—¿Qué te hace pensar eso?

Marnie la mira como si fuera tonta.

—Los Van Laar no tienen hijo varón. Lo tenían, pero ya no. Pero nosotros sí.

—Ya veo —dice Judy, apuntándolo—. ¿Y sabes dónde los puedo encontrar?

—¿A quiénes?

—A los demás miembros de tu familia. A tus padres y tu hermano.

—No tengo ni idea —contesta Marnie después de una pausa.

—¿Los has visto esta mañana?

La chica vacila un momento.

—Solo a mi padre —dice—. Pero no sé dónde está ahora.

Al cabo de cinco minutos, Judy vuelve a salir por la entrada principal de la casa, la que tiene el llamador en forma de mosca. Mira colina abajo en dirección al centro de colonias. Ya hay demasiadas evidencias acumuladas contra John Paul McLellan hijo como para pasarlas por alto.

En el jardín ve a un agente solitario de la policía estatal.

—Disculpe —dice Judy—, ¿ha llegado ya el capitán LaRochelle? —Él la mira con cara inexpresiva—. Soy la detective Luptack. Me han dicho que iba a llegar pronto. Para hablar con la familia.

El tipo niega con la cabeza.

—No. Hay un par de tipos más de la OIC allí abajo, pero el capitán todavía no.

Judy le da las gracias y regresa con determinación a la cocina de Autosuficiencia, donde ha visto un teléfono en la pared. Echa un vistazo por encima de cada hombro, levanta el auricular, marca el número de la comisaría y solicita una orden de búsqueda: se ha de informar por radio a todos los agentes de la zona de que han de estar alerta por si ven un Trans Am azul.

Es demasiado importante para esperar a que vuelva Denny Hayes. Si está cometiendo un error de juicio, ya lidiará más tarde con las consecuencias.

Después de entrevistar a todo el mundo a quien encuentra en la casa, vuelve a salir y se queda un momento apoyada en el borde de una silla estilo Adirondack, tomando notas frenéticas en su cuaderno. Quiere plasmar todas las palabras y frases exactas que recuerda.

Oye que alguien llama a lo lejos:

—¿Señora?

No levanta la vista.

—¿Señora? —repite la voz, esta vez más cerca. Oye pasos. Se gira.

Se le acerca un agente forestal de la Agencia de Medio Ambiente, de cincuenta y tantos años, con barba; lo sigue de cerca una chica gigantesca con una toalla echada sobre los hombros. Debe de sacarle una cabeza de altura a Judy. Es incluso más alta que el tipo, que no es precisamente bajito.

Por detrás de ambos viene una pareja: un hombre de cincuenta y tantos y una chica que parece de su edad. ¿Será la hermana de la chica?

—Busco a alguien de la OIC —dice el agente forestal.

Judy se mira a sí misma. Luego su traje, que la distingue de forma clara de los agentes estatales y agentes forestales, y de los invitados.

—Yo misma —dice Judy por fin—. Detective Luptack.

La chica que lo acompaña parece agitada. Llega a la hilera de sillas estilo Adirondack que hay frente a la casa y se deja caer en una. Se apoya los codos en las rodillas.

—Esta es Tracy Jewell —dice—. Era la compañera de litera de Barbara Van Laar. Le gustaría contarle a usted un par de cosas.

TRACY

Agosto de 1975: día 1

Tracy está sentada en una silla de jardín, bebiendo un vaso de agua y comiéndose un sándwich que le ha traído alguien. A su lado hay una mujer policía, la primera que conoce o ve en su vida.

Por lo menos, *cree* que lo es. No lleva uniforme, solo traje. Se la ve joven, pero el cuaderno y el bolígrafo le confieren cierto aire de autoridad.

La mujer espera en silencio a que Tracy hable.

—¿Cómo ha dicho? —pregunta ella.

—La persona con quien te has encontrado en el bosque. ¿Nos puedes dar algún detalle?

—Ah —dice—. Pues no.

—¿Sabes si era hombre o mujer?

—Creo que era hombre —dice Tracy—. Pero no estoy segura. Debería llevar gafas, pero no las llevo. —Piensa—. Tenía el pelo gris —añade.

—¿Y te dijo algo?

Tracy niega con la cabeza.

—No me ha hablado, solo me ha hecho señas. Me ha sacado del bosque.

La mujer asiente con la cabeza. Apunta algo corriendo en su cuaderno.

—¿Están intentando encontrar a esa persona ahora? —pregunta ella—. ¿Los agentes forestales?

—Creo que sí, seguramente —dice la mujer.

—Me quería ayudar —dice Tracy—. Fuera quien fuera.

—No me cabe duda —repone la detective—. Solo queremos tener una conversación con esa persona. Para ver si ha visto algo que necesitemos saber. —Hace una pausa—. Tracy, ¿para qué te has metido en el bosque?

Ella no dice nada.

—¿Me lo quieres explicar?

Tracy da un bocado. Mastica. Bebe agua. Se ajusta la toalla que lleva enrollada alrededor del cuerpo.

A continuación —rompiendo una promesa que le hizo a Barbara y manteniendo otra que se hizo a sí misma—, le cuenta a la detective Luptack por qué iba al bosque su compañera.

—¿Todas las noches? —pregunta la mujer, sosteniéndole la mirada—. ¿Barbara se iba todas las noches?

—Casi todas —dice Tracy—. Menos una vez en que se lesionó.

—¿Y siempre a la cabaña de los oteadores?

—Eso decía.

—Pero nunca te contó quién era su novio.

Ella niega con la cabeza.

—No.

La detective Luptack asiente.

—Gracias, Tracy —dice—. Nos has ayudado mucho. ¿Hay algo más que creas que nos puede ser útil? ¿Alguna vez te mencionó algo de su relación con su familia?

Ella vacila.

—¿Se llevaba bien con sus padres?

Tracy niega con la cabeza.

—No —dice en voz baja.

—¿Alguna idea de por qué?

—Supongo… que eran estrictos con.ella. Su padre, por lo menos. Su madre no se involucraba mucho.

La detective Luptack asiente con la cabeza.

—¿Y sabes si ha pasado algo hace poco que pueda haber asustado a Barbara, haberla trastornado o puesto furiosa?

Tracy lo piensa. Está a punto de decir que no —su amiga nunca se ha quejado de cosas concretas de su familia—, pero entonces se acuerda de algo.

—Sí —dice—. Le pintaron las paredes.

A la detective Luptack le cambia la expresión.

—¿Aquí en la casa?

—Sí. Su madre se las hizo pintar de rosa.

—¿Y eso por qué la enfadó?

—No lo sé —dice Tracy—. Quizás no le gustara el color.

JUDYTA

Veinte minutos más tarde, tras dejar a la chica bajo la custodia de la pareja que Judy ha decidido que son el padre de Tracy y la novia de este, vuelve a estar en la casa de los Van Laar, en el pasillo de delante de la habitación rosa, contemplando la puerta. La podría abrir, piensa. No hay nadie dentro. Pero no está segura de cuáles serían las consecuencias, de manera que se queda un momento largo allí, sin hacer nada.

Oye pasos al final del pasillo.

Se abre una puerta lateral y entran un hombre y una mujer. Él es alto y elegante, y tiene el pelo moreno con mechones plateados. Ella, que entra detrás, está tan increíblemente flaca que parece enferma.

El hombre se detiene y mira un momento a Judy. La tiene a unos diez metros. Por fin niega un momento con la cabeza, inescrutable, y lleva a la mujer a uno de los dormitorios del pasillo.

¿Serán los padres? ¿El señor y la señora Van Laar?

Cuando el hombre vuelve a aparecer, está solo y sale por la misma puerta sin mirar hacia ella.

—Judy —dice alguien, provocándole un respingo. Es Denny Hayes—. Venga. Te he estado buscando. Acaba de llegar el capitán. Está a punto de empezar una sesión informativa en el centro de colonias. Me puedes explicar por el camino cómo te ha ido la mañana.

Echa a andar y Judy lo sigue, apretando el paso para no quedarse atrás.

Empieza por lo más importante: que la compañera de litera de Barbara le ha dicho que tenía novio y que se ha estado escapando todas las noches para ir a verlo a la cabaña de los oteadores de la cima del monte Hunt.

Le menciona que estaba enfadada porque le habían pintado las paredes del dormitorio.

A continuación le cuenta lo que ha averiguado de John Paul McLellan: la cara ensangrentada, que volvió tarde, su desaparición y su Trans Am azul.

Deja para el final el hecho de que ya ha emitido una orden de búsqueda del coche.

Denny se detiene un momento y se gira hacia ella, que tiene miedo de que la regañe por no pedir permiso a un superior. Pero lo que dice es:

—Judy —su tono es de sorpresa—, has hecho un muy buen trabajo.

Ella frunce el ceño. Le parece que no hacía falta el tono sorprendido, pero podría ser peor.

—Intervén en la sesión informativa del capitán, ¿de acuerdo? —dice Denny Hayes y sigue caminando sin esperar respuesta.

Judy se entera de que el puesto de mando ha sido trasladado de la zona de camerinos del centro comunitario a la Cabaña por orden de LaRochelle: van a necesitar acceso constante a un teléfono.

A su alrededor hay una decena de detectives de pie o sentados. La mitad son del turno B; los demás son del C y están llegando para empezar su jornada. Judy y Hayes son los últimos en presentarse mientras LaRochelle empieza a hablar, consultando sus notas.

—Personas de interés de momento —dice. Y se pone a contarlos con los dedos—. John Paul McLellan hijo. Ahijado de la familia Van Laar. Llegó a casa anoche con la cara ensangrentada y esta mañana se había esfumado. Sigue en paradero desconocido. Se ha emitido una orden de búsqueda.

Judy se queda sorprendida. Todavía no entiende cómo se transmite la información en el seno de la OIC. No está segura de cómo LaRochelle puede saber todo eso ya.

El capitán sigue hablando:

—Louise Donnadieu. La monitora de Barbara. Actualmente detenida por un cargo distinto, aunque no estoy seguro de cuánto tiempo podremos retenerla. Tengo... —mira sus notas— al detective Lowry siguiendo esa pista. —Hace una pausa—. Parece haber una persona sin identificar en el bosque que limita con la finca, según una chica llamada Tracy Jewill, compañera de litera de Barbara. No tenemos ninguna descripción de esa persona, más allá del hecho de que es alta, porque no llevaba sus gafas. Pero todavía no hemos visto a nadie. Tampoco hemos hallado ningún rastro de Barbara en los bosques limítrofes. Los perros sí que han encontrado su olor, pero parece que han seguido la ruta que hizo en una salida organizada distinta, de hace varios días. —Levanta la vista—. Así pues, tras nueve horas de búsqueda, no estamos ni mucho menos donde deberíamos.

Interviene otro detective:

—Señor, ¿han dicho algo notable los padres?

—Pues no —dice LaRochelle—. Acabo de hablar largo y tendido con el señor Van Laar. Ha descrito a Barbara como una chica problemática e infeliz. Sospecha que se puede haber escapado. Pero no tiene ni idea de adónde habría ido.

—¿Hay razones para sospechar de él?

—En estos momentos no hay ninguna que yo sepa —dice LaRechelle—. Pero está claro que lo vigilaremos de cerca. —Señala a uno de los detectives que acaban de llegar para empezar el turno C—. Eso significa que tú te encargarás de vigilar a los padres de noche.

Hay un momento de silencio. Luego vuelve a intervenir el mismo detective que ha preguntado por los padres:

—Señor —dice—, ¿no ve nada sospechoso en el hecho de que el padre no haya querido hablar con ninguno de nosotros? ¿De que haya querido esperarlo a usted?

LaRochelle lo piensa.

—Yo no lo consideraría necesariamente sospechoso —afirma—. Trabajé codo a codo con ellos en el caso de su hijo. Podría ser solo que hay cierto nivel de confianza.

Judy no termina de verlo claro. Pero, como es la detective más novata de la sala, no tiene intención de decirlo.

—¿Qué más tenéis que contarme? —dice LaRochelle y Hayes le da un codazo suave.

Ella carraspea. Levanta la mano.

Y cuenta lo que le ha dicho Tracy Jewell: el novio, las reuniones nocturnas en la cabaña de los oteadores y las paredes pintadas.

El hombre enarca las cejas.

—¿Alguien más ha oído algo de un novio?

Varias cabezas dicen que no por la sala.

El capitán señala a un detective.

—Tú. Encuentra a un agente forestal. Pregúntale si han estado ya en la cabaña de los oteadores. Si te dice que no, los mandas allí inmediatamente. —Hace una pausa—. ¿Sabemos a qué escuela iba Barbara Van Laar?

Un detective levanta la mano.

—A la Emily Grange. Cerca de Latham.

—Tú —le dice LaRochelle al detective—. Ve allí. Diles que te consigan los números de teléfono de las amigas de Barbara. Y pregúntales si tenía novio.—Se dirige a otro detective recién llegado del turno C que tiene medio sándwich colgando de la boca—: Tú. Ve a la casa de los Van Laar en Albany. Registra la habitación de Barbara en busca de cualquier cosa relevante. Haz fotos con la Polaroid si hace falta. —Hace una pausa—. ¿Preguntas?

Hay un momento de silencio y por fin se levanta una mano en el margen de la sala. Es un detective al que Judy no ha visto hasta ahora, quizás la persona de más edad de la sala.

—¿Vale la pena considerar sospechoso a Jacob Sluiter?

Se produce un cambio general en la atmósfera de la sala. Es como un punto muerto; LaRochelle parece estar esperando a que el detective se explique, a que ofrezca algún razonamiento o excusa.

Pero no lo hace.

El capitán se cruza de brazos.

—Supongo que es posible —dice—. Por el hecho de que anda suelto. Pero me parece menos probable que otras explicaciones.

El detective asiente con la cabeza, aunque su expresión transmite que no está del todo satisfecho.

—¿Es posible que sea la persona desconocida del bosque? —dice—. ¿La que ha guiado a Tracy Jewell hacia el campamento?

LaRochelle frunce el ceño.

—Bueno, planteémonoslo —dice—. Un delincuente sexual y asesino condenado ve a una chica sola y perdida en el bosque. ¿La va a poner a salvo? ¿O va a aprovechar la oportunidad para hacer lo que ya ha hecho en el pasado?

El detective mayor no dice nada. Los dos hombres se miran, como si estuvieran intercambiando mensajes silenciosos que el resto de los presentes no pueden captar.

—No lo estoy descartando —dice LaRochelle—. Solo digo que..., si oyes cascos de caballos, no busques una cebra.

JUDYTA

Agosto de 1975: día 1

Son casi las seis de la tarde, el final de su primera jornada en la Reserva. Pero Judy no le ve sentido a ese cómputo: le da la sensación de que lleva allí un año.

Hayes va conduciendo en dirección norte, rumbo a la sede que tiene la OIC en Ray Brook. Desde allí le tocará hacer el largo trayecto a Schenectady. Cuando lo piensa, le entran ganas de echarse a llorar.

—¿Cansada? —pregunta su compañero.

—Un poco.

—Prepárate —dice Hayes—. En un caso como este vas a acabar trabajando las veinticuatro horas. —Baja la ventanilla. Sacude con la mano un paquete de tabaco y le ofrece un cigarrillo a Judy, que lo rechaza—. ¿No fumas?

—No.

—Bien hecho —repone él—. Estoy convencido de que a mi viejo lo mató el tabaco. Él no lo llamaba cáncer, pero te aseguro que se murió tosiendo. —Da una calada. Gira la cara a un lado para expulsar una bocanada de humo por la ventanilla abierta—. Solo fumo en el coche. Lo tengo pactado conmigo mismo.

Judy suelta una risilla, meramente para demostrar que está escuchando.

—¿Te puedo hacer una pregunta? —dice Hayes, y ella se pone tensa, esperando alguna cuestión personal. Pasará mucho tiempo antes de que se sienta lo bastante cómoda entre sus colegas como para divulgar algo de su familia o su pasado. Pero, cuando él continúa, resulta ser algo benigno—. ¿Por qué te hiciste policía?

Judy examina sus opciones de respuesta. «Quería ayudar a la gente» suena trillado. «Me pareció que sería interesante» es demasiado vago.

Por fin se sorprende a sí misma contando la verdad:

—Por *Patrulla juvenil* —dice.

—¿Por...? —dice Hayes, como si no lo hubiera oído.

—Por *Patrulla juvenil* —repite Judy—. Era mi serie favorita.

Él se echa a reír. Sigue así hasta que le entra la tos y tira el cigarrillo por la ventana.

—Vaya —dice—. Eso sí que no lo había oído nunca. —Judy sonríe—. *Patrulla juvenil* —repite Hayes, riendo y riendo hasta que se hace un silencio cómodo en el coche.

Y es entonces cuando la radio cobra vida con un crepitar de estática.

Un agente ha avistado a John Paul McLellan al volante de su Trans Am azul y lo ha parado. Lo está reteniendo en el arcén de la autopista, a unos quince kilómetros al sur.

Denny Hayes echa un vistazo a Judy. Se mira el reloj.

—Las seis en punto —dice—. Ya hemos acabado. Nos podemos ir a casa. —La mira—. ¿Quieres irte?

Ella niega con la cabeza.

Hayes contesta a la llamada, coloca la luz magnética en el techo, gira en redondo por encima de la hierba de la isla central y da media vuelta.

Cuando llegan, el policía estatal que ha parado a John Paul McLellan lo tiene esposado. Está sentado en la hierba junto a su coche. Ha recibido múltiples puñetazos, a juzgar por los labios inflados y el ojo morado.

El hombre los pone en antecedentes: el chaval está evidentemente borracho, les dice. De hecho, es lo primero que le ha llamado la atención. Lo habría parado de todas maneras, aunque no hubiera orden de búsqueda. Ha dado un positivo espectacular en el test de alcoholemia.

—Es todo vuestro —dice el policía.

—He estado en un restaurante —dice McLellan desde el suelo.

Es de suponer que «restaurante» significa bar. Se le nota aliento a alcohol a dos metros de distancia. Y a marihuana.

Hayes abre la portezuela del pasajero. Se pone a registrar el interior.

—No puede hacer eso —dice McLellan—. No he autorizado ningún registro.

—Por desgracia para ti —dice Hayes con la voz estrangulada y amortiguada por estar inclinado sobre el interior del coche—, el hecho de que se perciba el olor de una sustancia ilegal dentro de tu vehículo me da derecho a registrarlo.

No tarda en encontrar unas pinzas para sujetar colillas de porro, dos latas aplastadas de cerveza Genesee y algo que parece ser un residuo de cocaína sobre la consola central. Y ni siquiera ha llegado al maletero.

Basándose en esas pruebas y en el estado de embriaguez obvio de McLellan, lo detiene.

Entretanto, Judy lleva su permiso de conducir y los papeles del vehículo al coche de paisano y manda la información por radio a Ray Brook.

Desde el asiento del conductor, y mientras espera a que la operadora le conteste, contempla con serenidad a McLellan. Lo ve sorberse la nariz y mover la cara y la boca de formas extrañas. Al principio lo atribuye a la farlopa; ella nunca la ha probado, pero en el instituto sí que vio a gente que la tomaba, sobre todo a chicos, deportistas como ella. Pero cuando McLellan levanta la cara hacia el sol, Judy ve que está llorando.

Hayes se acerca al maletero y lo abre.

Su compañero está de espaldas a ella. Con las manos enguantadas, se dedica a sacar una cantidad inverosímil de objetos del pequeño habitáculo, colocándolos con cuidado en el suelo. Palo de golf. Palo de golf. Macuto. Mochila. Libro. Zapato. Libro. Zapato.

Por último, Hayes saca una bolsa de papel.

Judy ve que McLellan no levanta la mirada. Se dedica a mirar fijamente el suelo.

La bolsa que su compañero está manipulando con cuidado es de un color extraño. No se parece a las de papel que ha visto ella.

Y entonces ve por qué: el fondo es más oscuro de lo que debería.

Sin quitarle la vista de encima a McLellan para asegurarse de que sigue sentado, Judy sale del coche y camina hacia Hayes, que ahora está en cuclillas, mirando el interior de la bolsa. Mientras ella se le acerca, se dedica a sacar un objeto detrás del otro, usando dos dedos enguantados.

Ropa interior, pantalones cortos y camiseta. Y todo parece cubierto de sangre.

Judy mira a McLellan, que sigue cabizbajo.

Luego mira a Denny Hayes, que está diciendo algo que ella no oye. «Mierda. Mierda.»

Tiene la cara blanca como el papel. Pese a toda su bravuconería, no parece preparado para esto. Judy se acuerda de que es padre: dejando todo lo demás de lado, también tiene hijos.

Los tres van en silencio de camino a comisaría, hasta que Denny habla:

—¿La has matado? —dice y la pregunta resuena como la detonación de una pistola. Judy oye moverse el aire del coche tras su estela.

Echa un vistazo a McLellan en el retrovisor. Lo ve mirar por la ventanilla, con expresión inescrutable. Por un momento le parece que no va a decir nada, pero entonces habla:

—Invoco mi derecho a no incriminarme —dice.

Y ella piensa que se expresa como el hijo de un abogado.

En Ray Brook lo procesan rápidamente y lo meten en una celda. Tiene derecho a una llamada telefónica. A Judy no le cabe ninguna duda de quién va a estar al otro lado de la línea.

Y en efecto: «¿Papá?», dice McLellan con tono tembloroso.

A continuación se lleva la mano al ceño, escondiendo lo que Judy sabe que son lágrimas de autocompasión.

Nada de lo que dice resulta una sorpresa: está en apuros y necesita ayuda. Necesita que su padre vaya a por él.

Entra Hayes en la sala.

—Judy —le dice—, vete a casa.

Son las ocho en punto. No llegará a Schenectady hasta pasadas las diez.

LOUISE

Agosto de 1975: día 1

Es casi medianoche. Louise lleva diez horas en una celda.

Le han dado agua, pero nada de comer.

Se siente mareada. Anhela el aire libre.

Echa una mirada a una taza de café ya frío, que normalmente no se bebería, y le da un sorbo.

Por fin se oyen unos golpes bruscos en la puerta. Y alguien la abre sin esperar respuesta.

Es un hombre de cincuenta años, con chaleco de punto por encima de una corbata marrón. Louise le ve pinta de profesor de literatura inglesa. Lleva una Coca-Cola en la mano. El único indicio de que trabaja en las fuerzas del orden es su insignia. Se sienta delante de ella y cruza una pierna sobre la otra.

Louise se prepara. Ha decidido que se va a limitar a contar la verdad: que estuvo fuera anoche. Pero Annabel también. Y la droga de la bolsa es de ella, no suya.

El hombre no se presenta, sino que da un sorbo de su Coca-Cola y empieza.

Hay algo en su aspecto y en su indumentaria que invita a esperar amabilidad de él, pero su tono es severo.

—¿Qué relación tienes con John Paul McLellan? —le dice. Mirándola directamente. No tiene cuaderno en el que registrar sus respuestas.

La cuestión la desconcierta: no es el tema del que esperaba tratar.

—Soy su prometida —dice Louise de forma automática—. Estamos comprometidos. Llevamos juntos cuatro años.

—Hum —dice el hombre. Ella espera con cautela a que diga más. Obligándose a guardar silencio—. No es lo que él dice de ti.

Louise se mueve un poco en su silla. No preguntes, se dice a sí misma; no preguntes, Louise. Pero no lo puede evitar.

—¿Eso qué quiere decir?

El hombre se escarba una mota de suciedad de debajo de la uña. Se sorbe la nariz y las gafas se le escurren un poco hacia abajo.

—Dice que os acostabais —explica el hombre—. Ya sabes, hace tiempo. Y que se ha acabado, pero sigues colgada de él.

—Y una mierda —dice Louise, sin pensar.

—¿Dónde tienes el anillo?

Ella se ruboriza. Siempre ha sido un tema espinoso entre ambos. Él dice que le quiere comprar uno bonito de verdad, uno precioso, pero que no va a poder hasta que tenga un trabajo de verdad.

—Hoy no lo llevo —dice Louise—. No lo llevo en las colonias. Vale demasiado.

—Mira, no sé cuál es la verdad —repone el hombre—. Eso es lo que me ha dicho él. Y yo te lo digo a ti.

Ella lo mira de reojo.

—¿Cómo se llama? —pregunta. El detective parpadea—. Usted sabe cómo me llamo yo —añade—. ¿Cómo se llama usted?

—Lowry.

—No debería estar hablando con usted, Lowry —dice.

—¿Quién te ha aconsejado eso?

Silencio, se recuerda a sí misma Louise. No digas nada.

Los dos se pasan un momento sentados sin hablar. El hombre se reclina en el respaldo de su silla, con las manos detrás de la cabeza. Se lo ve cómodo. Levanta la vista y mira por la ventana alta de la sala.

A ella le da la impresión de que el atuendo de profesor es una estratagema. Un truco diseñado para ganarse a los sospechosos. Este hombre es como todos los demás policías a los que ha conocido.

De pronto a Louise le gruñe el estómago tan fuerte que se oye por toda la sala.

—Tienes hambre —dice el hombre. No lo pregunta, lo afirma.

Se pone de pie y va a la sala contigua. Vuelve con una manzana y un cuchillito. La pela, la corta en secciones y se las va dando una por una. Louise no las rechaza.

—¿Por qué me está interrogando sobre John Paul? —dice ella, cuando ya casi no queda manzana.

—¿No te lo imaginas? —Ella no dice nada—. Sabes por qué estás aquí, ¿verdad? —dice el hombre, intentándolo otra vez. Pero Louise sigue sin decir nada—. Te estamos reteniendo por un crimen de poca importancia. Ahora mismo estamos programando una vista de fianza. Seguramente será mañana, como muy pronto. Pero también estás aquí por otra razón.

Silencio. Louise espera. El hombre la observa, calculador. A ella no le gusta su expresión: la toma por impresionable y crédula, por una pueblerina que nunca ha salido de la zona. Si supiera la verdad…, piensa ella. Si supiera los restaurantes a los que ha ido con John Paul y las películas que ha visto. Los libros que ha leído, tanto por recomendación de él como por su propia curiosidad. No soy como crees, tiene ganas de decirle. Pero la advertencia de Denny —«No hables sin un abogado»— continúa en primer plano de su mente.

El hombre se inclina hacia delante.

—Sabemos —dice— que sabes lo que le ha pasado a Barbara Van Laar.

Eso la coge con la guardia baja.

—No es verdad —contesta Louise antes de poder contenerse. Pero, por alguna razón, las palabras le suenan falsas incluso a ella: agudas, con un matiz lastimero en la entonación.

—También eso es distinto —dice el hombre.

—¿Distinto de qué?

—Distinto de lo que dice tu novio.

ALICE

Para aquello precisamente se había construido Autosuficiencia. A las diez de la mañana Alice se detuvo en el centro del salón y giró sobre sí misma mientras a su alrededor la casa volvía a la vida. Llevaban sin celebrar ninguna fiesta —ni el Adiós a las Moscas ni ninguna otra— desde la desaparición de Bear. Pero Peter había decidido que su centenario era una ocasión propicia para reiniciar la tradición. «Es bueno para los negocios», dijo. Tenía varios clientes en potencia a los que quería invitar.

El obstáculo era la cantidad de trabajo que aquello suponía. La mayoría de los dormitorios de Autosuficiencia llevaban cerrados desde antes de que naciera Barbara. Ahora estaban desprecintando las habitaciones, retirando los guardapolvos de los muebles y abriendo las ventanas. Trayendo en coche flores del florista de Albany que los abastecía. Silvestres, por orden de Peter: manojos de flores de oca, estrellas violeta y lirios cobra, distribuidas en jarrones por toda la casa y en las mesillas de noche de todos los dormitorios. Su marido había vuelto a tapizar el sofá y las sillas del salón, y había comprado muebles nuevos: ahora había tres decenas de sillas estilo Adirondack, de fabricación local, desplegadas ordenadamente en semicírculo en el jardín que daba al lago Joan. Las viejas, astilladas y vetustas las había convertido en leña alguien del servicio.

No era solo la casa lo que había cambiado. En las últimas semanas, desde que Barbara se había ido a las colonias, Alice había empezado a cuidar de sí misma, de su persona física, por primera vez en años. Fue un cambio bienvenido. La fiesta y su planificación habían vuelto a activar una parte fundamental de ella, de su carácter. Nunca había llegado a descuidarse del todo, esa era la verdad; pero sí que había dejado de mostrar la misma atención a su ropa, su piel y sus uñas. Antes solía llevar una especie de media melena voluminosa que le llegaba hasta el pescuezo; muy chic, según le habían dicho siempre. Pero, al desaparecer Bear, había dejado de ir a su peluquera de siempre, harta de tener que contestar preguntas todo el tiempo. El pelo le había crecido hasta un extremo vergonzoso. Para esconder lo largo que lo llevaba, se lo recogía en un moño bajo.

Una semana después de que Barbara se fuera a Camp Emerson, le había pedido a un empleado que la llevara en coche a Albany para visitar la peluquería. Había vuelto con una melena larga y recta que le caía por la espalda, recién teñida para tapar las canas de las sienes. En la mano llevaba una bolsa de los almacenes Whitney's que contenía siete atuendos nuevos, entre ellos dos minifaldas y un bikini. La dependienta, inverosímilmente joven, la había animado: «Tiene usted buen tipo», le había dicho.

Ahora era sábado por la mañana —el día en que debía empezar la fiesta— y Alice estaba de pie frente a su armario, intentando elegir qué ponerse.

—Señora Van Laar —dijo alguien.

Se giró. Era un joven al que no reconoció de entrada. Uno de los trabajadores temporales a los que había contratado Peter, supuso. O por lo menos llevaba uniforme.

—¿Qué pasa?

—Hay alguien en la puerta —dijo el chico.

—¿Invitados? —preguntó Alice, horrorizada. Era imposible, pensó. Solo eran las once de la mañana. Los invitados no tenían que llegar hasta media tarde.

—No estoy seguro —repuso él—. Es una pareja. Están... —No lo quiso decir.

Y en aquel momento oyó la voz de su madre, familiar y aterradora a la vez, impaciente y malhumorada.

Alice parpadeó, petrificada. No estaba lista ni mucho menos para su llegada.

—Gracias —le dijo al chico, que se retiró. A regañadientes, sacó de su armario una camiseta con cuello cisne y una minifalda y se las puso.

—Por el amor de Dios, Alice —le dijo su madre en el salón. Le dio un repaso con la mirada, de la cabeza a los pies: el pelo planchado, la falda corta, las piernas y los pies desnudos. Y por fin declaró—: Estás en los huesos.

Era un insulto y a la vez no lo era.

—Madre —dijo Alice—, llegas temprano.

—Bueno, he pensado que necesitarías ayuda —dijo la señora, examinando la sala y dejando claro lo que insinuaba.

A veces le impresionaba la creatividad de las críticas de su madre, la poesía del lenguaje que usaba para describir todo lo que le parecía mal en el mundo que la rodeaba. Una clase distinta de hija se habría distanciado de su madre mucho tiempo atrás, o por lo menos habría decidido tomárselo todo a risa. Sin embargo, aunque ya pasaba de los cuarenta, Alice —para su vergüenza— todavía no conseguía prever y resguardarse de las quejas que emanaban de su madre, un diluvio de observaciones diseñadas para parecer neutrales, cada una de ellas más incisiva que la anterior.

—Ve a prepararte —dijo la señora Ward—. Yo organizo a los demás.

Alice se quedó paralizada. Se ordenó a sí misma decirlo: «Ya estoy preparada».

—Gracias, madre —fue lo que acabó diciendo. Evitó la mirada de su padre. Si lo miraba a los ojos, se exponía a acabar llorando, porque sabía que él la estaría observando con algo parecido a la compasión. ¿Por qué dejaba que todo aquello la afectara? Llegado aquel punto de su vida… Peter llevaba años diciéndoselo. Aunque, bueno, daba igual lo que dijera él, porque era parte del problema.

Alice se retiró por el pasillo, ahora avergonzada de su cuerpo, de sus piernas desnudas. Notaba la mirada de su madre, todavía quemándola.

En el dormitorio, abrió la puerta de su armario y se quedó allí un momento demasiado largo, mirando el campo visual que tenía delante pero sin procesarlo. Había colores y texturas y prendas de varias longitudes.

Y luego, por encima del perchero, le llamó la atención un pedazo de tela distinto y estiró la mano para cogerlo.

Durante el tiempo que Alice había estado fuera —el único término que se usaba para describir su estancia en el Instituto Dunwitty—, el doctor Lewis había aconsejado al resto de los Van Laar que borraran todos los indicios de Bear de su casa de Albany y también de Autosuficiencia. De forma que habían vaciado sus dos habitaciones. Habían pintado de blanco las paredes, antaño cubiertas, para alborozo del niño, de un papel de pared con un patrón de mapas del mundo. Se habían llevado su ropa, sus juguetes y sus libros. Era la forma de ayudar a Alice a curarse, afirmaba el doctor Lewis. Y, en la casa de los Van Laar, los consejos del doctor —amigo de Peter Segundo de su época en Yale— eran órdenes.

Pero había una posesión de Bear que no habían visto.

Al nacer, alguien le había regalado a Alice una manta infantil, azul con ribetes de seda en forma de lunas y estrellas. En sus primeros años casi siempre la tenía consigo. Pero a los cuatro todavía seguía llevándola por toda la casa y Peter ordenó que se la quitaran. Y ella había obedecido y la había dejado escondida allí, en aquel estante de su armario, aunque el niño se había pasado una semana pidiéndola entre lágrimas cada vez que se iba a la cama.

Cuando Alice volvió tras sus meses fuera y se encontró con que se habían deshecho de las cosas de Bear, supo que debía disimular su aflicción. (Prefería estar allí, en una casa sin él, que volver a aquel otro lugar.) En cuanto la habían dejado sin vigilancia, sin embargo, se había retirado a su habitación y había abierto la puerta del armario. Y allí estaba: la manta que le había escondido a su hijo hacía tanto tiempo.

Ahora Alice se la llevó a la cara y se pasó por la mejilla sus bordes deshilachados, en los que Bear había tenido la costumbre de dar golpecitos suaves con los dedos.

Decidió que no iba a cambiarse de ropa. No le diría nada a su madre. Se limitaría a no cambiarse.

Se tapó la cara con la manta. Se quedó un rato así, tumbada en la cama. Desde su viaje a Albany no se había tomado ninguna de las pastillas del doctor Lewis. La habían distraído los preparativos de las festividades. Por una vez había algo que hacer, pensó Alice. Durante todos aquellos preparativos no se le había ocurrido tener un mal día.

Oía a su madre dar órdenes en otra parte de la casa: «Ahí. Ahí. No. Sí. No».

Llevó la mano derecha mecánicamente a la mesilla de noche, abrió el cajón y sintió la curva reconfortante del frasco y el traqueteo también reconfortante de las pastillas. Se metió una en la boca, y después dos, y después tres, y después cuatro. Las mordió y las masticó. Luego se tapó la cara con la manta de Bear. «Una mortaja —pensó—, un sudario», y se rio un poco ella sola.

Cuando abrió los ojos, oyó voces en el jardín. Muchas. Intentó incorporarse hasta sentarse, pero no pudo. Había oscuridad encima y alrededor de ella. De niña, había evitado las siestas porque se despertaba presa de una especie de desesperación sobrenatural. Bear había sido igual: el único momento del día en que se sentía embotado era después del descanso de la tarde.

Y ahora sintió lo mismo. A pesar del calor de la tarde, se tapó con las mantas.

Al cabo de un minuto o de una hora se levantó.

Luego, la mesilla de noche, y el cajón, y las pastillas. Dos más. Tres.

Caminó con la mano pegada a la pared. Fue a tientas por el pasillo hasta la cocina, donde buscó a ciegas un vaso en el armario y abrió el grifo del agua. Venía de un pozo y tenía un sabor dulce a tierra.

Se le escapó un hilillo de líquido por la comisura de la boca y se pasó la mano por la barbilla para secarlo. Y entonces captó un movimiento con el rabillo del ojo: una forma humana vacilante. Se giró. La cocinera nueva. La chica del pueblo. La que no tenía nombre.

—¿Qué? —dijo Alice.

—Nada.

—Nada, *señora* —la corrigió, pero la otra se la quedó mirando sin entender.

Los armarios. La pared. Los dos escalones que llevaban al salón. Con cuidado, con cuidado. El respaldo del sofá. El costado de la chimenea central, agradablemente áspero.

Se detuvo de golpe al llegar a las puertas de cristal que daban al jardín. Allí, delante de ella, estaban sus invitados. Eran suyos también, pensó; no solo de Peter.

Habían empezado sin ella. A nadie se le había ocurrido despertarla, ni siquiera a su marido. Fuera, bajo el sol, todos estaban llevándose la copa a los labios, echando la cabeza atrás para reír.

Examinó a los invitados en busca de Peter y lo vio hablando con los McLellan: marido, esposa, hija e hijo; cada uno de ellos espantoso a su manera, pensó Alice.

Hizo el gesto de poner una mano en la puerta corredera de cristal, pero descubrió que estaba abierta, de manera que se coló por la apertura, lo cual provocó que una mujer que había tres metros por delante de ella chillara su nombre con regocijo —«¡Alice!»— y se detuviera.

La multitud, tras oír aquel saludo, se giró… y guardó silencio.

Ella se estaba dando cuenta de algo: quizás llevaba demasiadas pastillas en el cuerpo. Sobre todo después de una semana sin tomar ninguna. Después de un día sin comer. Se llevó una mano al pelo y lo encontró alborotado, con gruesos mechones colgándole por delante de las orejas. Luego se tocó la ropa, la falda corta, y notó que la llevaba demasiado subida por encima de la cintura.

Su mirada flotó hacia la de Peter. Lo tenía demasiado lejos. Estaba diciéndoles algo a los McLellan, algo sobre ella: lo vio mover la boca. El hijo, John Paul júnior, ya era un hombre. Se decía que iba a heredar el negocio familiar y ella se lo imaginaba perfectamente: ya tenía el mismo aire que todos aquellos hombres. Aquel aire de que el mundo le debía algo. Le debía todo.

A través de la neblina de su intoxicación, tuvo un *déjà vu:* la sensación de estar viviendo una serie concreta de escenas por segunda vez en su vida.

Se llevó la mano a la cara para asegurarse de tenerla intacta.

Y se retiró.

De vuelta a la casa, a sus sombras, por el pasillo que llevaba a la habitación de Bear, imparable, se acostó en la cama que ya no era la de su hijo, donde se encogió hecha una bola de huesos y carne, y, varias horas más tarde dos invitados la encontraron profundamente dormida.

Volvió a oír las voces de los asistentes fuera, elevándose una vez más con regocijo.

La fiesta continuaría sin ella.

LOUISE

Agosto de 1975: día 1

Louise se encuentra mal.

—No lo creo —dice una y otra vez.

—Eso es cosa tuya —repone el detective Lowry. A ella le da la sensación de que ya le ha dicho cosas que no debería. Pero si hay algo que la ponga furiosa es que le mientan. Lleva toda la vida aguantando que la gente cuente mentiras sobre ella. Hoy ya le ha pasado dos veces: la primera ha sido Annabel y ahora esto. Tiene la cara roja de furia ante semejante injusticia. Está indignada. No puede callarse.

—Está usted mintiendo —dice, con el corazón a cien.

—No —contesta Lowry, con una especie de determinación tranquila que le da ganas de estirar la mano por encima de la mesa y…—. ¿Cuándo empezó? —pegunta.

—Váyase a la mierda —suelta Louise.

—Muy bien —dice él—. Puedes quedarte un rato más ahí sentada. No tengo que ir a ninguna parte.

A John Paul, le ha dicho Lowry, lo han encontrado con una bolsa de ropa de Barbara. Ensangrentada, ha añadido, sosteniéndole la mirada mientras se lo decía.

No tenía ni idea de lo que había dentro, le ha dicho el detective.

Pero afirmaba que Louise le había pedido que se deshiciera de ella.

—¿Sabes a qué me recuerda eso? —ha dicho él—. A la otra bolsa que le has pedido a alguien que haga desaparecer hoy mismo.

Louise le devuelve la mirada con firmeza, la cara roja de furia. Intenta mantener la voz serena, sin éxito.

—Escúcheme —dice—. No tengo nada que ver con ninguna de esas bolsas. La de Annabel la conocía. Pero las cosas que hay dentro son de ella, no mías.

Lowry la examina.

—Lo entiendo —repone—. Barbara aparentaba mucho más de trece años.

A Louise le da un vuelco el estómago. La gente solía decir eso mismo a menudo, pero refiriéndose a ella.

—No es verdad —dice. Y se recuerda a sí misma que ha de usar el tiempo presente, para no caer en la trampa gramatical que da por sentado que el detective le está tendiendo—. Parece una niña de trece años que lleva lápiz de labios negro. Una cría.

Lowry asiente con la cabeza.

—Supongo que a mí también me lo parece —dice—. Tiene lógica. —Ella no muerde el cebo—. ¿Cuánto hace que conoces a Lee Towson? —insiste él.

Louise se queda callada. Se imagina a Lee con delantal, sonriéndole desde la cocina del economato. Se pregunta dónde estará ahora.

—Fue idea de él, ¿no? —dice Lowry—. ¿Lee te pidió que le llevaras a Barbara?

Lo absurdo de la acusación la encoleriza, pero entiende por fin que Denny Hayes tenía razón al decirle que pidiera un abogado. Que nada de lo que diga ahora le va a servir.

—¿Por qué me están reteniendo aquí? —pregunta Louise. Su hambre se ha convertido en náuseas. Lowry la mira, sorprendido—. No pueden retenerme aquí, ¿verdad? ¿Me puedo marchar?

—No —dice Lowry, negando con la cabeza—. Técnicamente, estás acusada de posesión de una sustancia ilegal.

—Eso también es mentira —suelta ella.

—Bueno, eso todavía no lo sabemos. Lo único que sabemos es que esa es la acusación que pesa sobre ti. De manera que te vas a quedar con nosotros hasta que se establezca la fianza de esa acusación.

—Pero en realidad no me tienen aquí por eso —dice—. Ya me lo ha dicho usted.

Lowry sonríe.

—¿Te lo he dicho? —pregunta. Ella no contesta—. Louise, si ya has terminado de hablar con nosotros, no pasa nada. Estás en tu derecho. Pero, escúchame, te voy a decir una cosa que creo que te puede ayudar. —Se interrumpe y da un sorbo de su Coca-Cola. Se saca del bolsillo interior de la chaqueta una galleta de avena con pasas con envoltorio de plástico, reblandecida por el calor; la saca lentamente, la moja en el café y se pone a comérsela—. La sentencia máxima por posesión de una sustancia ilegal son cinco años —dice masticando.

Louise se queda lívida. Dentro de cinco años, su hermano Jesse tendrá dieciséis. Será casi adulto. Entonces ya será demasiado tarde.

—Pero, si tienes información sobre el paradero de Barbara Van Laar, cualquier cosa que pueda ayudarnos, nosotros también estaremos en mejores condiciones de ayudarte.

Louise está mirando la mesa. Tiene miedo de que se le escapen las lágrimas que ha estado intentando contener si levanta la vista. Prefiere verse muerta o en la cárcel a que este hombre la vea llorar.

—En cualquier caso, puedo hacer una llamada ahora mismo —dice Lowry—. Y ver si podemos hacer la vista de la fianza. Pero... —se mira teatralmente el reloj de pulsera— hoy ya es tarde. Es posible que el magistrado no esté disponible hasta mañana.

Y sale de la sala.

Louise está sola.

Se queda un rato en silencio, dejando que sus hombros encajen el desastre. Lo primero que siente es horror ante la posibilidad de que John Paul pueda haber hecho algo tan malvado. Lo segundo es miedo. De que lo crean a él y no a ella.

Hay una cosa que está clara: John Paul siempre ha tenido una vena cruel y vengativa. Louise ha visto esa faceta suya, sobre todo en relación con otra gente, con otros chicos en fiestas, cuando estaban todos borrachos y colocados.

Solo en una ocasión le mostró esa faceta a ella.

LOUISE

Era su segundo invierno en el Garnet Hill Lodge. Era lunes, un día en general con poco trabajo, y además el frío atroz había derivado en la cancelación de tantas reservas que el jefe de Louise le había dado el día libre. Así pues, ella, sola y aburrida, había aprovechado para coger prestado un coche de la empresa y conducir hasta el Union College.

Aquel año John Paul vivía en una casa compartida con otros chicos, uno de los cuales salió a abrir al oír los golpes en la puerta.

—John Paul no está —dijo este, tomándose un momento para examinarle la cara.

—Ah —contestó Louise. De detrás del chico venía el bullicio de algo que parecía una fiesta. No paraba de sonar una nota grave y monótona: un disco rayado. Una chica reía jovialmente. Alguien arregló el disco. Un chico soltó una risotada. Reconoció de quién era—. Steven —dijo—, creo que sí está.

Dentro había una decena de personas de pie o sentadas en grupitos; de fondo sonaba Zeppelin.

La mayoría de los presentes eran chicas a las que no conocía. Seguramente estudiantes de primer curso. Iban emperifolladas, con ropa de salir, el pelo lavado y moldeado con secador. ¿Adónde irían una noche de tanto frío?, pensó Louise; hasta que se dio cuenta de que su destino era aquella casa y de que sus residentes eran la razón de que se hubieran acicalado tanto. Ella, con su parka y su gorro, se sentía como un muñeco de nieve amigable.

Al otro lado de la sala, John Paul se bamboleaba un poco, con un nivel de borrachera que le provocó a Louise un nudo en la garganta. Tenía una cerveza en la mano e iba con el pecho desnudo a pesar del frío. Se advertía un rubor rosado en la piel de sus hombros y del pecho. Tenía una constitución delgada muy bonita, una buena mata de pelo y los dientes muy blancos, y normalmente a ella le parecía atractivo. Pero la forma más rápida de volver feo a un hombre atractivo era darle demasiada bebida. A Louise le daban terror los borrachos. Había aprendido de muy joven a consentirlos, a reírse de sus chistes malos lo justo para evitar que se sintieran insultados, pero no lo bastante como para alentarlos. Agazapadas bajo una superficie de buen humor, se escondían su fuerza y su crueldad, dos pistolas listas para disparar.

—Louiiise —dijo John Paul cuando la vio. Cruzó la sala dando tumbos, le rodeó los hombros con los brazos y se apoyó tanto en ella que estuvieron a punto de caerse los dos.

—¿Quién es esta gente? —le susurró ella.

—Amigos nuevos —dijo él con voz gangosa—. Te van a caer bien. Vamos.

Pero no se los presentó, de forma que Louise acabó sentada en un sofá sin ninguna copa en la mano, vestida con un polo que llevaba la insignia de Garnet Hill Lodge, el puñetero uniforme del trabajo, y viendo cómo la gente que la rodeaba se emborrachaba más y más a medida que la música aumentaba de volumen y la atmósfera se iba cargando de sexo en potencia de forma cada vez más evidente.

Las chicas le recordaban a algo, a alguien, a muchas personas, hasta que se dio cuenta con un sobresalto de que le recordaban a las niñas que tenía a su cargo en Camp Emerson. No solo por su pinta de ser de buena familia y por su porte, sino también por su edad: las más pequeñas aparentaban dieciséis o diecisiete años. Dos de ellas se pusieron a bailar juntas con un culebreo inestable y Louise vio que John Paul las observaba. Fue en ese momento cuando decidió subir a su dormitorio sin despedirse de nadie.

Casi nunca fumaba tabaco, pero ahora vio en la mesilla de noche el paquete de John Paul y un encendedor de plata con el monograma «JPM» grabado en el costado, de manera que se encendió uno y se lo fumó. Le gustó sentir su calor en los pulmones.

Se guardó el mechero en el bolsillo. Quería llevarse algo suyo.

Apagó el cigarrillo y se quedó tumbada un rato largo. Se asomó a la ventana que había junto a la cama y vio que la luna estaba casi llena. Oyó que en el piso de abajo la música bajaba de volumen y cambiaba a algo más tranquilo. No sabía qué hora era.

La despertó la puerta al abrirse de golpe. Se incorporó hasta sentarse con la espalda muy recta y una mano sobre el corazón. Era John Paul, una sombra en el umbral.

Abajo la gente seguía hablando.

—¿Adónde te habías ido? —preguntó con voz grave. Louise no pudo notar si estaba más sobrio o más borracho que antes.

—A la cama —repuso ella.

—No me hables como si fuera tonto —dijo él, una de sus frases favoritas en cualquier pelea. No era tonto y necesitaba que lo supiera todo el mundo—. ¿Por qué no me has dicho que te ibas?

Louise sintió que le subía la rabia por la garganta. Normalmente se pensaba mucho todo lo que le decía a John Paul antes de hablar, pero aquella noche tenía la guardia baja.

—No te quería estorbar —dijo.

—¿Qué has dicho?

—Me ha parecido que te divertirías más sin mí.

Él cerró la puerta tras de sí, volviendo a dejar la habitación a oscuras. De pronto Louise no lo veía. Algo en ella se despertó lo bastante como para tener miedo.

—John Paul —dijo, y de pronto tenía sus manos encima, palpándola con tosquedad, tirándole de la ropa para sacarla de la cama.

—¿A quién te has follado? —le preguntó. Hablaba demasiado fuerte. Louise se encogió de miedo. Las voces de abajo se interrumpieron: estaban escuchando.

—Chiiist —le dijo ella, acordándose demasiado tarde de que el hecho de que le chistaran era una de las cosas que hacían explotar a John Paul; decirle que bajara la voz era peor que darle una bofetada en la cara. Se lo había dicho textualmente.

—No me hagas callar —gritó—. Te he hecho una pregunta. A quién te has follado.

Vino una risilla de abajo.

—A nadie, a nadie —susurró Louise en tono urgente. John Paul la estaba agarrando cada vez con más violencia por el cuello del polo.

—¿Seguro? —dijo—. Porque sé que eres capaz. Lo he visto.

Una vez, pensó ella. Una vez. En su primera semana juntos. Llevaba dos meses en el Union College. Tan borracha que apenas se acordaba. Tan borracha que había obrado mal.

—John Paul —dijo Louise—, me he ido a la cama. Estaba cansada.

Él la tuvo agarrada tres segundos más, respirándole en la cara. Luego, lentamente, la soltó. Dejó caer los brazos y dio un paso tambaleante hacia atrás.

A Louise se le estaba acostumbrando la vista a la oscuridad. La luz de la farola en el exterior arrancó un destello de las gafas de John Paul. Ahora este le puso las manos en la cintura y agachó un momento la cabeza. Luego la apartó y se desplomó en la cama, en sentido diagonal, ocupando demasiado espacio. Sin dejar sitio para ella.

Louise lo miró. No quería despertarlo. No quería provocar su ira otra vez. Podía dormir en el suelo. O podía volver a salir al frío, meterse en su coche de la empresa, confiar en que arrancara, en que hubiera alguna gasolinera abierta a aquella hora. Podía hacer todo el trayecto de vuelta al Garnet Hill Lodge. Dejar atrás a John Paul para siempre.

En el vientre le ardía una llamita de ira.

—Ojalá te mueras —le dijo sin poder contenerse.

Ahora lo tenía encima. Agarrándole la camisa con la mano izquierda. Con la derecha le dio un puñetazo, dos, mientras Louise agitaba los brazos, intentando protegerse la cara. Luego ella propinó una patada. Se cayó al suelo. Se quedó en posición fetal, protegiéndose la cabeza y tratando de hacer lo mismo con el estómago. Él le dio una patada fuerte en la espalda.

«No llores —se dijo a sí misma—. No llores.»

Era un instinto enfermizo, diseñado para sacrificar el cuerpo al servicio del orgullo. No soportaba la idea de que aquellas chicas de abajo, con su ropa de fiesta, la oyeran recibir una paliza.

Encima de ella, John Paul jadeaba.

—Dilo otra vez —dijo.

Louise guardó silencio.

Esperó un momento largo. Repasó mentalmente una lista de tareas: tenía las llaves del coche en la mesilla de al lado de la puerta de la casa. Su bolso estaba en el suelo junto a la cama, pero lo dejaría. Costaría demasiado encontrarlo a oscuras.

—Di «Ojalá te mueras, John Paul» —repitió él—. Dilo.

Louise dejó pasar un momento en silencio y se le abalanzó contra las rodillas de John Paul con todas sus fuerzas. Era más pequeña que él, pero tenía la ventaja doble de la sobriedad y la gravedad. Al embestirlo, lo hizo caer con fuerza contra el suelo; ella se levantó de un salto —sin que le remitieran el dolor de la cara y la espalda— y bajó corriendo las escaleras. Mientras cogía las llaves de la mesilla, oyó retumbar por las escaleras los pasos de John Paul.

Notó que la miraban desde la sala de estar. No se giró. Abrió de golpe la puerta de la casa y a punto estuvo de resbalar en las escaleras heladas y matarse, pero recuperó el equilibrio. Se metió en el coche de la empresa y trató de arrancar el motor, una vez, dos, tres. Daba muchos problemas para arrancar cuando hacía frío.

John Paul salió de la casa y se lanzó escaleras abajo, y fue el hielo lo que la salvó. A diferencia de Louise, él sí que cayó, con fuerza, y se quedó tirado. Fue entonces cuando arrancó el coche; cuando salió dando marcha atrás a la calle vacía y a oscuras; luego puso la primera marcha, la segunda, la tercera y la cuarta.

Todavía le iba a cien el corazón. El medidor de combustible indicaba que quedaba un cuarto de depósito, quizás un poco más. No le llegaría para volver al Garnet Hill Lodge, eso lo sabía. Y se había dejado el bolso junto a la cama de John Paul.

Se le estaban hinchando los dos ojos, pero el izquierdo era el que peor estaba. Bajó la ventanilla y desprendió de la parte superior del retrovisor lateral un pedazo del hielo que se había formado allí. Se lo puso sobre uno y después sobre el otro.

Le quedaba una octava parte del depósito cuando llegó a las inmediaciones de la salida de Shattuck. Desde allí, el Garnet Hill Lodge quedaba a otra media hora por la autopista y a cuarenta y cinco minutos más por carreteras rurales. Podía ir a su casa, entrar sin que nadie la viera y volver a salir con sigilo antes del amanecer, confiando en que ni Jesse ni su madre la vieran con la cara reventada. Pero, si la veían, pensó… Si la veía Jesse…

Cogió la salida. No tenía alternativa.

Y entonces, mientras esperaba ante el semáforo del final de la salida, tuvo una idea.

Nunca había estado en la Reserva Van Laar en invierno. No tenía ni idea de si pasaban por allí las quitanieves. En los Adirondack, la nieve se acumulaba deprisa y casi nunca se derretía, de forma que en marzo podías acabar hundida hasta las caderas allí donde no la quitaba ningún servicio privado. Pero tenía entendido que la familia pasaba la Navidad allí y desde entonces no había habido ninguna nevada importante.

Y, en efecto, cuando llegó a las dos de la madrugada, se encontró la entrada despejada. Al final del camino para coches dormía la casa enorme y oscura. No había ni rastro de nadie en los terrenos. La luna resplandecía con intensidad y la nieve la reflejaba por todas partes. Se veía bien incluso a aquella hora. Salió del vehículo.

Para cuando entró en Abeto, ya no notaba los pies.

Nada más acceder, buscó a tientas la linterna que se pasaba todo el verano junto a la puerta y se alegró cuando la tocó con los dedos.

Al pasar frente al economato, había cogido de la leñera del porche todos los troncos partidos y ramitas que había podido cargar. Ahora fue hasta la chimenea en desuso que había en una de las paredes de Abeto, uno de los pocos vestigios que quedaban de cuando había sido una cabaña de cazadores.

Enfocó con la linterna el tiro y lo vio bastante limpio, de forma que encendió un fuego con el mechero que le había robado a John Paul, rezando para que prendieran sus ramitas.

Arrastró uno de los camastros y lo puso tan cerca del hogar como pudo sin chamuscarse. Se quitó las botas y los calcetines empapados y lo depositó todo frente al fuego. A continuación colocó allí también los pies y dejó que se le recalentaran. Levantó el colchón fino y flexible de otro de los camastros y se lo echó por encima.

Y se quedó dormida.

Y, por segunda vez en lo que iba de noche, alguien la despertó.

—Levanta —dijo una voz.

Louise estaba desorientada. Al calor del fuego, se le habían hinchado los ojos casi del todo y solo distinguió una figura que sostenía un objeto en cada mano. Uno de ellos parecía una pistola; un brazo extendido la estaba empuñando hacia ella.

—Levanta —dijo la voz por segunda vez.

El dolor que tenía en la espalda y las costillas ralentizó sus movimientos, pero por fin consiguió ponerse de pie.

La figura bajó el brazo.

—¿Louise Donnadieu? —dijo, después de una pausa.

Luego, con el objeto de la otra mano —que resultó ser un extintor—, dedicó un rato que pareció muy largo a rociar espuma sobre las llamas de la chimenea, hasta que el frío y la oscuridad regresaron a la cabaña y ella se puso a temblar otra vez.

En algún momento de aquel minuto de silencio, Louise entendió que la otra persona era T. J. Hewitt.

—Te consideraba lo bastante lista como para no encender una chimenea tan vieja —dijo la mujer—. Podrías haber quemado la cabaña entera.

—No sabía que vivías aquí todo el año —repuso.

—¿Y dónde iba a vivir? —soltó T. J.

—Supongo que pensaba que vivías en el pueblo —dijo ella.

—¿En qué pueblo?

Louise se quedó callada. Estaban empezando a invadirla la vergüenza y los remordimientos. Aquel era el trabajo que más le gustaba de todos los que había tenido y ahora estaba claro que iba a perderlo.

—¿Quién te ha hecho eso en la cara? —preguntó T. J.

Ella no contestó. Se puso de pie y se giró hacia su jefa, que apenas resultaba visible tras apagarse el fuego.

—¿Tienes gasolina? —dijo.

En la cabaña de la directora —que ahora Louise entendió que era también donde vivía—, T. J. encendió un fuego como Dios manda. Su luz y sus sombras reverberaban sobre las paredes circundantes. Le había puesto un filete frío sobre la mitad de la cara y le había dicho que le bajaría la hinchazón. Con el otro ojo, el que tenía abierto, Louise contempló la historia de aquella cabaña: los libros de los estantes, novelas y guías prácticas; los cuadros de las paredes revestidas de madera, grabados descoloridos de osos y pájaros, y mañanas tranquilas en lagos plácidos. En una pared, un mapa del Parque Nacional de Adirondack entero. En otra, un póster de huellas de animales.

T. J. fue a la pequeña cocina anexa a la sala principal y se detuvo frente al fogón, removiendo algo que había en una olla. Louise le miró la espalda. Aquel año tenía una trenza larga que le colgaba sobre ella. El resto del cuerpo apenas era más ancho que la trenza, pero estaba fuerte, de eso no cabía duda. Se pasaba todos los veranos con los músculos de brazos y piernas al descubierto, por encima de los calcetines y por debajo de las mangas de la camiseta. Louise la había visto cargar como si nada con una canoa larga de madera encima de la cabeza: una exhibición de fuerza que le habría resultado difícil incluso a un hombre.

Sí que tenía gasolina, le había dicho T. J., pero estaba al otro lado de la casa de los dueños y, con franqueza, estaba cansada. Le proporcionaría a Louise un sitio para dormir aquella noche y ya llenarían el depósito por la mañana.

Ahora regresó con un cuenco de sopa en una mano y un vaso de agua en la otra. Colocó las dos cosas sobre una mesa baja que había delante de ella. Cogió el filete que tenía en la cara. Lo sostuvo descuidadamente, dejando que goteara jugo, y miró cómo Louise se ponía a comer y a beber.

—¿Qué? —dijo Louise, a quien ya no le gustaba que la miraran con atención en circunstancias normales, y mucho menos con la cara en aquel estado.

—Me preguntaba si necesitas ir al médico.

—No —contestó Louise.

—¿Tienes heridas internas? ¿Te ha dado patadas?

Ella guardó silencio, reconociendo la trampa. La podía esquivar. «¿Quién me ha dado patadas?» Pero, como estaba segura de que se había quedado sin trabajo de todas maneras y de que después de aquello no volvería a ver a T. J., asintió con la cabeza.

—Sí —dijo—. Pero creo que no tengo nada roto por dentro. Lo que más me duele es la cara.

T. J. asintió con la cabeza. Volvió a la cocina para guardar el filete. Louise sabía que a la directora le gustaba la honradez. Era uno de los temas sobre los que se explayaba todos los veranos, cuando empezaban las colonias: «Honradez. Integridad. Vigilancia».

—¿Ha sido tu novio? —le preguntó T. J. levantando la voz por encima del hombro.

—Sí —admitió.

—¿Quieres que lo mate? —dijo T. J., y ella sonrió e hizo una mueca de dolor.

De repente, T. J. se alejó por el pasillo y Louise se preguntó si estaría yendo a acostarse. Pero, al cabo de un momento, regresó con algo. Una fotografía de tamaño grande sin enmarcar.

Tuvo que abrirse el ojo con dos dedos para examinarla. Era una imagen de un grupo de personas de pie en el lado del lago de Autosuficiencia, organizadas en tres filas. En primera había niños y niñas de varias edades sentados; detrás estaban los adultos. Tenían expresión feliz. El fotógrafo los había captado en diversas actitudes mientras hablaban, se reían y se giraban. Solo unos cuantos estaban sonriendo a cámara.

Louise le dio la vuelta a la fotografía. En la parte de atrás, escrito en tinta negra: «Adiós a las Moscas, 1961».

Levantó la vista para mirar a T. J., confundida.

Esta se le sentó al lado en el sofá. Miró la foto con ella. Señaló a una chica alta y flaca, de doce o trece años, de pie al final de la segunda fila.

—Soy yo —dijo—. A la edad que tienen ahora tus campistas. —Señaló al hombre alto que estaba a su lado y que tenía una mano en su hombro—. Mi padre.

—Parece majo —dijo Louise.

—«Majo» no es la palabra adecuada —repuso T. J.—. Pero es un buen hombre. —Luego movió el dedo por la fotografía hasta enseñarle a un niño de unos diez años, sentado con las piernas cruzadas en el suelo en primera fila. Era rubio y tenía una sonrisa de diablillo y un hombro más bajo que el otro—. ¿Lo reconoces? —preguntó. A Louise le sonaba de algo, pero no sabía de qué—. Es tu novio —dijo T. J.

Ella inclinó la cabeza. Abrió al máximo el párpado hinchado. Ahora le estaba lagrimeando. Intentó encontrar un ángulo que le permitiera ver la foto con mayor claridad.

Y en efecto: allí estaba John Paul. Había visto otra foto de él a aquella edad, en la mesa de su habitación del Union College. En la imagen aparecía con otro chico. Louise solo le había preguntado una vez por el susodicho, pero él le había quitado importancia. «Un viejo amigo», le había dicho.

—John Paul McLellan —dijo T. J., con aire de estar sopesando algo. Recordando algo desagradable.

—¿Cómo sabes que es mi novio? —preguntó Louise.

—¿Cómo crees que conseguiste este trabajo? —repuso la otra.

Aquello la hizo callar un momento. No le gustaba considerarse alguien que usaba sus contactos. Todo lo que tenía se lo había ganado ella, hasta que había conocido a John Paul.

—Siempre lo he odiado —dijo T. J.—. No fue decisión mía contratarte. Fue de la familia.

Se puso de pie de golpe y se volvió a alejar por el pasillo. Esta vez, sin embargo, no volvió.

Louise dejó la foto en la mesilla que tenía delante. Se quedó un momento pensando.

Al cabo de un rato, volvió a cogerla.

«1961», decía la inscripción del dorso: el año en que había desaparecido el hijo de los Van Laar.

Examinó la foto con más atención. Había doce personas en la fila de atrás; catorce en la del medio, incluidos T. J. y su padre, un poco apartados a un lado; y diez en la fila de los niños sentados en el suelo. A un lado de John Paul había una chica que debía de ser su hermana, Marnie, con el ceño fruncido, molesta por algo; la misma expresión que había tenido cuando Louise había ido a cenar.

Pero al otro lado de él había algo más interesante: un chico un poco más pequeño que John Paul. De unos ocho años. Tenía una sonrisa de oreja a oreja y los brazos levantados. Una mujer de la fila de detrás —su madre, supuso— le estaba cogiendo las manos y sonriéndole, con la cabeza agachada hacia él.

Y de pronto Louise lo reconoció en un doble sentido.

Era el chico de la foto que tenía John Paul en su mesa. «Un viejo amigo», le había dicho, negándose a contar más.

Y también era Bear Van Laar, el hijo desaparecido de la familia, objeto de todas aquellas historias que se contaban en voz baja en Camp Emerson. Nunca había visto una foto suya.

El fuego que tenía detrás crepitó ruidosamente y le provocó un sobresalto.

Por la mañana se despertó y la foto ya no estaba; su anfitriona le ofrecía el teléfono.

—¿Qué hora es? —preguntó Louise.

—Las diez y media. Has dormido bien.

—Mierda —dijo—. Mierda.

Tenía que estar de vuelta en el Garnet Hill Lodge a mediodía. Todavía tenía el coche del hotel… sin gasolina.

Se levantó de un salto, haciendo una mueca de dolor. Se puso a buscar sus botas a tientas.

—Louise —dijo T. J. con calma—, piensa un momento.

—Me tengo que ir —declaró—. Tengo que trabajar.

—¿Qué les vas a decir cuando te vean la cara así?

Ella hizo una pausa.

—Que estaba esquiando de noche. Y me choqué con un árbol.

—Pues así no te van a dejar trabajar —dijo T. J.—. Y tampoco deberías conducir con el ojo cerrado. Así que es preferible que llames para poner una excusa a que vayas y se la des en directo.

Louise nunca había llamado al trabajo para faltar un día. Era algo de lo que se enorgullecía. Y le parecía que era una de las cualidades que T. J. apreciaba en ella. Una de las razones por las que le caía bien.

—Adelante —dijo la mujer—. Te doy permiso.

Los interrumpió una tos repentina procedente del final del pasillo, lo bastante fuerte como para provocarle un respingo a Louise.

—Ah —dijo T. J.—, es mi padre. Te tendría que haber avisado de que estaba aquí.

—¿Vive contigo? —preguntó ella. El verano pasado se había enterado de que el antiguo director todavía estaba vivo, aunque destituido; pero jamás lo había visto en el centro de colonias.

—Sí —dijo T. J.

Louise lo pensó.

—Si sales y me quedo aquí, ¿necesitará algo de mí?

—No —contestó T. J.—. Tenemos un sistema que funciona bastante bien. Vengo un par de veces al día para atenderlo. Por lo demás, puede estar solo. No necesita gran cosa. —Louise no dijo nada—. Se te ve asustada —añadió, sonriente—. Es tímido, pero no muerde.

Louise se quedó una semana en casa de T. J. Como esta solo atendía a su padre en su habitación —le llevaba comida blanda en una bandeja y salía al cabo de veinte minutos con el cuenco vacío—, Louise solo se cruzó en un par de ocasiones con Vic Hewitt: la primera vez estaba saliendo del baño después de ducharse cuando se encontró a T. J. sacando a su padre de su habitación. Iba caminando detrás del viejo y sosteniéndolo con cuidado: los brazos por debajo de las axilas y las manos fuertemente agarradas sobre el pecho.

Louise ahogó una exclamación sin poder refrenarse y dijo:

—Lo siento, lo siento.

Había algo tan íntimo en aquel momento que se sintió culpable por el mero hecho de verlo. Agachó la cabeza.

—No pasa nada —dijo T. J.—. Pero sal del medio para que lo meta ahí.

Y Louise retrocedió hasta el otro dormitorio para dejarlos pasar. Apenas le vio la cara a Vic.

La primera vez había sido accidental; la segunda vez fue intencionada. Después de que T. J. saliera una mañana, ella se quedó observándola por la ventana hasta que se hubo alejado un centenar de metros y ya era una simple silueta oscura sobre la nieve. Después se quedó muy quieta: le pareció oír voces al final del pasillo, en la habitación de Vic Hewitt.

Se adentró por el corredor, conteniendo la respiración y pisando cada vez con más sigilo. El señor Hewitt tenía la puerta cerrada, pero sin pestillo. Louise vio una rendija minúscula y acercó la cara; a continuación, empujó con los dedos, muy despacio, hasta que distinguió el interior.

Vic Hewitt estaba acostado encima de las mantas, vestido con pantalones de pana y jersey, y con los largos pies descalzos. Era angustiosamente flaco, nada que ver con la figura alta y fornida que T. J. le había señalado en la fotografía en blanco y negro de principios de la década anterior. Estaba mirando el techo, parpadeando.

Louise comprendió que las voces que había oído salían de una radio de gran tamaño que el hombre tenía a la derecha de la cabeza. Un locutor retransmitió un eslogan que ella reconoció de inmediato: «WNBZ, retransmitiendo desde Saranac Lake». Era la única emisora de radio que llegaba al pueblo de Shattuck.

Abrió la puerta un par de dedos más, intentando oír las noticias, cuando de pronto el señor Hewitt habló:

—Hola —le dijo, aunque no había girado la cabeza.

—Hola —contestó ella. No había creído que fuera a oírla.

—¿Quién eres?

—Louise —dijo ella. Silencio—. ¿Necesita algo? —preguntó. Pero el hombre no dijo nada más y Louise se retiró.

Cada día, cuando T. J. salía, se dedicaba a leer los libros de las estanterías; muchos eran manuales y guías prácticas, pero otros eran clásicos de la literatura estadounidense y británica, los típicos libros que a Louise le habían asignado durante su único año de universidad. Leyó *Walden* por puro aburrimiento y Thoreau le resultó irritante: su narcisismo, su tono de superioridad, el hecho de que impartiera consejos tan obvios que resultaban insultantes. Era un rico que jugaba, pensó Louise. Había gente pobre que era mucho más capaz y autosuficiente que él; simplemente tenía la elegancia y la discreción de no jactarse de ello.

—¿Has leído esto? —le preguntó a T. J. cuando llegó; como esta asintió con la cabeza, ella expresó aquellos sentimientos en voz alta.

T. J. estaba abriendo armarios de la cocina, sacando ollas y sartenes.

—Anda —dijo T. J.—. No es tan malo como lo pintas, mujer. —Pero lo dijo sonriendo y ella se quedó convencida de que estaba de acuerdo.

Por las noches jugaban a las cartas —sobre todo al Rummy 500—, casi siempre en silencio, hasta que Louise se sentía lo bastante cómoda e inquieta como para ponerse a hacerle preguntas a T. J. sobre su vida. Algunas las contestaba de buena gana; otras las eludía. Las cosas de las que no quería hablar eran los Van Laar, los hijos de los Van Laar y los invitados que iban a visitar a los Van Laar. Las cosas de las que hablaba sin problemas eran el funcionamiento de Camp Emerson, su pasión por la pesca y la caza, la reparación y el mantenimiento de las edificaciones, los calendarios de siembra y, por encima de todo, su padre. A T. J. le gustaba hablar largo y tendido de Vic Hewitt. Se prodigaba en anécdotas que ilustraban su ingenio, su pericia y su sentido del humor discreto.

De todas las historias que le contó, las que trataban de su progenitor eran las más parecidas a revelaciones sobre los Van Laar, porque en ellas a menudo aparecía Vic corrigiendo o previniendo algún acto de mala gestión de la finca. Pero Louise se fijó en que nunca decía los nombres; de hecho, T. J. parecía preferir fingir que no existían.

Todas las noches, T. J. bebía exactamente un cuarto de vaso corto de whisky de centeno. Siempre le ofrecía. Las tres primeras noches rechazó el ofrecimiento, ya que todavía se mareaba un poco. Pero la cuarta lo aceptó.

Una cosa que admiraba de T. J. era su moderación en lo tocante a la bebida. Siempre el mismo vasito y ni una gota más.

Se animó a adoptar aquella costumbre. En el futuro, cuando tuviera casa propia y fuera madre, si es que llegaba a serlo, si bebía, sería de aquella manera.

La noche en que Louise por fin cogió en las manos el vaso de whisky, la bebida le soltó la lengua y la hizo hablar con libertad, adentrándose en un territorio que siempre había evitado.

—¿Tienes novio? —le preguntó a T. J., que se rio mirando su vaso y dijo que no—. Eres lista —dijo—. No lo tengas nunca.

—No lo tendré —repuso la otra—. Lo prometo. —Y se trazó una crucecita en el pecho con el dedo. Louise se dio cuenta de que le hacía gracia a T. J., de forma intencionada o no. Aquello despertó en ella el deseo de hacer un poco el payaso, de incitar... una parte de su ser que ya casi se había extinguido. Con John Paul, siempre le tocaba interpretar el papel de la mujer seria.

—¿Dónde quieres estar dentro de diez años? —preguntó Louise.

—¿Me estás entrevistando? —T. J. se reclinó en el respaldo de su silla, con las rodillas abiertas, el mentón apuntando hacia abajo y señalando el suelo con los naipes.

—Sí —dijo ella. Y le repitió la pregunta, esta vez sosteniendo con la mano un micrófono invisible, que luego movió en dirección a la otra.

—Muy bien —repuso T. J. Dejó su mano de cartas boca abajo en la mesa—. Me gustaría estar en el norte. Viviendo de la tierra. Creo que me gustaría intentarlo una temporada.

—¿Sola? —dijo Louise, dirigiéndose a su micrófono invisible.

T. J. asintió con la cabeza.

—¿En una casa? ¿Una tienda de campaña? ¿Una cueva?

Ahora aquella se estaba riendo.

—Guarda el micrófono —le dijo.

Louise negó con la cabeza.

—Me temo que no puedo, señora —contestó—. No me lo permiten mis productores.

—¿Quiénes son tus productores?

—Mike y... Chuck. —Cogió el vaso medio vacío de whisky con la mano que tenía libre y lo vació de un trago. Quería más. Le estaba pasando algo en el vientre que reconoció como deseo. Aquello la sobresaltó. Nunca había deseado a una mujer, pero T. J. le parecía algo distinto a un hombre o una mujer, algo completamente separado de aquellos términos. Tenía una cara interesante, pómulos marcados, labios carnosos y mentón fuerte. Las espaldas anchas y una constitución alta y delgada. ¿Qué edad tendría? Basándose en la foto que le había enseñado y haciendo algunos cálculos, seguro que veintimuchos. Le debía de sacar unos cinco o seis años. También era mayor que John Paul.

—Muy bien —dijo T. J.—. Hablaré. Pero sin micrófonos. —Se levantó de repente y echó a andar hacia la cocina, diciendo por el camino—: Tengo una cabaña en un lago del norte. Dentro del parque.

Abrió y cerró un armario. Volvió a la sala de estar con la botella de whisky y se sirvió a sí misma. Era la primera noche que bebía más que un cuarto de vaso, pero Louise no se alarmó. Al contrario: aquello la animó, un chispazo de energía recorrió su espalda. Levantó su vaso para pedir más también.

—Mi familia la construyó hace mucho tiempo. La hemos tenido desde entonces —continuó T. J., dirigiéndose a la pared, donde colgaba el mapa del Parque Nacional de Adirondack. Señaló un lago que quedaba a unos ochenta kilómetros al norte de allí; el sitio estaba marcado con una chincheta. Luego volvió a sentarse en su silla, delante de Louise. Dejó el whisky en la mesa entre ambas—. Antes subíamos un par de veces al año para cazar. Mi padre y yo. No es ninguna maravilla, pero tiene cuatro paredes, un techo y una estufa para el invierno. Solo se puede llegar en canoa, para lo cual antes hay que cargar con ella por un sendero de un kilómetro y medio que hoy en día está invadido por la maleza.

—¿Está en una isla? —dijo Louise.

T. J. asintió con la cabeza.

—¿Por qué la construyeron en una isla?

—Porque hay buena pesca —contestó la otra—. Y se ven todos los alrededores.

—¿Para defenderse de los indios? —Llevaba casi toda la vida oyendo historias de los algonquinos y los iroqueses que cruzaban la región para cazar. Ninguno de ellos se había asentado de forma permanente para cultivar la tierra de los Adirondack; los europeos habían sido los tontos que lo habían hecho por primera vez, llevados allí por la sobrepoblación de Nueva Inglaterra y la mentira gubernamental de que abundaba la tierra cultivable.

—No —dijo T. J., mirándola con cara extraña—. Para cazar.

—Louise intentó imaginar qué animales comestibles habría en

una isla—. Hay una población de ciervos que va y viene —añadió, leyéndole la mente—. Nadan muy bien. Y también aves acuáticas. Ardillas, si tenemos mucha hambre. Pero, sobre todo, lo que hacemos es pescar.

—¿«Hacemos»? ¿Quiénes? —preguntó Louise y se arrepintió en cuanto vio que le cambiaba la cara a T. J. Se había estado refiriendo a su padre. Acordándose de los viajes que hacía con él antes de su derrame cerebral.

La mujer dio un sorbo de whisky. Ella se fijó en que no hacía ninguna mueca al beber; aguantaba el licor en la boca un momento antes de tragárselo en silencio.

—Bueno —dijo T. J.—, supongo que debería irme a la cama.

—No —repuso Louise. La otra enarcó las cejas—. ¿No te puedes quedar un poco más? —preguntó—. Todavía tengo el vaso lleno.

T. J. asintió con la cabeza. Se quedó un momento mirándola a los ojos y por fin se puso de pie, rompiendo el contacto visual. Fue dando zancadas a la cocina y abrió el grifo para añadir agua a su whisky. Luego se giró y se apoyó en la encimera de la cocina, lejos de Louise, pero dentro de su visión.

En las pocas ocasiones en que ella se emborrachaba o se achispaba, se volvía consciente de su aspecto de una forma que le resultaba excitante o inquietante, dependiendo de con quién estuviera. Su cuerpo y su cara a veces eran activos a su favor y otras eran obstáculos. Aquella noche se alegró de tenerlos, pese al ojo morado. O quizás debido a él. Le gustaba sentir las miradas que le dirigía T. J. por encima del borde del vaso. Louise era consciente de estar comportándose de forma irresponsable. Pero aquella noche tenía el impulso de hacer lo que no debía.

Se puso de pie, se desperezó, permitiendo que se le subiera la camisa por encima de la cintura, y entró en la cocina.

T. J. estaba de pie frente al fregadero y no se movió al acercarse Louise.

—Yo también debería beber un poco de agua —dijo. Puso el vaso debajo del grifo abierto y dejó que se desbordara. Tenía el costado junto al de T. J. Se giró y se apoyó también en la encimera, demasiado cerca de T. J. como para fingir que era una proximidad accidental. Los flancos y los brazos se estaban tocando.

—Louise —dijo T. J. Negó con la cabeza, mirando el suelo.

—¿Qué?

Entre ambas circulaba ahora una corriente eléctrica, una vibración que iba y venía entre los cuerpos. Ella la notaba. Sin saber por qué, estaba segura de que T. J. también. Eran animales, pensó, y la idea casi la hizo reír. Los seres humanos eran animales. Tenían los mismos instintos y la misma capacidad para comunicarse entre líneas y al margen del lenguaje.

Louise giró el cuerpo para encarar a T. J. de perfil. Le puso una mano con delicadeza en la espalda baja. Era el primer gesto que hacía que no dejaba lugar a dudas.

—Soy tu jefa —dijo T. J.—. Trabajas para mí.

Louise no dijo nada.

T. J. se apartó de golpe de la encimera y se alejó por el pasillo. Asomó la cabeza a la habitación de su padre para ver si estaba bien y siguió adelante hasta cerrar la puerta de su dormitorio. Se apagaron las luces.

Louise se quedó acostada en el sofá, viendo apagarse las últimas llamas del fuego. Cerró los ojos con fuerza. Estaba intentando no llorar. Si tenía suerte, T. J. le permitiría olvidar lo tonta que había sido.

Ya solo quedaban ascuas al otro lado de la rejilla.

Pronto la sala estaría a oscuras del todo. Y luego llegaría la mañana.

LOUISE

Invierno de 1973

T. J. nunca volvió a hablar de aquella noche.

Se pasaron el resto de la semana juntas, esperando a que se le curara la cara, y por fin Louise regresó al Garnet Hill Lodge. A mediados de primavera recibió una llamada telefónica de su jefa pidiéndole confirmación de su participación en la edición de aquel verano de las colonias y se la dio gustosa. Lo único que cambió a partir de entonces fue que T. J. la invitaba de vez en cuando a conversar en la cabaña de la directora.

En algunos sentidos la atracción que había sentido Louise por ella se redujo y en otros se hizo más fuerte. Notaba en T. J. dos fuerzas enfrentadas: la furia y el poder para controlarla. Pese a que sabía que estaba mal, las dos le resultaban igualmente atractivas.

Cuando no estaba alerta, a veces su mente se ponía a fantasear con la idea de vivir con T. J. De dirigir las colonias juntas. De cuidar de su padre cuando ella se lo pidiera. En Shattuck había dos mujeres así: dos exprofesoras del sur del estado que se habían ido a vivir juntas a las afueras del pueblo. Una llevaba el pelo canoso recogido en dos trenzas largas; Louise la veía a veces en la tienda de comestibles. Nadie les hacía muchas preguntas. Tampoco hablaban nunca de sí mismas.

Pero aquellas fantasías no duraron mucho.

Porque, una noche en que estaba saliendo de cenar en el hotel, dos semanas después del incidente con John Paul, el empleado que atendía el mostrador de recepción le entregó un sobre.

Esperó hasta estar de vuelta en su pequeña habitación para abrirlo. Se sentó en su cama individual dura y leyó la carta, que ya había sabido que era de John Paul nada más verla.

En ella le pedía perdón: «Llevo sin probar el alcohol desde aquella noche. No me puedo creer lo que hice. Mi madre estaría completamente avergonzada de mí. Quiero ser mejor».

Terminaba preguntándole si podía verla para disculparse en persona. Entendería que ella no quisiera volver a dirigirle la palabra, pero tenía que preguntárselo por lo menos, decía.

Al final de la página, había dibujado una flecha. Le dio la vuelta a la carta: «P. D.: No te preocupes; no le he contado nada a nadie».

Louise la dejó sobre la cama.

No contestaría. Con suerte, allí se acabaría todo.

Una noche de aquella misma semana, alguien llamó a la puerta. Al abrir se encontró con una de las instructoras de esquí. Tenía una sonrisilla en la cara.

—Tienes visita —le dijo—. Te está esperando en la sala de empleados.

Cuando entró, John Paul estaba solo, sentado a la mesa redonda que había junto a la cafetera eléctrica. Estaba inclinado hacia delante, con los codos sobre las rodillas y una pierna vibrando de nerviosismo. Al entrar Louise, puso la espalda muy recta.

Tenía un aspecto terrible. Peor que el de ella. A dos semanas del incidente, ya casi se le había curado la cara. Ya no le dolían las costillas ni la espalda, aunque le quedaba un moretón de gran tamaño en el costado, de color violeta pálido. John Paul, en cambio, tenía unas ojeras oscuras y el pelo hecho un desastre.

—Dios —dijo cuando la vio. Se tapó la cara con las manos. A Louise el gesto le recordó a su hermano Jesse cuando intentaba no llorar. Y, en efecto, cuando las apartó, le caían abiertamente las lágrimas por las mejillas. Se quitó las gafas. Se secó la cara.

Se puso de pie y ella retrocedió por instinto, posicionándose detrás de una silla. Había dejado la puerta abierta a propósito. Echó un vistazo por encima del hombro, preguntándose lo fuerte que tendría que chillar para que viniera alguien corriendo.

John Paul, quizás notando su miedo, se volvió a sentar lentamente.

—¿Podemos ir a algún sitio más privado? —preguntó él.

—No —dijo Louise.

—¿Podemos sentarnos por lo menos?

De mala gana, ella cogió la silla de delante.

Básicamente, le dijo lo que ya le había dicho en la carta. Añadió que había ido a una reunión de un programa llamado Alcohólicos Anónimos, del que Louise había oído hablar en algún lado, aunque no se acordaba de dónde.

John Paul continuó: ella era la mejor parte de su vida. La respetaba más que a nadie. Más que a su familia. Le gustaban su independencia y su naturaleza emprendedora. Le parecía más lista que ninguna otra chica que hubiera conocido.

Quería que Louise le diera otra oportunidad. Se la estaba suplicando. Empezarían despacio, le dijo; pero iba en serio con ella. Su plan era que se casaran. Juntos, le dijo, podrían vivir una vida provista de sentido y de valor. Tendrían hijos. Y una casa bonita.

Le dijo que su hermano Jesse podía ir a vivir con ellos.

Louise se preguntó por primera vez si él había leído sus diarios. Había reproducido con tanta exactitud sus esperanzas secretas que se asustó.

—No necesitas contestarme ahora —dijo John Paul—. Solo te estoy pidiendo que te lo pienses. —Ella no dijo nada—. Podríamos tener una buena vida juntos —concluyó. Luego se puso de pie, con los hombros caídos y la cabeza gacha, y levantó dos bolsas de papel que tenía en el suelo—. Ten. Te he traído comida.

Cerró la puerta suavemente tras de sí al salir.

«Mierda», pensó Louise.

El problema era que la comida era demasiado complicada de preparar. Eran exquisiteces caras, las típicas cosas que seguro que compraba la madre de John Paul para su familia cuando eran pequeños. Había un chuletón, brócoli, gambas y tres naranjas hermosas. Una hogaza de pan y mantequilla envasada de una forma que ella no había visto nunca, además de un cartón grande de leche. Y también una tarta —un bizcocho Bundt entero— en una caja blanca.

Tenía hambre. Arrancó un pedazo de bizcocho y se sentó, masticándolo.

Miró de reojo el fregadero con dos hornillos eléctricos que constituía su cocina compartida. Podía montar un banquete con los demás empleados del hotel. Pero era su noche libre y tuvo una idea mejor.

La casa de su madre era un rectángulo blanco. Dos plantas pequeñas unidas por una empinada escalera central. Cuando llegó, a las seis y media, estaba oscuro y en silencio. En una ventana de abajo vio el parpadeo azul de la tele. En una de arriba, una lamparilla encendida. La habitación de Jesse.

Una vez dentro, dejó la comida en la mesa de la cocina. Hacía diez minutos había tenido que frenar en seco en un cruce de calles y había provocado que las gambas se salieran de su papel encerado y acabaran desparramadas por todo el suelo cubierto de sal para la nieve. Había puesto el coche en punto muerto y las había recogido, sabiendo que las cocinaría de todas maneras.

Jesse no las había probado en su vida.

Llenó una olla de agua y puso las gambas en remojo.

Mientras lo hacía, notó un olor.

Siguió el aroma hasta las escaleras —pasando junto a su madre, dormida en su sillón abatible— y subió.

«Por favor, no», pensó.

Abrió la puerta de Jesse sin llamar.

Su hermano la había oído llegar. Había abierto una ventana y había guardado a toda prisa lo que estaba fumando, pero ahora la miró con expresión culpable, los ojos desprovistos de su habitual curiosidad y entrecerrados por las sustancias químicas que ahora le corrían por el flujo sanguíneo.

—¿Dónde está? —dijo Louise.

—¿El qué? —preguntó Jesse.

—No me mientas. No me mientas nunca. No soy mamá. Estoy de tu lado.

Él no dijo nada. Se quedó sentado en la cama, abrazándose las rodillas.

Ella miró en la pequeña papelera que tenía junto a su escritorio y lo encontró de inmediato: un porro mal liado y apagado a toda prisa, todavía caliente. Aún capaz de pegar fuego al contenido del recipiente.

—Idiota —le dijo Louise, arrepintiéndose de inmediato, porque cuando miró a su hermano vio que estaba llorando—. Por Dios, Jesse. —Fue a toda prisa hacia él, se le sentó al lado y lo abrazó contra su cuerpo—. ¿De dónde lo has sacado?

El niño se encogió de hombros. Ella lo apartó de sí y lo cogió de los hombros. Tenía la cara roja. Estiró una mano y le puso el dorso de dos dedos sobre el ojo izquierdo, todavía un poco magullado e hinchado. Solo entonces se acordó de que ella también tenía explicaciones que dar.

—Vamos —dijo Louise—. Mamá está durmiendo.

En la planta baja, lo hizo sentarse a la mesa y le dio un vaso grande de agua.

—Bébetelo —le ordenó.

Luego se puso a cocinar. Puso una olla con agua en el fuego para hervir el brócoli. Salpimentó el chuletón y lo colocó en la sartén para freírlo en mantequilla. En otra echó las gambas limpias.

—¿Has probado las gambas, Jesse? —dijo con orgullo.

—Sí —contestó él.

—¿Quién te las sirvió?

—La madre de Howie.

Un amigo de la escuela a quien sus padres ya no le dejaban jugar con Jesse.

—Pues no eran tan buenas como las mías —dijo Louise, a sabiendas de que no era verdad.

Se giró, vio que él tenía el vaso vacío y se lo volvió a llenar.

Lo único bueno de tener a un niño de nueve años fumado era el placer con que se comía todo lo que le cocinaban. Jesse cerraba los ojos, echaba la cabeza hacia atrás y emitía gruñidos de satisfacción entre bocados. Estaba todavía más flaco que la última vez que lo había visto y el rápido inventario que hizo Louise de la cocina le dijo por qué.

—¿Cuánto tiempo llevas fumando maría? —preguntó.

—No mucho —dijo Jesse—. Un mes o dos.

—¿De dónde la has sacado?

—De un chaval de la escuela.

—¿Lo conozco?

—No.

—¿Cuántos años tiene?

—No estoy seguro. Va a octavo.

—¿Conozco a sus padres?

—No. Es de Minerva.

Louise masticó. El chuletón estaba delicioso. Se alegraba de no haberlo estropeado.

—Jesse, ¿cómo la has pagado? —Él no contestó—. No estarás vendiendo, ¿verdad? —le preguntó.

—No —dijo él—. No, Louise. Lo juro.

Ella lo creyó, de momento. Su hermano era tímido hasta el punto de la incapacidad social. No se lo imaginaba vendiendo nada. Pero la idea de que un chaval de octavo le diera algo gratis..., aquello tampoco le cuadraba para nada.

Se oyó un ruido procedente del pasillo y los dos levantaron la vista. Era su madre, apoyándose con una mano en cada pared. Tenía el pelo sucio y los ojos entrecerrados para resguardarse de la luz que colgaba de una cadenilla sobre la mesa de la cocina. La cara pálida, el gesto de la boca torcido. Se les acercó despacio, apoyándose en las encimeras, y después giró hacia los armarios, que se puso a abrir uno detrás de otro en busca de algo para comer.

Sacó una caja de galletas rancias y se metió unas cuantas en la boca. Fue al fregadero y abrió el grifo, llevándose la mano ahuecada a los labios para beber.

Luego, sin decir palabra a sus hijos, regresó lentamente hacia el sillón abatible de la sala de estar, que era su hogar durante la mayor parte del tiempo.

Louise miró a Jesse. Estaba volviendo en sí. La comida y el agua lo habían reanimado. Tenía la cara menos roja. Se le estaban abriendo los ojos. Rehuía la mirada de Louise y se dedicó a mirar a la pared y después al suelo.

—Jesse —le dijo ella—, deja de hablar con ese chico. Y deja de fumar la maría que te da.

—¿Por qué? —preguntó. Cogió una miga que había sobre el mantel.

—Porque te voy a llevar a vivir conmigo —soltó ella—. Y no puedo hacerlo si estás en la cárcel.

—¿Cuándo? —quiso saber él.

—Pronto.

—¿Cómo? —dijo Jesse incrédulo.

Hubo una larga pausa mientras Louise se planteaba decírselo. Si lo hacía, ya no podría retirarlo. Siempre había hecho lo posible para no darle falsas esperanzas a su hermano. Para cumplir todas las promesas que hacía, a diferencia del resto de los adultos de la vida de Jesse.

Cogió una gamba de su plato. Le quitó la cola y hurgó en su piel translúcida para sacarle la vena. Había sido John Paul, en un restaurante, quien le había explicado qué era realmente eso.

Masticó.

—Estoy comprometida —le dijo.

Jesse la miró.

—¿Con John Paul? —preguntó él.

—¿Con quién iba a ser si no? —Él evitó su mirada—. Jesse —dijo Louise. Su hermano se puso de pie. Llevó su plato al fregadero—. ¿Qué? ¿No me vas a felicitar?

—Felicidades. —Y salió de la cocina, dejándola sola.

—Prométemelo, Jesse —dijo ella, levantando la voz—. No más hierba. —Pero se dio cuenta de que la autoridad que había ejercido sobre él se había reducido, o bien había desaparecido del todo.

VI
SUPERVIVENCIA

JUDYTA

—————

Agosto de 1975: día 2

Le está sonando la alarma.

Judy abre los ojos y los vuelve a cerrar. Solo un momento más, piensa.

—¡POR EL AMOR DE DIOS, JUDY! —grita alguien desde la habitación de al lado. Es su hermano, furioso—. ¡SON LAS CUATRO Y MEDIA DE LA MADRUGADA!

Empieza su día.

Necesita mudarse. Lo sabe. Tiene dinero; lo único que le hace falta son agallas para decirles a sus padres que va a romper una regla tácita. Entre las familias polacas de Schenectady, en Nueva York, las chicas que se van de casa antes de casarse son una rareza en el mejor de los casos y un escándalo en el peor.

El año pasado se compró con su dinero un Volkswagen Super Beetle verde con el techo corredizo. Le salió caro —y además su padre lo declaró un coche poco práctico—, pero a Judy le hace sentirse independiente. Y tiene una radio buena, un añadido en el que ahora se alegra de haber insistido. Le sirve para mantenerse despierta durante las dos horas del trayecto a la Reserva.

A las siete, cuando llega, descubre que está entrando a trabajar antes que Denny Hayes. Técnicamente, el turno B empieza a las ocho de la mañana, lo cual significa que le queda una hora por delante para prepararse el día.

Un policía estatal dormita en una silla plegable que hay delante de la cabaña de la directora, ahora convertida en centro de mando.

Judy pone la mano en el picaporte de hierro forjado, lo gira y empuja la puerta antes de que el hombre abra los ojos.

—Buenos días —saluda.

—Oh —dice el agente, despertándose—. ¿Insignia?

El puesto de mando se ha establecido de la noche a la mañana. Se han arrumbado los muebles contra las paredes de la sala o se han metido en la cocina; en su lugar se han colocado unas cuantas sillas y mesas plegables.

En una pared hay una pizarra grande con ruedas.

Alguien ha trazado una línea vertical de tiza en mitad de la superficie. A su izquierda, en la parte de arriba, ahora pone «Bear Van Laar». A la derecha, «Barbara».

Judy se queda en el centro de la sala, observando lo que la rodea.

Las paredes están decoradas con pequeños grabados de perros llevando a cabo actividades humanas diversas: jugando al póquer, cazando o cortejándose. Las imágenes están arrugadas y marchitas como resultado de su larga batalla contra la humedad del aire del lago contiguo. La casa entera tiene pinta de que la decoraron con meticulosidad y miramiento hace treinta años y nunca más la han vuelto a retocar. Una cápsula temporal de la época de la Segunda Guerra Mundial.

La única imagen enmarcada que no es de temática canina es un mapa del Parque de Adirondack. Alguien ha clavado una chincheta en la ubicación de Autosuficiencia, a orillas de lago Joan, cerca del monte Hunt.

En un rincón hay un archivador —que supone que ha traído la gente de la OIC—, además de varias cajas con carpetas, papel y bolígrafos. También hay cajas de archivo, cinco, cuyas etiquetas no puede leer desde el otro lado de la sala.

A solas en el puesto de mando, Judy camina hacia ellas. Se agacha.

«Peter Bear Van Laar IV», dice la inscripción de una.

Dentro hay decenas de fotografías. Muchas son del niño durante el que debió de ser el año previo a su desaparición. En una se lo ve sonriendo de oreja a oreja, sosteniendo en la mano un pez que ha pescado; en otra, aparece mirando pensativamente a lo lejos, cogido de la mano de una mujer que Judy reconoce como su madre.

A su pesar, se sorprende al borde del llanto, tragándose el nudo que se le ha formado en la garganta. Hay algo en la expresión de la señora Van Laar que le recuerda a su madre; ese amor tan feroz a sus hijos que a veces parece una carga.

A las 7:50 Judy vuelve a ordenar el material y tapa la caja justo antes de que entre en el puesto de mando el capitán LaRochelle.

Lo primero que hace este en la sesión informativa matinal es señalar la pizarra, donde están escritos los nombres de los dos niños.

—¿Quién ha hecho esto? —dice.

Todos se miran. Nadie reconoce ser el autor.

—Quizás ha sido alguien del turno A —comenta alguien.

El capitán LaRochelle frunce el ceño.

—Sea quien sea quien lo ha hecho —dice—, que no se repita. —Coge un borrador. Se pone a limpiar la pizarra—. Estamos buscando a Barbara Van Laar. El caso de Bear está cerrado.

Sin quererlo, a Judy se le va la mirada al rincón donde están las cajas de archivo llenas de pruebas.

Con la pizarra ya en blanco, LaRochelle se pone a escribir.

Su sospechoso principal —que en ese momento todavía es John Paul McLellan— ha salido en libertad bajo fianza y está esperando su vista judicial por conducir bajo los efectos del alcohol y por posesión de una sustancia ilegal. Debido a su condición de sospechoso de otro crimen, el juez de su caso ha aceptado incluir una cláusula en los términos de su fianza que le prohíbe salir del país; está refugiado hasta su próxima vista en un hotel local.

Louise Donnadieu —a quien John Paul acusa de haberle pedido que se deshiciera de la bolsa de ropa— sigue retenida en una celda de Wells. La vista judicial de su fianza será hoy. LaRochelle le dirá también al magistrado de su caso que, a la hora de fijar la fianza, tenga en cuenta el hecho de que la están investigando por la desaparición de Barbara Van Laar.

Lee Townson, la otra persona a quien ha mencionado John Paul, sigue en paradero desconocido. Se ha emitido una orden de búsqueda de su coche en los estados de Nueva York y de Colorado, adonde se rumorea que ha huido.

Los agentes forestales tampoco han localizado todavía a la figura desconocida del bosque descrita por la campista llamada Tracy Jewell.

—Incluso podría ser un excursionista —dice LaRochelle—. La chica no estaba lejos del monte Hunt cuando esa persona sin identificar le proporcionó ayuda. Pero vamos a seguir buscando.

Judy escucha, intentando prestar atención. Pero le está empezando a pesar lo tarde que se acostó y lo temprano que se ha levantado, y se tiene que poner el puño debajo de la barbilla para apoyarla. Denny Hayes la mira desde el otro lado de la sala y ella pone la espalda recta.

A continuación, LaRochelle detalla los resultados del trabajo que hicieron durante la noche los turnos C y A. Al parecer, tienen otra pieza del rompecabezas de quién puede ser el novio de Barbara: una tal Susan Yoder, directora de la escuela Emily Grange, ha contado que la chica recibió a un visitante masculino en su habitación. El episodio la metió en líos. A un testigo le pareció que era un chico del pueblo, pero ella no lo quiso decir. Va a seguir la pista el mismo detective del turno C que se enteró de este dato.

—A ver —continúa LaRochelle—, ¿quién me trajo la pista de las paredes pintadas? —Un poco avergonzada, Judy levanta la mano—. Fue una idea brillante —le dice—. Mirad esto. —Camina a una mesa donde hay desplegados unos guantes y una caja. Se pone los guantes y saca de la caja un objeto procedente de la casa de Albany—. Es un cuaderno de dibujo —les indica—. La mayoría de su contenido parece insignificante: garabatos de corazones, notas musicales, lunas y estrellas. Pero hacia el final hay algo interesante.

Levanta el cuaderno para que lo vean.

En la página abierta hay un croquis sorprendentemente bien hecho de una habitación con varios muebles dentro. Una cama, una cómoda y una mesilla de noche. Detrás de la cama hay una pared, y en ella, algo que parece el diseño de un mural.

Judy frunce el ceño, intentando acordarse de por qué le suena el dibujo. Por fin se acuerda: es la habitación de Barbara en Autosuficiencia.

La de las paredes recién pintadas.

El capitán LaRochelle se lo confirma a los demás detectives. Y añade:

—No hemos visto nada sospechoso en la página que os estoy enseñando. A esta escala tan pequeña cuesta distinguir muchos detalles del mural. Pero tenemos la esperanza de que, si quitamos la pintura rosa de la habitación de Barbara, saldrá a la luz algo interesante.

Han encontrado a una restauradora de la Hyde Collection que va a venir a echar un vistazo, dice. Con suerte, podrá quitar una capa de pintura sin dañar la que hay debajo.

—Y para terminar… —dice LaRochelle.

A última hora de anoche, alguien del servicio doméstico entregó a la OIC una lista completa de todos los invitados alojados en la Reserva y T. J. Hewitt, la directora de las colonias, les pasó otra de todos los niños inscritos y de los empleados. Les enseña un montón de carpetas de papel manila. Ha hecho fotocopias de ambas listas para todos. Quienes ya han sido interrogados tienen una marca al lado del nombre. A los demás, dice LaRochelle, hay que entrevistarlos a todos, ya sea en persona o —en el caso de los niños a quienes sus padres ya han recogido— por teléfono. Hoy se asignará un segmento de población de las colonias a cada detective de los que están en la sala.

Les reparte las carpetas.

—Hoy quiero notas útiles —dice—. Que sean legibles. Quiero declaraciones firmadas, si las podéis conseguir. Y quiero que trabajéis rápido. Ya han pasado más de veinticuatro horas desde que desapareció Barbara Van Laar. —Se detiene delante de Denny Hayes—. Hayes, a partir de ahora llevarás la mesa de coordinación.

Le da la última carpeta a Judy. Pero, cuando ella mira los papeles de dentro, no encuentra su nombre al lado de ningún segmento de la lista. Se pregunta si ha de mencionarlo. Pero, antes de que tenga ocasión, LaRochelle se dirige a ella:

—Detective Luptack —dice—, hoy te encargarás de hacer un mapa de la casa y de los terrenos. Y de etiquetar cada estructura y cada habitación con el nombre de quienes las ocupaban durante las horas de la desaparición de Barbara.

Denny Hayes le hace una seña cuando está saliendo del centro de mando.

—Espera —le dice—. Te acompaño.

Los dos juntos ponen rumbo a Autosuficiencia; Judy lleva sus nuevas posesiones debajo del brazo. Va arrastrando muy ligeramente los pies.

Hayes le echa un vistazo.

—¿Cansada? —le pregunta.

—No.

—No hace falta que vengas tan temprano —dice él—. Nadie te va a dar puntos extra.

—Vale —contesta ella.

—Me dijiste que vives con tus padres, ¿no?

—Sí.

—¿Dónde?

Judy vacila. Nunca le ha dicho a ninguno de sus nuevos colegas la distancia que recorre a diario y le preocupa que el hecho de revelar la gravedad de la situación los lleve a cuestionar su capacidad para hacer su trabajo.

Por fin se decide por una respuesta:

—En Schenectady. Pero estoy a punto de mudarme.

Denny suelta un silbido.

—¿Schenectady? No me extraña que te estuvieras quedando dormida ahí dentro.

—No me estaba… —Judy oye el tono defensivo de su voz. Vuelve a empezar—: Estoy bien. Nunca he necesitado dormir mucho.

Él parece escéptico.

—Vale —dice.

Caminan un momento en silencio y por fin ella le pregunta a Hayes una cosa que la lleva intrigando desde la reunión de esta mañana.

—¿Cómo es que han soltado a McLellan antes que a la monitora, Louise? —pregunta Judy.

—¿A ti qué te parece? —dice Denny.

Contactos. Dinero. Padre abogado. Hayes ha averiguado algo más: además de ejercer de abogado principal del banco de los Van Laar, McLellan padre fue quien representó personalmente a la familia durante la desaparición de Bear Van Laar en 1961.

Judy frunce el ceño.

—¿Eso no es raro? —dice—. ¿Que un abogado de empresa se ocupe de un caso criminal?

Hayes se encoge de hombros.

—Todo el mundo tiene el derecho legal a elegir la representación jurídica que quiera. He visto a gente representarse a sí misma —dice—. Los más arrogantes. —Los dos levantan la vista hacia la casa enorme que tienen delante—. ¿Por quién te decantas? —pregunta.

—¿Quién creo que lo ha hecho?

—Sí.

Ella lo piensa.

—McLellan.

—Yo también apuesto por él.

Ha tenido menos de una hora para mirar el expediente Van Laar de 1961 antes de que llegara Hayes, pero ese rato ha bastado para despertar su curiosidad acerca de un punto.

—Me estaba preguntando una cosa —dice. Hace una pausa y reformula sus pensamientos—. Ayer, cuando aquel detective preguntó por Jacob Sluiter...

—¿Sí?

—Pues es que esta mañana he mirado el expediente de Bear Van Laar y he visto que en aquel otro caso también figuraba como sospechoso. —Hayes deja de caminar. Judy lo mira—. Parece mucha coincidencia, ¿no?

Por un momento, le parece que él va a desestimar su pregunta. ¿Qué dijo el otro día LaRochelle? «No busques una cebra.»

Pero al final Hayes suspira.

—Pues sí —dice—. Yo también lo he estado pensando. —Y añade—: Entre nosotros... He sido yo quien ha traído el expediente de Bear. Ese que parece que has estado mirando. Yo he escrito su nombre en la pizarra. Y creo que LaRochelle se está equivocando, que va completamente desencaminado al considerar cerrado ese caso. Todo el mundo en esa sala, salvo él, estaba pensando lo mismo.

Judy lo mira.

—¿Y por qué crees que el capitán tiene una idea tan distinta? —le pregunta.

—LaRochelle fue el teniente a cargo del otro caso —dice Hayes—. Fue él quien promovió la teoría que la familia y la prensa terminaron aceptando. Resolver el caso Van Laar le cambió la carrera. Ascendió directo a capitán. Seguramente no quiera que nada le desmonte aquel trabajo. Además, la familia Van Laar está satisfecha con la conclusión del otro caso. Es decir, creen que se encontró al culpable. Están en paz con eso, ¿entiendes? Cuesta deshacer algo así.

Judy asiente con la cabeza. Lo entiende... más o menos. Pero, si fuera alguien de la familia Van Laar, querría saber la verdad. Y así se lo dice a Hayes.

—Son una familia extraña —comenta él—. Demasiadas generaciones con mucho dinero. Es algo que embota el cerebro. ¿No te has fijado en que los hijos de los ricos nunca son tan listos como sus padres? Nunca tienen ni su ambición ni su éxito. En la vida hace falta tener algo por lo que luchar. Es lo que creo yo, vamos.

—Siguen caminando—. Y mira —dice Hayes—. Te diré otra cosa. No me gusta que LaRochelle esté todos los días en el centro de mando. Tendría que ser yo quien dirigiera la investigación. Y no lo digo por una cuestión de ego. No conviene tener a alguien de su nivel dirigiendo las operaciones diarias de un caso como este.

—¿Por qué no?

—Hay tipos con el rango de LaRochelle que son listos —dice—. Pero se han convertido en gerentes. Les falta práctica. Muchos de ellos llevan una década sin trabajar en ningún caso. Puede que tranquilice a la familia que venga un mandamás —dice—, pero es arriesgado.

Hayes da media vuelta y pone rumbo al centro de mando, donde le toca organizar y numerar las pistas.

Judy se queda a solas para hacer su mapa.

En el cielo hay un helicóptero dando vueltas, examinando el terreno en busca de señales de vida. A su derecha hay un equipo de submarinistas preparándose para registrar el fondo del lago Joan.

Se acerca a la casa. Se detiene delante con una rodilla en el suelo y el cuaderno apoyado en la otra. Hace un croquis de memoria, adjudicando las distintas habitaciones a los invitados a los que entrevistó anoche.

Cuando termina, se pone de pie y pasa de largo de la puerta principal de la casa.

Ayer estuvo el día entero hablando con los invitados; hoy le parece que es hora de hablar con quienes les sirven.

Por primera vez llama a la puerta de la cocina. Sale a abrir una mujercilla con delantal y un rodillo lleno de harina.

—Buenos días —le dice Judy. La mujer se seca la mano lentamente en el delantal. Sin decir nada—. ¿Todo bien?

—¿Es agente de policía? —pregunta la mujer.

—Detective. Soy la detective Luptack.

—¿Pero de la policía? —dice la otra.

Judy asiente con la cabeza.

La mujer vuelve a la encimera y pone el rodillo encima.

—¿Tiene un momento para hablar? —pregunta.

La aludida echa un vistazo a su alrededor.

—Sí que lo tengo —dice—. Pero esto es idea suya, no mía. Y no puede ser aquí.

Judy sale con ella por la puerta de la cocina. Se detienen a un costado de la casa.

—Siga caminando —susurra la mujer—. Están abiertas las ventanas.

Se alejan una veintena de pasos más, hasta llegar a orillas del lago. Por fin Judy saca su cuaderno.

Por encima de ella, el helicóptero que da vueltas ha empezado a emitir mensajes amplificados: «Barbara, tus padres te echan de menos. Barbara, sal a un claro del bosque. Barbara, sube a terreno elevado. Barbara, grita si oyes esto». Le provocan un escalofrío.

La mujer la mira con cara expectante.

—¿No me va a hacer preguntas?

—Eh —dice Judy—, ¿nombre?

—Jeannie Clute.

—¿Fecha de nacimiento?

—Doce de junio de 1947.

—¿Ocupación?

Eso la hace pensar.

—Ahora mismo, cocinera temporal —dice—. Antes, ama de casa.

Judy levanta la vista.

—¿Tiene hijos?

—Sí. Tres. Y el cuarto de camino.

Ella echa un vistazo breve al vientre todavía plano.

—¿Marido?

—Sí.

—¿Qué la llevó a coger este trabajo?

La mujer aparta la cara. De pronto le vienen lágrimas a los ojos y se le derraman. Se las seca. Furiosa.

—La idiotez —dice—. Fue una equivocación cogerlo.

Judy hace una pausa. Experimenta una sensación en el bajo vientre que no ha advertido nunca: la sensación de que está a punto de encajar una pieza de un rompecabezas más grande.

—¿Por qué? —pregunta.

—Porque son mala gente —dice la señora Clute.

—¿En qué sentido?

—Porque, cuando desapareció su hijo, dejaron que un inocente cargara con las culpas —explica—. Mancillaron su nombre.

Ha dejado de llorar. Una expresión dura reemplaza a las lágrimas. Mira a los ojos a Judy con convicción.

—¿Cómo se llama? —pregunta Judy.

—Se llamaba —dice la señora Clute—. Está muerto.

—¿Cómo se llamaba?

—Stoddard —dice la mujer—. Como yo.

Ella hace memoria. Conoce el apellido por las cajas de archivo que ha revisado esta mañana.

—Carl Stoddard era su...

—Padre.

Judy lo apunta en su cuaderno. La verdad es que no sabe qué va a decir a continuación, pero necesita tiempo para formular con cuidado su siguiente pregunta. No quiere ahuyentarla.

—¿Clute es su apellido de casada? —dice.

La mujer asiente con impaciencia. Está echando vistazos a la casa, poniéndose nerviosa por si la ven.

—¿Saben que es usted una Stoddard?

—Por Dios, no —contesta la señora Clute.

—¿Por qué cogió este trabajo?

Ella se mueve nerviosamente.

—Por desesperación —dice—. Bocas que alimentar. Ya sabe que ha cerrado la fábrica de camisas. —Judy no lo sabía. Ni siquiera sabe de qué le habla la señora Clute. Aun así, asiente con la cabeza—. No hay ningún otro trabajo en Shattuck. Era esto o irnos del pueblo —explica—. ¿Y adónde íbamos a ir?

—¿Lo sabe el resto de su familia? Me refiero a los Stoddard.

La señora Clute asiente con la cabeza.

—Mis hermanas lo entienden —dice—. Pero mi madre no me habla. Me dijo que la familia entera estaba podrida. Y que me arrepentiría. —Contempla el lago—. Y resulta que tenía razón.

—Señora Clute —dice Judy—, ¿tiene alguna idea de adónde ha ido Barbara Van Laar?

A esto la mujer contesta deprisa:

—Ni idea. De verdad. Pero le aseguro que su familia sí lo sabe.

Otra vez la misma sensación: instintiva, piensa Judy.

—¿Por qué?

—No debería decir esto —dice la señora Clute—, pero, cuando desapareció Bear Van Laar, la familia echó a perder toda la búsqueda de principio a fin. Primero no organizaron ninguna batida hasta que el niño ya llevaba horas desaparecido. Para entonces había pisadas por todas partes y había llovido y se había perdido toda esperanza de encontrar su rastro. Y eso dificultó también el trabajo de los perros. —Levanta el pulgar de la mano derecha, como si se estuviera preparando para hacer un recuento de todos los errores cometidos por la familia—. Luego aceptaron la ayuda de la gente de Shattuck, pero al cabo de una semana nos mandaron de vuelta a casa. Y en nuestro lugar trajeron a un equipo de rastreadores de la Sierra Madre. Alquilaron un avión privado y todo. Y les pagaron un dineral, por lo que tengo entendido.

—¿También pagaron a los buscadores locales?

La señora Clute suelta un soplido de burla.

—Qué va —dice—. Los trataron como si ya fueran empleados de la familia. Incluso a los que no, a los que estaban dejando de ir a trabajar para ayudar. Y la ironía es que aquellos rastreadores de California se vieron completamente perdidos. Nunca habían visto terreno como el nuestro, un sotobosque tan cerrado. Tuvieron que dar media vuelta y marcharse sin encontrar ni rastro del niño. —Sonríe con expresión casi triunfal y después parece avergonzarse—. Escuche. Lo siento mucho por la familia. Si son inocentes, y es muy posible que lo sean, lo que hicieron fue un pecado sin malicia. Pero lo que no les perdonaré nunca es que no restituyeran el buen nombre de mi padre. Después de su muerte, se desentendieron, dando por hecho que fue él quien mató a Bear. Y que seguramente no encontrarían al niño, porque a un muerto no se le pueden hacer preguntas.

Echa un vistazo por encima de cada hombro y continúa:

—He visto en la Reserva a uno que estuvo aquí aquella vez, cuando desapareció Bear. Se llama LaRochelle. Me acuerdo de cuando presentaron los cargos contra mi padre. Es un mentiroso. Si fuera usted, no confiaría en él.

Judy mantiene la cabeza muy quieta. Le parece incorrecto asentir, aunque sea un poco. Pero entiende lo que está diciendo la mujer.

—¿Tiene usted hijos? —pregunta la señora Clute.

—No.

—Muy bien. Si alguna vez los tiene, recuerde esta conversación —dice la mujer—. Acuérdese de lo que le digo. Y hágase una pregunta: ¿dejaría usted de buscar tan deprisa como ellos? —Judy baja la vista, repentinamente incomodada por la carga de emoción que transmite la mirada de la señora Clute—. ¿Lo haría? —le repite. Las dos se quedan un momento en silencio—. Tengo que volver a la casa —concluye—. Ando con mucho trabajo.

Judy asiente con la cabeza.

—¿Hay algo más que me quiera decir? ¿Algo más que yo deba saber?

La señora Clute piensa.

—Lo único que se me ocurre es que en esa familia a nadie le caía bien esa chica. Barbara. La tenían abandonada, nada menos. Antes de irse a las colonias tenía que bajar a la cocina en busca de comida. Se la veía perdida en su propia casa. Yo le daba de comer cuando podía. A su madre no le gustaba. Me decía que dejara de darle comida. Yo decía que sí y daba a entender que le hacía caso, pero siempre me gustaba que viniera a verme. Barbara es una chica rara, lleva ropa extraña. Pero es la única de toda la casa que se molestó en preguntarme cómo me llamaba. Es una buena persona, en mi opinión.

—Gracias —dice Judy.

La señora Clute asiente con la cabeza.

Ella se acuerda de lo que ha dicho antes Hayes. Ha estado tomando notas útiles, pero quiere asegurarse de que todos los datos son correctos.

—Señora Clute, ¿le importa si redacto todo lo que me ha dicho? Luego lo puede mirar usted y me lo firma si es correcto.

La mujer la mira, horrorizada.

—Ni hablar —dice—. No me arrepiento de lo que le he contado. Pero es la única ayuda que le puedo ofrecer.

Ahora mismo esta cuestión le parece más importante que hacer el mapa. De manera que vuelve al puesto de mando para buscar a su compañero en la mesa de coordinación. Fuera hay dos detectives sentados en los escalones de la entrada, escribiendo declaraciones en su portapapeles.

—¿Está dentro Hayes? —pregunta Judy, y uno de ellos asiente con la cabeza.

—Yo que tú no entraría —dice—. LaRochelle lleva diez minutos echándole un rapapolvo.

Ella se detiene. Del otro lado de la puerta vienen gritos amortiguados.

No hay ningún sitio donde sentarse.

—¿Le decís que lo estoy buscando cuando terminen? —les pregunta.

—Claro, cielo —dice el otro sin levantar la vista.

—Soy la detective Luptack —dice Judy.

—Fantástico.

Mientras espera a Hayes, deambula por los terrenos de Camp Emerson, haciendo el trabajo que le ha encargado esta mañana

LaRochelle. Lleva encima el cuaderno y el bolígrafo. Se detiene delante de cada edificio que avista y dibuja su planta, como si la viera desde arriba. Y etiqueta aquellos cuyo uso está claro.

Al terminar, pone rumbo al noroeste, hacia un grupo de instalaciones agrícolas en desuso.

Es consciente de que se han registrado exhaustivamente. Y, que Judy sepa, en ellas no vive nadie.

Aun así, como no tiene nada más que hacer hasta que terminen Hayes y LaRochelle, camina hacia ellas con el cuaderno debajo del brazo.

Hay cuatro estructuras. Judy no sabe nada de ganadería, pero la primera parece haber sido una lechería; ahora tiene los portones abiertos para dejar que entre el aire. Dentro, los establos todavía huelen a animal, aunque dan la impresión de haber sido abandonados mucho tiempo atrás. Encima de ellos hay un pajar; una escalera de mano desvencijada permite a Judy subir lo bastante arriba como para asomar la cabeza y contemplar los restos de varias balas de heno arrumbadas contra las paredes.

Baja la escalera.

Al lado de la lechería hay una edificación pequeña elevada con pilares y desprovista de ventanas. Fuera cual fuera su propósito original, desde entonces se ha dedicado a albergar maquinaria agrícola herrumbrosa. Entra solo un momento y se aleja hacia el edificio situado inmediatamente al oeste.

El interior también la desconcierta de entrada: sus suelos son de cemento y están inclinados hacia un desagüe. ¿Quizás fuera aquí donde lavaban a los caballos después de ejercitarlos?, piensa. Hay un olor que no consigue identificar, pero que la pone tensa.

Luego levanta la vista.

Hay cinco barras metálicas que van de lado a lado en el techo. De ellas cuelgan decenas de ganchos en línea recta.

Por fin entiende el olor: el lugar era un matadero.

Se queda un momento ahí, con el cuerpo tenso.

Luego oye el ruido encima de su cabeza: pasos.

TRACY

El viaje de supervivencia nunca se programaba con antelación. Se anunciaba de golpe de la siguiente manera: haciendo sonar una sirena a las cinco y media de la mañana, justo después del alba.

Los habían estado entrenando todo el verano. Al oír la alarma, tenían que levantarse de un salto de las literas, vestirse a toda pastilla sin ducharse y correr tan deprisa como pudieran hasta el poste de la bandera.

El primero en llegar recibía provisiones extra; al último no le daban nada.

Barbara ya estaba levantada y vestida antes que el resto de la cabaña.

—Ponte ropa de abrigo encima del uniforme —le dijo en voz baja a Tracy, y salió.

Tracy no fue la última de su grupo en llegar al poste de la bandera, pero casi. Por tanto, en la mochila que le dio una monitora solo había cuatro latas de alubias y una cantimplora llena. Miró a su alrededor: Barbara y Lowell Cargill estaban inspeccionando lonas, brújulas y navajas suizas. Y los dos miembros más pequeños del grupo, que habían llegado los últimos, abrieron su mochila y se la encontraron vacía. Tracy les miró la cara: estaban intentando ser valientes, pero tenían la barbilla tensa como resultado de aguantarse el llanto.

T. J. Hewitt estaba al pie del poste de la bandera, supervisando el caos con expresión impasible. En cuanto todos los campistas tuvieron su mochila, trepó un trecho por el poste, plantó la gruesa suela de su bota Danner en la cornamusa y levantó un megáfono para hablar.

—Grupos de supervivencia —dijo—, vuestros líderes estarán con vosotros enseguida. Pero acordaos: solo están ahí para las situaciones de emergencia. No os ayudarán de ninguna otra forma. En general —contempló el punto de encuentro durante un rato tan largo que pareció que estaba buscando con la vista la mirada de cada uno de los campistas—, estáis solos. Buena suerte.

Desde el centro del gentío, los monitores echaron a andar hacia los grupos que les habían asignado. Tracy los examinó, preguntándose cuál les habría tocado.

Pero fue la propia T. J. Hewitt quien se acercó.

—Estáis conmigo —les dijo.

Partieron al cabo de cinco minutos.

La directora iba en cabeza. La seguían los más pequeños del grupo. Iban en fila como patitos detrás de su líder, que les echaba vistazos de vez en cuando, como si le sorprendiera o le molestara su presencia.

—Fingid que soy invisible —no paraba de decirles, y los niños retrocedían con el resto del grupo, aunque regresaban al cabo de un momento con T. J.

Barbara, Tracy, Lowell y su amigo Walter —el mayor de todos— caminaban en fila de a cuatro. De vez en cuando ella miraba de reojo a Lowell, recordaba la experiencia de cantar armonías con él y se ruborizaba violentamente.

De camino al norte, pasaron por delante de la casa de los dueños, Autosuficiencia. A Tracy le pareció ver a gente moverse al otro lado de las ventanas y se lo dijo a Barbara, que se encogió de hombros y se limitó a mirar al frente.

—Se están preparando —dijo.

—¿Para qué?

—Para una fiesta que han organizado. Es el centenario de la casa.

—¿Y estás invitada?

Barbara negó con la cabeza.

—Tampoco quiero ir —dijo.

Cruzaron la carretera principal y caminaron una hora más, hasta que T. J. los hizo detenerse.

—Aquí está bien —dijo, y se alejó de ellos.

Fue Barbara quien rompió el silencio:

—Abrid las mochilas.

Entre los doce tenían sesenta y dos latas de comida variada, doce bolsas de mezcla de frutos secos y fruta deshidratada, doce cantimploras de agua, cuatro botes de tintura de yodo, nueve lonas, cuatro abrelatas, varios cuchillos, un rollo de alambre para trampas, diez cuerdas y —el último artículo en salir de la última bolsa y también el que les arrancó el mayor suspiro de alivio— una caja de cerillas.

Barbara se puso de pie, inspeccionando las provisiones y haciendo cálculos de cómo debían usarlo todo. Luego echó un vistazo a T. J., que estaba apoyada en un árbol, con una rodilla doblada y la suela de la bota plantada en su corteza.

—A mí no me miréis —dijo—. Soy invisible. No estoy aquí.

Se giró, se echó la mochila a la espalda y se alejó unos diez metros por una pequeña cuesta, en cuya cima encontró un trozo de suelo relativamente llano, donde se puso a montar su tienda. En un abrir y cerrar de ojos ya había encendido su fuego, había tendido su hamaca entre dos árboles y se había puesto a leer un libro mientras hervía el agua del café.

A mediodía los campistas también montaron el campamento, con Barbara al mando. Tracy se maravilló una vez más de lo bien que se movía y conocía el bosque. Fue quien localizó agua corriente en un arroyo cercano y dirigió a un pequeño grupo para que rellenaran las cantimploras, usando un filtro yodizado; fue quien usó las cuerdas y las lonas para montar unas tiendas de campaña primitivas, despejó un trozo de terreno y lo rodeó de un círculo perimetral de piedras. Por último, mandó a los pequeños en busca de la madera más seca que encontraran y también de ramitas.

No era mucho mayor que los demás —de hecho, era más joven que Walter y Lowell—, pero aquel día a Tracy le pareció una adulta.

Desde la loma cercana, T. J. levantaba de vez en cuando la vista de su libro y los contemplaba con cara impasible y sin decir nada.

Cuando no estaba siguiendo las órdenes de Barbara, ella se sentaba en el suelo y jugaba a un juego que se había inventado uno de los niños más pequeños, un tal Christopher, que parecía afable y un poco asustado. Tenía ocho años: era el más pequeño del grupo.

—El más pequeño del campamento entero —dijo en tono lúgubre.

Por la noche, después de la cena, contaron cuentos de fantasmas, evitando cualquier mención a Jacob Sluiter, alias el Puñal, que parecía demasiado real para resultar divertido. Lowell contó la historia de Mary la Siniestra, la mujer canosa, uno de los fantasmas favoritos de la Reserva.

—Un chaval de mi cabaña la vio la otra noche —se puso a contar, hasta que una de las chicas más pequeñas se echó a llorar y él se desdijo. Se dedicaron a cantar canciones de campamento y después Lowell cantó a capela una bonita balada triste sobre un marinero que se perdía en el mar.

Estaba sucediendo algo tremendo; Tracy lo notaba. Sí: T. J. estaba en lo alto de la loma, pero seguía fiel a su promesa de hacerse invisible. Y los niños se habían hecho cargo: todos ellos, pero Barbara más que nadie. En ausencia de adultos, estaban exhibiendo una madurez que la enorgulleció.

Barbara asignó las tiendas de lona. Barbara y ella estarían en la primera; Lowell y Walter, en la segunda; los cuatro chavales más pequeños, en la tercera —cuando protestaron brevemente ante aquella injusticia, su amiga se los quedó mirando hasta hacerlos callar—, y las cuatro chicas más pequeñas, en la cuarta.

A las diez de la noche, ya hacía frío lejos del fuego.

Aquella mañana, siguiendo las instrucciones de Barbara, Tracy se había puesto pantalones de chándal, camiseta de manga larga y un jersey de invierno por encima del uniforme antes de echar a correr hacia el poste de la bandera. La mayoría de los campistas también habían recibido aquel mensaje de los monitores y amigos que se lo habían soplado, pero Christopher, el más pequeño, iba en pantalones cortos y camiseta, y estaba temblando.

Cuando lo vio, Barbara se quitó la sudadera y se la tiró.

—Póntela —le ordenó.

Le quedaba tan grande que parecía un vestido, pero el pequeño sonrió dentro de ella, reconfortado.

En aquella expedición no había sacos de dormir; no les habían dado ni uno. Su misión consistía en gran medida en sobrevivir con cierto grado de incomodidad.

—Escuchad —les dijo Barbara—, si os despertáis en plena noche y veis que se está apagando el fuego, os toca avivarlo o añadirle más leña. —Hizo una pausa para enseñárselo y para indicarles dónde estaba la leñera improvisada. La había tapado con la única lona que sobraba, por si llovía—. Pero no os alejéis —dijo—. Si os perdéis a oscuras, todos tendremos un problema. —Hizo una pausa pensativa—. Otra cosa: manteneos juntos. Me refiero a que durmáis pegados. Así estaréis mucho más calientes.

Algunos de los niños más pequeños rezongaron.

—Vale —dijo Barbara—. Congelaos si queréis. Me da igual.

Una chica soltó una risilla y todos miraron en la dirección que estaba señalando.

Christopher, el más pequeño, se había encogido en posición fetal en el suelo, con las rodillas dentro de la sudadera de Barbara. Ya estaba dormido.

Barbara dio una palmada.

—Todo el mundo que no sea Tracy, Walter, Lowell o yo misma —dijo—, a su tienda. Hora de dormir.

El campamento entero se retiró. Incluso T. J. parecía haberse acostado en su loma: había dejado que se le apagara la fogata, como si el saco de dormir que había traído ya le diera calor suficiente.

Cuando los cuatro campistas mayores terminaron de limpiar el campamento, Walter les hizo una seña para que se acercaran a la tienda designada para él y Lowell.

—He traído una cosa —susurró. A la tenue luz del fuego, Tracy vio que le centelleaba la ortodoncia al sonreír.

Se sentaron en un corrillo dentro de la tienda, temblando de frío. A ella le castañeteaban los dientes cuando no los tenía apretados con fuerza. No se imaginaba cómo se debía de sentir Barbara con una sola capa de ropa tras cederle la sudadera a Christopher.

Walter, un chaval flaco que aparentaba menos años de los catorce que tenía, pareció darse cuenta también, porque se quitó la suya y se la ofreció.

—No —dijo Barbara.

—Cógela —insistió Walter—. Todavía me queda esta camiseta. —Le enseñó la prenda de manga larga que llevaba debajo—. Además, me puedo abrazar a Lowell para pasar la noche. —Rodeó con el brazo a este, que sonrió y lo apartó de un empujón.

—¿Qué nos querías enseñar? —dijo Barbara.

Walter apartó el brazo de los hombros de Lowell y se levantó la camiseta que le quedaba. Debajo llevaba una petaca sujeta al costado.

Tracy reconoció lo que era de inmediato. Su padre también tenía una, que se llevaba al hipódromo. La guardaba en un bolsillo interior de la chaqueta y de vez en cuando le daba un trago sin vergüenza. Una vez, después de que un caballo suyo ganara una carrera, se la había ofrecido a ella, que había tenido la curiosidad suficiente como para darle un sorbo. Todavía se acordaba de cómo le había quemado el alcohol al bajarle por la garganta.

—Impresionante —dijo Barbara.

—Gracias —dijo Walter. Desenroscó el tapón y dio un trago.

—¿Qué hay dentro? —preguntó Barbara.

—Licor de menta —contestó él—. Es el único alcohol de la casa que mi padre no vigila.

Se la pasó a los demás. Todos bebieron. Tracy empezó con un sorbo pequeño y luego dio otro más largo. Era más dulce de lo que bebía su padre, y también más asqueroso.

Tosió.

—Chiiist —dijo Barbara. Le cogió la petaca, dio un trago largo y se secó la boca con el dorso de la mano.

En cuestión de minutos ya había subido la temperatura de la tienda. Tracy sonreía a oscuras. Todas las preocupaciones que había tenido en la vida parecían haberse alejado unos cuantos metros.

Barbara estaba a su derecha; Lowell, delante de ella, Walter, al lado de Lowell. Movió muy ligeramente el pie, calzado con la deportiva, en la que sospechaba que era la dirección de Lowell, aunque no lo veía bien. Se estaba imaginando cómo sería sentir su boca en la suya. Cuando le tocó la zapatilla, se quedó así y tuvo la sensación como de meter una clavija en un enchufe.

—Me aburro. Vamos a jugar a algo —dijo Walter.

—Estamos completamente a oscuras —repuso Tracy. Estaba pensando en naipes, o en damas, o en aquellos palillos chinos que le había fabricado a Christopher.

—No hablo de esos juegos. Verdad o reto —soltó aquel.

Barbara se rio por lo bajo.

Tracy solo conocía aquel juego por los libros y la tele. Entendía que era algo que hacía la gente de su edad cuando pasaba la noche fuera, pero ella solo lo había hecho con sus primas por parte de madre o bien con Debbie Finlay, una vecina suya cuya madre trabajaba de noche. Y aquellas ocasiones no se habían parecido en nada a esta.

Una parte de la emoción venía del peligro: Tracy estaba segura de que todos ellos tenían presente la imagen de Jacob Sluiter en el margen del campamento, recién fugado, hambriento y rabioso. Pero ninguno de ellos decía su nombre: habría sido una falta de respeto hacia Barbara. Hacia el recuerdo de su hermano, por los rumores de que estaba involucrado en su desaparición.

—Yo empiezo —dijo Tracy, sintiéndose temeraria. Extendió la mano para pedir aquel brebaje de menta.

—¿Verdad o reto? —preguntó Walter. Las palabras sonaron a conjuro.

—Verdad —contestó ella, bebiendo.

—¿Quién te gusta? —dijo aquel.

Y Tracy supo de inmediato que iba a mentir. Pensó en todos los chicos que iban a su curso en su escuela de Hempstead.

—Philip DiGiacomo. —Nombró al que todo el mundo consideraba el más guapo.

—Anda, eso no vale —dijo Walter—. ¿Quién te gusta en las colonias?

—Demasiado tarde —repuso Tracy, risueña—. Te toca. Verdad o reto.

—Reto —contestó él.

Ella lo pensó un momento. Quería decir algo creativo y gracioso. Hacer reír a los demás.

—Muy bien —dijo—. Walter: te reto a que vayas a la tienda de T. J. y hagas ruidos de oso delante de ella.

Los chicos se rieron por lo bajo. Tracy notó que Barbara giraba de golpe la cabeza hacia ella.

—No es buena idea —dijo.

—¿Por qué no? —preguntó Lowell—. Es buenísima.

De la dirección de Barbara vino una pausa larga. Y luego:

—Porque tiene un rifle. —Los otros tres guardaron silencio—. Estoy casi segura —añadió.

—¿Para qué?

—Para eso mismo —dijo—. Para los osos y esas cosas.

—O para el Puñal —terció Walter. Hubo una pausa larga—. ¿Creéis que es por eso por lo que han mandado este año a los monitores con nosotros? —dijo—. ¿Porque anda suelto?

—No —contestó Barbara—. Creo que es porque se quejaron muchos padres. T. J. dice que esta generación es distinta a las anteriores. Dice que los padres tienen más miedo.

Hubo otro silencio mientras los cuatro lo pensaban. Tracy no creía que los suyos tuvieran miedo de algo así. Pero luego se acordó de las madres de las demás chicas, con su vestido cruzado de tela estampada y sus mocasines, y le pareció más probable.

—En fin —dijo Walter—. Pues no lo hago. ¿Alguna otra idea?

Tracy se devanó los sesos. Se planteó obligarlo a terminarse la petaca, pero ella quería beber más. Se le ocurrió mandarle que besara a uno de los demás, o que se desnudara y se paseara en pelotas por el campamento, pero le preocupaba el precedente que aquello sentaría —a ella le aterraba que le pidieran que se quitara cualquier prenda—, de manera que dijo:

—Te reto a que nos cuentes el mayor secreto de Lowell.

No pudo ver bien las demás caras, pero se dio cuenta de que Walter estaba pensando en cómo contestar.

—Fácil —dijo por fin—. Cuando está en casa, duerme con la luz encendida porque le da miedo la oscuridad. —Se giró hacia Lowell—. Pero no te preocupes, colega. Yo te protegeré.

Tracy entendió dos cosas de inmediato: que aquel no era el mayor secreto de Lowell y que Walter le iba a ser leal a toda costa. Se le cayó el alma a los pies. No había tenido intención de ser mezquina.

Pasó media hora. Una hora. Estaban todos más achispados y tenían más calor que antes. Las intimidades que habían compartido le habían devuelto el buen humor a Tracy: después de que se les acabaran los retos aceptables, se habían pasado a las verdades y, en el poco tiempo transcurrido, habían averiguado más cosas de los demás que en lo que llevaban de verano. A ella le parecía maravilloso tener amigos así, capaces de ver las partes de ti que más te esforzabas por esconder, sacarlas a la luz y celebrarlas con una especie de pullas cariñosas que, más que deprimir, subían el ánimo.

Se enteró, por ejemplo, de que era verdad que Lowell tenía miedo a la oscuridad; y de que, pese a su forma física, odiaba los deportes, para horror de su padre, que había jugado al fútbol americano. Walter obtenía unos resultados académicos terribles —sufría algo llamado *dislexia*—, pero su padre había ido a Harvard y esperaba lo mismo de él. Ella, Tracy, había revelado que apenas tenía amistades en su ciudad, que sus compañeras en la escuela intermedia no tenían nada que ver con ella; que su padre había abandonado a su madre por Donna Romano, camarera de cócteles en el hotel Adelphi, y que como consecuencia de eso su madre se había vuelto mucho más callada, había perdido la alegría.

Cada vez que alguien decía una verdad, brindaban y bebían. Se turnaban para avivar el fuego cuando bajaban las llamas.

La única que parecía mantener sus reservas era Barbara. Se reía por lo bajo con ellos; participaba; pero, cuando le llegaba su turno de decir verdades, Tracy notaba que le salían censuradas.

Era muy liberador, pensaba ella, intercambiar intimidades de aquella forma; casi le daba lástima que su amiga estuviera viviendo una experiencia distinta. Por tanto, cuando le llegó el turno de participar, eligió a Barbara. Y esta optó por la verdad.

Sin ningún reparo, Tracy le formuló la pregunta que se había estado haciendo todo el verano:

—¿Quién es tu novio?

Silencio.

El fuego crepitó ruidosamente de fondo y ella se sobresaltó.

—La verdad es —dijo Barbara por fin— que no os puedo contar la verdad.

En su voz había resquemor: Tracy no estaba segura de si iba dirigido a ella, o al novio o al mundo en general.

Barbara le cogió la petaca a Walter y la puso vertical. Se terminó el licor.

—Lowell —dijo a continuación—, verdad o reto. —Él pensó. Finalmente optó por un reto—. Te reto a que me beses.

Tracy notó una sensación de frío en la nuca que reconoció como miedo.

A la luz tenue del fuego, vio las espaldas anchas de Lowell y sus antebrazos cruzados el uno sobre el otro encima de sus rodillas recogidas. Bajó primero un brazo y después el otro, y luego, con determinación, se arrodilló y se inclinó hacia Barbara. Le puso las manos en las mejillas, acercó la cara a la de ella y la besó, y Tracy entendió de inmediato que había besado a muchas chicas, y que aquel no era un simple beso que solo pretendía seguir una orden. Era un beso cargado de pasión, de deseo. Quiso apartar la vista, pero no lo hizo. Era su castigo, pensó Tracy, por bajar la guardia. Se lo merecía. Y lo aceptó.

Walter dejó escapar un pequeño «Oooh» al acabarse el beso, pero eso fue todo.

Luego Barbara dijo que estaba cansada, Lowell se mostró de acuerdo y los cuatro se separaron de golpe: los chicos fueron a avivar por última vez el fuego; las chicas, hacia su tienda.

Dentro, Tracy volvió a tener frío. Se estremeció. Se tumbó de costado, metiendo las rodillas por dentro de la sudadera, y se quedó encogida como un bebé.

Al cabo de un momento notó que Barbara se le acercaba y le rodeaba el costado con los brazos, abrazándola desde detrás.

—Para —dijo ella.

—Lo siento —se disculpó Barbara—. No sé en qué estaba pensando. Lo siento, Tracy.

No quería, pero de pronto estaba llorando. Eran lágrimas de vergüenza más que de rabia: por haber pensado que alguien como Lowell Cargill podría estar interesado por ella.

—No llores, Tracy —dijo Barbara—. Por favor. Lo siento.

Ella cerró los ojos. Por lo menos había entrado en calor; su amiga tenía razón cuando les dijo que pegarse ayudaba a retener el calor.

—¿Te gusta? —susurró Tracy.

—No.

—¿Pues por qué lo has hecho?

Barbara lo pensó.

—A veces hago cosas malas —dijo—. Es un problema que tengo. Pienso: ¿qué es lo peor que podría hacer en este momento? Y lo hago. Es casi como si no me pudiera contener.

A su pesar, Tracy entendió lo que quería decir Barbara. También tenía aquellos pensamientos; la diferencia era que a ella le daba demasiado miedo obedecerlos. Se imaginaba que le pasaba lo mismo a la mayoría de gente.

—Tendrías que hacértelo mirar —dijo, y Barbara se rio un poco. Tracy sonrió. A pesar de todo, le gustaba hacerla reír.

—Ya lo he hecho —repuso la otra—. Mi padre me lleva al psiquiatra desde que tengo cinco años.

—¿Al mismo?

—A muchos distintos. Cada año a uno nuevo. El de este es la doctora Roth. La llamo la doctora Perezoso, porque es lo que parece. Y también habla como un perezoso. Así —dijo Barbara, que se puso a imitar a alguien lento y abotargado—. Por lo menos es una mujer —añadió al cabo de un momento—. Me gustan más las mujeres.

—A mí también —dijo Tracy, aunque no estaba segura de que aquello fuera verdad—. ¿Y qué problema cree la doctora Roth que tienes?

—El control de los impulsos —dijo Barbara—. Según ella, no tengo suficiente. Mi padre está de acuerdo.

—No te llevas bien con él.

—Ja —soltó—. Te quedas muy corta.

—¿Por eso has venido a las colonias este verano? —dijo Tracy—. ¿Para estar lejos de él?

—En parte.

—¿Y cuál es la otra parte?

Barbara no contestó de inmediato.

—Para estar lejos de todos ellos —dijo por fin—. Este verano montan la fiesta esa y no quería estar presente. Con esos amigos espantosos que tienen. No me cae bien ninguno.

Tracy tenía otra teoría.

—¿Te resulta más fácil ver a tu novio estando en las colonias?

Barbara dijo que sí con la cabeza. Ella sintió en la nuca su barbilla subiendo y bajando.

—Me es más fácil escabullirme —dijo—. En casa siempre hay alguien despierto.

—¿Y tu madre? —Era la conversación más larga que habían tenido sobre la familia de su amiga. Normalmente cambiaba de tema—. ¿Cómo es? —preguntó Tracy, insistiendo en el tema.

Silencio.

—Una inútil —dijo Barbara—. Apenas se vale por sí misma.

—¿Qué le pasa?

La otra distendió un poco los brazos en torno a ella.

—Que mi hermano desapareció —dijo en voz baja—. Y ya no volvió. Eso es lo que le pasa, creo. Porque he visto fotos suyas de adolescente y parecía normal. Una persona distinta.

Tracy le cogió la mano. Le dio un apretón cariñoso. Notaba que el frío le estaba atenuando la borrachera. Le daba la sensación de que al día siguiente se avergonzaría de algo de aquello, o quizás de todo. De que le resultaría difícil mirar a Lowell, a Walter y a Barbara. Pero de momento usó lo que le quedaba de la valentía infundida por el alcohol para entrelazarle los dedos y tirarle del brazo para que la rodeara más estrechamente.

—¿Sabías lo de mi hermano? —preguntó su amiga—. ¿Lo sabe todo el mundo?

Tracy asintió con la cabeza.

—Lo siento —dijo.

Silencio.

—Mi madre cree que volverá —declaró Barbara—. Pero no se lo dice a mi padre. Solo a mí. Él se enfada solo de oírla mencionar a Bear.

—¿Tú crees que volverá? —dijo Tracy.

—No —contestó la otra—. No lo creo.

A oscuras, oyó que Barbara abría y cerraba la boca.

—¿Qué?

—Pienso mucho en él. Desearía que no hubiera desaparecido —dijo Barbara.

—¿Te gustaría haberlo conocido?

—No. O sea, sí, en parte es eso —explicó—. He visto fotos suyas y parecía buena persona. Todo el mundo lo dice. —Hizo una pausa. Tracy contuvo la respiración: no quería estropear el momento—. Cuando era pequeña —dijo Barbara—, tenía conversaciones imaginarias con él. Fingía que todavía vivía con nosotros, que tenía un hermano mayor que cuidaba de mí. Me protegía de mis padres cuando se peleaban o cuando se enfadaban conmigo. —Tracy asintió con la cabeza. Ella era hija única y tenía fantasías parecidas—. Pero, al mismo tiempo, si no hubiera desaparecido...

—¿Qué? —preguntó.

—Yo no habría nacido —dijo Barbara—. Y eso habría sido mejor, creo.

Se quedaron un rato calladas.

Tracy sabía que una adulta habría sentido alarma, habría protestado diciendo que siempre valía la pena vivir la vida. Pero ella, con casi trece años, no interpretó aquella declaración como una petición de ayuda, sino como la simple exposición de un hecho. De forma que no dijo nada y respiraron juntas durante un rato, hasta que las dos pensaron que la otra se había quedado dormida.

De pronto, Barbara volvió a hablar:

—¿Qué hora crees que es?

Tracy se acercó el reloj, ladeándolo para que reflejara la luz del fuego.

—Medianoche —dijo.

—Mierda —susurró Barbara.

—¿Qué?

—Tengo que irme.

Se incorporó de golpe hasta sentarse.

A su lado, Tracy también se sentó.

—¿*Irte?* —dijo. Barbara estaba hurgando en su mochila, buscando algo a tientas—. ¿Adónde vas? —preguntó.

—Al mismo sitio que todas las noches.

Sacó una linternita.

—¿De dónde la has sacado?

—Me la he traído de Abeto.

—¿Pero cómo vas a saber adónde vas? —preguntó Tracy, incrédula.

Barbara soltó un soplido de burla.

—No te preocupes por mí —dijo—. Conozco estos bosques como la palma de mi mano.

Y se marchó, pasando junto al fuego, colina abajo. Ella la miró hasta que solo vio el haz de su linterna. Y luego este desapareció también.

TRACY

Tracy durmió a rachas; a veces la despertaba el frío y otras el ruido que hacían los demás campistas al atender el fuego.

En un momento dado abrió los ojos y descubrió que ya había luz fuera y que seguía sola en la tienda.

Se incorporó de golpe hasta sentarse, presa del miedo. Todo el mundo seguía durmiendo. Fue de puntillas a la tienda de Lowell y Walter y se inclinó junto al primero, diciendo su nombre en voz baja hasta que abrió un ojo.

—Barbara no está —dijo—. Se ha ido.

Él parpadeó al sentir la luz del sol, se frotó los ojos y se desperezó.

—¿Pero qué dices? —contestó—. La acabo de ver. Está juntando más leña.

Y en efecto: la chica salió de detrás de unos árboles, con los brazos cargados de troncos y recogiendo ramitas para alimentar la hoguera matinal.

El plan del día era montar trampas sencillas para ardillas, que era algo que T. J. les había enseñado a hacer en sus clases de supervivencia a la intemperie. Por supuesto, Barbara hizo de supervisora.

Al llegar el anochecer, en las trampas no había ni cebos ni tampoco ardillas. Alguien había encontrado una mata pequeña de bayas, pero estaba claro que la caminata que habían tenido que hacer para traerlas les había consumido más energía de la que les podían proporcionar los frutos.

Había cambiado la atmósfera. A falta de nada que hacer, se limitaron a esperar a que llegara la cena, consistente en las porciones pequeñas de alubias enlatadas y de frutos secos con fruta deshidratada que Barbara había reservado para aquella noche. Los campistas más pequeños se quejaban de que tenían hambre y los mayores estaban de mal humor.

Barbara partió una vez más al bosque con determinación para inspeccionar las trampas. Y al cabo de un momento oyeron un grito.

Tracy se puso de pie. Vio que Lowell también se levantaba al otro lado del campamento. Y que echaba a correr en dirección a la voz de Barbara.

Los dos reaparecieron al cabo de un minuto, sonrientes, trayendo a hombros entre ambos dos de los palos de las trampas. De ellos colgaban los cadáveres de tres ardillas rojas, meciéndose al compás de sus pasos. Horrorizada, Tracy vio que una de ellas todavía pataleaba y tenía convulsiones.

—¡Barbara! —gritó—. ¡Barbara, hay una que está viva!

La chica asintió con la cabeza.

—Coge una roca —dijo.

—¿Yo? —dijo Tracy.

—Sí, tú.

Ella buscó por el campamento. Enseguida vio una de aspecto macizo y la sostuvo en alto para que la inspeccionara Barbara.

—Bien —dijo Barbara—. Ahora quítate un calcetín y mete la roca dentro. —Tracy sintió que le daba un vuelco el estómago—. Hazlo. Venga, Tracy. Si dejo el palo en el suelo, se va a escapar.

La forma en que la estaba mirando le indicó que aquello era una prueba y que suspenderla sería catastrófico para su amistad. De forma que obedeció; se sentó en el suelo, se quitó el zapato y el calcetín y metió la roca dentro.

Fue cojeando con un pie descalzo hacia la ardilla frenética. Los demás campistas guardaron silencio. Apuntó con su arma y golpeó como si blandiera un bate el cráneo de la ardilla roja hasta que dejó de moverse.

Por fin levantó la cabeza y vio que la estaban mirando no solo sus compañeros, sino también T. J. Hewitt, desde su loma, con los brazos en jarras, dirigiéndole una sonrisa de aprobación.

—¡Buen trabajo! —le gritó.

Eran las primeras palabras que les dirigía desde que se había declarado invisible.

Luego les dio la espalda rápidamente y se agachó para regresar a su tienda.

Fue Barbara quien desolló las ardillas, trabajando inclinada sobre una lona desplegada en el suelo.

Cuando ya casi había terminado de quitarles los pellejos, se puso la carcasa de una sobre el regazo y se dedicó a desprenderle los restos de piel con un cuchillo de mondar.

Los demás la miraban.

Más tarde nadie estaría seguro de cómo había pasado —ni siquiera la propia Barbara—, pero de pronto vieron que se quedaba muy quieta, con la ardilla a medio despellejar sobre la rodilla derecha y la punta del cuchillito que había estado usando clavada en el muslo izquierdo.

Todavía tenía aferrada la empuñadura. Sin pensarlo, lo extrajo con otro movimiento igual de rápido y a continuación dijo:

—No debería haberlo hecho.

Y era verdad: la herida permaneció inactiva durante tres segundos, como si dudara, y por fin de ella emergió un charquito de sangre que empezó a derramarse.

—No lo tendría que haber sacado —repitió Barbara—. Lo tendría que haber dejado dentro.

Llevaba pantalones cortos, así que tenía la pierna completamente a la vista. Ahora le caían regueros de sangre por el interior del muslo, salpicando el suelo.

Algunos de los campistas se apartaron, llevándose las manos a la cabeza; otros se acercaron.

—Hay que avisar a T. J. —dijo Lowell.

—No —se apresuró a decir Barbara.

—¿Por qué no? —preguntó él—. Ella dijo que lo hiciéramos. Que la única razón para ir a buscarla era que hubiera una emergencia.

—Esto no es una emergencia —dijo Barbara—. Me puedo encargar yo. —Miró a su alrededor. La sangre que le manaba de la pierna caía sobre el suelo a goterones: plof, plof—. Christopher —dijo. El niño se había escapado nada más ver sangre. Ahora emergió con timidez de su tienda—, necesito que me devuelvas la sudadera —dijo Barbara—. Lo siento.

El crío se la quitó a toda prisa y se la llevó corriendo. Ella cortó una manga con el cuchillo y se la ató bien fuerte en torno a la pierna. La tela pasó rápidamente del blanco al rosa.

La llevó así enrollada durante un par de horas, mientras hacía sus tareas como de costumbre, sin inmutarse.

Comieron ardilla para cenar, más o menos un bocado de carne por cabeza, cosa que subió la moral de todos, aunque no les aliviara el hambre.

Al atardecer, Tracy vio que Barbara estaba más callada que de costumbre. Era evidente que había perdido mucha sangre; habían tenido que cambiarle dos veces la manga de la sudadera por otros pedazos de tela.

—¿Estás bien? —le preguntó.

—Estoy bien —dijo. Pero tenía la cara muy pálida. Tracy se la quedó mirando un momento largo—. ¿Qué? —exclamó Barbara.

Ella notó que, detrás, los demás se giraban en su dirección. El campamento había quedado en silencio.

—Tenemos que avisar a T. J. —dijo Lowell. Miró a Barbara, examinándole la cara—. Lo digo en serio. Has perdido demasiada sangre. Es peligroso.

—Estoy bien —repitió Barbara con voz débil.

Pero él no le hizo caso. Se alejó dando zancadas hacia el lugar donde la monitora estaba acampada. Barbara lo llamó una vez, pero ya no tenía voz suficiente para hacerse oír.

Al cabo de diez segundos, T. J. bajó corriendo la pequeña pendiente que separaba los dos campamentos cargada con una olla de gran tamaño. Se arrodilló frente a Barbara, que ahora estaba tumbada boca arriba, al parecer incapaz ya de sostener la cabeza.

Después de examinar a su pupila, se puso de pie y observó a su alrededor, dedicando a los presentes una mirada calculadora.

Luego, tras identificar correctamente a Lowell Cargill como la persona más capacitada para ayudar en una situación de crisis, le pidió que cogiera la olla, avivara la fogata e hirviera agua. Entretanto, cogió rápidamente a Barbara en brazos y subió la colina tan deprisa como pudo.

—Avisa cuando hierva —gritó.

Y ambas desaparecieron en el interior de su tienda.

Al caer la noche, a Barbara ya le habían limpiado y suturado la herida y le habían dado comida, agua y ropa de más abrigo, y el color ya había regresado a su cara. También estaba de vuelta con sus compañeros en el campamento, quitando hierro a lo sucedido.

Más tarde, en su tienda, Tracy y su amiga se volvieron a acurrucar juntas.

—Barbara —dijo ella.

—¿Qué?

—Me alegro de que estés bien.

Barbara soltó un soplido.

—No me habría pasado nada.

—No sé —contestó Tracy—. No tenías buen aspecto.

—Podría haber cuidado de mí misma. Si hubiera empeorado, habría ido andando a Camp Emerson. Habría hecho el camino de ida y el de vuelta. No había necesidad de involucrar a T. J.

Por extraño que pareciera, Tracy la creyó.

—¿Dónde has aprendido todas esas cosas? —preguntó.

—¿Qué cosas?

—Ya sabes. A poner trampas y montar tiendas y todo eso. A desollar ardillas. A hacer primeros auxilios.

—Pues donde tú —dijo Barbara—. En las clases de T. J.

Tracy negó con la cabeza.

—Yo no sé lo que tú sabes. Ni tampoco creo que lo sepa nadie más.

Barbara se quedó callada un momento.

—Lo sé por mi familia —dijo.

Guardaron silencio. Ella notaba que aquello no era todo. Pero no insistió.

—¿Te vas a volver a marchar esta noche? —susurró Tracy.

—Creo que no puedo —dijo Barbara. Se movió un poco—. Dudo que mi pierna me lo permita. —Suspiró.

—¿Y pasa algo si no vas? —preguntó ella.

Lo dijo con cautela: no quería repetir su equivocación y hacerla enfadar por su insistencia en un tema del que estaba claro que no quería hablar.

Barbara se quedó tanto rato callada que Tracy dio por sentado que se había dormido. La ropa extra que le había dado T. J. las mantenía calientes a ambas y sintió que también le estaba entrando el sueño a ella.

Luego oyó que su compañera suspiraba en la oscuridad.

—Seguramente sí —dijo en voz baja—. Seguramente sí que pase algo.

ALICE

Agosto de 1975: día 2

El segundo día de ausencia de Barbara, Alice se despierta con la boca más seca que la lija.

Ha dormido toda la noche boca abajo. Una mancha húmeda se ha ido extendiendo por la colcha desde sus labios.

Sabe que ha pasado algo malo. La sensación flota en el aire, aunque la información en sí todavía no le ha llegado. Se incorpora hasta sentarse. Coge el vaso de ginebra que tiene en la mesilla. Bebe con dolor.

Se pone de pie.

«Barbara.»

Eso es. Su hija lleva desaparecida desde ayer por la mañana.

Al cabo de cinco minutos, Alice está en el solario. Mira por la ventana: están llegando más padres para recoger a sus hijos, una semana antes de lo previsto.

Algunos —los que viven en Albany, Niskayuna o Vermont— ya vinieron ayer.

Los demás —los de la Costa Oeste, los de Colorado, los que han tenido que coger un avión— están llegando hoy, y los ve entrar con su coche de alquiler en la Reserva ansiosos, horrorizados por el hecho de que sus hijos hayan tenido que pasar la noche entera en un sitio donde hace menos de veinticuatro horas ha desaparecido otra niña.

Lo entiende. Recuerda haberse sentido así con Bear: arrepentida de no haber hecho nada para protegerlo. Dispuesta a lastimar físicamente a cualquiera a quien se le ocurriera hacerle daño. Su hijo la necesitaba, esa era la cuestión. Era la primera persona en su vida que la necesitaba. Se aferraba a ella, una costumbre que Peter tachaba de patológica. Pero, hasta entonces, Alice nunca había sido la protectora de nadie, y era una sensación que le gustaba y a la que se entregaba en secreto, cuando estaban a solas.

Detrás de ella, alguien entra en el solario.

Sabe quién es sin necesidad de girarse.

Entiende que hoy la van a llevar a Albany. Los Peter la están quitando del medio, como de costumbre.

No pasa nada. Le gusta estar en Albany.

Allí oye mejor la voz de su hijo.

ALICE

Bear estaba dando saltos de emoción. Alice lo veía a través del ventanal del solario: el día en que empezaba el Adiós a las Moscas siempre se plantaba en el jardín delantero, ansiando que llegara gente. Ahora estaba haciendo volteretas laterales y tirando una pelota de béisbol al aire una y otra vez. Cantando una canción que Alice no conocía; se la debían de haber enseñado en la escuela. A veces le resultaba extraño que Bear tuviera toda una vida fuera de casa de la que ella no sabía nada. Últimamente se ha convertido en una *persona,* le decía a Peter, y este ponía los ojos en blanco, como si no la entendiera. Pero la entendía. Ella sabía que sí.

A los ocho años, Bear era encantador, inteligente, lleno de curiosidad, gracioso y cada vez más independiente. Más incluso de lo que a ella le habría gustado; a veces lo echaba de menos, añoraba su presencia constante a su lado, aquella voz aguda y clara que chillaba «¡Mamá!» dieciocho veces por minuto.

Peter, en cambio, estaba encantado. Era justamente lo que había querido que mostrara el chico: autosuficiencia. Y uno de los aspectos positivos de aquello era que había unido a su padre y su madre. Ahora se sentaban juntos a contemplar el espectáculo de su hijo. Empezaron a disfrutar como nunca de la compañía del otro. No en vano, Alice era más mayor. Aquel año cumpliría veintiséis. Por fin una edad respetable.

A veces tenía la excitante sensación de que su marido se estaba enamorando de ella; por primera vez, de hecho. Lo lamentaba por su versión joven, la chica de dieciocho años que no había sabido nada del mundo, pero en aquel momento se alegraba por la del presente. Era gracioso, pensaba, cuántas relaciones se podían tener con el mismo hombre a lo largo de una vida juntos.

A la fiesta de aquel año Peter y su padre habían invitado a más gente que nunca: Alice había contado treinta y siete. Se habían asignado todos los dormitorios de la casa y también todas las habitaciones de los edificios anexos. Debido al número de hombres y mujeres solteros que no podían compartir habitación, incluso habían tenido que requisar unas cuantas habitaciones del servicio. Para los miembros desplazados por esta medida se habían alquilado dos casas de veraneo situadas a ocho kilómetros al sur y les habían proporcionado coches.

Cuando llegó el primer invitado, Bear echó a correr hacia el camino de entrada para saludarlo. Desde el solario, Alice reconoció de inmediato el vehículo: era el de Delphine.

Hacía ya tres años de la muerte de George y su hermana había seguido viniendo sola todo aquel tiempo, llegando siempre en el mismo Buick práctico que se negaba tozudamente a vender.

—¡Bear! —dijo. A través del cristal, Alice vio su boca formar la palabra. Su hermana y el niño siempre habían tenido un vínculo especial, una bonita amistad. Siempre que Delphine venía en verano, lo trataba como a un igual, le traía papel y pinturas y se pasaba horas sentada con él, hablando de lo que le estaban enseñando en la escuela.

Alice tomó el pasillo del salón, donde Peter y sus padres estaban leyendo junto a la chimenea central.

—Ha llegado Delphine —les dijo.

Aquel año los asistentes eran un grupo ecléctico. Estaban los sospechosos habituales: las familias de Peter y de Alice; los Southworth, que traían a su chiquilla, Annabel; y los McLellan y sus hijos, así como un puñado de clientes y los artistas de rigor.

Todo el mundo elogiaba la comida. Todo el mundo lo elogiaba todo, de hecho; las decoraciones, las flores, a los músicos que habían contratado, los vestidos que llevaba Alice, la inteligencia y el buen humor de Bear, y también lo guapo que era.

A lo largo de la semana, ella vio a Peter cambiado: era la mejor versión de sí mismo. Más feliz y entusiasta. Incluso relajado. Había veces en que lo encontraba sentado en el jardín leyendo un periódico. En años anteriores le había dado la sensación de que jamás se sentaba.

Un día en que la mayoría de los invitados se habían ido de excursión al monte Hunt, Alice se quedó en casa. Estaba cansada por haberse acostado tarde; se le ocurrió echarse una breve siesta.

Fue a su dormitorio y se detuvo en seco.

Peter estaba en la cama de ella, despierto.

La miró. Al principio, sorprendido. Luego sonrió.

—¿No vas de excursión? —le preguntó.

—No —dijo Alice—. Quería descansar un poco.

Esperó, algo nerviosa. Esa palabra era anatema para su marido; no le gustaba descansar ni tampoco que lo hiciera nadie a su alrededor.

Pero ahora la sorprendió.

—Ven a descansar conmigo —le dijo.

En los primeros años de su matrimonio el sexo había sido algo obligatorio. Siempre había venido acompañado de cierta vergüenza por ambas partes: desde los primeros momentos que habían pasado juntos y a solas, Alice nunca había notado deseo en su marido, sino más bien algo parecido al deber o una especie de caridad condescendiente.

Cuando Bear cumplió un año, Peter hizo amueblar una habitación separada para ella, tanto en su casa de Albany como en Autosuficiencia. No la incluyó en aquella decisión; se limitó a presentarle ambas estancias y a decirle que era necesario por su insomnio.

Desde entonces, Alice había dormido sola.

Todavía joven, a veces experimentaba un deseo tan fuerte que no sabía qué hacer con él. Sentía lujuria por amigos y por desconocidos en la calle. Pero, después de unos cuantos rechazos por parte de Peter, tan brutales que la dejaron llorando, cesó todo intento de interactuar con él en aquel sentido. Se limitó a satisfacer ella sola sus necesidades, preguntándose si habría otras mujeres en el planeta que hicieran lo mismo.

Aquel día, sin embargo, Peter acudió a ella con una ternura que Alice no había sentido nunca. Fue amable y enérgico a la vez. Al terminar, se quedó acostada a su lado, asombrada.

Y lloró, algo que casi nunca se permitía hacer con su marido.

—¿Qué pasa? —preguntó él con amabilidad.

Ella le dijo que estaba llorando porque lo amaba. Y en aquel momento era cierto: lo amaba a él y la vida que habían construido juntos. Pero también estaba llorando por todo lo que le habían quitado hasta entonces.

—Boba —le dijo, pero había afecto en su voz. Y ella se permitió reclinarse sobre él.

Aquello, pensó, era lo que había querido toda su vida.

Y por fin lo tenía.

Todo había cambiado. El resto de la semana lo pasaron acaramelados el uno con el otro. Cada vez que podían, se buscaban. Peter dormía en la habitación de ella, la que él le había montado. Solo iba a la suya, al otro lado del pasillo, para cambiarse y vestirse por la mañana.

Incluso Bear se dio cuenta: una vez se les acercó, les cogió la mano a ambos y sonrió al verles la cara, como si notara su amor.

Normalmente, el Adiós a las Moscas duraba de sábado a sábado. Aquel año, en la cena anual de despedida —una mariscada que el servicio montaba a la manera tradicional, en la playa—, Peter se puso de pie y pidió la atención de todos.

—No os marchéis mañana —dijo—. Quedaos un día más. —Miró a su alrededor, como si acabara de ser consciente de las implicaciones de su idea. Llamó al por entonces cocinero—: ¡Warren! Tenemos comida suficiente para mañana, ¿verdad que sí?

Sin tenerlas todas consigo, este asintió con la cabeza. Alice sabía que aquello implicaría más viajes al pueblo y un cambio de planes para todos los trabajadores temporales que solo habían sido contratados para una semana.

Pero Peter ya había tomado su decisión. Los invitados ya lo habían vitoreado.

La cena parecía lista para empezar cuando alguien habló desde la periferia:

—¿Seguro que no es un problema? —dijo Delphine. Todo el mundo se giró hacia ella—. Warren, ¿tenías otros planes?

Silencio.

Todos los presentes en la playa comprendían con claridad la impertinencia de aquella intervención. ¿Qué derecho tenía esa mujer —una viuda sola en la fiesta— a dirigirse directamente a un miembro del servicio de los Van Laar?

De pronto, el padre de Peter —que por lo general dejaba que su hijo lo dirigiera todo— se levantó de la silla Adirondack baja en la que estaba sentado con una agilidad que habría resultado sorprendente en cualquier otro hombre de su edad.

Se dirigió al grupo en su conjunto:

—Warren estará encantado de atenderos a todos —dijo—. Y nosotros también. Gracias por su preocupación, señora Barlow.

En la cama aquella noche, a Peter se le había pasado el buen humor, sustituido por una furia silenciosa.

—¿Pero cómo se le ocurre? —repetía una y otra vez, refiriéndose, suponía Alice, a Delphine.

—Lo hace con buena intención —dijo ella—. Simplemente..., siempre ha sido distinta. Desde que éramos niñas. —Peter no dijo nada—. También tiene virtudes. Es muy buena con Bear —añadió, buscando como loca cualquier cosa que pudiera aplacar a su marido—. Siempre ha sido amable con él. Se sienta con él, ya sabes. Le trae juguetes cuando viene.

—Menuda mujer presuntuosa —dijo Peter—. Sé que es tu hermana, Alice, pero no estoy seguro de que la podamos seguir invitando.

Se giró, dándole la espalda.

Ella le puso una mano vacilante en el hombro. Su marido se la sacudió de encima. Luego se levantó de la cama. Se puso su batín. Salió de la habitación, cruzó el pasillo y se metió en la suya.

Alice no quería que se rompiera la dinámica de los últimos días. No quería retomar la vida que había llevado siempre.

Aquella semana no había bebido tanto como de costumbre; la atención de Peter había sido una distracción feliz. Pero el último sábado del Adiós a las Moscas, cuando comprendió que él no iba a volver de su habitación, cogió una copa de vino del almuerzo y se dedicó a rellenársela en la cocina cada vez que tenía un momento a solas.

Hacia las cuatro de la tarde, el aroma del aire había cambiado. Todo el mundo decía que se avecinaba lluvia.

El servicio había estado atareado todo el día, trayendo bolsas de comestibles del pueblo.

En un momento dado, alguien propuso una excursión al lago Joan: sería su última oportunidad de ir en barca antes de que llegara la tormenta. De manera que se tomó la decisión y todo el mundo se retiró a su habitación a cambiarse.

A Bear le gustaría, pensó Alice. Y se fue a buscarlo.

El crío llevaba toda la semana corriendo de un lado para otro con John Paul y Marnie McLellan; se había pasado horas sin verlo. Nunca le había prestado tan poca atención como aquella semana; jamás había tenido distracciones como las que tenía Peter. No pasaba nada, se dijo a sí misma. Bear estaba disfrutando.

Tessie Jo Hewitt también formaba parte de su grupo. Era mayor que los demás, una especie de líder. Alice no estaba segura, pero le parecía posible que Vic Hewitt le hubiera asignado a su hija la tarea de hacer de niñera de los demás críos.

No encontró a Bear en su habitación ni tampoco en las de los McLellan.

Lo buscó en la playa y en el cobertizo de las embarcaciones, donde ya había dos empleados preparando varias barcas para la excursión de la tarde.

—¿Habéis visto a Bear? —les preguntó, pero le dijeron que no.

Había dejado para el final la habitación de Peter. Para empezar, le parecía improbable que su hijo estuviera allí: últimamente Bear y su padre tenían una relación más estrecha, pero la realidad era que el niño era solo de ella. Su marido siempre parecía mirarlo de lejos, incluso cuando estaban en la misma habitación.

Caminó por el pasillo enmoquetado de Autosuficiencia, intentando oír voces infantiles, la voz de su hijo.

Se detuvo delante de la habitación de Peter y pegó la oreja a la puerta.

Y, como no oyó nada, giró el pomo.

JUDYTA

Dentro del matadero abandonado, Judy guarda silencio.

Oye más pasos. Cinco, seis, siete seguidos.

Hacia el fondo de las sombras del recinto, ve una escalera que sube a la oscuridad del piso de arriba. Si estuviera en una película, piensa, iría en aquella dirección. Pero toda su formación le dice que no ha de enfrentarse ella sola a una posible amenaza, de forma que lo que hace es salir del edificio.

A la luz del día, echa a correr en dirección a Camp Emerson.

Al cabo de quince minutos, Judy está con Denny Hayes y el capitán LaRochelle en el camino sin asfaltar. Delante de ellos, un escuadrón de seis policías estatales —con la pistola desenfundada y la espalda pegada a la pared— está entrando por parejas en el edificio.

—Parece innecesario —susurra ella, y su compañero se gira para chistarle.

—Órdenes del capitán —dice.

Cuando el último de los policías ha desaparecido en el interior, a Judy le empieza a pesar lo que ha hecho.

Se pasa tres minutos largos mirando el cielo. O el suelo.

¿Cuántos pasos ha oído en realidad? Unos pocos, piensa. ¿Y eran ruidosos? No especialmente. ¿Es posible que fuera otra cosa?

Un árbol golpeando en el tejado. Bellotas cayendo. Se le ocurren docenas de posibilidades, hasta que los policías terminan de salir del matadero, ahora relajados.

Los dos que van delante cruzan el camino de tierra para hablar con el capitán LaRochelle.

—Tenemos a los culpables —dice uno.

—Una familia de ardillas —tercia el otro, sonriendo.

Su superior carraspea.

—¿Y nada más? ¿Estáis seguros?

—Sí. Hemos registrado todo el piso de arriba.

Él no dice nada. Luego, sin mirar a Judy, se gira hacia Hayes:

—Me habéis interrumpido mientras conversaba con el señor Van Laar —dice LaRochelle—. Así que creo que debería volver con él.

Y se aleja dando zancadas.

JUDYTA

Agosto de 1975: día 2

De vuelta en el centro de mando de la cabaña de la directora, Denny Hayes se coloca al frente de la sala, preparándose para reanudar la reunión con el pequeño grupo de detectives que tiene congregados delante.

El superintendente, les dice, no está contento con los resultados obtenidos hasta el momento. Se ha mandado al equipo de búsqueda y rescate del Parque Nacional de Adirondack —voluntarios civiles— para que lleve a cabo una batida de tipo 3 por los bosques circundantes, después de que ayer la Agencia de Medio Ambiente no consiguiera encontrar nada ni a nadie.

—¿Alguna pista esta mañana? —pregunta Hayes.

Los demás detectives miran a su alrededor. Las expresiones de las caras lo dejan claro: apenas nada.

—Un par de chavales dicen haber visto en el pasado a una mujer en el bosque —dice uno—. Este verano y también los anteriores. Parece ser una leyenda local. Una especie de cuento de fantasmas.

Hayes parpadea.

—Una mujer de cuento de fantasmas. Anotado —dice—. ¿Alguien nos puede dar algún detalle de ese fantasma?

—Una mujer mayor —dice el mismo detective—. Flaca. Pelo gris. Es lo único que he averiguado. Aparte de cómo la llaman.

—¿Cómo?

El detective, avergonzado, examina teatralmente sus notas. Lee el nombre:

—Mary la Siniestra.

—Mary la Siniestra —repite Hayes. El detective asiente con la cabeza—. ¿Alguien más?

Silencio.

—Todo el mundo dice que Barbara era popular —comenta otro detective—. No estaba peleada con nadie, por lo que he oído.

Hayes parece más desesperado que nunca.

Sintiéndose todavía humillada por su equivocación del matadero, Judy sopesa si debería exponer en este momento la información que le ha dado la señora Clute, la cocinera. Se imagina que ya deben de estar hablando de ella en la Reserva. Que la estarán tachando de incompetente. Preferiría contárselo a Denny en privado. Pero Hayes parece a punto de concluir la reunión, de manera que levanta la mano.

—Baja la mano, Judy —dice él—. Eres detective, no estudiante. Habla.

Ella se ruboriza.

—Hay una cocinera en la casa que tenía cosas que contarme —empieza a decir—. Resulta que es la hija del hombre a quien se acusó de secuestrar a Bear Van Laar.

Hay un momento de silencio.

Luego, un detective que todavía no ha hablado dice:

—¿Carl Stoddard? —Judy asiente con la cabeza. Lo reconoce: es el detective de más edad del grupo. El que ayer le preguntó a LaRochelle si estaban considerando a Jacon Sluiter sospechoso de la desaparición de Barbara—. Yo trabajé en ese caso —dice el hombre, confirmando lo que todo el mundo ya sospechaba.

Judy toma nota de hablar con él cuando lo encuentre a solas.

—¿Por qué demonios está trabajando para los Van Laar la hija de Carl Stoddard? —pregunta Hayes—. No tiene sentido. Por parte de nadie. Ellos no la querrían en su casa, está claro. Y seguramente ella tampoco querría trabajar allí.

—Usa su nombre de casada —dice Judy—. Clute. Dice que los Van Laar no saben quién es. Que cogió el trabajo por necesidad cuando su marido perdió el suyo. Tienen muchos hijos. Y otro de camino.

—¿Y qué tiene que decir de la desaparición de Barbara?

Judy se plantea cómo expresarlo.

—Dice que la familia nunca la trató bien. Que la tenían bastante abandonada. Pero no tiene ninguna teoría de adónde se puede haber escapado.

—¿Algo… inapropiado? ¿Algo más que abandono? —pregunta Hayes.

—No ha mencionado nada —dice Judy—. Pero dudo que lo sepa todo. Es el primer verano que trabaja ahí.

—¿Y qué te ha dicho de su padre?

La sala entera parece contener la respiración.

—Dice que a Carl Stoddard lo incriminaron falsamente —explica ella—. Que es imposible que fuera él. Pero que murió de un ataque al corazón antes de que lo absolvieran, así que la familia Van Laar permitió que se diera por hecho que había sido el responsable, basándose solo en unas pocas pruebas. —Hace una pausa—. Supongo que el capitán LaRochelle estuvo de acuerdo. Y esa fue también la versión que se presentó al público.

Silencio.

Judy echa un vistazo al detective que trabajó en el caso original.

—Goldman —dice Hayes, y este se gira—, ¿a ti qué te parece?

Este se lo piensa.

Mira por encima del hombro, buscando a LaRochelle.

—Stoddard nunca me convenció como sospechoso —dice—. Pero no me lo preguntes delante del capitán.

—¿Te ha firmado una declaración la señora Clute? —pregunta Hayes, dirigiéndose a Judy—. ¿Presentaría un testimonio oficial?

—No —dice ella en voz baja—. Prácticamente se ha escapado cuando se lo he pedido.

—Aun así —dice él—, gracias, detective Luptack. Es lo más interesante que he oído hoy. Has debido de inspirarle confianza para que te contara todo eso. —La mira a los ojos. Y añade—: ¿Algo más? ¿Alguien?

Se abre la puerta de golpe. Entra el capitán LaRochelle.

La atmósfera de la sala cambia de inmediato. Goldman se pone a mirar expedientes. Dos de los detectives salen. Y Judy se da cuenta de que todos han tomado una decisión silenciosa: no volver a decir nada delante de LaRochelle. Al menos sin decírselo antes en privado a Hayes.

El capitán no pregunta qué ha pasado desde que se fue.

JUDYTA

Agosto de 1975: día 2

LaRochelle les anuncia que el equipo de búsqueda y rescate del Parque Nacional de Adirondack ha encontrado algo junto a la torre de observación de la cima del monte Hunt. Se ha recogido una cantidad enorme de botellas de cerveza dentro y fuera de la cabaña cercana. Y en ellas se han encontrado bastantes huellas dactilares utilizables. Cinco de ellas coinciden con las de John Paul McLellan.

Pero hay más.

Alguien ha llamado a la comisaría de Ray Brook para dar una información anónima: parece ser que McLellan se ha estado alojando en las inmediaciones de la Reserva Van Laar, no solo durante la semana de celebraciones en la casa, sino todo el verano. O sea, que es probable que el novio al que Barbara Van Laar iba a visitar todas las noches en la cabaña de los oteadores fuera McLellan.

—¿Así que ya lo tenemos? —dice Goldman—. Entre eso y el uniforme con sangre, ¿el culpable es él?

—Hay un problema —dice LaRochelle—. Porque McLellan y su padre, el abogado, han presentado una alegación distinta: que fue Louise Donnadieu, la monitora de Barbara, la que le pidió que se deshiciera de la bolsa. Cuyo contenido —añade el capitán— está siendo analizado por el equipo forense para establecer el tipo sanguíneo.

—¿O sea, que nosotros señalamos a McLellan —dice Goldman— y él señala a Donnadieu?

—Y a un chaval llamado Lee Towson —dice LaRochelle—. Empleado en las cocinas. McLellan dice que Donnadieu y él eran pareja. —Se oye un carraspeo colectivo en la sala—. En fin. Hasta que tengamos los resultados de los análisis de sangre, sigamos las pistas que tenemos.

En el centro de mando, los detectives se levantan de su silla. LaRochelle se marcha de regreso a la casa de los dueños.

La sala se vacía lentamente. Cuando no queda nadie, Denny Hayes se gira hacia Judy.

—Déjame ver ese mapa —dice.

Ella aparta el cuaderno de la pared contra la cual lo tiene apoyado. Él lo coge y examina las páginas que ha dibujado: la casa, el centro de colonias, los edificios anexos, los nombres escritos encima de los que ha logrado completar.

Hayes le pide un bolígrafo. Escribe «Desocupadas» encima de las instalaciones agrícolas. A Judy se le ruboriza la cara. Denny se queda un rato sin decir nada. Luego señala un punto que hay al norte de uno de los mapas.

—Vamos a añadir aquí la cabaña de los oteadores —dice—. Y le ponemos el nombre de McLellan.

—¿Cómo es que Louise Donnadieu no sabía que él llevaba todo el verano en la Reserva? —pregunta ella—. ¿No estaban juntos?

—Ni idea —dice Hayes—. Quizás él le mintió.

—¿Dónde creía ella que estaba? —pregunta Judy.

—No estoy seguro —contesta él—. Pero lo podemos averiguar. Todavía está en Wells, hasta que la trasladen en prisión preventiva a Albion. Pasaré a verla.

Ella asiente con la cabeza.

—¿Y qué pasa con McLellan? —dice—. ¿Lo tenéis localizado?

Hayes le confirma que sí. Han asignado a un detective de cada turno para montar guardia en el aparcamiento del hotel en que está alojado, vigilándolos a él y a sus padres.

—El problema —dice— es que da igual cuántas pruebas acumulemos; sin cadáver o sin la chica viva no lo podemos detener. Solo tenemos cargos menores contra él. Conducir bajo los efectos del alcohol. Posesión de sustancias. Con un padre abogado, nada de eso nos va a permitir retenerlo.

—Pero el uniforme… —dice Judy.

—Sigue afirmando que Louise Donnadieu le pidió que se deshiciera de la bolsa donde estaba.

Ya casi son las siete cuando, agotada, camina por fin hasta su coche.

Se aleja con el Beetle por el largo camino sin asfaltar que sale de Autosuficiencia y luego gira a la izquierda por la Ruta 29, en dirección sur. Ahora que está sola, no hay nada que la distraiga de su humillación de antes y cierra los ojos con fuerza para bloquear brevemente el recuerdo. Dice «Mierda» varias veces. Todos esos policías. El capitán LaRochelle en persona. Hayes. Todos mirándola con escepticismo. Riéndose, incluso.

Ojalá hubiera subido ella la escalera, piensa. Ojalá hubiera escuchado un momento más.

Le pesan los ojos. Ha sido un día largo y caluroso. Cuando la ascendieron a detective, no había sido consciente de que le iba a tocar tratar mucho más con gente. Cuando era agente, había disfrutado de los largos ratos de soledad que implicaba estar sentada en el arcén de la autopista, esperando.

Sube el volumen de la radio tanto como puede. La voz de Van McCoy cantando «Hustle» le ordena que se dé prisa. Soñolienta, intenta obedecer.

Judy se despierta sobresaltada. Está completamente oscuro. Sigue en la Ruta 29. Con las manos en el regazo. El motor del coche apagado. Sigue viva.

No se acuerda de haberlo hecho, pero al parecer se ha desviado al arcén de la autopista y se ha quedado dormida. Sin bloquear las portezuelas.

Siente una descarga repentina de adrenalina y de miedo.

Imagínatelo, se dice a sí misma. Imagínate que no hubieras parado en el arcén.

Completamente desvelada, pone el intermitente, comprueba el punto ciego y vuelve a entrar en la autopista.

Ve un letrero más adelante: «Municipio de Shattuck, 10 kilómetros».

Y, debajo, dos pequeños iconos: comida y alojamiento.

Gira a la derecha al final de la salida de la autopista. Al cabo de un minuto, divisa un motel de carretera minúsculo: letrero de neón delante, piscina soterrada al lado.

La recepcionista está leyendo una novela. Cuando entra Judy, levanta la vista.

—Me preguntaba si habría una habitación libre —dice.

La mujer asiente con la cabeza.

Ella se siente repentinamente cohibida. No está segura de si es muy normal que se alojen mujeres solteras en moteles por aquí, pero se imagina que las que lo hacen son de un tipo determinado.

De forma que se explica sin que nadie se lo pregunte:

—Soy oficial de policía. Detective. Estoy trabajando en un caso cerca.

—Muy bien —dice la mujer. Pero parece un poco más interesada que antes.

—¿Hay teléfonos? —pregunta Judy.

—Los hay —repone la mujer—, pero los de las habitaciones solo comunican con recepción. Para las llamadas externas hay que usar esa cabina de ahí. —Y señala.

Contesta su madre.

—¿Judyta? —dice sin esperar.

—Hola, mamá.

—Judyta, me tenías muerta de preocupación. Por favor, dime que estás bien.

De repente, oír su propio nombre en boca de su madre —que llegó a los quince años, se esforzó al máximo por perder su acento, se negó a hablar polaco con sus hijos, y aun así tiene que soportar que los desconocidos la miren como a una extranjera— le da ganas a Judy de llorar.

—Estoy bien, mamá. Cansada. He tenido un día duro. —Oye a su padre de fondo preguntando: «¿A qué hora va a llegar a casa?»—. Mamá —dice—, sé que esto no le va a gustar a papá, pero me tengo que mudar. Con este trabajo, ya no puedo seguir viviendo en casa.

Silencio.

—¿Dónde estás ahora?

—En un motel. Se llama —Judy mira el letrero encima del mostrador— Alcott Family Inn. Está cerca del caso en el que estoy trabajando.

—¿En un qué? —dice su madre—. Judyta Luptack, ¿me acabas de decir que estás en un…?

—No se lo digas a papá —le pide—. Por favor.

De fondo: «¿Dónde está? ¿En un qué?».

Su madre suelta un largo suspiro. Y dice:

—Está en casa de una amiga, Marty. Vive cerca del caso en el que está trabajando.

Pausa. «¿Qué amiga suya vive allí arriba?»

—Cielo —le dice su madre—, ten cuidado, ¿vale?

—Sí, mamá —contesta Judy.

La habitación es de lo más adecuado: colcha de flores, cortinas de flores, cuadros enmarcados de flores en las paredes.

Se desploma en la cama sin quitarse la ropa.

JUDYTA

La despiertan unos golpes en la puerta. Vuelve en sí despacio, intentando acordarse de dónde está. Luego coge el reloj de su mesilla de noche, aterrada ante la posibilidad de haber dormido más de la cuenta.

Solo son las seis de la mañana. Judy se siente aliviada... y también irritada.

Se incorpora, todavía con el traje puesto, ahora arrugado, y va a la puerta. Por la mirilla ve a un hombre de mediana edad peinado con una pulcra raya al lado. Lleva camisa de vestir de manga corta y corbata marrón, y va bronceado. Sostiene un paraguas sobre la cabeza.

Judy mira detrás de él, en dirección al aparcamiento situado al otro lado de la acera cubierta que pasa frente a todas las habitaciones y ve que está lloviendo a mares. Malo para la búsqueda, piensa automáticamente.

Abre la puerta, dejando la cadenilla puesta.

—Hola —dice el hombre—. ¿Es usted la señorita Luptack?

—Sí.

—Me llamo Bob Alcott. ¿La puedo molestar un segundo?

Judy asiente desde su lado de la puerta entreabierta y bloqueada con la cadenilla.

El hombre mira por encima del hombro hacia el diluvio que está cayendo en el aparcamiento.

—Me preguntaba si… le importaría que entrase.

—Sí me importa.

Él hace una pausa. Se explica: es el marido de la mujer que trabaja en la recepción, dice, y copropietario del Alcott Family Inn. También es profesor de historia en la escuela central del pueblo.

—Me ha dicho Beatrice que es usted detective —dice—. Y que está trabajando en un caso aquí cerca… —Judy asiente con la cabeza—. ¿Es el de la chica de los Van Laar? —le pregunta. Ella mantiene la cara impasible—. No pasa nada —dice el hombre—. No hace falta que me conteste. Pero, si lo es, tengo algo que contarle.

—Lo escucho —repone Judy.

—Es sobre el hermano —explica Bob Alcott—. Bear.

LOUISE

Agosto de 1975: día 3

En Wells, Louise espera a que la trasladen. La van a mandar a Albion, a unas horas en dirección oeste, cerca de Rochester; más lejos, de hecho, de lo que ha viajado nunca.

No ve la lluvia fuera, pero la oye. Cierra los ojos. Se imagina a Barbara en el bosque: primero viva y después muerta. Se obliga a regresar mentalmente a la cabaña Abeto, la noche antes de que desapareciera Barbara Van Laar. Se imagina a sí misma durmiéndose en su pequeño camastro, oyendo las tenues olas del lago Joan a lo lejos, la fresca brisa vespertina. Se da cuenta con una punzada de tristeza de que Camp Emerson es el lugar donde se ha sentido más en casa en toda su vida.

Le encantaría que Jesse asistiera a las colonias, aunque fuera un solo verano; ojalá pudiera.

—Donnadieu —dice una voz, y Louise se pone de pie. Lista para su traslado. Pero el agente le abre la puerta de la celda—. Te han pagado la fianza —le dice.

TRACY

Tracy Jewell está en la sala de estar de la casa de veraneo de su padre en Saratoga Springs, con un libro en las manos. Él y Donna Romano se han ido por fin al hipódromo y ella se ha quedado sola por primera vez en tres días.

Ahora baja las persianas a medias, abre un poco las ventanas y orienta todos los ventiladores de la casa en su dirección. Le llega un aroma agradable a lluvia fresca. Se prepara un aperitivo de lo más elaborado y lo deja en el suelo a su lado. Hace dos meses —antes de oír hablar de la Reserva Van Laar y de Camp Emerson— era así como se imaginaba que pasaría el verano. Ahora le resulta decepcionante.

Se tira una hora sin abrir el libro.

Está pensando en Barbara Van Laar, repasando mentalmente todas las conversaciones que tuvo con ella, devanándose los sesos en busca de pruebas que puedan ayudar a traerla a casa.

Hay un recuerdo que no para de rememorar. A principios de agosto, poco después de regresar del viaje de supervivencia, la semana antes de que desapareciera Barbara, las dos estaban volviendo de una clase de vida a la intemperie cuando a su amiga se le ocurrió una idea.

—Sígueme —dijo.

—¿Adónde?

Pero Barbara se limitó a sonreír y puso rumbo al este, hacia la playa.

Estaba haciendo uno de los días más bonitos de todo el verano. Barbara no se detuvo allí, sino que viró hacia el norte, hacia el bosque que bordeaba la playa, pasando junto al cobertizo de las barcas. El sol se filtraba entre los pinos en forma de haces dorados, dejando manchas dispersas de luz por el suelo. En un momento dado, Tracy entendió adónde se encaminaban. En circunstancias normales habría tenido miedo —por lo general era alguien que seguía las reglas—, pero en Camp Emerson, y bajo la influencia de Barbara, se estaba volviendo temeraria.

Concluyeron su breve excursión silenciosa frente a una zona de aparcamiento llena de coches; al otro lado quedaba el ala sur de Autosuficiencia. Había una puerta lateral entreabierta y calzada; una doncella uniformada entró por ella empujando un carro de ropa limpia, dobló un recodo y desapareció de su vista.

Tracy tardó un momento en ver movimiento en el prado que bajaba hasta el lago, pero unas voces desviaron su atención hacia aquella dirección. Había un grupo grande de gente sentada en sillas y tumbonas. Tenían copas en las manos y hablaban alto y con tono risueño. Ella comprendió que era la celebración del centenario de la casa que le había mencionado su amiga.

Tracy se escondió de inmediato detrás de un árbol.

—Barbara —la llamó en voz baja.

—Tranquila —dijo esta—. Es la hora del dos por uno. Están como cubas. —Barbara siguió caminando y solo se detuvo cuando vio que Tracy no la seguía—. Vamos. La única gente con la que hemos de tener cuidado trabaja para mis padres. Y, aunque nos vean, no lo dirán.

Entraron en la casa por la puerta lateral abierta. Flanqueaban el pasillo dos hileras de puertas. A través de las que estaban abiertas, Tracy vio camas, pinturas enmarcadas, pieles de animales y cabezas disecadas.

De vez en cuando corría un poco para seguirle el paso a Barbara, que caminaba con determinación hacia lo que ella supuso que sería su habitación; pero lo que hizo, sin embargo, fue llevarla a una cocina enorme.

Abrió la nevera y sacó varias exquisiteces. Las dejó frente a ellas sobre una encimera y se puso a comer.

—No te cortes —dijo—. ¿Tienes hambre? Yo siempre.

Tracy la imitó con cautela. Nunca había visto a una chica comer con tanta devoción como Barbara Van Laar, que se estaba metiendo la comida en la boca a manos llenas. Masticaba ruidosamente y tragaba con ansia. Ella la observó, fascinada.

Cuando se hartó, lo dejó todo sobre la encimera —«No sabrán que hemos sido nosotras», dijo— y empezó a desandar sus pasos por el mismo pasillo por el que habían entrado.

De pronto les llegaron dos voces, una de hombre y otra de mujer. Sin inmutarse, Barbara abrió una puerta a su derecha y empujó a Tracy al interior de un escobero. Era tan pequeño que solo había sitio para una.

—Tranquila —dijo su amiga, cerrando la puerta tras de sí. A través de la rendija que quedaba debajo, ella vio alejarse la sombra de Barbara y después oyó un chirrido suave de bisagras pasillo abajo: se estaba refugiando en otra parte, supuso.

Tracy intentó no hacer ruido al respirar. Le aterraba que la pillaran y la castigaran. Si al principio de las colonias había querido que la mandaran a casa, ahora, aquella sensación había sido reemplazada por el deseo firme de quedarse en Camp Emerson todo el verano y de averiguar todo lo que pudiera de Barbara Van Laar.

Los pasos que acompañaban a las voces se oían cada vez más cerca. Contuvo la respiración y escuchó. ¿Se habían marchado? Esperó treinta segundos. Más. Luego, cuando Tracy ya estaba buscando a tientas el pomo de la puerta, oyó que la mujer pronunciaba un nombre: «Peter». En su voz ella oyó algo que asumió que era deseo.

Más ruidos inescrutables seguidos de un golpeteo rápido y continuo de pasos —quizás unos persiguiendo a otros—, y por fin se hizo de verdad el silencio.

Tracy dio un respingo cuando la puerta se abrió de golpe. La luz radiante del día la hizo guiñar los ojos. Delante tenía a Barbara, señalando con la cabeza en dirección a la puerta lateral.

Llevaba una bolsa de papel en las manos.

Parecía furiosa.

«¿Qué ha pasado?», gesticuló Tracy con la boca, pero la otra se limitó a negar con la cabeza, colérica, y a alejarse dando zancadas.

Ella la siguió en silencio, echando vistazos a izquierda y derecha, comiéndose la casa con los ojos.

Quería ver la habitación de Barbara. Quería ver el resto de la residencia. Quería saber más sobre lo que había oído, sobre aquellas voces susurrantes.

Pero la discreción de Tracy se impuso sobre la curiosidad que le producían todas aquellas cosas. Entendía de forma instintiva que a Barbara no le gustaría que le preguntara por todo eso, de forma que no dijo nada, ni siquiera cuando ya habían llegado al bosque. Caminaba jadeando. En un momento dado —justo antes de que llegaran a la playa—, su amiga por fin se detuvo y se giró.

—Han pintado mi habitación —dijo—. Esos cabrones me han pintado la habitación.

La palabrota fue como una bofetada. Tracy la había leído, pero nunca la había oído en la vida real.

—Lo siento —repuso, aunque no lo entendía del todo.

—Todo mi trabajo —dijo Barbara—. Absolutamente todo.

Se puso en cuclillas. Se tapó la cara con las manos.

Tracy se agachó despacio también.

—¿Qué trabajo? —preguntó cuando ya llevaba tanto tiempo así que le habían empezado a doler las rodillas.

Pero Barbara se limitó a seguir con su diatriba.

—Seguro que por eso me dejaron apuntarme a las colonias —dijo—. Para entrar en mi habitación y pintarla sin mi permiso. —Se puso de pie y echó a andar de golpe—. Rosa —recalcó—. Me han pintado la puñetera habitación de rosa.

—¿Por qué crees que lo han hecho? —preguntó Tracy. Volvía a estar corriendo un poco para no quedarse atrás.

—Pues por sus invitados —dijo Barbara—. Por la fiesta. Dios no quiera que nadie vea mi creatividad en la casa. —Se volvió a girar. La bolsa que llevaba se había convertido en un arma; la estaba blandiendo con el brazo extendido como si fuera una maza—. Lo más gracioso es que han invitado a un montón de artistas, escritores y actores. Pero solo son el espectáculo. La decoración. Nadie se los toma en serio.

Llegaron a Abeto cuando estaba a punto de acabarse la hora libre. Louise y Annabel ya estaban esperando para llevarlas a cenar al economato.

Tracy estaba tan contenta de que no la hubieran pillado que tardó varias horas en acordarse de algo. Con las luces ya apagadas, se quedó acostada en su cama, sintiendo crecer su curiosidad, hasta que ya no se pudo contener. Asomó la cabeza por el costado de la litera.

—Barbara —susurró Tracy—, ¿qué has traído en esa bolsa?

Hubo un momento de silencio.

—¿Qué bolsa? —susurró Barbara en la oscuridad.

LOUISE

—————

Agosto de 1975: día 3

Recién pagada su fianza, Louise vuelve a estar en un coche con Denny Hayes, esta vez en el asiento delantero. Aunque ha intentado disuadirlo, la está llevando a casa de su madre.

Una de las condiciones para dejarla libre antes del juicio ha sido que no se moviera de una dirección conocida y que respetara el toque de queda de las seis de la tarde. La única dirección que Louise pudo dar cuando la pusieron bajo custodia policial fue la de su madre.

Y ahora se dirigen en silencio hacia allí.

De pronto dice:

—¿Sabe quién ha pagado mi fianza?

Denny parece sorprendido.

—¿No lo sabes tú?

—No. Solo sé que ha sido una mujer. Es lo que me ha dicho el policía.

—¿Tu madre? —pregunta él.

—Supongo. —Louise no quiere hacerse ilusiones. Hace años que prácticamente no ve a su progenitora fuera de la casa. Y no recuerda ninguna ocasión en que tuviera más de cinco dólares en el monedero.

—Has cambiado mucho desde que eras niña —dice Denny.

Se pone tensa. Le parece el preámbulo de un coqueteo. Siempre que está a solas en un coche con un hombre, siente una amenaza corporal.

Pero él continúa, tranquilizándola:

—Eras la alegría de la fiesta. Cuando iba a tu casa, siempre tenías una sonrisa de felicidad en la cara.

Se están acercando a la cima de una loma que a Louise le suena de todos los viajes a su hogar. El pequeño centro de Shattuck aparece durante un momento ante ellos y vuelve a desaparecer.

—¿Te acuerdas de cuando os llevé a las dos a Storytown? —Ella se queda sorprendida—. Debías de tener seis años —dice—. Más o menos. Os recogí a tu madre y a ti y os llevé al lago George. Tu madre estaba callada. Pero tú estabas muy contenta. Ibas dando brincos. Te compré un helado y se cayó del cucurucho. Te compré otro enseguida. No pude soportar la cara que pusiste.

Louise nota las lágrimas en los ojos y trata de refrenarlas. Se pregunta por qué está llorando. Y obtiene la respuesta: es la idea de que alguien en el mundo cuidara de ella, y no al revés.

Sí que se acuerda de aquel día, aunque no era consciente de que hubiera sido Denny Hayes. En su recuerdo era simplemente uno de los novios de su madre, alguien cuyo nombre evitaba usar porque no quería confundirlo con el de algún otro. De todos los hombres que iban a verla, él fue el único que hizo algo amable por ella sin exigir un favor a cambio.

Delante de la casa de su madre, Louise y Denny Hayes contemplan la propiedad. Faltan dos persianas, y otra cuelga torcida. Se ha acumulado tanto correo en el buzón que ya hay una montaña de sobres empapados en el suelo; el cartero ya se ha rendido.

Va a tener que hablar con Jesse para que se responsabilice del tema. Por lo menos debería meter el correo en casa.

—Está igual —comenta Denny, piadoso.

—Gracias por traerme —dice Louise, y sale del coche. Confía en que él se marche. Pero también sale y se queda de pie, recolocándose la camisa y los pantalones.

Louise mueve ruidosamente la llave dentro de la cerradura para hacer saber a los de dentro que está a punto de entrar.

Confía en que Jesse no esté fumando nada arriba: le basta oler la cocina para saber que no.

—¿Mamá? —grita—. Mamá, vengo acompañada.

Hay un momento de silencio.

—¿De quién? —La voz de la mujer suena ronca por la falta de uso.

—Denny Hayes —grita Louise.

Espera. Se la imagina perfectamente diciendo: «¿Quién?». Han pasado muchos años, y muy duros.

—Un momento —le pide su madre. Y ella la oye subir despacio la escalera.

—¿Está en casa Jesse? —grita Louise, pero no hay respuesta.

Cuando su madre vuelve a bajar, va completamente vestida. Lleva maquillaje por primera vez en años.

«No tiene vergüenza», piensa ella, pero en secreto le tranquiliza saber que la mujer todavía es capaz de hacer ese esfuerzo.

A Denny le cambia la cara cuando la ve. Se le suaviza.

—Qué tal, Carol —le dice—. Cuánto tiempo, ¿no?

Oír el nombre de pila de su madre despierta un dolor dentro de Louise. En los últimos años apenas lo ha oído pronunciado en voz alta.

La mujer los mira por turnos a ambos.

—¿Te has hecho policía, Denny?

—Ya lo era cuando nos conocimos —dice él—. ¿No te acuerdas? Agente estatal.

Ella lo piensa.

—Supongo que sí me acuerdo.

—Ahora soy detective sénior —dice Denny—. Me ascendieron y luego me volvieron a ascender.

—Vaya, felicidades —contesta la mujer. Y luego se da cuenta de algo—. ¿Qué ha hecho mi hija?

Ella se pone tensa.

—Pensaba... —dice Louise. Pero se interrumpe. Pestañea a toda prisa, intentando devolver unas lágrimas inesperadas al sitio del que vienen. Después de tantos años, piensa, ¿cómo se le ha ocurrido albergar la esperanza de que su madre le pagara la fianza?

—¿Denny? —pregunta su madre.

Él le echa un vistazo.

—Bueno —dice—, supongo que dejaré que te lo explique Louise teniendo en cuenta que es mayor de dieciocho años.

Su madre se mantiene quieta, alerta. Parece más sobria de lo que ella la ha visto últimamente; no está segura de si es algo intencionado o una simple coincidencia.

—Carol —dice Denny—, ¿te importa si hablo un momento con Louise? ¿En privado?

—Supongo que no.

Su madre se retira a la otra habitación.

Cuando se quedan solos, ambos se miran.

—Louise —dice Denny—, te tengo que decir dos cosas antes de irme. —Ella espera—. Sabes que soy un viejo amigo. Y espero que confíes en que intentaré hacer lo correcto. No creo que seas culpable de nada relacionado con Barbara Van Laar. Y quiero ayudarte a salir del aprieto en el que estás. ¿Me crees?

Louise mantiene la cabeza quieta. Confía en él y a la vez no.

Denny continúa, impertérrito:

—Primera pregunta. ¿Dónde te dijo John Paul McLellan que iba a estas este verano?

—Aquí y allá —dice ella—. Visitando a amigos. Quería pasarse el año viajando antes de entrar en la Facultad de Derecho.

Denny asiente con la cabeza.

—¿Y si te contara que muy probablemente se ha pasado la mayor parte del verano en la cima del monte Hunt?

Louise tarda un momento en procesar esta información.

—Ahora mismo me creo cualquier cosa de él —dice. Denny asiente con la cabeza, comprensivo—. ¿Qué más me quiere preguntar?

—¿Conoces bien a Lee Towson?

Ella se ruboriza. El nombre mismo ya le mete el deseo en el cuerpo.

—No mucho —contesta.

—¿Estabais, ya sabes, juntos?

—No.

—¿Tienes alguna idea de adónde puede haber ido?

—No —dice ella. De hecho, también se lo ha estado preguntando.

—¿Estás segura?

—¿Por qué?

—Bueno —vacila Denny—, normalmente me guardaría esta información. Pero te la voy a contar porque eres una vieja amiga.

Louise espera.

—Parece que Barbara se estaba escabullendo todas las noches —dice— para encontrarse con alguien que decía que era su novio. ¿Sabes algo de eso?

Ella niega con la cabeza. Es verdad que no lo sabe.

—Hay más —añade Denny—. ¿Sabías que Lee Towson había estado en la cárcel?

Louise había oído ese rumor. Era una más de las muchas cosas que se contaban de él en Camp Emerson; de hecho, lo hacía todavía más atractivo. Asiente con la cabeza, vacilante.

—¿Y sabes por qué?

—¿Por vender maría? —dice ella.

—Por estupro —dice Denny Hayes.

Ella se queda petrificada. No sabe qué quiere decir la palabra. Como si le leyera la mente, él se lo explica:

—Relaciones sexuales con una chica de dieciséis años o menos.

Louise no dice nada.

—¿Sigues estando segura de que no sabes dónde está?

—Estoy segura —contesta ella.

—Bueno, si se te ocurre algo más, aquí tienes mi tarjeta.

Louise la coge.

—Supongo que debería irme —dice Denny. Ella se lo imagina volviendo a casa con su familia, con su mujer y sus hijos. De pronto se siente celosa. Si hubiera tenido un padre como él (o, demonios, una madre), habría llegado más lejos—. ¿Hay algo más que me quieras preguntar o contar? —pregunta.

—Sí —dice Louise—. Si se entera de quién me ha pagado la fianza, ¿me lo dirá?

—Lo haré —afirma Denny Hayes.

TRACY

Agosto de 1975

La noche del baile de despedida, las chicas de Abeto se prepararon juntas con un elaborado ritual en el que culminaban todas las técnicas de acicalamiento que se habían enseñado las unas a las otras a lo largo de los meses que llevaban juntas. Cargaron cubos de agua hasta el porche para afeitarse las piernas. Eligieron atuendos de entre los que había traído cada campista para ocasiones como aquella. Y por último, las maquilló, con precisión, la maestra indiscutible de aquel arte: Barbara Van Laar en persona.

Louise y Annabel, que se habían estado arreglando en su cuartito aparte, salieron y ahogaron exclamaciones al ver a sus pupilas. Qué mayores se las veía; qué distintas a como eran al principio del verano.

Tracy lo entendía. Era cierto que habían cambiado: habían madurado un año en dos meses. Habían formado una alianza.

En el centro comunitario, bailó con todas sus compañeras de Abeto y con todo el mundo que había estado en su viaje de supervivencia, pero sobre todo con Barbara. Mitchell, el instructor de natación, se había traído a tres amigos de Schenectady y los cuatro ejercían de mediocre banda de música. Lowell Cargill estaba en el salón, Tracy lo sabía, pero hasta que Mitchell y sus amigos tocaron «Honestly I Love You», el bullicio de la sala no se ralentizó hasta detenerse y ella se dio cuenta de repente de que la gente estaba formando parejas a su alrededor. Incluso a Barbara, con quien hasta entonces había estado sin interrupción, la había sacado a bailar alguien: un chico llamado Crandall a quien todos consideraban, sin contar a Lowell, el campista masculino más deseado de Camp Emerson.

Sola de repente en mitad de la pista de baile, a Tracy le entró el pánico. Se alejó rápidamente hacia la periferia y se detuvo junto a la mesa de la comida.

No veía a Lowell por ninguna parte. Quizás había salido a tomar el aire.

—Odio las canciones lentas —dijo alguien a su lado.

Ella giró la cabeza.

A su lado había alguien a quien reconoció como uno de los trabajadores de la cocina, un joven apuesto de veintitantos años al que había visto rondar de vez en cuando con la monitora Louise. Lee, se llamaba.

—Yo también —repuso Tracy.

—Son superembarazosas —explicó él—. Estás pasándotelo bien con tus amigos y de pronto la banda decide ponérselo difícil a todo el mundo bajando el ritmo. Es de sádicos.

Ella no estaba segura de saber qué significaba *sádicos,* pero asintió con la cabeza de todas maneras.

—Tengo que volver a la cocina —dijo Lee—. Estás estupenda, por cierto. Mola tu vestido.

—Gracias —contestó Tracy. Y el joven se fue.

Hasta que este no se marchó, no vio a Lowell, al otro lado de la sala, con el típico traje absurdo de poliéster de cuello ancho que los chicos llevaban a los bailes y que, a pesar de todo, le aceleró el corazón.

Permanecía quieto como una estatua, apoyado en la pared opuesta. Estaba mirando a una pareja en el centro de la sala: Barbara Van Laar y su acompañante. Y tenía una expresión de dolor en la cara.

Fuera. Era adonde quería ir. Al aire libre con olor a pino y a tierra y a lago, y con el reflejo de la luna sobre el agua.

Cuando no miraba nadie, aprovechó la ocasión y salió.

Se adentró en la oscuridad. Le sorprendió que hubiera tan pocas luces de noche en los terrenos de Camp Emerson.

De pronto, en la penumbra nocturna, captó un movimiento. Alguien se cruzó en su camino, una figura conocida. Era Annabel, su monitora en prácticas, vestida con la ropa del baile y caminando hacia el norte.

No había nada en aquella dirección, pensó Tracy, salvo la casa de los dueños. De Barbara. Ella sabía que los padres de Annabel estaban alojados allí aquella semana; quizás por eso estaba caminando hacia la casa.

Por un momento, se planteó llamarla —se suponía que Annabel las tenía que acompañar de vuelta a Abeto al acabarse el baile—, pero la vio caminar con tanta determinación que no se atrevió. Era mejor no decir nada.

Y luego alguien la llamó, interrumpiendo sus pensamientos.

Se giró. Caminó en dirección a la voz que estaba repitiendo su nombre.

En la playa, a la luz de la luna, vio al mejor amigo de Lowell, Walter. Estaba sentado en la arena, con aspecto abatido.

Tracy se sentó a su lado, deslizándose hasta la arena. Hasta aquel verano, nunca se había sentido cómoda en aquella casa que era su cuerpo. Nunca se había sentido grácil como Barbara, las Melissas o Lowell Cargill.

—¿Tú también? —dijo el pequeño Walter. Se estaba abrazando las rodillas y tenía la barbilla apoyada en los brazos.

—¿Yo también qué? —preguntó Tracy.

—¿Estás triste? —dijo Walter.

—Ah —dijo ella—. No, no. Estoy bien. —Él no contestó—. ¿Tú sí?

El aludido asintió con la cabeza. Ella apenas distinguió el gesto. Pero supo, sin preguntarlo, por qué lo estaba.

—¿Sabes que le ha pedido a Barbara que fuera su pareja de baile? —dijo Walter—. Pero ella le ha dicho que no.

Tracy se quedó sentada muy quieta, asimilando sus palabras. Sabía desde el viaje de supervivencia que Lowell no estaba interesado en ella, independientemente de lo que hubiera pensado antes. Era de Barbara de quien estaba enamorado. Aun así, el hecho de oírlo la volvió a dejar sin aliento.

—Se ha quedado hecho polvo —siguió diciendo Walter— cuando ella le ha dicho que no. La gente como Lowell no está acostumbrada a que la rechacen.

No estaba intentando ser cruel; Tracy estaba segura. Lo más probable era que diera por sentado que Barbara ya se lo había contado a ella. A fin de cuentas, siempre estaban juntas en Camp Emerson. Igual que Walter y Lowell.

El silencio persistió entre ellos hasta que oyó que a él se le escapaba un sollozo. Se dio cuenta de que estaba llorando.

—Es un tío increíble —dijo Walter—. ¿Verdad que sí?

LOUISE

Agosto de 1975

Louise lo veía todo. Estaba sentada en el borde del escenario que dominaba la sala comunitaria, presenciando todos los triunfos y los fracasos de sus campistas, viendo a las que se lo pasaban bien de verdad y a las que solo lo fingían.

Si creía en algún Dios, este operaba un poco como ella en aquellos momentos: animando a sus protegidas desde la distancia, llorando con ellas cuando las rechazaban y celebrando cada pequeña victoria que obtenían. Se fijaba en las que estaban solas, apartados de la multitud; sentía en su corazón una especie de afecto apasionado por ellas, quería acercarse, ponerse a su lado y abrazarlas con fuerza contra su costado; pero también sabía que intervenir de aquella manera perturbaría algo sagrado que, con doce, trece y catorce años, estaban aprendiendo de sí mismas y del mundo. Y así pensaba que se comportaba también Dios.

En un momento dado se puso a practicar un juego mental, pasando lista de sus protegidas, eligiendo un nombre y escrutando la multitud hasta encontrar a la persona en cuestión. Lo consiguió con todos los nombres hasta que llegó a Annabel.

No encontró a su monitora en prácticas en toda la sala.

Cuando la viera con perspectiva, entendería aquella desaparición de manera distinta; por entonces simplemente lo achacó a la sospecha que había tenido aquel verano de que Annabel había conocido a un chico.

Aquella tarde se había dado cuenta de que Annabel se preparaba con esmero especial. En teoría, el baile era para los campistas, pero en los años anteriores Louise había visto que allí también ligaban muchos monitores veteranos y en prácticas. Se perdían unos minutos o una hora en la oscuridad del bosque. Volvían ruborizados.

Sospechó que era allí adonde había ido Annabel Southworth. Y, desde su sitio en el escenario, sonrió, contenta de que también ella hubiera encontrado un amorío, o por lo menos un rollito, en Camp Emerson.

JUDYTA

—¿Quién es *todo el mundo?* —pregunta Denny Hayes.

Ya es mediodía y es la primera vez que Judy lo ve hoy. Todavía no ha terminado de salir del coche cuando ella se pone a contarle sus novedades y las teorías nuevas que ha elaborado esta mañana.

—El pueblo entero —le dice ella—. No hay nadie en Shattuck que no crea que se acusó falsamente a Stoddard de la desaparición de Bear. Y que los Van Laar lo aceptaron demasiado deprisa.

Hayes señala con la cabeza el centro de mando de la cabaña de la directora.

—Vamos —le dice—. Necesito café. —Caminan juntos. Denny la mira—. Judy, ¿no llevabas la misma ropa ayer?

Ella se ruboriza.

—No me acuerdo —contesta.

Sigue lloviendo a ratos y el pelo y la ropa se le han mojado y se le han secado a medias varias veces. Sospecha que debe de tener pinta de rata ahogada.

—Judy —dice Hayes—, ¿dónde has oído exactamente todo esto de Bear Van Laar?

Ella le cuenta lo sucedido anoche y a primera hora de esta mañana.

Él enarca una ceja. Ya han llegado a la cabaña de la directora y él le aguanta la puerta abierta. Judy entra primero. Reflexiona un momento sobre la decoración de otra época y los electrodomésticos de la cocina de tiempos de la Segunda Guerra Mundial, todo lo cual está allí, obviamente, desde antes de que naciera la directora. Solo la ha visto un puñado de veces, deambulando por los terrenos. Siempre parecía muerta de angustia. Más consternada que los padres mismos de Barbara, piensa Judy.

Hayes se sirve un tazón de café. Le ofrece otro a ella.

Lo acepta. Nunca le ha gustado mucho —es algo que asocia con la gente mayor, con su padre—, pero, desde que está en la Reserva Van Laar, ha empezado a apreciar su amargor y su calor, que ahora se infiltra en la humedad de su pelo y de su ropa.

Da un sorbo. Hace una mueca. Da otro.

—Entonces, ¿quién cree el pueblo de Shattuck que fue el culpable si Carl Stoddard era inocente? —pregunta Hayes.

—Pues, según el señor Alcott, hay dos teorías mayoritarias.

—Soy todo oídos.

—La primera —dice Judy— es que fue Jacob Sluiter.

Él la mira.

—¿No fuiste tú quien me preguntó ayer por él?

—Bueno, sí —contesta ella—. Pero es que tiene lógica, ¿no?

—El bueno de Sluiter —dice Hayes—. El hombre del saco de los bosques del norte. He oído que lo culpaban de todas las muertes, accidentales o intencionadas, de aquí a Rochester.

Se apoya en la encimera.

—No es descabellado —repone Judy—. Piénsalo. Sluiter cometió la mayoría de sus asesinatos cerca de aquí. Y todos a principios de los años sesenta, que es justo cuando desapareció Bear y justo antes de que lo pillaran.

—Cierto.

—Y ahora que se ha escapado —dice ella— precisamente desaparece Barbara Van Laar. ¿Estoy diciendo alguna tontería?

Se detiene, molesta. Hayes se está riendo.

—Tienes el gusanillo —dice él.

—¿Qué gusanillo?

—Es bueno —aclara él—. Todos tenemos el gusanillo. Continúa.

—La segunda teoría es más popular en el pueblo —dice Judy—. Y no te va a gustar oírla.

—¿Por qué no?

—Bueno, es más... controvertida —explica—. Y puede causar más problemas.

—Sigue.

—El señor Alcott dice que la mayoría de la gente de Shattuck, o por lo menos quienes no creen que fuera Sluiter, cree que el culpable es el abuelo de Bear.

Judy espera que Hayes suelte un soplido de burla. Pero él se gira y mira por la ventana, con las manos sobre la encimera al lado del fregadero. Se queda callado un momento tan largo que ella se preocupa.

—¿Estás bien? —pregunta ella.

—Recuerdo esa teoría —dice Hayes—. Recuerdo que circuló cuando desapareció el niño.

Ella se lo queda mirando. ¿Por qué no se lo mencionó Denny antes? Judy... entrevistó al señor su primer día aquí. Su compañero le dijo que era un actor secundario. Alguien libre de sospechas. Se pone a buscar desesperadamente en sus recuerdos algo que el hombre le dijera y que sonara sospechoso, pero solo recuerda su actitud: despectiva, impaciente, poco amable.

—¿Y qué pasó? —pregunta Judy—. ¿Lo interrogaron entonces? ¿Alguien de la OIC pensó también que lo podía haber hecho?

—Según los expedientes que he estado mirando —dice Hayes—, alguien sí lo pensaba. Pero no se investigó.

—¿Por qué no?

Él no contesta de inmediato.

—Bueno —dice por fin—. Por un par de razones. Carl Stoddard le parecía bastante sospechoso a todo el mundo, según algunos de los tipos que llevan aquí el tiempo suficiente como para acordarse. Fue la última persona que vio a Bear. Y se encontró una talla, un oso, que al parecer el crío llevaba encima cuando desapareció. Fue el único rastro del niño que se encontró. Resulta que fue

Stoddard quien le enseñó a hacer tallas. Todo el mundo pensaba que tenía una especie de obsesión con Bear.

Judy espera.

—En segundo lugar —prosigue—, al abogado de Van Laar le gustaba como sospechoso. Y se dedicó a acusarlo agresivamente desde el principio.

Ahora le toca a Hayes esperar a que ella lo asimile.

—McLellan —dice Judy.

Él asiente con la cabeza.

—El padre —añade ella.

Hayes vuelve a asentir.

Judy piensa.

—¿Puedo seguir esta pista? —pregunta ella.

—¿La del abuelo de Bear? —dice su compañero, y ella asiente con la cabeza. Sabe cómo hablar con la gente como él, piensa. Tiene experiencia—. De acuerdo, siempre y cuando no lo asustes. Que yo sepa, siempre está en la casa de la colina.

Antes de que Judy salga, llaman a la puerta de la cabaña de la directora y entra el detective Goldman, jadeando y con la camisa por fuera.

La mira a ella, a Hayes y otra vez a ella.

—¿A alguno de vosotros se le dan bien los niños? —dice, haciendo lo posible por darle a la pregunta un tono neutro, pero su sugerencia es clara: se ha de encargar Judy, que es mujer.

JUDYTA

Agosto de 1975: día 3

Delante de la cabaña de la directora hay un niño diminuto esperando con sus padres.

—Señor y señora Muldauer —dice Hayes—, esta es la detective Luptack. Ella hablará con Christopher, si les parece bien.

La mujer —cabello castaño, gafas y casi tan bajita como su hijo— parece nerviosa.

—¿Podemos estar presentes? —dice.

—Claro —afirma Judy—. Entren.

Hayes se queda fuera de la cabaña de la directora, montando guardia mientras ella hace su trabajo.

Dentro, mueve un sofá destartalado que estaba arrumbado contra la pared; se lo ofrece a la familia y coge una silla dura plegable para sentarse delante. Cuando se ubica entre sus padres, al crío le quedan las piernitas extendidas hacia delante.

Judy saca su cuaderno y su bolígrafo.

—¿Qué te trae aquí hoy, Christopher? —dice.

El niño no dice nada. Se mira las rodillas.

—Contesta —le dice el padre.

Silencio.

—¿Cuántos años tienes, Christopher? —prueba Judy.

Silencio.

—¿Doce? ¿Trece? —pregunta. Sonríe un poco. Bromeando.

—Tengo ocho —dice el niño en voz tan baja que apenas lo oye—. Soy el campista más pequeño de Camp Emerson.

—¿Te han gustado las colonias?

—No, no me han gustado nada —afirma. Sus padres se miran por encima de su cabeza.

—Chris —le dice el hombre, ayudándolo a centrarse—, ¿puedes contarle a la señora lo que nos has contado a nosotros? Tiene otras cosas que hacer.

—No pasa nada, señor Muldauer —declara Judy—. Christopher se puede tomar su tiempo.

Y se lo toma. Pasan treinta segundos. Un minuto.

—¿Hay alguna razón por la que no me quieras contar lo que les has contado a tus padres? —pregunta ella.

—No quiero causarles problemas —dice.

—¿A tus padres?

—A mis amigas.

Hay orgullo en su voz cuando lo dice. Judy entiende que es un niño que no tiene muchas amistades.

—¿Quiénes son tus amigas, Christopher?

—Barbara y Tracy —dice en voz tan baja que no está segura de haberlo oído bien.

—¿Barbara y Tracy?

El niño asiente.

—Christopher —dice Judy—, lo más importante ahora mismo es encontrar a Barbara y traerla a casa. Si ha hecho algo malo, ya hablaremos de ello más adelante. Pero cualquier cosa que nos puedas contar ahora ayudará a que no le pase nada malo.

Hay un momento de silencio.

—Fuimos todos juntos al bosque —dice Christopher.

—¿Cuándo?

—Para el viaje de supervivencia.

El niño se lo explica. Hace una lista de toda la gente de su grupo. Cuenta cómo tenían montado el campamento.

—Estuvimos tres noches —dice Christopher—. Y tengo un problema que no me deja dormir. Así que dos de las noches vi que Barbara se iba de la tienda que compartía con Tracy y me pareció que se estaba metiendo en el bosque. Pero luego pasó algo raro.

—¿Qué pasó?

—Pues que dio media vuelta —explica Christopher—. La vi. Apagó la linterna y me pareció que esperaba un rato, a oscuras. Y al cabo de un rato volvió a encender la linterna y caminó de vuelta hacia nosotros. La primera noche pensé que iba a hacer pipí o algo así. Pero pasó de largo de nuestro campamento y siguió.

—¿Y adónde iba?

—A la tienda de T. J. Hewitt —dice Christopher.

—¿De T. J.? ¿La directora de las colonias?

El niño dice que sí con la cabeza.

A Judy le entra otra vez el hormigueo en el vientre. El mismo que sintió al hablar con la señora Clute. «El gusanillo», lo llamaba Denny Hayes.

—¿Y cuánto tiempo pasó allí?

—No lo sé —contesta él—. Siempre me quedaba dormido antes de que volviera. Por la mañana volvía a estar en nuestro campamento.

—Gracias, Christopher —dice Judy—. Esto nos ayuda mucho. ¿Hay algo más que me quieras explicar?

—En ese viaje acabó herida —cuenta.

—¿Barbara?

El niño asiente.

—Estaba despellejando una ardilla. Y tuvo un accidente con el cuchillo. Se hizo bastante daño. Fue T. J. quien la atendió.

—¿Y algo más?

—Lo siguió haciendo —dice Christopher—. Después de la acampada. Vi que Barbara seguía yendo a la cabaña de T. J. todas las noches.

Lo dice en voz baja, con cierta resignación. Con ocho años, ya entiende las implicaciones de lo que está diciendo, o por lo menos entiende que no está bien que una niña vaya a la vivienda de una persona adulta, de madrugada, en secreto.

Tiene cara de ir a llorar.

—Lo que has hecho es muy valiente, Christopher —dice Judy—. Eres una persona valiente. Gracias. Solo tengo una pregunta más para ti.

—Vale.

—¿Qué problema es ese que tienes?

El niño la mira, sin entenderla.

—Ese problema que tienes que no te deja dormir.

—Ah —dice. Se le pone la cara de un rojo intenso—. Que mojo la cama. —Lo dice prácticamente susurrando. El padre le pone una mano en el hombro.

—Son cosas que pasan —dice Judy—. ¿Sabes que yo de niña también mojaba la cama?

—¿En serio?

—Sí. —No era verdad.

—Si consigo quedarme despierto mucho rato —dice Christopher—, puedo ir una última vez al baño, cuando todo el mundo ya duerme. Me suele ir bien.

—Pero seguro que también te deja cansado —dice Judy, y él asiente con aire digno.

Justo antes de que los Muldauer se marchen de vuelta a su casa, la madre del niño se la lleva aparte. Le habla en voz baja:

—Nos dijo un amigo que estas colonias eran las mejores que había. Y Dios sabe que vienen familias con clase. Aun así —dice, inclinando la cabeza hacia ella y buscando su mirada—, si hubiera visto de antemano a la directora, me lo habría pensado dos veces. —Judy mantiene la cara impasible—. Sobre todo si tuviera una hija. ¿Me entiende usted?

JUDYTA

Agosto de 1975: día 3

—Ya sigo yo la pista del abuelo —dice Hayes—. Tú ve a hablar con T. J. —Hay que reconocerle que se da cuenta de que Judy está lanzada—. Necesitamos notas útiles —le recuerda antes de alejarse.

Ella asiente con la cabeza y pone rumbo a la residencia de empleados, que es donde vive T. J. Hewitt desde que su casa se convirtió en el centro de mando de la OIC.

Con el pelo corto alborotado, T. J. se restriega la cara, como si se acabara de despertar. Lleva una camiseta blanca y vaqueros cortados. Va descalza.

—Lo siento —dice T. J.—, me pilla usted grogui. No he estado durmiendo mucho. —Luego, quizás al ver la expresión de Judy, se queda quieta. Se sienta con la espalda más recta—. ¿En qué la puedo ayudar, detective Luptack? —pregunta.

Ella ha estado pensando en cuál podía ser su primera pregunta mientras venía de camino. Algo abierto, ha decidido. Algo neutral.

De manera que empieza:

—Señorita Hewitt...

—T. J.

—Disculpa. T. J., ¿me puedes hablar de tu relación con Barbara Van Laar?

Se mueve nerviosamente.

—Estoy bastante segura de que ya se lo conté todo al detective Hayes —dice.

—Bueno, ¿te importaría contármelo a mí? —pregunta Judy—. Estoy intentando ponerme al día.

T. J. carraspea.

—Conozco a Barbara desde que nació.

—¿Qué edad tenías entonces?

—Catorce.

Se le apaga la voz. Habla mirando un poco a la izquierda de la cabeza de Judy, tan fijamente que ella gira la cabeza un segundo para ver si tiene algo o a alguien detrás. Pero solo ve la madera sin barnizar de la pared.

—¿Y pasaste mucho tiempo con ella antes de que llegara a Camp Emerson?

—Sí.

—¿Puedes describir cómo pasabas tiempo con ella?

T. J. baja la vista.

—Al principio fui su... niñera, supongo que se podría decir. Desde que nació.

—¿Aquí?

—Aquí en la Reserva, sí —dice—. Todos los veranos, de principio a fin. Era mi trabajo.

—¿O sea, que llevas toda la vida aquí?

T. J. asiente con la cabeza.

—Es mi casa.

—¿Cómo llegaste a la Reserva?

—Mi padre era el cuidador de los terrenos y dirigía las colonias —explica—. Cuando empezó a perder la memoria, yo asumí los dos trabajos.

Judy lo apunta.

—¿Y qué hacías cuando los Van Laar estaban en Albany? —pregunta.

—Pues cuando Barbara era un bebé, yo aún iba a la escuela —dice T. J.—, por lo que me quedaba aquí. Pero nunca fui a la universidad ni nada de eso. Así que, a partir de los diecisiete años, me quedé bastante libre, cuando ella tenía tres. Viajaba con la familia. Me quedaba en Albany cuando sus padres se iban de viaje.

—Y tenías una relación estrecha con Barbara.

T. J. asiente con la cabeza.

—La tenemos. Sí.

—¿Era una niña difícil?

Ella se ríe un poco. Hay una especie de tristeza en su expresión y en su voz que a Judy le resulta repentinamente inquietante.

—Dios, no —dice T. J.—. Era una niña muy buena. Tanto su hermano como ella. Unos niños fantásticos.

Judy hace una pausa.

—¿O sea, que también te llevabas bien con su hermano?

—Sí. Nos llevábamos menos años. Yo tenía doce cuando... —dice T. J., y se detiene— cuando desapareció. Él, ocho.

Dentro se está caliente, pero de pronto Judy tiene frío.

—¿Cómo describirías la relación de los hijos con sus padres? —pregunta Judy.

—Depende de a qué niño te refieras. Y de a qué progenitor —añade.

—Empecemos por Bear.

—Bueno, su madre lo quería —dice T. J.—. Más que a nada en el mundo. No ha vuelto a ser la misma.

—¿Y su padre?

—Su padre... En fin, su padre es un hombre duro. —Parece estar genuinamente pensando en cómo expresar algo—. La verdad es que también lo quería, a su manera —añade—. Pero parecía que el señor Van Laar lo considerara uno de sus bonos. Algo que solo valía la pena tener en casa por lo que generaría en el futuro. No sé si me explico.

Judy sigue apuntando.

—¿Qué estás escribiendo? —pregunta T. J.—. ¿Cosas sobre mí?

—Bueno, estoy apuntando lo que dices.

—¿Y quién lo va a ver?

Ella vacila.

—De momento, solo yo —dice—. Y quizás mis colegas de la OIC. Pero más adelante es posible que se use como evidencia judicial. Y entonces sería un documento público.

T. J. asiente con la cabeza. Por un momento, Judy se pregunta si se va a cerrar en banda y dejar de hablar.

Deja el bolígrafo. T. J. parece reconfortada al instante.

—¿Y qué me dices de la relación de Barbara con sus padres? —dice ella.

T. J. lo piensa un buen rato.

—No sé si *inexistente* es la palabra adecuada —dice por fin—. Pero se le acerca.

Judy hace una pausa, dándose tiempo para pensar.

—¿Por eso desarrolló una relación estrecha contigo? —pregunta en voz baja.

Sabe que todavía no tiene que enseñar su as en la manga. Antes quiere ver lo que dice la otra por sí misma.

—Es posible —dice T. J.

—¿Hasta qué punto dirías que era estrecha vuestra relación?

—Bueno, es difícil de explicar.

—Empecemos por esto —dice Judy—. Sé que estuvo en las colonias este verano. ¿Fue idea de ella o tuya?

—Suya —afirma T. J.—. Toda suya. Quería salir de su casa. No quería estar en aquella fiesta tan grande que estaban planeando.

—¿Por qué crees que no quería?

La directora respira hondo.

—¿Sabes cuánto dinero tienen los Van Laar?

—Tengo alguna idea, sí.

—¿Sabes que el año pasado mandaron a su hija al internado con dos mudas de ropa y sin abrigo para el invierno? ¿Que no le dan dinero para gastos?

—¿Y por qué crees que lo hacen?

—O bien no se acuerdan —dice T. J.—, o no les importa. Soy yo quien la ayuda. Le llevo comida extra para el finde semana y también libros y discos que le gustan. La visito siempre que puedo. Cuido de ella. Nadie más lo hace.

—Cuando estaba en las colonias —dice Judy—, ¿cuántas veces la viste?

—Pues todos los días —contesta T. J.—. Veía a los campistas a diario. Siempre estoy por allí, ya sabes. Arreglando algo o planeando actividades, lo que sea.

—¿Y de noche?

T. J. mira a la pared que hay a la izquierda de la cabeza de Judy. Se hace un prolongado silencio en la cabaña.

—Detective Luptack —dice T. J.—, creo que sé lo que estás insinuando. —Se mueve hasta el borde de la cama y se apoya las manos en las rodillas. Se inclina hacia delante y la mira directamente—. Sé lo que dicen de mí en el pueblo. Quizás hasta te lo hayan dicho durante tu investigación.

Judy la mira con cara inexpresiva.

—No estoy segura de qué quieres decir.

—Quiero decir que visto de cierta manera. Hablo y camino de cierta manera.

—Muy bien.

—Barbara es como una hermana pequeña para mí —dice T. J.—. Seguramente es lo más parecido que tendré nunca a una hija, a decir verdad. La quiero mucho. Pero no de la manera en que estás insinuando.

Judy deja flotar en el aire esas palabras el máximo tiempo posible.

Y luego va al grano en voz baja:

—Tenemos un testigo ocular dispuesto a testificar que vio a Barbara ir a tu cabaña en plena noche. Todas las noches.

Es la primera vez, como detective, que cuestiona las palabras de alguien a quien está interrogando.

También es la primera vez que se marca un farol; no tiene ni idea de si Christopher estaría dispuesto a testificar. Ni de si sus padres se lo permitirían.

Por un momento, T. J. se pone roja; se le ruboriza primero la cara, después el cuello y, por último, la parte superior del pecho.

Por fin se pone de pie. Cruza la sala, se arrodilla junto a sus botas marrones y empieza a atarse los cordones.

—T. J. —dice Judy.

—No soy tonta —declara—. Sé lo que significa que alguien esté trabajando en una teoría, por muy equivocada que esté. Y también sé que no estoy legalmente obligada a estar aquí hablando contigo. Así que vuelve a por mí cuando hayas conseguido una orden para detenerme.

Se pone de pie y sale.

Cada vez más desesperada, Judy se levanta también y le grita por el pasillo vacío:

—¿Cuál es tu teoría? —pregunta—. ¿Tienes alguna de adónde ha ido Barbara?

T. J. se detiene. Pone los brazos en jarras. Se gira a regañadientes.

—¿Te puedo decir una cosa? —pregunta—. De mujer a mujer, sin que lo pongas en ese cuaderno. —Judy lo baja a un lado—. A quien tenéis que buscar es a John McLellan —afirma T. J.—. No te puedo decir por qué lo sé, pero lo sé.

JACOB

Durante la noche desanduvo sus pasos por el margen del río, esta vez corriente abajo. Hacia el amanecer se puso a llover.

Por norma general, dormía a la intemperie y de día, pero hoy quería cobijarse en una casa, descansar en una cama y comer a cubierto. Así que en un momento dado encontró una que prometía, en apariencia vacía, y entró.

Primero visitó la despensa. Se la encontró decepcionantemente vacía, salvo por un paquete grande de copos de avena Quaker Oats que hirvió para hacer gachas en la cocina eléctrica.

Luego registró los armarios de los dormitorios. En su experiencia, era allí donde la gente solía guardar las armas y la munición, en los estantes altos, a los que no llegaban los niños. Y allí las encontró: dos escopetas de cañón doble con tres cajas de cartuchos.

Una lástima, pensó Jacob. Habría preferido una pistola; la escopeta era incómoda de llevar. Pero venía con un cinturón de munición, que cargó con los cartuchos. Y también cargó una de las escopetas.

Ahora son las cuatro de la tarde y Jacob lleva todo el día durmiendo. Se levanta de la cama con la escopeta cargada en las manos. Y de pronto oye el crujido de un tablón del suelo.

Se queda quieto.

Tan en silencio como puede, rodea la cama y se agacha detrás. Desde allí, apunta con la escopeta a la puerta del dormitorio.

Es una posición que conoce bien. Le recuerda a cuando cazaba de niño.

La puerta se abre de golpe. Jacob dispara sin vacilar, pero la bala no alcanza a nadie. Parece que no había nadie entrando en el dormitorio.

¿Ha sido una trampa? Jacob no está seguro.

Y luego una voz le dice desde detrás:

—Quieto ahí.

Se queda de piedra.

Al otro lado de la ventana abierta que tiene junto a la cabeza hay un arma de la policía encañonándole.

JUDYTA

Sube la colina con la cabeza llena de la información nueva que le ha dado T. J. para comunicársela a Denny Hayes.

Notas útiles, piensa; es lo único que le ha pedido Denny, y no tiene ninguna.

De forma que se dirige al prado que hay entre la casa y el lago en busca de una silla Adirondack donde sentarse y apuntar todo lo que le ha dicho T. J. antes de que se le vaya de la cabeza.

Cuando llega, le decepciona ver que ya hay una silla ocupada.

Desde detrás, no distingue por quién. Pero luego la mujer se gira y Judy la reconoce de golpe: es la señora Van Laar, la abuela de Barbara. La esposa del hombre que le habló tan despectivamente durante sus primeras horas en este caso; el mismo que desde esta mañana se ha convertido en uno de sus sospechosos principales.

—Siéntese —le dice la señora Van Laar—. Como si yo no estuviera.

Judy obedece. Agacha la cabeza sobre su cuaderno, fingiendo que trabaja. Pero mentalmente está formulando una pregunta tras otra; cualquier cosa que ilumine algún aspecto del marido de esta mujer.

La señora Van Laar habla antes de que ella diga nada:

—Una vista preciosa —dice.

—Sí.

—Es mi sitio favorito para sentarme de toda la Reserva. Y mi hora preferida del día —dice la mujer.

Ella asiente con la cabeza.

—Me imagino que la vista le debe de traer recuerdos —dice Judy.

La señora Van Laar guarda un momento de silencio, como si se lo pensara.

—Pues no —suelta por fin.

Ella está barajando a toda prisa posibles preguntas que hacerle cuando la mujer se levanta de su silla y echa a andar hacia la casa.

—Señora Van Laar —dice Judy con un matiz involuntario de súplica en la voz. La otra se gira despacio. Todavía tiene una expresión agradable—. Es que… no he tenido oportunidad de hablar con usted desde que el día en que llegamos. ¿Hay algo más que crea que le gustaría añadir?

La señora Van Laar abre la boca. La cierra. Mira por encima del hombro, como si estuviera tomando una decisión.

Y por fin dice:

—¿Ha tenido oportunidad de entrevistar a Vic Hewitt?

El nombre detiene a Judy. Conoce ese apellido, claro; es el nombre de pila el que no le resulta familiar.

—¿Es el…? —dice.

—El padre de Tessie Jo —explica la señora Van Laar—. El primer director de las colonias.

Ella frunce el ceño. «Tessie Jo.» Examina las notas que acaba de tomar en busca de lo que le ha dicho T. J. de su padre durante la entrevista.

«Pérdida de memoria», tiene apuntado.

—No sabía que estaba… —dice Judy.

—Está vivo, sí —confirma la señora Van Laar, leyéndole los pensamientos—. Quizás debería entrevistarlo usted. Es un hombre muy interesante. Y seguro que le gusta tener compañía.

—¿Dónde lo puedo encontrar? —pregunta.

—Lleva un tiempo viviendo en la cabaña de la directora, con su hija —contesta la señora Van Laar—, que es quien lo cuida.

Judy niega con la cabeza.

—Allí nos hemos instalado nosotros, señora —dice—. Ahora es nuestro centro de mando.

La señora Van Laar la mira a los ojos.

—Bueno, cariño —dice—, supongo que entonces tendrás que investigar. ¿No os dedicáis a eso?

Se gira y desaparece en el interior oscuro y fresco de la casa.

VII
AUTOSUFICIENCIA

ALICE

Todavía buscando a Bear, Alice respiró hondo antes de girar el pomo de la habitación de su marido.

No habría sido tan terrible si se hubiera tratado de cualquier otra.

Si hubiera sido alguna de las chicas que había en la Reserva aquella semana, alguna actriz, cantante o modelo. Alguna chica joven y frívola a quien costara tomarse en serio.

O alguien del servicio, pensó Alice: si hubiera sido alguna empleada temporal, tendría la certeza de que Peter solo se estaba desahogando. Nunca haría nada más con alguien que trabajara para él.

Pero no era una actriz, ni una cantante ni una mujer del servicio quien estaba en la cama de Peter.

Quien estaba era su hermana. Delphine.

Alguien a quien Alice creía que él detestaba. Una mujer a la que su marido consideraba *inteligente,* lo cual, según su sistema de valores manifiesto, era un desperdicio.

Había estado completamente equivocada.

Vio por la posición en la que estaban que su intimidad no era nueva. Empezó a establecer en su mente conexiones e inferencias. La familiaridad que tenía Delphine con el servicio, la insolencia con que le había preguntado a Warren, ayer, si estaba preparado para acomodar a los invitados. Como si la dueña de la casa fuera *ella*.

Los viajes de Peter a Manhattan, dos o tres veces al mes, siempre por trabajo, según él. Siempre para reunirse con el abogado del banco, McLellan.

Le entró vértigo. ¿Cuánto tiempo llevaban haciendo aquello? ¿Años? ¿Desde la primera visita que había hecho Delphine a Autosuficiencia, en calidad de carabina de Alice?

¿O antes?

Su hermana siempre había recibido más respeto que ella. Por mucho que Peter se quejara, había cierta admiración en su voz.

Quizás todo había sido una estratagema.

Quizás siempre lo habían sabido los padres de Peter y todos sus amigos.

Quizás él, Delphine, McLellan y su mujer salían a cenar juntos por Manhattan. Quizás era una situación que se toleraba. Quizás venían aquí los dos juntos, a Autosuficiencia, en los momentos en que Alice estaba en Albany, y quizás fuera aquella la razón por la que su hermana conocía tan bien al servicio.

¿Era posible que Peter y su padre la hubieran elegido no *a pesar de* su juventud e inexperiencia —dos rasgos de los que a menudo se quejaban en voz alta, calificándolos de déficits que Alice tenía que esforzarse por superar— sino precisamente por ellas? Porque así ella haría todo lo que le ordenaran continuamente. Así no pondría problemas.

Porque nunca se le ocurriría que el tipo de persona a quien Peter de verdad deseaba fuera una mujer como Delphine.

Los dos dormían, desnudos. Su hermana tenía la cabeza en el pecho de Peter, que le rodeaba los hombros con el brazo. El cabello le formaba un abanico detrás de la cabeza.

Peter y Alice nunca habían dormido así.

Cuando ella tenía dieciocho años y estaba recién casada con un hombre más de una década mayor que ella, lejos del hogar de su infancia por primera vez en su vida, embarazada, incómoda y asustada, él nunca la había cogido con tanta ternura. Al contrario: alegando insomnio, se había movido hasta la otra punta de la cama y se había quedado tieso como una escoba mientras ella se encogía de costado, abrazaba una almohada para reconfortarse y echaba de menos a sus amigas de Nueva York y a su hermana y a su padre e incluso a su madre.

Se quedó allí mirándolos un momento más. Se le pasó por la cabeza despertarlos —dar un portazo, gritar, asegurarse de que supieran que ella lo sabía—, pero entonces todo cambiaría. Su vida entera cambiaría.

Alice solo conocía personalmente a una pareja que se había divorciado: unos amigos de sus padres.

Hoy en día el marido seguía perteneciendo a su grupo de amistades, con una esposa mucho más joven. Pero la mujer había desaparecido. Se decía que ya no vivía en Nueva York; que se había mudado a Connecticut. A juzgar por cómo se hablaba de ella, daba la impresión de que se hubiera muerto.

Alice se preguntó a sí misma: ¿era capaz de vivir así, siempre fingiendo? ¿Podía salir de la habitación al pasillo, cerrar la puerta suavemente, mirar a la cara a Peter y a Delphine a la hora de la cena, y fingir durante el resto de su vida que no había visto nada?

Sí, sí y sí, pensó.

Siempre y cuando tuviera a Bear, la respuesta sería que sí.

Cerró la puerta con la máxima suavidad posible.

Se dirigió al solario, donde encontró la botella de ginebra. Se sirvió un trago largo y se lo bebió de varios sorbos. Se lo merecía, pensó. Se sirvió otro. Se puso a beberla.

Y, mientras tanto, se permitió a sí misma llorar.

Cuando terminó, ya le costaba mantenerse de pie.

No había comido nada en todo el día.

Al salir del solario, el pasillo daba vueltas y el suelo se abalanzaba hacia ella. Entró en el salón, donde se habían congregado los demás invitados: los padres de Peter, los McLellan, las actrices y los clientes. Y allí, junto a la chimenea, Tessie Jo y Bear. A todos los había llevado allí el aburrimiento; todos estaban decidiendo qué hacer a continuación.

Al verla entrar, guardaron silencio. Alice se bamboleó un poco y recuperó el equilibrio con el pie de atrás.

La miraron con la cara cubierta de una máscara enjuiciadora.

Ninguno de ellos le importaba. Solo se dirigió a Bear.

—Ven aquí —le dijo, intentando sonreír, extendiendo las manos en su dirección.

Hubo un silencio incómodo.

—¿Adónde vas, Alice? —le preguntó el padre de Peter. Frunció el ceño.

—Bear ha estado pidiendo que lo llevasen en el bote de remos —le dijo. Su suegro frunció más el ceño, como si no la hubiera entendido. Ella se preguntó si realmente había arrastrado tanto las palabras.

Lo volvió a intentar.

Esta vez Bear se puso de pie, vacilante; su abuelo le hizo un gesto para que se volviera a sentar.

—Me temo que el niño y yo ya tenemos planes —dijo—. Estamos a punto de salir a dar un paseo. —Se giró hacia su nieto—. Bear, ¿te has puesto las botas?

Él, tenso, miró alternativamente a su abuelo y a su madre. A Alice le encantaba aquello de su hijo: el cuidado con que trataba a los demás. La preocupación que tenía por el bienestar ajeno. A menudo se planteaba cómo podía hacer más feliz a la gente; le traía flores a ella del jardín. Le dibujaba notas de amor en la escuela.

Alice sintió el impulso generoso de liberar a su hijo de aquella situación.

—No pasa nada, Bear —dijo—. Ya saldremos en otro momento con la barca. —Y se dio cuenta demasiado tarde de que la emoción le había quebrado la voz. Giró en redondo y abandonó tambaleándose el salón; se alejó por el pasillo y atravesó la puerta sur.

Fuera el cielo se estaba encapotando. Le cayeron unas cuantas gotas de lluvia en la cara, sacándola brevemente de su estupor. Dándole permiso para llorar sin pudor.

Saldría ella sola a navegar, pensó. Se escaparía de la fiesta, de su hermana y su marido. Se lo imaginó: remaría hasta el centro del lago, se tumbaría en el fondo del bote y se quedaría así flotando sin más, dejando que la meciera el agua en completa soledad hasta recuperarse un poco.

Y entonces volvería a la fiesta.

A quince metros del cobertizo de las barcas, tropezó aparatosamente, cayó de rodillas y se llenó de rasguños las palmas. Se puso de pie. Se sacudió las manos. Siguió adelante.

Abrió la puerta.

El cobertizo de las embarcaciones estaba sumido en sombras, más oscuro todavía de lo normal. Las barcas se erguían espectrales sobre sus cuñas de soporte, formando tres pulcras hileras. Se acercó al bote de remos de aluminio. Nunca había intentado bajarlo sola de las cuñas, pero se veía capaz de hacerlo.

Se estiró y se estiró. Hubo un golpeteo. Uno de los remos se había caído al suelo.

Arrastró el bote con esfuerzo hasta la rampa que llevaba al lago. Estaba sudando a pesar del viento frío procedente del agua. Sus movimientos eran torpes e inconexos.

De pronto oyó cerrarse tras de sí la puerta del cobertizo.

ALICE

1961

No sabía dónde estaba. Abrió los ojos. Tenía la boca tan seca que no podía tragar. Por encima de ella, la habitación daba vueltas lentamente y la luz del techo trazaba arcos pausados en el aire.

No se veía capaz de formar palabras. Ni siquiera en sus pensamientos. «Agua», pensó, pero no era un sustantivo, sino una imagen. Miró a su alrededor en busca de un lavamanos, girándose en una dirección y después en otra. Notaba el cuello rígido, como si llevara días sin mover la cabeza.

La habitación tenía ventanas, pero estaban cegadas por persianas bajadas con las lamas muy juntas y pestillos exteriores. No veía si fuera era de día o de noche.

La cama en la que estaba era tan dura que parecía una plancha de madera.

Se levantó con movimientos inestables. Vio que llevaba un vestido. La tela estaba acartonada, como si se hubiera mojado y la hubiera secado el sol.

«Retrete», pensó. La imagen de un retrete. De pronto el deseo de orinar se hizo tan imperioso que la dobló por la cintura.

¿Dónde estaba? Tenía la sensación de que la respuesta le llegaría pronto, acompañada de un conocimiento terrible que quizás no quería tener. Se volvió a erguir lentamente.

No había retrete. Solo unos cuantos muebles que indicaban que estaba en un dormitorio abandonado hacía mucho tiempo. Una cómoda recia. Una jofaina. Un espejo, que evitó mirar a toda costa.

Vio una puerta. Se acercó a ella y la empujó: estaba cerrada con llave. De alguna forma, había sabido que lo estaría.

Se tumbó en el suelo, impidiendo el flujo de sus pensamientos. Sabía que había pasado algo terrible. Si se volvía a dormir, no le haría falta averiguar qué era.

Cerró los ojos.

Se abrió la puerta.

Por ella entró el padre de Peter.

JUDYTA

Agosto de 1975: día 3

Se acerca el final de su turno. Necesita encontrar a Hayes; es la única persona con quien se puede arriesgar a contarle lo que le ha dicho la señora Van Laar. Después de lo sucedido ayer, no se puede permitir equivocarse otra vez delante de LaRochelle.

«Quizás debería entrevistarlo. Es un hombre de lo más interesante.»

Cuando llega a la cabaña de la directora, se encuentra con dos detectives fumando fuera que le dicen que Hayes ya no volverá hasta mañana.

—Mierda —suelta, y ambos se ponen tensos.

—Vaya lengua —dice uno.

Judy no contesta.

—En fin —dice el otro—. Te ha dejado esto. —A regañadientes, le ofrece un papel con un número de teléfono escrito: «Denny. Casa».

—¿Tenéis un lío vosotros dos o qué? —dice el primer detective. Su colega reprime una sonrisa.

Judy no les hace caso. Entra en la casa.

A solas se siente mejor.

Hay un largo pasillo que va de la sala de estar a la parte trasera de la casa. Al fondo hay un cuarto de baño, prácticamente destrozado ahora por el uso constante de los últimos días.

Pero hay más habitaciones. Y, de acuerdo con la señora Van Laar, una de ellas es o ha sido la de Vic Hewitt.

Judy se adentra en el pasillo de puntillas haciendo el menor ruido posible.

Prueba a abrir la primera puerta. Dentro hay una cama hecha con esmero, con una pila de lecturas en la mesilla de noche, una revista llamada *Camp Life*. Abre el armario; dentro encuentra varios artículos de ropa andrógina y una hilera pulcra de gorros de pesca.

En ese momento, Judy todavía no sabe si está en la habitación de Vic o en la de T. J. Se acerca a una cómoda de madera oscura y abre uno de los dos cajoncitos superiores.

Ahí tiene por fin la respuesta. La ropa interior es claramente femenina: bragas de cintura alta y un sujetador con la etiqueta todavía puesta. Unas medias de algodón que también parecen sin estrenar.

Cruza el pasillo. Abre la puerta de otra habitación. Esta vez no hay duda de a quién pertenece: en una pared hay apoyado un bastón metálico. Contra otra hay una hilera de zapatos de hombre. Lo más curioso es que hay una dentadura postiza flotando en un vaso alto de líquido en una mesilla.

Lo cual plantea una pregunta: si la dentadura de Vic Hewitt está aquí, ¿dónde está él?

Judy se acerca a la cómoda. Pero, en vez de ropa, lo que encuentra dentro es una colección de fotografías en blanco y negro. La mayoría son de niños: T. J. cuando era pequeña. Barbara. Y Bear: hay muchas de Bear Van Laar, en distintas poses, pescando, nadando, plantado con firmeza sobre unos esquís de fondo.

La que más la intriga es una foto de grupo. Entrecierra los ojos, intentando reconocer a quienes aparecen en ella. No le cabe duda de que dos de ellos son los abuelos de Barbara: el señor Van Laar padre y su mujer. Ambos en la última fila. Ella sonríe; él no.

Supone que el niño más pequeño de la foto es Bear.

La mujer que lo está mirando con cariño es su madre, Alice; el hombre que hay a la derecha de esta es su marido.

Y a un lado, formando parte del grupo y al mismo tiempo apartados, están T. J. y su padre, Vic.

Judy le da la vuelta. En el dorso hay una inscripción tenue escrita con lápiz: «Adiós a las Moscas, 1961».

El año en que desapareció Bear.

Se estremece. Devuelve las fotos al cajón. Regresa a la sala de estar.

Sabe que es hora de comunicarle a alguien el consejo que le ha dado la señora Van Laar. Se saca un papel del bolsillo, se dirige al teléfono del centro de mando y marca el número de la casa de Denny Hayes, siguiendo sus instrucciones.

Contesta una mujer. La esposa, sin duda. De fondo, Judy oye voces infantiles.

—Hola —dice—. ¿Está el detective Hayes, por favor?

La mujer se queda cortada un momento.

—¿Puedo preguntar quién lo llama?

—Soy la detective Luptack —dice—. Soy... Trabajo con él.

—No sabía que tenía ninguna... compañera de trabajo —repone la señora Hayes—. No sabía que las mujeres pueden ser detectives.

—Pues sí —dice Judy.

—En cualquier caso, no ha llegado a casa —contesta la mujer—. Me puede dejar su número si quiere.

—¿Puede decirle que estoy alojada en el Alcott Family Inn de Shattuck, en Nueva York? —le pide—. Estaré allí dentro de unos veinte minutos. Puede llamar a recepción y ellos me pasarán la llamada.

Una pausa larga y escéptica.

—Muy bien —dice la señora Hayes—. Eso haré.

Pero Judy ya es consciente de que no lo hará.

Ya ha oscurecido por completo cuando llega al motel. Están a mediados de agosto, la época del año en que el verano empieza a tocar a su fin. Se queda sentada un momento en su Beetle, escuchando el tintineo que hace el motor al enfriarse; por fin sale y cierra el coche con llave.

Luego oye que alguien dice su nombre detrás de ella.

Sabe quién es antes de darse la vuelta.

—Papá —le dice—, ¿qué haces aquí?

Su padre se le acerca dando zancadas; ella nunca lo ha visto tan furioso.

—¿Qué haces tú aquí, Judy? —le pregunta—. ¿Te parece un lugar seguro para una chica soltera? ¿Un sitio como este? ¿Llegando tan tarde, cuando ya está oscuro? Ni hablar.

—¿Cómo me has encontrado? —dice.

—Tu madre estaba muerta de preocupación —le reprocha su padre—. Anoche no pudo dormir. Hoy no ha podido comer. Hasta que me ha dicho el nombre del motel. —Judy suelta un suspiro profundo—. No la culpes a ella —dice su padre—. Se preocupa por ti. Ha hecho bien en decírmelo. Un sitio de mala muerte como este… Tienes suerte de que no te haya pasado nada ya. —Se vuelve hacia su coche. Le abre a su hija la portezuela del pasajero—. Vamos —le dice—. Te llevo a casa. Mañana te traeré para que recojas tu coche.

Su padre no la mira. Espera que ella entre sin hacer preguntas. De niños, Judy y sus hermanos lo obedecían religiosamente. Nunca les pegó, pero era un hombre corpulento y gritaba.

Ella se imagina por un momento que va tras él. Que entra en el coche. Que mantiene la paz familiar. Que actúa como se espera de ella.

Lo que hace, sin embargo, es decir:

—No es de mala muerte.

—¿El qué?

—Este hotel.

—Motel.

—Este motel. Lo dirige una familia muy amable. Los Alcott. El marido es profesor de historia. La mujer lee mucho. —Su padre la está mirando—. Me voy a quedar aquí esta noche —afirma—. Porque entro a trabajar muy temprano. Y estoy cansada.

—Judy —le dice su padre—, entra en el coche.

—Me voy a seguir alojando aquí mientras trabaje en este caso. Y después voy a buscarme un apartamento cerca de la sede de la OIC en Ray Brook. Me lo puedo pagar porque me han subido el sueldo.

—Judy.

—Cuando me ascendieron —añade, para darse énfasis.

Su padre cierra lentamente la portezuela del pasajero. Por un momento, a ella casi le da lástima. Se lo imagina haciendo el trayecto a casa solo, con la cara convertida en una máscara de tristeza y rabia. Es la primera vez en su vida que su hija contraviene de forma directa sus deseos.

—Tu madre ha estado llorando —dice su padre—. Y ha sido por tu culpa.

—Tengo veintiséis años —dice Judy—. Ya soy una mujer, papá. Puedo cuidar de mí misma.

Su padre no dice nada. Se mete en el coche —una antigualla, un Fairlane Skyliner de finales de los cincuenta. Ella todavía se acuerda de cuando lo compró y lo trajo a casa con orgullo— y da marcha atrás para desaparecer en la noche, con su brazo grueso sobre el asiento del pasajero, donde normalmente estaría su madre.

Y Judy se queda sola.

JUDYTA

Agosto de 1975: día 4

En su habitación del Alcott Family Inn, Judy enciende el voluminoso televisor mientras se prepara. El presentador está hablando del tiempo: hoy hará más sol y un día frío para ser agosto. Le gusta esta nueva rutina: despertarse sola, a una hora razonable, sin que ninguno de sus hermanos le grite desde la habitación de al lado.

Pone el agua de la ducha lo más caliente que puede aguantar. Se queda más tiempo debajo del que su madre le dejaría.

Por fin, a su pesar, sale de la ducha. Apaga el agua a tiempo de oír que en la habitación el presentador de las noticias dice: «... se encuentra ahora mismo detenido».

Sujetándose la toalla por delante, corre a toda prisa al dormitorio, donde ve una imagen de Jacob Sluiter en la pantalla.

El presentador da paso a una entrevista con el superintendente de la Policía Estatal de Nueva York, que confirma desde la sede central de Albany que han capturado a Sluiter en una vivienda privada de las inmediaciones de North Creek.

En el trabajo, a Denny Hayes le han asignado dirigir la sesión informativa matinal. LaRochelle, les dice, está en la casa, hablando otra vez con el padre de Barbara.

—En fin, si no os habéis enterado ya —dice—, estáis a punto.

Después de contarles lo sucedido la noche anterior —un vecino que reconoció a Sluiter cuando pasaba frente a su casa y un cerco policial mientras el susodicho dormía—, les aclara unas cuantas cosas: la primera es que se encuentra detenido, ileso y en buen estado de salud.

La segunda es que parece dispuesto a hablar.

La tercera es que, sí, hay una cronología posible que le habría permitido llegar a la Reserva Van Laar hace cuatro días, a tiempo para capturar a Barbara y después poner rumbo al sur de vuelta a North Creek. Pero no parece probable, y tampoco tienen pruebas de ello.

La última es que la decisión de quién hará el interrogatorio inicial recae en Hayes.

Por un momento, Judy cree que la va a nombrar a ella. Incluso la mira; pero luego aparta la vista.

—Goldman —dice—, ¿tuviste contacto con él cuando trabajaste en el caso de Bear Van Laar?

Aquel niega con la cabeza. No.

—¿Te gustaría hacerlo ahora? —dice Hayes.

Es lo lógico. Judy intenta no sentirse decepcionada. Goldman es fiable y paternal y no resulta amenazador. Todo el mundo dice que es buen detective; se rumorea que nunca ha aceptado los ascensos que le ofrecían porque le gusta el trabajo de investigación sobre el terreno.

Judy contiene la respiración. Se pregunta si Goldman va a decir que no.

—Sí —contesta él.

Hayes asiente con la cabeza. Luego, uno por uno, les asigna el trabajo del día a los demás, incluida Judy, a quien le ha dado los nombres de unos cuantos padres para que los busque.

Y por fin los despide a todos, mandándolos fuera de la cabaña.

Ella se queda atrás. Espera a que se haya marchado todo el mundo para acercarse a Hayes.

—Anoche llamé a tu casa —dice—. Le dejé un mensaje a tu mujer. —Él frunce el ceño. Suspira—. No te lo dijo —dice Judy. Él niega con la cabeza—. ¿Hablaste ayer con el abuelo? —pregunta.

—No lo encontré por ninguna parte —contesta él—. Todo el mundo me dio una versión distinta de dónde estaba. —Hace una pausa—. ¿Tú?

—No lo encontré a él exactamente —dice Judy—. Pero tengo una pista nueva para ti. —Y, sin esperar respuesta, le cuenta su tarde de ayer: el soplo que le dio la señora Van Laar. Su búsqueda de Vic Hewitt. El bastón, la dentadura postiza. El dormitorio vacío—. Puedes verlo tú mismo —añade, señalando con la cabeza hacia el pasillo—. Está justo ahí.

—¿Qué te dijo T. J. cuando la entrevistaste? Sobre el paradero de su padre.

—Eso es lo más curioso —dice Judy—. Que no lo mencionó para nada en presente. Solo dijo que había dirigido las colonias hasta que le empezó a fallar la memoria. Yo no tenía ni idea de que seguía viviendo en la cabaña de la directora.

—Hasta que dejó de vivir aquí —dice Hayes.

—Exacto.

Él lo piensa.

—Muy bien —dice—. Olvídate de lo que te he dicho antes. Tu tarea de hoy es encontrar a Vic Hewitt.

JUDYTA

——————

En Camp Emerson ya no quedan más que policías, agentes forestales y detectives. Monitores, campistas y empleados ya se han marchado. La única empleada que en teoría debería seguir estando en el centro de colonias es T. J. Hewitt.

Pero cuando Judy regresa a la residencia de empleados, que es donde la vio por última vez, se encuentra con que la puerta de la habitación donde la entrevistó no solo está cerrada, sino que le han puesto barra y candado. Recién instalados, a juzgar por el serrín del suelo.

A pesar del candado, llama con los nudillos, primero suavemente y después con firmeza.

No hay respuesta.

Se pasa las siguientes horas preguntando a todo aquel con quien se encuentra si ha visto a T. J., pero nadie parece haberla visto desde ayer. Su camioneta tampoco está en los terrenos del centro.

No es una persona de interés en este caso, por lo menos de forma oficial. Tiene derecho a ir y venir como le plazca. Aun así, la ausencia tanto de ella como de su padre resulta sospechosa, sobre todo después de las conversaciones de ayer, y Judy siente un cosquilleo de preocupación en el estómago.

A mediodía regresa a la cabaña de la directora para almorzar. Al entrar, se encuentra a Denny Hayes colgando el teléfono.

—Detective Luptack —le dice—, eres justamente la persona a la que buscaba.

—¿Yo? —dice Judy, y él asiente con la cabeza.

—Tengo un favor que pedirte —explica, pero se interrumpe—. ¿Alguna novedad con Vic Hewitt?

—No —contesta ella—. Y ahora parece que también ha desaparecido T. J.

Un momento de silencio.

—Pondré a alguien a trabajar en eso —dice Hayes.

—¿A quién? —pregunta Judy. Y luego, cayendo en la cuenta—. ¿Cuál es el favor?

Su compañero suspira.

—Quiere hablar con una mujer —explica él.

—¿Quién? —pregunta ella.

—Sluiter. Goldman ha hecho lo que ha podido, pero no le ha sacado nada. Quiere hablar con una mujer.

—Ajá —dice Judy.

—En toda la OIC solo hay una detective —dice Hayes con delicadeza.

—Ya veo.

—He protestado —se excusa—. No sé si está bien concederle lo que pide. Y no tengo ni idea de qué te puede decir. Podría soltarte un montón de basura pervertida, yo qué sé. Pero está fuera de mi control. LaRochelle ha dado el visto bueno.

—No pasa nada —dice Judy—. No tengo miedo.

Sí que lo tiene. Al cabo de dos horas, está delante de una de las salas de interrogatorios de Ray Brook, mirando a Jacob Sluiter en persona a través de un cristal unidireccional.

Es alto y flaco. Tiene entradas. Con cincuenta años, se le ven los brazos correosos y el cuerpo ágil; se imagina que con treinta y pico —la edad que tenía cuando cometió su serie original de homicidios— debía de ser todavía más difícil de reducir físicamente. Tiene una barba rala que parece haberle crecido durante el tiempo que ha pasado fugitivo.

La ha estado preparando por teléfono un psicólogo forense que trabajó en el caso durante la ola de crímenes de Sluiter de principios de los años sesenta.

—Odia a su padre —le había contado el especialista—. Lo maltrató con brutalidad. No lo mencione usted, ni a los padres en general.

—Muy bien —había dicho Judy.

—Es sexualmente violento —había proseguido el psicólogo—. Puede que diga ciertas cosas, tratando de provocarla. Intente no darle esa satisfacción.

—De acuerdo.

Ahora ella aprieta la mandíbula para que no le castañeteen los dientes. Confía en que eso la haga parecer dura. Siente una vibración que emana de su plexo solar a consecuencia de los nervios y el frío. En Ray Brook tienen el aire acondicionado a tanta potencia que ha estado llevando chaqueta al trabajo en pleno agosto. Pero mencionar algo al respecto sería como anunciar que es débil.

Se ha congregado una pequeña multitud detrás de ella. Están presente Hayes, claro, y Goldman. También el capitán LaRochelle y dos de sus tenientes.

Intenta no mirarlos. Como de costumbre, se siente intensamente consciente de su edad y de su género. Su compañero está a su lado, mirándola.

—¿Seguro que estás dispuesta? —le pregunta.

—Seguro.

Judy entra sola. Sabe que hay micrófonos en la habitación. Están conectados con un altavoz y una grabadora situados al otro lado del cristal unidireccional. La idea de que la estén escuchando a tiempo real la cohíbe. Le gustaría tener más intimidad.

Jacob Sluiter, que estaba repanchingado en su asiento, pone la espalda recta cuando la ve entrar.

—Señor Sluiter —dice Judy—, soy la detective Luptack. —Intenta mantener la voz distendida.

Por un momento, él no dice nada. Luego:

—¿Tiene frío?

Ella solo vacila un segundo. El psicólogo le ha dicho que no dé ninguna muestra de debilidad; es lo que excita a Sluiter, le ha explicado. Con una mujer delante, su meta será intimidarla. Solo una persona se le escapó a principios de los años sesenta; la mujer en cuestión contaba que él había intentado que le suplicara piedad y que ella se había negado.

—No —dijo Judy—. Estoy bien.

Sluiter parece casi decepcionado.

—¿Qué edad tiene? —pregunta.

—¿Qué edad tiene usted?

—Casi cincuenta y uno. Los cumplo la semana que viene.

—Muy bien —dice ella—. Feliz cumpleaños por adelantado. —Y le sonríe.

Sluiter la mira, captando algo.

—Se la ve muy joven —dice—. ¿Acaso vive en casa de sus padres?

Judy parpadea, obligando a su cuerpo y su cara enteros a mantenerse quietos.

—No.

—¿Está casada?

No contesta.

—No le veo anillo en el dedo —añade Sluiter—. Por eso lo preguntaba. —Sonríe y se cruza de piernas—. No quería ofenderla ni nada parecido.

—Señor Sluiter —dice Judy—, ¿puede hablarme un poco de su paradero después de escaparse de Fishkill?

—Ah. No tengo ni idea de dónde he estado. Me limité a caminar hacia el norte.

—Entiendo —repone ella—. ¿Tenía algún destino concreto en mente?

—No.

—¿Se encontró con alguien mientras viajaba hacia el norte?

—No.

Por primera vez desde que Judy ha entrado en la sala, Sluiter parece aburrido. Aparta la cara de la de ella para mirar el cristal unidireccional, como si supiera que tiene público.

—¿Quiere hablarme un poco de sus... hábitos? ¿Dónde dormía, qué comía?

—La verdad es que no me acuerdo —dice él.

Siguen un rato así: Judy le hace preguntas y Sluiter las elude, hasta que ella empieza a preocuparse. Piensa en los hombres que están escuchándolos fuera de la sala. Se los imagina mirándose de reojo entre ellos, tan escépticos como ella acerca de su capacidad para extraerle alguna información al sospechoso. ¿Para qué ha pedido una detective si no quiere contarle nada más que lo que le contó a Goldman?

Oye la voz del psicólogo en su cabeza: «No dé ninguna muestra de debilidad».

Decide no hacerle caso.

—¿Sabe qué? —dice—. Sí que tengo frío. Este es el edificio más frío en el que he estado nunca.

Se abraza a sí misma. Tiembla un poco.

Él la vuelve a mirar. Entrecierra un poco los ojos detrás de las gafas, para verla con más claridad.

—Detective Luptack —dice—, ¿le puedo preguntar algo?

—Sí.

—¿Es usted virgen?

Judy siente una ráfaga de humillación. Le sube la sangre a la cara como si le hubieran dado una bofetada. Con veintiséis años es, en efecto, virgen. Quiere negarlo, pero se acuerda del micrófono de la sala, con el altavoz fuera. Se acuerda de los cuatro hombres, colegas suyos, que están allí escuchándolo todo.

No dice nada.

—Lo siento —dice Sluiter—, ¿la he avergonzado?

—Sí —contesta Judy—. Estoy avergonzada.

Él sonríe. Cambia de postura en su silla.

—¿No me lo quiere decir?

—Vamos a hacer un trato —propone ella—. Se lo diré si me cuenta usted unas cuantas cosas antes.

—¿Cómo se llama el juego? —pregunta Sluiter.

—Verdad o reto —dice Judy.

Él sonríe. Se recoloca las gafas, como si se preparara para un rato de diversión.

Judy no reconoce para nada esta versión de sí misma. Está interpretando un papel. No tiene experiencia, ni con hombres ni con mujeres. Cuando tenía doce años —y ya era consciente de su papel en el mundo, como mujer no demasiado guapa, pero sí lo suficiente—, su padre le dio un consejo sobre salir con chicos: «No les extiendas cheques que luego no vas a querer pagar».

La frase le pareció grotesca. Pero se le quedó grabada. Quizás sea una de las razones por las que ahora se viste como se viste, con prendas pensadas para tapar. Quizás sea la razón por la que camina encorvada y con la cabeza gacha cuando hay hombres a los que no conoce o en los que no confía. Que son la mayoría.

Hoy, por primera vez en su vida, ve su sexualidad como algo útil. Quiere una confesión. La quiere más de lo que ha querido nunca nada en la vida.

—¿Verdad o reto? —dice Sluiter.

—Verdad.

—¿Es usted virgen?

—Sí —dice Judy—. Lo soy.

Bloquea mentalmente la imagen de los hombres que están en la sala contigua, sus superiores. Confía en que la dejen trabajar un rato, en que no irrumpan demasiado pronto, confundiendo su talento interpretativo con angustia verdadera.

Sluiter carraspea.

—Ya se lo notaba —comenta.

—Me toca —dice Judy—. ¿Verdad o reto?

—Reto.

—Lo reto a que me hable de todo el mundo a quien ha matado o secuestrado.

Un silencio tenso inunda la sala y ella se pregunta de inmediato si no habrá ido demasiado lejos. Se apresura a formar una sonrisilla con la boca, destinada a transmitir despreocupación.

Al cabo de un momento largo, Sluiter sonríe también y menea un dedo en el aire.

—No, señora —dice—. Eso es trampa.

—¿Por qué?

—La palabra «reto» implica acción —explica él—. No confesión.

—Puedo retarlo a lo que quiera —dice Judy—. No hay regla que lo prohíba.

Sluiter carraspea otra vez.

—¿No se ha documentado usted? —pregunta—. Nunca he matado ni he secuestrado a nadie. —Sonríe. Coqueteando. A Judy se le agarrota el estómago: náuseas, nerviosismo o ambas cosas.

—Nunca lo ha confesado —lo corrige.

—Exacto. Nunca.

—Pero ahora —dice ella—, con todas las pruebas, y siendo la segunda vez que lo pillan, ¿no hay nada que quiera confesar? —Por segunda vez en lo que va de entrevista, nota que lo está aburriendo. Vuelve a probar—. Señor Sluiter, ¿es usted religioso?

Él suelta un soplido de burla.

—Para nada. Aunque mi padre sí que lo era, a su manera.

—O sea, que es usted un hombre racional —dice Judy—. Cree en el poder de la deducción y las pruebas.

—Depende —repone Sluiter.

—¿De qué?

—De quién obtenga las pruebas. Y de si son de fiar.

Le sorprende darse cuenta de que una parte de ella entiende lo que él está diciendo. Incluso está de acuerdo.

—¿Qué me dice de mí? —dice—. ¿Confiaría en alguien como yo?

—Sí —contesta—. Y, si esa era su pregunta, me toca a mí.

—No le toca a usted —dice Judy—. Todavía estamos negociando los términos. El significado de la palabra «reto».

Sluiter frunce el ceño.

—Muy bien —dice—. Una pregunta más. Y luego tengo un buen reto para usted, si lo acepta. —Sonríe.

Judy se queda un momento callada, dándose tiempo para pensar. No está segura de tener permiso para mencionar a Barbara Van Laar por su nombre, pero siente que está muy cerca de algo. Quiere demostrarles algo a los hombres de la otra sala, pero sobre todo a sí misma.

—Estamos buscando información sobre una chica —dice— que ha desaparecido.

—Barbara Van Laar —sugiere Sluiter.

A Judy le recorre la espalda un escalofrío.

—Conoce su nombre —dice, con cuidado de no darle entonación de pregunta.

Él asiente con la cabeza. Mira la mesa. ¿Es remordimiento lo que le ve en esa postura? Intenta respirar más pausadamente.

—Señor Sluiter, ¿ha estado usted en las inmediaciones de la casa de Barbara Van Laar durante los últimos días? ¿Ha... tenido algo que ver con su desaparición?

Él la mira con expresión calculadora.

—Eso son dos preguntas —dice—. Tiene que elegir una.

—Muy bien —repone Judy—. La primera.

Sluiter asiente despacio con la cabeza.

—Sí —dice.

—Sí que ha estado en las inmediaciones de su casa —aclara ella.

—Sí.

Judy abre la boca para decir algo, pero Sluiter levanta un dedo.

—Me toca hacerle una pregunta —dice.

Ella se calla. Lo mira.

—¿Es virgen por decisión propia? ¿O porque nadie se la ha querido follar?

Antes de que termine la frase, se abre la puerta que hay detrás de ella. Judy se gira: Hayes, Goldman y el capitán LaRochelle.

—Un momento —pide, pero ya están interrumpiéndola.

—Gracias, detective Luptack —dice el capitán.

Sluiter los mira con cara sombría.

—No habíamos terminado —declara.

«No habíamos terminado.» Judy también quiere decirlo, quiere gritarlo, pero entiende que su obligación ahora es obedecer la orden que le está dando silenciosamente la mirada firme de LaRochelle.

A su pesar, se levanta de su silla.

Goldman le señala la puerta; la acompaña fuera.

Detrás de ella, oye la voz de Sluiter, su tono inescrutable, a medio camino entre la burla y la sinceridad.

—Detective Luptack —le dice—, ha hecho un buen trabajo.

Fuera de la sala de interrogatorios, a Judy le abandonan las fuerzas. Necesita toda su energía para no dejarse caer al suelo.

—¿Estás bien? —le pregunta Goldman, preocupado.

—Podría haberle hecho confesar —dice ella—. Estoy segura.

—Lo sé —la consuela Goldman—. Lo sé. Es que… no estaban seguros de si lo que él estaba diciendo era útil ya.

—Lo podría haber conseguido —insiste.

Al otro lado del cristal unidireccional, Judy ve que Jacob se gira de costado a Hayes y LaRochelle. Lo ve cruzar los brazos sobre el torso como un niño petulante mientras los detectives se ponen a hablar.

LOUISE

———

Agosto de 1975: día 4

Desde que Louise volvió ayer a casa, Jesse no ha aparecido.

Su madre no tiene ni idea de dónde puede estar.

—¿Cuánto hace que se fue? —pregunta, cada vez más asustada.

—Eh —dice su madre—. Un día como mucho. Creo que yo lo vi ayer en la cocina.

«Tiene once años», quiere decirle Louise. Pero, si le toca vivir un tiempo con su madre, va a tener que hacer lo posible por mantener la paz, por conservar la calma a base de evitar las peleas.

A mediodía, cuando ya está a punto de ir al centro del pueblo para preguntar allí, Jesse entra por la puerta y se detiene en seco al verla en la cocina.

—¿Dónde estabas? —le pregunta Louise, obligándose a hablar con calma.

—En casa de un amigo.

—¿De qué amigo?

—Neil. No lo conoces.

—¿Por qué no has avisado a nadie?

—¡Sí que he avisado! —dice Jesse, indignado—. Se lo dije a mamá. Le dije que la madre de Neil me recogería y me traería de vuelta también.

Louise se lo queda mirando. Sin apartar la vista, levanta la voz para hacerse oír en la otra habitación:

—Mamá, ¿sabías que anoche Jesse estaba en casa de su amigo Neil?

Hay un momento de silencio.

—Supongo que sí lo sabía —dice su madre.

Louise agacha la cabeza. Su hermano sonríe, satisfecho.

—Lo siento —dice ella—. Me preocupo por ti.

—Ya lo sé —contesta Jesse.

Abre los brazos y él camina vacilante hacia ella.

Cuando tenía catorce años y él tres, su hermano se dejaba abrazar exactamente así: poniendo la cabeza de lado y posándola en su hombro. Apoyando su peso en ella. Ahora Jesse es más alto que ella, por primera vez, pero todavía encuentra la forma de relajar los huesos y los músculos contra los de ella, y, durante un momento —antes de recobrar la compostura—, los dos respiran así, dejándose llevar.

—Jesse —dice Louise—, no dejes embarazada a ninguna chica.

—Para —contesta él. Luego pone la espalda recta—. ¿Has vuelto a casa? —le pregunta.

—De momento.

Los dos están viendo la tele con su madre. *Kojak:* una serie que le encanta a Jesse.

Tanto él como su madre terminan quedándose dormidos y Louise se va a la cocina, donde abre un armario. Ayer vio con satisfacción que su hermano había hecho lo que ella le había pedido por teléfono. Había comprado provisiones. Está creciendo.

Acaba de meter una cuchara en un bote de crema de queso Cheese Whiz cuando alguien llama a la puerta.

Fuera hay alguien a quien no reconoce de entrada.

Solo ve que es una mujer y que tiene el pelo canoso.

JUDYTA

Agosto de 1975: día 4

Cuando Denny Hayes la encuentra, Judy está caminando en círculos en torno a su mesa como un boxeador derrotado.

Él le dedica una mirada de conmiseración.

—Goldman dice que te has quedado disgustada —comenta.

Judy hace el esfuerzo de sentarse en su silla.

—¿Qué le habéis sacado?

Hayes tarda un momento en contestar.

—Nada —admite—. En cuanto te has ido, se ha cerrado en banda. No ha dicho ni una palabra más. —Luego mira por encima del hombro y baja la voz—. Ha sido LaRochelle quien nos ha obligado a entrar. No paraba de decir que le preocupaba que Sluiter estuviera jugando contigo. Que no te estuviera diciendo la verdad. Pero yo creo que lo que ha pasado —dice— es que el capitán quería poder decir que el trabajo lo ha terminado él.

A Judy se le cae el alma a los pies.

—Yo te habría dejado seguir —añade Hayes.

Ella asiente con la cabeza.

—Lo sé.

—Si te hace sentirte mejor —dice Hayes—, está viniendo una restauradora de la Hyde Collection a la Reserva para intentar quitar la pintura de la habitación de Barbara.

Judy ha estado tan centrada en Sluiter que tarda un momento en acordarse.

441

Cuando lo hace, se le ocurre una pregunta:

—¿Cómo han reaccionado los padres? ¿Les parece bien?

—Buena pregunta —dice Hayes—. Yo me estaba planteando lo mismo. Pero me ha comentado el capitán que les ha parecido bien. Por lo menos al padre. Ni ha pestañeado.

En opinión de Judy, eso significa una de dos cosas: puede ser un indicio de la inocencia de los progenitores de Barbara o que nunca ha habido nada interesante en esas paredes.

Antes de marcharse a la Reserva, le hace una petición a Hayes:

—¿Me dirás qué pasa hoy con Sluiter? ¿Me llamarás aunque no estés en la Reserva?

Él asiente con la cabeza.

La restauradora es una mujer joven y alta, quizás de la edad de Judy. Lleva unas gafas muy grandes y un mono de trabajo blanco. Con la mano derecha sostiene un cubo; con la izquierda, una lona para cubrir superficies.

Se llama Anna, dice. Ha venido a mirar la pintura.

Como es quien tuvo la idea, ella va a ser también la que la supervise.

Acompaña a la mujer a la casa de los Van Laar y luego por el pasillo que lleva a la habitación rosa.

La restauradora entra primero y deja el cubo en el suelo. Contempla las paredes de color rosa intenso, la cama recién hecha y el tamaño sorprendente de la estancia.

—¿Alguna idea de por qué pared debería empezar? —pregunta.

—Creo que es la de detrás de la cama —dice Judy, acordándose del dibujo que hizo Barbara. Su boceto del mural.

Anna se mueve con confianza. Extiende la lona sobre el suelo. Se arrodilla y mete la mano en el cubo; saca un bote metálico de acetona y algo que parece un bastoncillo de algodón muy grande.

Lo humedece con el líquido y lo aplica a un trozo minúsculo de pared cercano a la esquina.

Cuando lo aparta, a través del rosa aparece una manchita verde.

—Bueno —dice Anna—, esto es buena señal. Parece que debajo hay pintura al óleo. Eso significa que quizás pueda quitar la pintura de látex de encima sin dañar la capa inferior.

Vuelve a su trabajo, ampliando un poco su círculo diminuto. Sí: hay más verde, y al lado, un poco de negro.

Anna mira a Judy por encima del hombro.

—Sabe que esto va a ser muy largo, ¿no? —pregunta—. Le hablo de días.

Hacia media tarde, un detective joven sube la colina para buscarlas en la casa. Se lo ve agitado.

—¿Eres Luptack? —le dice a Judy. Ella asiente con la cabeza—. El capitán LaRochelle está al aparato y quiere hablar contigo. Dice que es urgente.

Cuando llega al teléfono de la cabaña de la directora, se encuentra con que Hayes ya ha llegado también. Es quien tiene el auricular en la mano. A su alrededor se ha formado un corrillo de curiosos. Judy lo coge y les da la espalda.

—Tengo en la sala al señor Sluiter —dice el capitán, entre serio y disgustado—. Dice que quiere hablar contigo. Ha aceptado permitirme que me quede con él mientras habla.

Le echa un vistazo a Hayes, que no tiene ni idea de lo que está pasando. Judy gesticula: «Sluiter quiere hablar conmigo».

Hayes enarca las cejas. «La llamada se grabará», gesticula él también.

—Ya lo sé —dice ella.

—¿Qué es lo que sabe? —pregunta Sluiter al otro lado de la línea.

Esta vez, Jacob Sluiter no se anda con preámbulos. Habla claro y directo:

—No sé nada de Barbara Van Laar —dice—. Le estoy diciendo la verdad.

—¿Cómo es que conocía su nombre? —pregunta Judy—. Cuando le hablé de ella, la mencionó antes que yo.

—Lo he visto en la prensa —dice Sluiter—. Igual que todo el mundo. —Tiene una sonrisa triunfal. Ella lo oye por la línea.

Espera. Hay más, piensa. Tiene que haber más.

Lo oye respirar: un sonido húmedo que le revuelve el estómago. Por fin la voz continúa:

—Pero sí que sé dónde está su hermano.

Judy cierra un momento los ojos.

—¿Y me lo quiere decir? —dice ella. Casi nota en los labios el sabor de la respuesta. La desea con todas sus fuerzas.

—No quiero, no.

«No digas nada —se dice a sí misma—. Espera.» Y, en silencio, le ruega por la línea telefónica a LaRochelle que tampoco diga nada.

Y funciona.

—Pero se lo voy a enseñar —concluye Sluiter.

LOUISE

Agosto de 1975: día 4

Louise abre la puerta.

Conoce a la mujer. Pero no se acuerda de qué.

Lleva el pelo gris recogido en una coleta muy larga, casi hasta la cintura, y un vestido de algodón largo y zapatillas de caminar con calcetines.

Se miran un buen rato, inmóviles.

—¿Louise? —pregunta por fin la mujer.

Y, solo al oír su voz —grave y distintiva—, cae en la cuenta de quién es.

—Señora Stoddard —dice—, ¿está usted bien?

Casi nadie ha visto a la señora Stoddard —antigua profesora de catequesis, persona muy conocida en el pueblo y madre de Antonia Stoddard, que fue a la clase de Louise desde el jardín de infancia hasta que acabó los estudios— desde que murió su marido.

Hace una década larga que hay más rumores sobre ella que datos contrastados.

Se dice que la señora Stoddard, igual que la madre de Louise, no sale nunca de casa. Que sufrió un «colapso nervioso».

Pero, a diferencia de su progenitora, esta mujer tiene una razón de peso para haber roto, según se comenta, con la realidad: perdió a su hijo y a su marido en un periodo cruelmente corto de tiempo. Y la ignominia en que había caído el hombre le impidió llorar su muerte como era debido; por lo menos en público.

—¿Puedo entrar, Louise? —pregunta la señora Stoddard.

Ella se hace a un lado para dejarla pasar. Señala una silla; la mujer acepta el ofrecimiento y se pone el bolso en el regazo, agarrando con fuerza el asa, como si tuviera miedo de que se lo fueran a quitar.

—¿Le puedo traer algo para beber? —le pregunta—. ¿Un té? —No tiene ni idea de si hay té en la casa.

—No, gracias —dice la señora Stoddard.

—¿Cómo está Antonia? —pregunta Louise.

—Eh, bien —contesta la mujer—. Todas mis hijas están bien. Ya he sido abuela cinco veces.

Pone la espalda muy recta en la silla, orgullosa. Pero algo le dice que no debería seguir preguntándole por su familia; que quizás no tengan demasiado contacto.

—Debe de estar usted muy orgullosa —dice Louise.

—Pues sí.

—Me acuerdo de que Antonia tocaba muy bien el piano. Y también cantaba bien.

—Es verdad, me acuerdo —dice la señora Stoddard.

Hay un silencio largo e incómodo.

De pronto, la mujer se inclina hacia delante en su silla.

—Sé lo que te están intentando hacer —dice.

Louise parpadea.

—¿Ah, sí?

La otra asiente con la cabeza. De repente, se le inundan los ojos de lágrimas. Extiende una mano flaca por encima de la mesa de la cocina, con la palma hacia arriba, y a ella no le queda otro remedio que poner la mano encima de la suya.

—Pero no te preocupes —dice—. No voy a permitir que lo vuelvan a hacer.

Abre el bolso que tiene sobre el regazo y hurga en su interior, buscando algo.

Saca un documento arrugado, lo deja sobre la mesa entre ellas y lo alisa con el puño.

—Ten —dice—. Cógelo. Es para ti.

Tras un momento de duda, Louise se acerca el fajo de páginas grapadas.

Al principio no sabe qué está viendo. Es un duplicado en papel carbón de algo, con el texto tan desvaído que necesita entrecerrar los ojos para leer algunas partes. En la cabecera del documento hay unas palabras que no entiende: «Recibo de aval y aviso informativo».

Al final del documento, una firma: «Maryanne Stoddard».

—¿Te han dicho que he sido yo? —pregunta la señora Stoddard.

—¿Quiénes?

—Los de la oficina del magistrado. ¿Te han dicho que la fianza la he pagado yo? He puesto mi casa como garantía —explica la mujer emocionada, con las manos temblándole un poco—. Mira —dice—. Mira la página siguiente.

En ella hay una nota de pagaré con la dirección de la casa de los Stoddard en la parte superior. La tercera página es una fotocopia de la escritura.

—Señora Stoddard —dice Louise—, no debería haberlo hecho usted.

—¿Por qué no?

—Es muy amable de su parte —señala—, pero es demasiado.

—Tonterías —dice la mujer—. Me he pasado los últimos catorce años de mi vida intentando limpiar el honor de mi marido de un crimen que no cometió. No pienso permitir que esos desgraciados le hagan lo mismo a nadie más. —Louise sigue mirando los documentos. Examinando la firma del final de la página—. ¿Sabes cuántas horas de mi vida me he pasado en los bosques que rodean el monte Hunt? —sigue diciendo la señora Stoddard—. Prácticamente no he hecho nada más. Mis hijas me toman por loca. Pero siempre pienso que…, si pudiera encontrar

algo, ropa del niño o... —Se queda callada un momento, sopesando hasta qué punto puede sincerarse—. O al mismo niño...
—dice por fin—. Pobrecillo.

Louise escucha con atención. Todo lo que le está diciendo esa
mujer le confirma una teoría que se ha formado en los últimos minutos. Mira la firma con expresión calculadora.

—Señora Stoddard, no quiero ser maleducada, pero ¿su nombre de pila es Maryanne?

—Sí.

—¿Y lleva desde que desapareció Bear Van Laar buscando en
los bosques vecinos?

La mujer asiente con la cabeza.

—Desde que murió mi marido estando bajo custodia policial
—dice—, para ser exactos. Pero sí.

Louise espera. Le da miedo preguntar.

—Mary la Siniestra —dice Maryanne Stoddard—. Lo puedes
decir. He oído que me llaman así.

JUDYTA

Agosto de 1975: día 4

Judy está sentada en el fondo de una canoa mientras la llevan por el lago Joan dos agentes forestales de Medio Ambiente, remando con paladas largas y uniformes, plácidamente y en silencio, sin apenas agitar el agua.

Dos canoas más flanquean la suya. En una van Hayes y un médico forense de Schenectady.

En la otra, Sluiter y un guardia armado.

Han hecho falta varias rondas de negociaciones con el abogado de oficio para que un juez del condado acepte el plan. El problema, tal como le ha explicado Denny Hayes, es el historial de fugas de Sluiter. Su capacidad para manipular a quienes lo rodean.

Alguien con el riesgo de fuga de Sluiter necesita llevar grilletes en los tobillos y las manos esposadas a un cinturón de seguridad. Por consiguiente, así es como va mientras un forestal en proa y otro en popa impulsan la canoa.

Judy se obliga a mantener la vista clavada al frente. Tiene miedo de comprobar que Sluiter la está mirando si se gira hacia él.

Se dirigen a la otra orilla del lago Joan, al pequeño trecho de tierra pedregosa que hay en el centro de una bahía aparentemente inaccesible a pie. Unos abruptos salientes rocosos se elevan del agua y flanquean la ensenada por ambos lados.

Cuando se acercan, ven claro que van a tener que caminar por el agua. No existe playa, solo rocas que impiden la entrada al bosque que hay detrás. Desembarcan uno por uno, aguantando la canoa para que no se mueva mientras bajan. A Sluiter —que tiene las manos esposadas al frente, como en gesto de súplica— lo tiene que ayudar a bajarse de la canoa el fornido guardia que le han asignado. Cuando echa a andar hacia la proa, medio agachado, la embarcación se bambolea y amenaza con volcar. El guardia abre los brazos y Sluiter cae en ellos.

Detrás de las rocas, la espesura es brutalmente densa. A medida que se alejan de la orilla, la luz del día apenas llega al suelo.

Caminando en fila detrás de Jacob Sluiter, el terror de los bosques del norte, Judy examina el suelo que tiene por delante.

Antes, por teléfono, le ha descrito lo que han de buscar: un túmulo funerario. Un montón de rocas, unas encima de las otras, destinadas a marcar un lugar.

Ahora quiere ser la primera en verlo; si es que Sluiter está diciendo la verdad, claro, que es algo que está por ver. Una parte de ella cree que simplemente quiere ir de excursión: su última oportunidad para ver la naturaleza antes de que lo trasladen a una prisión federal para el resto de su vida.

Después de varios minutos abriéndose paso por entre la maleza, el sonido de la voz de Sluiter interrumpe por fin el silencio de su avance.

—Mirad arriba —dice. Lo obedecen.

Han llegado a la pared escarpada de roca que se veía desde la orilla. A tres metros por encima de ellos se observa lo que parece una cueva, una boca abierta de profundidad poco clara.

—Ahora mirad abajo —dice Sluiter, que agacha la cabeza—. Ahí está.

A sus pies, sobre la tierra pelada: una torrecilla de rocas.

Un túmulo.

Debajo de ese indicador, les dice Jacob Sluiter, encontrarán al niño.

LOUISE

Louise está en el dormitorio de su infancia.

Lo ha estado evitando. Anoche durmió en el sofá. No le gusta entrar en ese lugar lleno de artilugios de sus antiguas ilusiones, de la Louise Donnadieu de diecisiete años, la segunda mejor alumna de su promoción de la Central High, la que se fue becada para ir al Union College.

Ahora, sin embargo, va a tener que firmar alguna clase de tregua con ese espacio: es posible que le toque pasar allí semanas o meses antes de su vista judicial.

Da una vuelta completa a la habitación y se pone a quitar las decoraciones de las paredes. Descuelga el certificado de la National Honor Society, la fotografía de Louise con toga y birrete, estrechando la mano a la directora de su instituto, y el último boletín de notas que recibió, lleno de sobresalientes y matrículas de honor.

Fue ella quien los colgó. Con catorce o dieciséis años. A ningún adulto de su vida le importaron nunca lo suficiente aquellas cosas. Qué embarazoso, piensa. Qué patético.

Lo último que descuelga es la fotografía de su graduación. La chica que aparece en ella está sonriente, pero tiene el ceño fruncido, como si estuviera divisando el futuro.

Louise amontona todos los documentos en el suelo y luego los coge en brazos. Se está encaminando hasta la puerta de la cocina para llevarlos a la basura cuando oye a Jesse hablar con alguien que está al otro lado.

Aprieta el paso.

—¿Quién la busca? —dice su hermano, pero Louise no oye la respuesta. Él se gira hacia ella, con el ceño fruncido: una expresión que significa que seguramente es un hombre. Cierra la puerta antes de preguntarle—: ¿Conoces a un tal Lee Townson?

Tres minutos más tarde, Louise está frente a la casa de su madre, mirando a Lee en persona. Ha hecho jurar a Jesse que se quedaría dentro; no tiene ninguna intención de mantener esta conversación con público delante.

Solo hace cuatro días que se topó con Lee en el pasillo de la residencia de empleados de las colonias. Parece que haga un mes. Todavía oye el término que usó Denny: «estupro». Cuando por fin habla, lo hace mirando el suelo:

—¿Cómo me has encontrado?

—Por el listín —dice Lee—. No hay muchos Donnadieu en Shattuck.

—¿Pero cómo has sabido que estaría aquí?

—Tengo amigos en la zona.

Louise piensa en lo que eso significa. Nunca le ha gustado ser objeto de habladurías. Pero supone que es inevitable en un pueblo tan pequeño como Shattuck.

—¿Sabes que te están buscando? —le pregunta.

—Eso he oído.

—¿Dónde has estado?

—Aquí y allá.

—¿Escondiéndote?

—Más o menos, supongo. De todas formas, mi plan es marcharme.

Louise levanta la vista para mirarlo por fin. Luego mira más allá. Solo hay dos casas más en el callejón sin salida y las dos parecen haber bajado ya las persianas hasta el día siguiente. Las calles secundarias de Shattuck no tienen farolas; solo ve la silueta de Lee gracias al resplandor que proyecta la casa de su madre.

—Louise…

—¿Qué?

—Hay algo que me pesa —dice—. Y te lo quería decir antes de irme.

A ella le da un vuelco el corazón. Se pone a hacer conjeturas para sus adentros, todas descabelladas.

—¿Ah, sí? —Intenta aparentar despreocupación.

—Tu novio… —dice Lee Towson—. Perdón, tu prometido.

—¿Qué pasa con él?

—Estaba acostándose con otras.

Louise cierra los ojos.

—¿Cómo lo sabes?

—Yo le pasaba mercancía. Y un par de veces lo vi con otra chica. La misma.

—No —dice ella.

—No era Barbara, no. Estaba en la casa de los Van Laar. En la playa que hay detrás de Autosuficiencia. Y estaba con una chica a la que llamó Annabel —dice Lee.

Louise cierra los ojos. El mundo se desdibuja a su alrededor, y su entendimiento también. Otras cosas pasan al primer plano: la declaración que le hizo Annabel tiempo atrás de que sus padres ya tenían en mente a alguien con quien casarla. Los Southworth y los McLellan, amigos de toda la vida, alojados juntos en Autosuficiencia. El hecho de que John Paul se negara de plano a llevar a Louise ni siquiera a las inmediaciones de la casa. Y —por último, y lo más brutal de todo— el hecho de que Annabel se marchara en mitad del baile de las colonias. La misma noche en que desapareció Barbara.

—Annabel tiene diecisiete años —dice.

—Normalmente no me metería en asuntos ajenos. Pero he pensado que necesitabas saberlo, por si acaso.

—¿Por si acaso qué? —pregunta Louise.

—Por si acaso… es prueba de algo. O por si acaso te ayuda. Sé de qué te han acusado. Pero estoy seguro de que no les importaría acusarte de algo más. Así es como funcionan —añade.

—¿Por qué te importa lo que me pase? —dice de golpe. Su tono es más amargo de lo que pretendía. Todo el mundo se guía por sus propios intereses.

—Bueno, porque me caes bien —confiesa Lee.

Ella no dice nada. Cierra los ojos.

Hay una larga pausa. Y luego él añade:

—Louise, ¿por qué no te vienes conmigo?

—¿Qué? —dice ella, distraída—. ¿Adónde?

—Me voy mañana a Colorado. A un pueblo que se llama Crested Butte. Un amigo mío vive allí y dice que es el paraíso.

—No me permiten salir de casa —explica ella en tono tenso—. De la casa de mi madre. Estoy en libertad condicional. Me arrestaron por posesión de sustancias. Por una droga que ni siquiera era mía.

—Ah —dice Lee—. Vaya, adiós a mi idea. A menos que quieras hacer como Bonnie y Clyde. Esconderte una temporada hasta que las cosas se tranquilicen.

Louise niega con la cabeza.

—En fin —suelta ella—. Creen que es ahí adonde vas. Así que seguramente deberías elegir un sitio distinto.

—¿Quién lo cree?

—La policía.

Lee se queda pensándolo.

Ella aprovecha el silencio para decir:

—Me he enterado de lo tuyo. De por qué fuiste a la cárcel.

Él coge aire y lo suelta. Luego se sienta en el suelo, como si el cansancio se hubiera apoderado de él de golpe.

—¿Quién te lo ha contado?

—Un amigo de mi madre. —No le apetece revelar toda la verdad.

Lee suelta un largo suspiro.

—Yo tenía diecinueve años —dice—. Y ella dieciséis. Era la hija de la familia para la que yo cocinaba. Una familia rica. Con una casa en las montañas de Catskill, ¿entiendes? No tan elegante como la casa de los Van Laar, pero no muy distinta. —Louise escucha, pensativa—. Nos pilló su padre. Y se le fue la pinza. Llamó a la policía. Dijo que yo la había forzado. A ella se la oía gritar que no era verdad. Y no lo era. —Ella, que todavía estaba de pie, se sienta junto a Lee—. Louise, ¿me crees?

—No lo sé —dice ella. Y es verdad: le da la impresión de que no le funciona el instinto. No le ha funcionado nunca. ¿Cómo conseguir que su instinto le advierta sobre la gente, sobre los hombres?

—Ya estoy harto de trabajar para los ricos —dice Lee. Ahora está hablando consigo mismo, más que con ella—. No me puedo creer que lo haya vuelto a hacer. Por eso me he escondido. Nada más enterarme de lo que estaba pasando con la hija de los Van Laar, me esfumé. Con mi historial... —Su voz se amortigua. Luego vuelve a hablar—: En cualquier caso, el mundo está cambiando —dice Lee—. Es 1975 y, por lo que estoy oyendo, hay que ir al Oeste.

Louise todavía tiene en la mano izquierda los documentos y fotografías que ha descolgado de las paredes de su dormitorio. Los contempla. Escucha la voz de otro hombre haciéndole otra promesa que no se cumplirá. ¿Cuántas veces en la vida le ha dicho que sí a un muchacho o a un hombre solo porque era lo más fácil? ¿Cuántas veces ha dejado que alguno se quedara con lo que quería en vez de quedarse ella con algo?

Deja los papeles con delicadeza en el suelo. Echa un vistazo a Lee, cuyos antebrazos y manos lleva todo el verano soñando con tocar.

Lo hace ahora. Le pone la mano izquierda en el interior del codo. Él levanta la vista para mirarla con curiosidad.

—¿Quieres tontear un poco? —dice Louise.

Lee no dice nada. Se queda muy quieto mientras ella se gira para tenerlo de frente y se arrodilla en el suelo delante de él. Echa un vistazo a la casa iluminada; sabe que está demasiado oscuro para que la vean. Se quita la camiseta.

—Dios —exclama él. Estira los brazos y le pone las manos a Louise en la cintura.

—No —dice—. Ahora la tuya. —Se la quita también y se apoya en él, piel contra piel, poniéndose encima cuando Lee se tumba de espaldas en el suelo.

Va a coger lo que quiera de él; un momento de placer en medio de tanta oscuridad, un acto para quitarse de encima a John Paul y a los McLellan y a los Van Laar y esa casa majestuosa a la que nunca la iban a invitar a entrar, daba igual lo que ella hiciera.

Mañana Lee Towson se irá a Colorado. Y ella no lo seguirá.

ALICE

La han mandado a Albany. La tarea de supervisar su traslado se la han asignado a sus padres, que durante estos días difíciles apenas han salido de su habitación. De allí se han marchado a Manhattan, después de asegurarle en voz baja que encontrarán a Barbara.

Ahora Alice está sola.

De esta forma no estorba a nadie, piensa, y le tiemblan un poco los hombros de la risa. Hoy es un día muy malo, igual que todos, y por tanto tiene la bendición del doctor Lewis para tomarse tres pastillas cuando le haga falta.

Se las toma ahora, con el cerebro adelantándose a su cuerpo, suspirando de alivio en cuanto los comprimidos abandonan el bote de cristal que les sirve de hogar, experimentando anticipadamente el subidón químico. Los mastica para que hagan efecto más deprisa.

Cierra los ojos. Se le relaja la mente, que la lleva de forma inesperada de vuelta al Instituto Dunwitty.

Y a su hermana Delphine, que fue la única que la visitó mientras estaba allí.

«Lo siento», le dijo Delphine. Y más cosas: que había estado en caída libre desde la muerte de George. Que no era la primera vez que se acostaba con Peter; que también habían tenido relaciones íntimas de jóvenes. Durante la misma época en que los habían presentado, en su fiesta de puesta de largo.

¿Acaso Delphine solo lo había hecho para seguir estando cerca de él? Emparejarlo con su hermanita ingenua y tonta, convertir a Alice en la yegua de cría mientras Delphine y Peter —intelectos iguales— seguían juntándose cada vez que él iba a Nueva York...

—No es nada de lo que te estás imaginando —le dijo su hermana, leyéndole la mente—. George y yo nos queríamos muchísimo. Pero nunca nos interesó tener un matrimonio tradicional. Él tenía libertad para hacer lo que quisiera. Y yo también. No estoy segura de si te acuerdas, pero te intenté avisar una vez —dijo Delphine. Se reclinó en su asiento—. Tenías que... «divertirte un poco», creo que dije. ¿Lo intentaste alguna vez?

Ella no dijo nada.

—Lo que hicimos estuvo mal, Alice. Todos. Te hemos tratado de forma abominable.

Silencio.

—¿Vas a dejar a Peter, Alice? —preguntó Delphine—. Podrías, ¿sabes?

Silencio.

—Alice. Alice, ¿estás dormida?

Por fin ella sonrió. En cierta manera sí que lo estaba, pensó. Estaba teniendo un sueño diurno, el mismo de siempre.

En él estaba encerrada en una habitación que no reconocía mientras buscaban a su hijo sin contar con ella. Y había alguien —no sabía quién— de pie al otro lado de su puerta.

En Albany, Alice abre los ojos. No le gusta estar allí sola. La casa es fría en verano y la ciudad entera parece yerma, abandonada. Los empleados gubernamentales se han ido de vacaciones a lugares situados más al norte o al sur. En esta ciudad, tiene la sensación ser la única superviviente de una plaga.

Ahora tiene tres pastillas en la sangre. El cuerpo se le distiende.

Así es como mejor lo oye: al otro lado del velo, en el otro mundo. El mundo donde vive Bear.

Una vez, mientras jugaba una partida de Diccionario, Alice se encontró con la palabra «sacro», que es el término que le viene a la cabeza cuando piensa en el espacio liminal entre la vida y la muerte donde se encuentra con su hijo.

El espacio en que se permite admitir que lo que hizo es *sacro*. El espacio donde no se esfuerza tanto por bloquear las esquirlas de luz y de recuerdo que le vienen de vez en cuando, en los momentos inesperados, tan bruscamente que le da la sensación de que la han apuñalado: es *sacro*. En ese mundo, cuando le llegan esos recuerdos, los acepta, los examina impertérrita, se abre a ellos en lugar de desear que desaparezcan.

Alice parpadea. Vuelve a la vida.

Al otro lado de una ventana se está poniendo el sol. ¿Cuánto tiempo lleva sentada en la misma silla? No está segura.

Se pone de pie, va al retrete y se alivia. Luego deambula, sumida en un sueño, hacia la habitación que solía ser la de su hijo. Otro espacio sacro.

Ya estoy aquí, dice. Ya estoy.

Y escucha, esperando su respuesta.

JUDYTA

Ha visto cadáveres antes. Ha visto a sus abuelos, a tres de ellos, en ataúdes abiertos. Ha visto a gente recién muerta, víctimas de accidentes de tráfico, a lo largo de sus años como policía estatal de carreteras.

Nunca ha visto restos óseos.

El médico forense imparte órdenes mientras los agentes forestales, con las manos enguantadas, levantan con delicadeza un pequeño esqueleto intacto del sitio donde ha estado más de una década y lo dejan sobre una plancha de madera para observarlo.

Por respeto al muerto, el guardia armado ya se ha llevado a Jacob Sluiter.

Ahora, una especie de interés impávido invade la voz del médico forense cuando empieza a hablar:

—Me preguntaba —dice— si el esqueleto se habría deteriorado. Pero parece que el suelo aquí es muy ácido, seguramente por la proximidad al agua. —Se arrodilla junto a la plancha, saca una cinta métrica y la acerca a varios puntos de cada hueso—. Diría que es una criatura. De entre siete y once años.

—¿Sabe si es niño o niña? —pregunta Hayes.

—Con los esqueletos inmaduros hay posibilidad de error —dice el forense—. Pero de momento yo diría que varón.

De vuelta en el centro de mando, Denny Hayes tiene el dedo suspendido encima de un magnetófono, listo para escuchar la grabación de la llamada telefónica entre Jacob Sluiter y Judy. Esa en que les daba instrucciones para encontrar el cuerpo de Bear Van Laar. Se ha hecho una copia, que ha sido trasladada desde la sede de Ray Brook, donde está retenido, hasta la Reserva Van Laar.

—¿Tú lo has creído? —pregunta Hayes antes de escuchar—. ¿Te has creído su historia?

Judy asiente con la cabeza. Se la ha creído. Se la cree.

—¿Por qué? —dice él—. Es un mentiroso notorio. Jamás ha admitido nada.

—Simple instinto —repone ella—. No tenía razón para ayudarnos con esto. Pero lo ha hecho.

Hayes pulsa Play. Jacob Sluiter se pone a hablar con voz crepitante:

«Sé dónde está Bear Van Laar», dice Sluiter en la cinta.

«Pero no lo maté yo.»

JUDYTA

En la sesión informativa matinal, LaRochelle se lo confirma: el registro dental coincide. No hay duda de que el esqueleto es el de Bear Van Laar.

Luego le pide a Hayes que haga un resumen de la versión de Jacob Sluiter.

—¿No debería hacerlo la detective Luptack? —pregunta él—. Teniendo en cuenta que se la explicó a ella...

LaRochelle frunce el ceño.

—Quien sea —dice—. Me da igual. Venga.

A su pesar, Judy da la vuelta e intercambia su sitio con el del capitán, que se va al fondo de la sala mientras ella se dirige al frente. Su superior se queda mirando fijamente cómo empieza a hablar.

Según Jacob, la Reserva Van Laar es la tierra de sus antepasados.

La familia Sluiter —inmigrantes holandeses que llegaron a Albany alrededor de 1700— se estableció en la región norte del estado de Nueva York durante el *boom* maderero de la década de 1820. Un antepasado de Sluiter adquirió las tierras donde después se construiría la Reserva Van Laar. Sus hijos y él talaron el bosque original y ganaron bastante dinero con la operación. Pero, en la década de 1870, cuando los políticos empezaron a ser conscientes de los efectos que podía tener la tala de bosques en el suministro de agua del sur del estado —y amenazaron con prohibir totalmente la tala dentro del futuro Parque Nacional de Adirondack—, los Sluiter vendieron sus tierras.

El hombre que se las compró —aquí Judy se permite una muy breve pausa teatral— era Peter Van Laar Primero.

El bisabuelo de Bear y Barbara.

No es ninguna coincidencia, por tanto, que, cada vez que Sluiter se fugue, termine en esa zona. Dice que lo atrae; que su abuelo lo llevaba de niño allí, donde lo metía clandestinamente en una propiedad que ya no era de ellos y le señalaba con resignación la mansión y las colonias como evidencias de que la fortuna sonríe a unos y perjudica a otros. Y de que ellos, los Sluiter, siempre habían padecido las lacras de la inoportunidad y la mala suerte.

La tierra, sin embargo, guardaba un secreto del que ni siquiera los Van Laar parecían estar al corriente.

En la orilla opuesta del lago Joan —que casi todo el mundo consideraba inaccesible por ser demasiado abrupta y rocosa, y por la densidad de su bosque— había una serie de cuevas naturales. Los Sluiter las habían descubierto al talar por primera vez la zona y el conocimiento había pasado de generación en generación; era un lugar al que su abuelo lo llevaba, un prodigio que había que ver para creer.

Según Sluiter, en 1961, cuando era prófugo de la ley, se pasó el verano entero refugiado en aquellas cuevas, ya que durante esos meses las casas que solía usar en invierno estaban ocupadas por sus dueños.

Era un lugar perfecto: solo se podía llegar por el lago; el bosque cerrado lo ocultaba y estaba guarecido de la lluvia. Para alcanzar su refugio improvisado, Sluiter cruzaba a nado; para alimentarse, pescaba, ponía trampas y recogía lo que crecía de forma silvestre.

Una tarde, según él, lo despertó en su cueva un ruido que reconoció como unos pasos humanos.

Al principio temió que fueran sus captores. Sabía que la policía le seguía la pista. Pero el sonido le sugirió que era un hombre solo el que se acercaba. Así pues, la curiosidad lo llevó hasta la boca de su cueva, donde se quedó junto a las sombras para evitar ser visto.

Al final apareció ante sus ojos. Llevaba algo que de entrada no distinguió.

Y por fin lo vio con claridad: era una criatura. Un niño. Muerto en los brazos del hombre.

Este se arrodilló en el suelo. Llorando, dejó al crío frente a sí y se puso a cavar.

En silencio, en su cueva situada tres metros más arriba, Sluiter lo vio todo.

Judy se interrumpe. Por un momento la sala queda en silencio, hasta que alguien formula la pregunta que ella sabe que ha de venir a continuación:

—¿Qué aspecto tenía el hombre? —Todas las cabezas se giran hacia Goldman, el detective de más edad, que es quien ha levantado la voz desde el fondo.

—La mayor parte de la descripción que nos ha hecho Sluiter es genérica —dice Judy—. Alto, pelo castaño, mediana edad. —Se detiene. Sopesa con cautela sus próximas palabras—. Pero sí que ha dicho que parecía de la zona, y no nadie de la familia.

Alguien habla desde el fondo:

—¿Eso qué quiere decir? ¿Lo decía por su ropa?

—No lo ha explicado —dice Judy.

Se levanta otra mano.

—¿Por qué no le contó Sluiter esta historia a nadie después de su primera detención?

—Pensó que nadie lo creería —contesta ella—. Que nadie creería que al niño no lo había matado él. Más adelante, cuando se enteró por las noticias de la desaparición de Bear, ató cabos y dedujo quién era la víctima. Pero no tenía incentivo para hablar.

Silencio.

—¿Qué hacemos, pues? —preguntó Hayes—. ¿Nos lo creemos?

Judy se lo cree. Pero no lo quiere decir en voz alta. Todavía no.

—¿Por qué nos lo ha contado ahora? —pregunta alguien.

Hayes le dirige la mirada.

—Detective Luptack —dice—, ¿alguna idea?

Ella carraspea. ¿Realmente esperan que conteste?

—Bueno —dice Judy—. Ha dicho que confía en mí.

Alguien suelta un soplido. Otro alguien tose.

—Muy bien, muy bien —dice Hayes—. Toda la historia parece inverosímil, de acuerdo. Pero una cosa sí hay que reconocer: el niño sería un crimen atípico para Sluiter. No se parece a ninguna otra de sus víctimas. Es un depredador sexual, pero sus objetivos son mujeres. Mujeres adultas. Los críos no le han interesado nunca, que nosotros sepamos. Así que vamos a trabajar un poco con esta teoría. Digamos que Sluiter no mató a Bear Van Laar. Que lo que nos está contando es verdad. ¿Quién lo mató, entonces? ¿Cómo terminó su cuerpo donde estaba enterrado?

LaRochelle, al fondo, dice:

—¿Por qué no Carl Stoddard? Era de la zona. Si lo que dice Sluiter es verdad, encajaría en el perfil.

Hayes hace una pausa diplomática.

—Quizás. Sí —dice—. Pero creo que, llegados a este punto, vale la pena plantearnos alternativas, señor.

—¿Como por ejemplo? —pregunta LaRochelle, irritado.

Por un momento, nadie dice nada.

—¿Se le ha notificado a la familia, señor? —dice Hayes—. El hallazgo de Bear.

El capitán aparta la vista.

—Sí.

—¿Puedo preguntar cómo han reaccionado?

LaRochelle frunce el ceño.

—Solo he hablado con el padre. Ha recibido la noticia… con estoicismo, diría yo. Ahora mismo está de viaje a Albany, para comunicárselo en persona a su mujer. —Se le ve distraído. Luego se incorpora de golpe—. Disculpadme —dice, y sale de la cabaña, dándose golpecitos con un paquete de cigarrillos en la mano mientras se marcha.

Hayes busca la mirada de Judy.

Se va a reabrir el caso. Lo sabe todo el mundo, LaRochelle incluido.

Cuando se marcha el capitán, su compañero se gira para mirar a los detectives que quedan en la sala.

—Hay una cosa que no entiendo —dice—. ¿Por qué no lo vio ninguno de los que participaron en la batida? Un rastro de tierra pisada, nada más cruzar el lago… Y encima marcado con un túmulo. Hubo un montón de gente sobre el terreno durante semanas. Lo normal sería que hubieran registrado la periferia del lago antes que nada.

—Quizás alguien los disuadió —dice Judy.

Hayes la mira.

—¿Quién?

—La familia, supongo —sugiere. Se gira hacia el detective Goldman—. ¿Fue esa la sensación que te dio cuando estabas trabajando en el caso?

El aludido vacila. Baja la vista.

—Siempre tuve la extraña sensación de que no lo querían encontrar, sí.

—¿Crees que lo mató alguien de la familia? —pregunta Hayes.

Pero, al parecer, Goldman no está dispuesto a hacer esa afirmación. Se queda callado.

—¿Y si fue un accidente? —sugiere Judy.

—En ese caso, ¿por qué usar a Carl Stoddard de cabeza de turco? Es más: ¿por qué acusarlo de forma activa? —dice Hayes.

Judy mira a su alrededor, intentando descubrir si va a intervenir alguien más. Pero de momento reina el silencio.

—¿Cómo murió Carl Stoddard? —pregunta alguien.

—Le falló el corazón —dice Goldman—. Tuvo un ataque y murió bajo custodia policial, esperando a que lo interrogaran.

Judy se está formando una teoría.

—¿Y si fue una cuestión de conveniencia? —dice—. ¿Y si simplemente a la familia le resultaba conveniente que todo el mundo pensara que había sido Stoddard? Al fin y al cabo, ya estaba muerto. Seguro que pensaron que no estaban haciendo daño a nadie.

—De acuerdo —dice Hayes—. Pero eso significaría que tenían algo que ocultar.

Silencio.

—¿El qué? —pregunta Goldman.

Ella está mirando un punto de la pared.

—¿Judy? —dice Hayes.

—Detective Goldman, ¿quién dirigió la búsqueda de Bear? —interroga ella.

—Pues la familia —contesta el otro.

—No —dice Judy—. Pregunto quién daba las órdenes. Quién supervisó personalmente la búsqueda.

Goldman mira el suelo, pensativo. Por fin levanta la vista.

—Creo que fue el antiguo director de las colonias —dice—. El padre de la que hay ahora. Vic Hewitt, se llamaba.

Judy se queda callada un momento.

Luego se aleja por el pasillo, en dirección al dormitorio que ahora sabe que es el de Vic.

Cuando vuelve, le enseña a Hayes la foto de grupo que encontró allí.

—Mira —le dice, señalando la inscripción con lápiz del dorso: «Adiós a las Moscas, 1961». Le vuelve a dar la vuelta para mostrarle el anverso—. Mírala de nuevo.

Alrededor de ellos se forma un grupito de detectives para observar la foto.

En ella todo el mundo lleva ropa formal, vestido o traje, tanto los niños como los adultos. Las mujeres van con sombrerito. Incluso en blanco y negro se les nota la pintura de labios y el rímel.

Solo hay dos personas un poco apartadas a un lado y vestidas de forma distinta: T. J., en su primera adolescencia, y su padre, Vic. De mediana edad. Barbudo. Gorro de pescador de ala blanda, camisa de cuadros con las mangas enrolladas y pantalones de pana con parches en las rodillas.

Judy señala a la chica.

—Es T. J. Hewitt —dice—. ¿Verdad? ¿No se parece a ella? —Hayes asiente con la cabeza—. Lo cual significa que el que está con ella…

Él termina la frase:

—Es Vic Hewitt.

Judy vuelve a acercar el dedo al resto del grupo.

—Yo los describiría como veraneantes —declara—, basándome en su ropa. Pero ¿cómo describiríais a Vic?

Hayes la mira.

—Como alguien de la zona —dice. Se gira hacia un detective. Le da la fotografía—. Enséñasela a Jacob Sluiter —le pide—. Pregúntale si reconoce en esta fotografía al hombre que enterró a Bear Van Laar.

Los interrumpe alguien llamando a la puerta.

Anna, la restauradora, aparece protegiéndose los ojos del sol, agotada.

Detrás de ella ven a LaRochelle, dando las últimas caladas a su cigarrillo.

—Anna, ¿aún no te has ido a casa? —le pregunta Judy.

—No. Me emocioné.

Se gira y echa a andar en dirección a la casa de los Van Laar. Ella mira por encima del hombro a Hayes, que a su vez echa un vistazo a LaRochelle. Luego los tres se ponen a seguirla, trotando para seguirle las largas zancadas.

Ahora que los padres de Barbara están en Albany y la mayoría de los invitados se han marchado, la casa se ha quedado casi vacía.

Judy y Anna caminan juntas hasta la habitación rosa. Dentro, el mural ya está plenamente al descubierto.

Su primera reacción es de sorpresa, por su calidad artística. Barbara Van Laar sabía pintar, está claro. La pared está cubierta de una serie de iconos que ella no entiende: imperdibles, banderas y unas caras de aspecto extraño con peinados todavía más extraños. También abundan las notas musicales.

Un río desciende desde la esquina superior izquierda hasta la inferior derecha.

Judy contempla la composición entera, examinándola deprisa para ver si algo le llama la atención.

—¿Lo ven ya? —pregunta Anna.

A ella se le acelera el pulso.

—¿El qué? —dice el capitán LaRochelle, moviendo rápidamente la cabeza en círculos para abarcar la pared entera con la vista.

—No me extraña —repone Anna—. El mural entero resulta abrumador. Pero acérquense más.

Se aproxima al río. Se da cuenta de que sus olas no son simples olas. Son letras.

Y dicen: «BVL + JPM».

De la misma forma en que los chicos y las chicas llevan décadas o siglos plasmando su amor.

—Barbara Van Laar y John Paul McLellan —dice Hayes.

Ha pedido que le vacíen la cabaña de la directora. En calidad de detective sénior, tiene autoridad para hacerlo. Ahora Judy está sentada delante de él en una silla plegable, los codos apoyados en las rodillas y la vista clavada en el suelo.

—Creo que se sostendrá como prueba —dice Hayes—. Ante cualquier juez. Vamos a empezar los trámites para solicitar una orden de detención. La única pregunta que queda por contestar es dónde ha metido a la chica.

—No es la única —dice ella.

—¿Ah, no?

—La otra es si Vic Hewitt mató a su hermano Bear.

Hayes la mira. Luego se da una palmada en las rodillas y se pone de pie.

—Esa es tu tarea, Judy —repone—. Olvídate de momento del abuelo. Olvídate de Jacob Sluiter. Yo llevo la mesa de coordinación y te asigno que sigas esa pista. Entretanto, yo iré en persona al hotel en el que se aloja McLellan. No confío en que esos policías estatales lo vigilen bien.

JUDYTA

Agosto de 1975: día 5

Se pasa varias horas buscando señales de cualquiera de los Hewitt. Vuelve a la residencia de empleados; mira en el economato, que es donde debe de comer T. J., para ver si está ahí. Pregunta entre el servicio doméstico de los Van Laar; nadie la ha visto y nadie parece conocerla lo bastante como para aventurar adónde puede haber ido.

O eso, piensa Judy, o bien no quieren hablar.

A las cuatro en punto, a poco de terminar su turno, está sentada frente a la cabaña de la directora, contemplando el lago, cuando le llama la atención el ruido de un vehículo.

Es T. J. Hewitt con su camioneta. Pasa de largo sin girar siquiera la cabeza hacia ella. Se detiene delante de la residencia de empleados, a un centenar de metros.

Judy ve que saca una bolsa del vehículo. Luego entra en el edificio. La sigue.

Una vez dentro, se encuentra con el candado abierto y la puerta entornada. Llama de todas maneras.

Dentro, T. J. se sobresalta.

—Siento asustarte —se disculpa Judy.

—No me has asustado —contesta T. J.

—¿Tienes un momento?

—¿Para ti? —dice T. J.—. Claro. —Sonríe, y ella se queda momentáneamente desarmada. Luego recobra el aplomo y cruza el umbral de la habitación—. ¿Qué pasa?

—¿Por qué no me dijiste que tu padre vivía? —pregunta Judy.

—¿No te lo dije?

—No. Hablaste de él como si estuviera muerto.

T. J. se sienta en el borde de su cama diminuta.

—Bueno —dice—, supongo que es porque lo siento así. Ya no es él.

Judy asiente con la cabeza. Se queda de pie.

—¿Dónde está ahora? —pregunta.

—Con unos parientes.

—Con unos parientes.

T. J. asiente con la cabeza.

—¿Por qué?

—Porque necesitabais usar nuestra casa como sede —le recuerda—. Y no tenía ningún lugar mejor adonde llevarlo. Necesita cuidados constantes.

Judy echa otro vistazo por el pasillo.

—Pero aquí hay muchas habitaciones vacías —dice, pero T. J. niega con la cabeza.

—No lo entiendes —dice—. No conoce este sitio. Se escaparía. Hace falta… vigilarlo. —Mira por la ventana.

—¿Con qué parientes está?

—¿Qué? Ah. Con su hermano.

—¿Con su hermano?

—Sí —contesta T. J.

Hay un momento de silencio. Luego Judy saca su tarjeta de visita. Se la entrega.

—Señorita Hewitt…, T. J. —dice—. No sé por qué, pero me da la sensación de que no me estás contando toda la verdad. Si lo deseas, me puedes llamar cuando quieras.

JUDYTA

Judy no puede dormir. Está acostada en su habitación del motel, dando vueltas y más vueltas. Enciende el televisor y lo apaga. Reflexiona sobre los acontecimientos del día: Vic Hewitt; T. J. Hewitt; los resultados del análisis de la sangre del uniforme que había en el coche de McLellan (tipo A positivo), coincidente con el de Barbara Van Laar, aunque eso no constituye una prueba definitiva.

Pasa una hora. Y otra.

Hasta la medianoche no se da cuenta de que no ha cenado.

Derrotada, se levanta de su cama, se pone un traje arrugado y se saca del monedero varias monedas de cuarto de dólar. Luego camina por debajo del soportal hacia el edificio principal del motel, donde están las máquinas expendedoras.

La puerta delantera no está cerrada con llave, pero tampoco hay nadie detrás del mostrador. Bajo las luces fluorescentes del recibidor, Judy examina sus opciones. Se decide por una chocolatina Milky Way, la favorita de su madre. Pero cuando introduce su selección, la barrita se queda atrapada contra el cristal en mitad de su descenso.

Suelta una palabrota. Le da una patada a la máquina, dos. Tres.

Aporrea el cristal con la mano.

—Señorita… —dice alguien, y Judy se da la vuelta, jadeante.

Es Bob Alcott, el dueño del motel.

—Lo siento —se disculpa y lo repite—. ¿Lo he despertado?

—No, no —contesta el señor Alcott—. Estaba despierto. —Se busca algo en el bolsillo y ella ve que son unas llaves. Saca la más pequeña, la introduce en la máquina expendedora y abre la puerta. La chocolatina Milky Way cae al suelo de inmediato. Judy se agacha para recogerla, sintiéndose tonta—. Coja otra —le dice—. Coja lo que quiera.

—No hace falta. —Pero el señor Alcott ya está cogiendo en silencio un pequeño surtido de golosinas y aperitivos de la máquina.

—Tenga —dice—. Es lo mínimo que puedo hacer.

Y cierra la puerta de la máquina con la llave.

Judy lo mira.

—Señor Alcott, es usted profesor de historia, ¿verdad? —le pregunta. Él asiente con la cabeza—. ¿Cuánto sabe de la historia de la Reserva Van Laar?

—Uy —dice el hombre—, todo lo que se puede saber. —Pone la espalda recta al decirlo. Ella entiende que es el trabajo de su vida entera—. Señorita Luptack, ¿quiere venir a tomar un té? —le ofrece Bob Alcott—. Para acompañar su chocolatina.

—¿No molestaremos a su mujer? —pregunta Judy, y el hombre niega con la cabeza.

—Eh, no. También está despierta. Ahora que los niños se han ido, los dos somos aves nocturnas.

—Muy amable de su parte —dice.

Y se excusa un momento para ir a buscar su cuaderno a su habitación.

En el apartamento de los Alcott, contiguo al recibidor, la pareja y Judy se sientan en torno a una mesa.

Ella deja el bolígrafo momentáneamente suspendido encima del papel que tiene delante. Por fin se lanza.

—Señor y señora Alcott —dice—, esta es mi primera pregunta: ¿saben cuándo llegaron a la Reserva los Hewitt?

—Ah —dice él—, esa es fácil. Al mismo tiempo que los Van Laar. De hecho, fueron los Hewitt quienes los llevaron a esas tierras. Dan Hewitt, el padre de Vic, pertenecía a una familia de guías que vivía a una hora al norte de aquí, cerca del lago Saranac. El primer Peter Van Laar lo conoció mientras buscaba tierras para su finca. Fue Dan quien se enteró de que había unos terrenos un poco más al sur que una familia de leñadores estaba intentando vender. Le indicó a Peter Primero adónde tenía que ir.

—¿Y qué familia era? —pregunta Judy.

—¿La que le vendió las tierras a los Van Laar? —Ella asiente con la cabeza—. Tiene gracia que lo pregunte —dice—. Era una familia apellidada Sluiter. Puede que haya oído hablar de su hijo.

—Sí —contesta Judy—. Lo conozco.

—En fin. Peter Van Laar, y me refiero al primero, se enamoró de aquellas tierras hasta tal punto que se sintió en deuda con Dan Hewitt. Se lo llevó a lo que acabaría siendo la Reserva Van Laar para que trabajara como guía personal de la familia. —Alcott hace una pausa. Da un sorbo de té—. Pasó una década. El primer Peter Van Laar conoció a su mujer, se casó con ella y tuvieron un hijo, el segundo Peter, que todavía vive. Dan Hewitt también conoció a una mujer llamada Clara, que le dio gemelos. Pero no vivió mucho después del parto, según mi investigación. De forma que a los chicos los crio su padre hasta que tuvieron unos quince años, que fue cuando murió él también. Vivían en la Reserva Van Laar cuando se quedaron huérfanos. Y el señor Van Laar, el Primero, los acogió. Los sacó de la cabaña donde vivían y se los llevó a su casa. Incluso vivían en Albany con los Van Laar durante el resto del año.

Judy lo piensa.

—¿Qué diferencia de edad había —pregunta— entre Peter Segundo y los hijos de Hewitt?

—Muy poca —contesta el señor Alcott.

—Seis años, creo —dice su mujer.

—Seis años. Y en el pueblo se rumoreaba que a Peter Segundo nunca le cayeron bien los hijos de Hewitt. Su padre los favorecía. Se los llevaba a pasear todos los días. Les dejaba dirigir la propiedad. Con Charlie Hewitt era amable, siempre hablaba bien de él. Pero a quien de verdad quería era a Vic. Lo trataba como si fuera otro hijo suyo. Básicamente lo adoptó, aunque nunca de forma oficial. En teoría —sigue diciendo el señor Alcott—, los Hewitt deberían haber sido como hermanos para Peter Segundo. Pero creo que él estaba celoso. Y quizás todavía lo esté.

Judy está escribiendo tan deprisa como puede. Aun así, le cuesta seguir el ritmo. El hombre lo ve y hace una pausa.

—Camp Emerson fue idea de Vic —dice el señor Alcott cuando ella vuelve a levantar la vista—. Fue él quien hizo todo el trabajo para levantarlo. Pero Peter Primero lo apoyó desde el principio. Hacia el final de su vida, lo describió como su mayor logro. Lo veía como una forma de enseñar a generaciones de niños la importancia de la tierra. Su belleza. Nunca le importó un pimiento el dinero que ganaba con el banco; en mi opinión, siempre parecía sorprendido de cuánto tenía. Venía a Shattuck y saludaba a todo el mundo por su nombre. Era distinto a sus descendientes. Mi impresión es que era más Hewitt que Van Laar. Porque el resto de su familia siempre vio las colonias como un capricho. No querían tener nada que ver con ellas. Y en eso no han cambiado.

La señora Alcott se levanta de su silla. Pone más agua a hervir.

—Los problemas entre los Hewitt y los Van Laar empezaron al morir Peter. Odio cotillear, y le digo con sinceridad que no tengo forma de saberlo, pero lo que se rumorea es que Peter Primero dejó Camp Emerson y sus operaciones completamente en manos de Vic Hewitt. Dividió la Reserva por la mitad. La casa y la granja para los Van Laar; las colonias para los Hewitt. Y en teoría era un plan que podría haber funcionado. Pero…

—¿Pero?

—Cometió una equivocación. Puso a su hijo Peter de administrador de su testamento, otorgándole el poder para distribuir los fondos de las colonias como le pareciera adecuado hasta su muerte.

—¿Y después de su muerte? —pregunta Judy.

—Entonces las colonias irán a parar a Vic —dice el señor Alcott—. O, más probablemente, a su hija, Tessie Jo. —La tetera silba. Ella levanta la vista—. Pero, como he dicho, esto son todo rumores. Especulaciones. Algo que, siendo profesor de historia, debería saber que no hay que difundir.

—Entiendo —dice Judy—. Lo investigaré yo. —Se pone de pie. Le da las gracias a la señora Alcott por el té. Ya en la puerta, se vuelve a girar—. Tengo otra pregunta.

—Adelante.

—Al hermano de Vic Hewitt —dice—, Charlie, ¿qué le pasó?

—Ah, murió hace una década por lo menos —contesta el hombre.

—Hace dos décadas —dice la señora Alcott.

—Hace dos décadas. Antes de que desapareciera Bear, es verdad.

—¿Cómo murió?

—Por causas naturales —dice él—. Nada sospechoso.

—¿A qué se dedicaba en la Reserva?

El señor Alcott frunce el ceño.

—Eso necesito pensármelo —dice. Agacha la cabeza, como esforzándose para acordarse—. Supongo... Si no recuerdo mal, creo que llevaba la granja. Creo que supervisaba la granja que abastecía de provisiones a la casa de los Van Laar en aquellos tiempos.

—¿Y vivía...? —dice Judy, aunque ya sabe la respuesta que le va a dar el hombre. «¿Dónde está viviendo?», le había preguntado a T. J., y esta había contestado: «Con su hermano».

—Vivía encima del matadero —dice el señor Alcott—. En un pequeño apartamento que tenía allí. Si no recuerdo mal —repite el hombre.

Judy le da las gracias. Vuelve a su habitación para coger las llaves del coche. Y la pistola.

En cuestión de cinco minutos ya está conduciendo, con los faros orientados al norte, rumbo a la Reserva.

JUDYTA

Agosto de 1975: noche 5

Solo ha estado en estos terrenos a la luz del día. La luna le da un aspecto distinto al largo camino para coches sin asfaltar. Los pinos que lo flanquean se elevan como gigantes hacia el cielo. Los edificios de la granja, bajo la luz que proyectan los faros del vehículo, se ven todavía más decrépitos y ruinosos.

Judy para en el arcén del camino. Apaga el motor. Apaga también las luces.

Se queda sentada un momento en la enorme oscuridad de la Reserva, dejando que se le acostumbren los ojos. Es agosto y las perseidas bañan el cielo de los Adirondack con su luz.

Abre y cierra la portezuela del Beetle tan suavemente como puede. Saca la linterna de su kit de emergencia del maletero.

Luego, enfocando con ella hacia delante, echa a andar hacia el matadero.

Se acerca a él igual que se zambullía en el agua fría de niña. Deprisa, con determinación y sin pensarlo demasiado.

Si se detiene a plantearse lo que está haciendo, sabe que le puede fallar el aplomo.

Una vez dentro, se encamina directamente a la escalera del fondo que sube al segundo piso. La sube. El haz de la linterna le tiembla un poco en la mano.

Se detiene en mitad del ascenso.

Oye algo.

Voces, quizás; de hombre. Y, de repente, música. No puede distinguir la letra, pero la música en sí es antigua, como la que Judy cree que habrían escuchado sus abuelos.

Sigue subiendo la escalera. Una vez arriba, a la luz de su linterna, ve una puerta cerrada. Está bloqueada con barra y candado, del mismo tipo que los que vio en la residencia de empleados.

Vacila un momento. Por fin desenfunda con cautela su pistola.

Con la otra mano, llama a la puerta.

—¿Señor Hewitt? —dice—. ¿Está ahí?

La radio se apaga.

—Señor Hewitt —lo llama—. Soy la detective Judyta Luptack. Me gustaría hacerle unas preguntas.

Silencio.

—¿Señor Hewitt? —pregunta Judy.

Siente que está muy cerca de la verdad. Se le acelera el pulso.

—Señor... —empieza a decir, y por fin lo oye.

—¿Barbara? —dice.

Judy se estremece un poco.

—No, señor Hewitt. Me llamo Judyta... —empieza a decir, pero él la interrumpe.

—Barbara —dice—, no deberías estar aquí.

—Señor Hewitt —lo llama Judy—, no soy Barbara. ¿Está ella ahí dentro con usted?

Silencio.

—¿Señor Hewitt?

Siente el peso de la pistola en las manos. Se plantea sus opciones. Podría retirarse; podría caminar o conducir hasta el centro de mando; podría traer a otra patrulla de la policía estatal a este edificio. Podría arriesgarse a que la volvieran a considerar tonta.

Finalmente, se decanta por decir:

—Señor Hewitt, apártese de la puerta.

Apunta con la pistola de costado al candado, asegurándose de que la bala no atraviese la hoja. Se aguanta el brazo. Dispara.

El candado cae al suelo con un ruido metálico y Judy abre la puerta.

Dentro hay un cuarto sin apenas muebles y un viejo acostado en una cama individual. Una manta lo cubre de la barbilla a los pies. Su cuerpo es pequeño, y su expresión, confusa.

—¿Quién es? —está repitiendo una y otra vez.

Judy se siente culpable al instante.

—No he venido a hacerle daño —dice—. Solo necesito que conteste unas preguntas.

Pero Vic Hewitt solo emite una serie de gruñidos que ella no entiende y por fin Judy se da cuenta de que se ha metido en una situación de la que no puede salir: con el candado roto, no tiene forma de volver a cerrar la puerta; y tampoco puede sacar de allí a este hombre en el estado en que se encuentra. Ni puede hacer venir a nadie más sin dejarlo solo.

Judy mira el suelo, entre los pies. Quizás, piensa, este no era el trabajo adecuado para ella. Quizás debería haber seguido siendo agente de policía.

Luego hay un movimiento en la cama.

—Ah —dice Vic Hewitt—. Ah, supongo que estás aquí por Bear.

La voz le sale cargada de remordimientos, pero también más joven y enérgica, como si estuviera regresando mentalmente a otro momento de su vida.

Judy vacila. No está segura de si las declaraciones de la gente *con la mente debilitada* —el término que le enseñaron en la academia— se pueden admitir en un tribunal. Pero, inmersa como está en esa situación se impone su curiosidad personal.

—Sí —dice—. Me temo que estoy aquí por Bear.

Vic Hewitt forcejea para sentarse en la cama. Judy se inclina y le pone una mano en la espalda. Lo ayuda. Luego se sienta en el borde. Con la espalda erguida, Hewitt la mira directamente y ella ve que tiene los ojos llenos de lágrimas.

—Yo solo ayudé —dice—. Solo ayudé.

—¿No lo mató usted? —pregunta Judy.

—¿Si lo maté? Dios, no —contesta Vic Hewitt.

—¿Pues quién lo mató? —quiere saber ella.

En ese momento se oyen pasos en las escaleras del otro lado de la puerta. Guarda silencio. Desenfunda el arma. Camina rápido hasta la pared que hay al lado del umbral y pega la espalda a ella.

—No —dice Hewitt—. No, no.

El visitante se detiene al otro lado de la puerta. Judy lo oye respirar. Se dice a sí misma que solo disparará en caso de necesidad.

Por fin T. J. Hewitt entra en el cuarto, ya mirando en dirección a ella, como si supiera a quién va a ver.

La mira de arriba abajo. Luego mira directamente su pistola.

—Yo también tengo una de esas —dice en tono tranquilo—. Pero no apunto con ella a la gente.

—Túmbate en el suelo —dice Judy. Y añade—: Por favor.

T. J. suspira. Se toma su tiempo. Se pone de rodillas sin dejar de mirarla, como demostrándole lo ridículo del ejercicio. Luego se acuesta en el suelo con una flexión lenta de brazos.

Judy la cachea sin dejar de encañonar la pistola.

—Muy bien, escucha —le dice—. Tú y yo vamos a ir juntas al centro de mando.

—A mi casa, quieres decir —dice T. J.

—Exacto.

—Pues mira, no va a ser posible.

—¿Por qué?

—Porque no puedo dejar a mi padre aquí. Se escapa. Hay que cerrar la puerta con llave.

Judy suspira, exasperada.

—¿Puede venir con nosotras?

T. J. suelta una risilla.

—Ni hablar. Para traerlo aquí he tenido que cargar con él por las escaleras. —Ambas se miran un momento—. Átanos —dice.

Ella parpadea.

—¿Con qué?

—Hay cuerda abajo. Hay de todo. Átanos. Te ayudo.

Judy vacila. Parece una trampa, pero no ve ninguna otra opción que no sea dejar solo por lo menos a uno de los Hewitt.

De forma que lo hace: la sigue al matadero y luego dan la vuelta por fuera hasta otro edificio que T. J. llama el granero; allí cogen la cuerda y suben otra vez al pequeño apartamento de arriba, donde Judy ata a los Hewitt juntos, espalda con espalda, en la cama de Vic. Luego ata la cuerda al somier.

Al cabo de quince minutos vuelve con cuatro detectives y cinco policías estatales.

Al cabo de media hora va sentada en el asiento del copiloto de un coche patrulla. Con los Hewitt en el asiento de atrás.

VICTOR

1961

En la cabaña del director, Vic estaba hablando con un chico rebelde de doce años, un crío a quien los chavales de su edad habían marginado y que recientemente había transformado la vergüenza experimentada en el proceso en agresividad física.

En mitad de su conversación, el chaval se detuvo de repente para señalar al otro lado de una ventana cercana.

—¿Qué pasa? —dijo Vic, girándose.

—Hay algo en el lago —contestó el chico, pasando de estar resentido a mostrarse preocupado.

Y era verdad: en mitad del lago Joan había un objeto de panza blanca que de entrada parecía una ballena flotando.

Vic se puso de pie y caminó hasta la ventana.

Era un bote volcado.

—Quédate aquí —dijo Victor—. No te muevas de esa silla.

Fuera, Vic echó a correr. Acababa de estallar una fuerte tormenta, que había obligado a monitores y campistas a ponerse bajo techo, y la hierba estaba mojada por la lluvia recién caída. Se tropezó. Cayó de rodillas. Se volvió a levantar.

Los terrenos se veían vacíos. Miró a su alrededor, pero no vio figuras humanas.

Ni siquiera colina arriba, en Autosuficiencia, se veía movimiento. Los Van Laar llevaban unos días celebrando en la Reserva su fiesta anual, a la cual Victor —que en vida de Peter Primero solía estar entre los asistentes— llevaba años sin ser invitado.

Al llegar a la playa, Vic se detuvo con los brazos en jarras y contempló el bote volcado. Habrá sido alguno de los invitados de la casa, pensó; alguno de ellos lo debía de haber volcado y había dejado que se hundiera. Siempre estaban haciendo estupideces como aquella, payasadas de borrachuzos que acababan dando más trabajo a todo el mundo en la finca. Escrutó las orillas en busca de movimiento, pero no vio nada.

Por fin se giró con un suspiro y subió la colina con paso ligero en dirección a Autosuficiencia.

Cayó en la cuenta de que llevaba sin ver a Tessie Jo desde la mañana. En circunstancias normales, aquello no lo habría preocupado demasiado. Su hija había tenido libertad todo el verano para ir a su aire por la Reserva, normalmente con Bear pisándole los talones. La relación que tenía Tessie Jo con los Van Laar era distinta a la que tenía él; la aceptaban como compañera de juegos del niño, como alguien que podía tener vigilado a su intrépido hijo. Entraba y salía con libertad de Autosuficiencia con él; Victor, en cambio, evitaba acercarse a la casa.

Ahora se armó de valor, puso la espalda recta y llamó a la puerta principal de la residencia de los Van Laar.

Abrieron de inmediato.

Al otro lado se encontraba Peter Segundo, el abuelo de Bear, con aspecto de haber estado montando guardia.

Tenía la cara lívida y tensa. El pelo mojado.

—¿Va todo bien? —dijo Victor—. He visto un bote...

El hombre lo agarró a toda prisa de los hombros y lo sacó a la fuerza del umbral. El llamador con forma de mosca dio un golpe al cerrarse la puerta tras ellos.

—Sígueme —le ordenó Peter Segundo con voz grave y apremiante.

—Necesito encontrar a mi hija —dijo Victor—. Quiero asegurarme de que está bien.

—Está bien —afirmó aquel—. Pero Bear no.

Él miró al hombre: su supuesto hermano. Su enemigo. En aquel momento a Peter Segundo le temblaba la cara entera, tenía la boca torcida en una mueca y los ojos muy abiertos, y parecía estar haciendo un esfuerzo para no gritar, desmayarse o llorar.

Echó a andar hacia el cobertizo de las barcas. Vic lo siguió en silencio.

A medio camino oyó un ruido que lo hizo pararse en seco. Escuchó, alerta, inmóvil.

Un zorro, pensó; había oído aquel mismo ruido de noche, un extraño grito estrangulado que le había puesto de punta los pelos de la nuca.

Pero los zorros eran nocturnos; aquello de ahora no era ningún animal.

Por fin entendió que era el llanto de una mujer.

VICTOR

1961

Los dos hombres se detuvieron juntos en el umbral del cobertizo para barcas, mirando en dirección al lago y al bote volcado y a medio hundir.

Era Peter Segundo quien había encontrado a Alice. Después de su embarazosa entrada en el salón —y de que él intentara disuadir a Bear de salir en barca con su madre, obviamente incapacitada—, había acudido al lugar donde había quedado con el niño para hacer una excursión y se había encontrado con que no estaba.

Pensando en un primer momento que el crío habría echado a andar hacia el monte Hunt, Peter Segundo había caminado un rato en aquella dirección, hasta que había empezado a llover a mares, y en aquel momento se le ocurrió una idea terrorífica.

El niño no estaba en el comienzo del camino. Estaba en el lago, con su madre. Le era absolutamente leal; debía de haberla visto angustiada cuando había entrado dando tumbos en el salón atestado y lo había invitado a salir en barca.

—Y en ese momento he echado a correr —le dijo Peter Segundo a Hewitt. Estaba mirando el lago con cara impasible. Su formalidad no se alteraba ni siquiera en un momento así.

Al llegar al cobertizo de las barcas, la tormenta ya estaba amainando. Y frente a él, trepando por la rampa, se le había aparecido una visión terrible. Alice, empapada, histérica, chillando cosas incomprensibles. Y, a lo lejos, el bote de remos volcado.

«¿Dónde está Bear?», le había preguntado él en tono apremiante, pero ella no había articulado ningún sonido inteligible. Se había limitado a señalar en dirección al lago, doblada por la cintura como si estuviera experimentando dolor físico.

Peter Segundo había escrutado el agua y la orilla. Igual que estaba haciendo ahora. Pero no había visto a Bear.

—He mandado a Alice que se sentara —dijo—. Le he ordenado que no se moviera. Y me he metido en el agua. Tenía la esperanza de encontrar al niño con vida, debajo del casco del bote. Rezaba por ello.

Pero cuando llegó y se metió debajo, lo aguardaba una visión espantosa: su nieto sin vida.

Con la ropa enganchada al escálamo.

—Lo he sacado hasta la orilla —le dijo Peter Segundo—. No tenía pulso.

«¿Le has hecho el boca a boca?», quiso preguntar Vic. «¿Le has presionado rítmicamente el pecho?» Era una técnica que le había enseñado su padre, a quien se la había enseñado su abuelo.

A él le pareció una crueldad hacer aquellas preguntas en voz alta, de manera que guardó silencio.

Peter tampoco dijo nada. Ninguno de los dos habló durante un rato. El hombre carraspeó siete veces seguidas y Victor se giró hacia él, hacia aquel hombre al que conocía desde que había nacido. En su lecho de muerte, Peter Primero le había dicho a Vic que confiaba en que llegaran a considerarse hermanos. Sin embargo, a pesar de haberse conocido durante tanto tiempo, hasta ahora no había experimentado ni una sola vez en la vida un impulso compasivo hacia aquel hombre.

Vic le puso una mano vacilante en el hombro.

La mirada que Peter Segundo le dirigió —imperiosa, escandalizada— le hizo retirarla de inmediato.

—Alice no puede saberlo —dijo después de una breve pausa—. Peter está con ella, intentando tranquilizarla. Pero los dos hemos decidido que no puede saber lo que ha pasado.

Vic frunció el ceño.

—¿Dónde está?

—En uno de los edificios de la granja, creo —dijo Peter Segundo—. En el antiguo apartamento de tu hermano. Lo bastante lejos como para que no la oiga nadie.

Aquello no parecía correcto ni tampoco útil.

Pero Victor sabía que lo que les preocupaba no era el bienestar de Alice, sino el de ellos. Y el del banco.

Para los Van Laar, la posibilidad de que su apellido apareciera en la prensa por algo que no fueran éxitos era anatema. Y un escándalo como aquel —el hecho de que la madre de Bear, borracha, se hubiera llevado a su hijo en bote en plena tormenta—, capaz de afectar a sus negocios, de debilitar la confianza de los clientes en su empresa..., en fin, no iban a permitir que sucediera. Era obvio.

Hubo un largo silencio hasta que Peter Segundo dijo:

—Mira.

Señaló en dirección al bote. Ya solo se veía un vestigio minúsculo, el eje central de su vientre blanco orientado al cielo parcialmente despejado.

Contemplaron juntos cómo se hundía bajo el agua. Hasta desaparecer.

Victor tenía dos alternativas claras frente a sí. Una era rebelarse contra los dos Peter. Podía decirles que se negaba a mentir; que un engaño tan grande como aquel traería consecuencias que no podían prever. Era algo que le había inculcado su padre, cuando estaba instruyéndolo para hacer de guía: en el bosque, cada decisión que tomes será irreversible, y a veces catastrófica. Olvidarte la brújula. Girar por donde no debes. Encender un fuego desafiando a la sequía. Podía decirles que no estaba dispuesto a seguirles el juego y marcharse.

Pero, si lo hacía, perdería la confianza del administrador de su herencia. Perdería las colonias. Su forma de ganarse la vida.

Si Victor estuviera decidiendo solo por sí mismo, aquel era el camino que seguiría, sin dudarlo. Se lo aseguró a sí mismo. Asintió una vez con la cabeza, como para sellar el pensamiento en su interior.

Pero no estaba decidiendo solo por sí mismo: también tenía que pensar en Tessie Jo. Su hija, que amaba aquella tierra tanto como él, y cuya conducta, apariencia y comportamiento inusuales ya estaban empezando a llamar la atención en el pueblo. En las colonias, ella tenía su futuro asegurado: nunca le pedirían que se casara si no quería. Podría vivir sin restricciones lo que a su padre le parecía una vida «poco convencional».

Tendría todas las opciones a su alcance. Eso fue lo que se dijo Victor a sí mismo mientras daba un paso por el otro camino que arrancaba frente a sí: esconder la verdad por orden de los Van Laar.

—¿Cómo puedo ayudar? —dijo.

Se acordó de su padre, brújula en mano, mirando cómo la aguja oscilaba y por fin quedaba en reposo.

VICTOR

_____

Los dos juntos levantaron el cuerpo de Bear del suelo del cobertizo para barcas y lo dejaron al fondo de una canoa roja. Vic montó
guardia mientras Peter Segundo iba al matadero para relevar a su
hijo. Poco después llegó Peter Tercero, con la cara lívida, y le pidió
que lo dejara un momento solo.

Fuera del cobertizo, Vic era incapaz de moverse. Del interior
venía el ruido amortiguado del llanto de un hombre que intentaba
que nadie lo oyera.

Pasaron cinco minutos. Diez. Por fin Peter Tercero emergió, la
cara y los ojos rojos, la vista clavada al frente, evitando mirar a Victor.

—Haz lo que debas —dijo. Y se marchó.

Vic empujó la canoa hasta el lago. Al fondo, tapado con una manta, iba el cuerpo de Bear Van Laar. A su lado, una pala.

Se sentó en la proa, la vista al frente, intentando no mirar a la
pequeña figura que estaba transportando por el agua hasta su lugar de descanso eterno.

Cuando por fin la miró, no fue repulsión lo que sintió, sino ternura.

También él había querido a aquel niño.

Con todo el cuidado que pudo, amarró el bote en una orilla
rocosa, al otro lado del lago Joan. Levantó el cuerpo pequeño y

fuerte de Bear de la canoa. Resultaba muy extraño verlo quieto: jamás había dejado de moverse, desde el momento mismo en que había aprendido a caminar. La sombra de Tessie Jo, siguiéndola a todas partes.

Vic sacó la pala y cogió al niño en brazos. A diez metros de la orilla, lo dejó en el suelo frente a una pared vertical de roca y se puso a cavar.

Sabía que en Autosuficiencia los Peter estarían haciendo el anuncio a los invitados, que a su vez se estarían levantando perezosamente de la siesta, o bien alzando la vista del libro que habían sacado al quedar claro que la tormenta no los iba a dejar salir.

«Necesitamos vuestra ayuda —les estarían diciendo—. Bear ha salido a pasear con su abuelo. Y parece que se ha perdido.»

Era el plan que habían urdido mientras Alice Van Laar dormía encima del matadero, aturdida por una dosis de Valium que rozaba lo peligroso.

«Vic Hewitt ya está explorando la zona», les dirían, por si acaso alguien lo veía en la canoa.

La cara de Victor había reflejado sus dudas.

Funcionaría, le habían dicho los Peter.

Ahora, con Bear a salvo bajo tierra, Vic se despidió de él y se puso a llenar el hoyo. Cuando terminó, empezó a alejarse…, pero se lo pensó mejor.

Reunió una colección de piedras.

Construyó un túmulo funerario.

Visitaría al niño de vez en cuando. Y traería a Tessie Jo cuando tuviera la edad suficiente.

De momento, no le hacía falta saber la verdad.

VICTOR

1961

Pero no contaba con la posibilidad de que su hija lo hubiera visto todo.

Su ausencia aquel día le hizo suponer que estaría ocupada en otro sitio, terminando alguno de sus proyectos en otra parte de los terrenos. Y se alegró de ello; se alegró de no tener que explicarle la situación a tan tierna edad. Ya habría tiempo, pensó.

Pero más tarde, después de que llegaran los bomberos y de que Vic los convenciera de que esperasen hasta la mañana siguiente para empezar a buscar en serio, Tessie Jo salió corriendo del bosque con la boca muy abierta, la cara blanca y la larga trenza mojada.

Consiguió acorralarla antes de que dijera nada. Se la llevó por un pasillo.

—Tessie Jo —le dijo cuando estuvieron a solas—, ¿qué pasa?

Había visto el bote volcado. Su curiosidad la había llevado al lado sur del cobertizo de las barcas. Desde allí había oído a su padre hablar con los dos Peter; se había enterado de los planes que tenían los Van Laar.

Desde allí había visto a su padre remar en la canoa roja hasta la otra orilla del lago y también lo había visto volver.

Sabía lo que habían hecho.

Ahora, cuando Vic le hizo su petición —que guardara silencio para siempre sobre lo que había visto; que se uniera a él y a los dos Peter en su gran engaño—, ella lo miró, con los ojos entrecerrados y el ceño fruncido.

Las dudas de su hija lo hicieron dudar también a él.

Pero una chica de su edad no podía entender su propio futuro del mismo modo que Victor. No podía entender lo limitadas que serían sus oportunidades si desafiaba a los Peter y contaba la verdad.

Su futuro dependía de aquella mentira.

—Confía en mí —le dijo Victor.

A regañadientes, su hija asintió.

VICTOR

Su tarea durante aquella noche fue vigilar a la señora Van Laar en su residencia temporal encima del matadero. Era importante mantenerla apartada del resto de los invitados, decían los dos Peter, hasta que la pudieran calmar.

A las dos de la madrugada Alice se volvió a quedar dormida por fin. Habían hecho falta cuatro pastillas, que era el máximo que estaban autorizados a administrarle de una sola vez.

Vic estaba sentado frente a ella en una sillita, mirándola. No le caía mal la señora Van Laar pese a que nunca había sido particularmente amable con él. Le parecía digna de compasión. Alguien a quien los Peter habían identificado como *útil*.

Tenía claro que era así como lo veían también a él, cuando no lo consideraban una simple carga.

En el momento en que por fin permitieran estar consciente a la señora Van Laar —cuando les pareciera seguro a los Peter—, el recuerdo de lo sucedido aquella tarde la destruiría de forma irreparable.

El recuerdo de lo que había hecho.

Cada vez que se despertaba —entre una dosis y la siguiente—, Alice repetía la misma pregunta en tono cada vez más desesperado: «¿Dónde está Bear?». Lo decía una y otra vez, desdibujando las palabras.

A cualquier otro le costaría entender lo que estaba diciendo. Pero Victor lo sabía: era la misma pregunta que le hacía todos los días cuando se lo encontraba en la Reserva.

—¿Dónde está Bear? —volvió a preguntar ahora, y Vic le repitió una vez más la respuesta que le habían mandado que diera.

—Ha salido a pasear con su abuelo. Lo encontraremos pronto.

—Pero el bote... —dijo ella.

—No hay ningún bote. Lo has soñado.

La misma conversación una y otra vez. Y la mujer se quedaba callada hasta que volvía a decir: «¿Dónde está Bear?».

Era la pregunta que seguiría haciendo durante el resto de su vida, siempre buscando a su hijo. Al esconderle la verdad, pensó Victor —aquella verdad que a él le habían dicho que no podría soportar, que la mandaría directa a la tumba—, los Peter se estaban limitando a reemplazar el dolor de la pérdida por el dolor de la incertidumbre.

Y descubrió que estaba intentando proteger a su hija precisamente de aquello. Creía que, en la mayoría de los ámbitos, tenía poco que ofrecerle sin los Van Laar. De forma que se sometía a su voluntad colectiva y se decía a sí mismo que por lo menos de aquella manera le estaba procurando a su extraña y maravillosa hija la seguridad de un trabajo enriquecedor. De unos ingresos. Liberándola de la clase de vida que les habían asignado desde su nacimiento a las mujeres de la familia Van Laar.

A su lado, Alice gemía débilmente en sueños. Perlaba su frente una fina película de sudor. Victor abrió un cajón y sacó una toalla. Se la colocó encima con delicadeza.

Por la mañana tendría que enfrentarse a un contingente todavía mayor de buscadores.

Les contaría la misma historia que les había contado a los bomberos, y a su hija, y a sí mismo.

Que Bear se había ido a pasear con su abuelo.

Que había vuelto a por una navaja.

Y que ya no lo habían vuelto a ver.

ALICE

Cada vez que emergía de su letargo, la esperaba la misma serie de imágenes:

Bear abriendo la puerta del cobertizo de las barcas.

Y después:

El bote en el agua.

La tormenta avecinándose.

El cielo oscureciendo.

La cara de su hijo sentado en la proa del bote, con una sonrisa tensa y el ceño fruncido, mientras ella remaba. Bear había mirado hacia la orilla, después al cielo y por fin a su madre, buscando que ella lo tranquilizara cuando se oyó el primer trueno.

La lluvia llegó tan deprisa que Alice la vio cernirse sobre ellos como si fuera una cortina, avanzando de este a oeste por el lago. Nada más alcanzarlos, les inundó el bote.

Intentó achicar el agua dándole manotazos.

El bote se inclinó y los dos se cayeron por la borda.

La regala del otro lado se precipitó con un fuerte golpe encima de algo duro. De una figura humana.

Alice gritó el nombre de su hijo.

JUDYTA

—¿Firmará una declaración? —pregunta Hayes.

—Sí —dice Judy.

Están de pie frente a una sala de interrogatorios de Ray Brook, la misma donde ella conoció a Jacob Sluiter. A través del cristal unidireccional, observan a T. J. Hewitt: está sentada sin mover un músculo, con las manos sobre la mesa que tiene delante.

—¿Sabes lo que me ha dicho? —dice Judy—. Aquella vez en que oí ruidos encima del matadero... Me ha dicho que eran ellos. Los Hewitt. Que, nada más irme, T. J. salió con su padre de la propiedad porque sabía que volvería con refuerzos. Por eso cuando los policías subieron la escalera...

—Parecía vacío.

—Eso mismo.

—Lo que no entiendo —dice Hayes— es por qué ha elegido este momento para confesar. ¿Por qué guardar el secreto catorce años para revelarlo ahora?

—Tengo una teoría.

—No me cabe duda.

Hacen una pausa y miran a T. J., que cierra los ojos un momento tan largo que Judy se pregunta si se habrá dormido. Por fin los abre.

—Creo que tenía miedo de que los Van Laar estuvieran a punto de volver a culpar a un inocente. Igual que hicieron con Carl Stoddard.

Hayes se gira hacia ella, con el ceño fruncido.

—¿McLellan? —dice—. ¿Ella cree que McLellan es inocente?

—No —dice Judy—. Cree que es culpable. Pero McLellan hijo es el ahijado de Van Laar. Algún día heredará el banco, según su hermana, porque los Van Laar no tienen ningún hijo varón. Y McLellan padre tiene mucha influencia en la familia y en el banco. A T. J. le daba miedo que los McLellan convencieran a la familia de que la culpable era Louise Donnadieu.

Hayes hace una pausa.

—¿Así que los Hewitt han intervenido para salvar la reputación de Louise Donnadieu?

—Y la de Carl Stoddard. Después de tantos años.

Él asiente con la cabeza.

—Nunca es tarde, supongo —dice.

Juntos ven cómo T. J. Hewitt gira la cara hacia la única ventana de la sala de interrogatorios. Está demasiado alta para ofrecer vistas de los edificios de fuera o incluso de los árboles; aun así, ella las busca con mirada nerviosa. Respira hondo, contemplando el cielo luminoso.

Judy se pregunta qué hará ahora T. J. si los Hewitt pierden las colonias. Si los Van Laar los dejan sin nada, que es lo que está claro que van a hacer. Si cortan el fino cordón que ha conectado durante décadas a los Hewitt con Peter Primero.

Y ella misma contesta la pregunta: no les pasará nada. Los Hewitt —igual que Judy, que Louise Donnadieu o incluso que Denny Hayes— no necesitan depender de nadie más que de sí mismos.

Son los Van Laar, y las familias como ellos, quienes siempre han dependido de los demás.

JUDYTA

Técnicamente ya se ha acabado su turno. Pero ahora que ya no tiene que presentarse todas las noches ante sus padres, Judy se puede quedar todo el tiempo que quiera. Hasta terminar su trabajo.

Hayes, en cambio, tiene que volver con su familia.

Antes de irse, le da una palmada en el hombro.

—Buen trabajo —le dice—. En serio.

Tras la revelación de los Hewitt sobre los Van Laar, el detective Goldman se va a buscar órdenes de detención para Peter Segundo y Tercero y también para John McLellan padre, acusados de conspiración criminal por haber mentido a la policía sobre el ahogamiento de Bear Van Laar en 1961. Es posible que también se presenten cargos formalmente contra Vic Hewitt; teniendo en cuenta su estado de salud, sin embargo, no es probable que ingrese en prisión.

Esta noche el capitán LaRochelle anunciará en una rueda de prensa el descubrimiento del cadáver de Bear Van Laar. También anunciará que se ha reabierto el caso y que habrá más información que se hará pública en cuanto se pueda divulgar.

En cuestión de días, sospecha Judy, se informará de la inocencia de Carl Stoddard, y su mujer, Maryanne, podrá por fin dejar de rondar los terrenos de la Reserva Van Laar en busca de cualquier prueba que pueda absolver a su marido.

Los Van Laar, en cambio, por fin sufrirán las consecuencias de sus actos.

Todos estos acontecimientos deberían, en teoría, infundirle una sensación de paz.

Pero lo que siente es que todavía queda trabajo que hacer: otro caso que resolver en su totalidad.

Porque todavía no han encontrado a Barbara Van Laar... ni su cadáver.

En el aparcamiento de Ray Brook, entra en su Beetle. Pone rumbo al sur por la autopista, hacia Shattuck. Últimamente sus razonamientos más lúcidos los tiene en el coche.

La conclusión más lógica, piensa, es que a Barbara la mató John Paul McLellan. Todas las pruebas apuntan en esa dirección: el uniforme ensangrentado es la más condenatoria; pero también están el mural, las referencias que hizo ella a un «novio mayor», sus excursiones nocturnas al monte Hunt y las huellas dactilares que encontraron en las botellas de cerveza y que indicaban que John Paul llevaba un tiempo viviendo allí.

Con todas estas pruebas sobre la mesa, a Judy le da la sensación de que debería estar más segura de su culpabilidad.

Pero hay algo que no le cuadra.

Es más: si no encuentran a Barbara —viva o muerta—, no podrán practicar detenciones. Y eso significa que John Paul McLellan seguirá en libertad.

Repasa una y otra vez las piezas del rompecabezas, deseando hacer encajar la última.

Pero no hay manera de que encaje.

Judy pasa un rato conduciendo en silencio, hasta que el estómago le gruñe con tanta fuerza que la hace reír.

Anoche cenó en el único restaurante de Shattuck, que era más bien un bar.

Al final de la salida de la autopista, escruta la oscuridad con los ojos entrecerrados, en busca del letrero.

Ahí está: «Driscoll's».

Vestida todavía con el mismo traje pantalón arrugado que ha llevado durante su larga jornada de trabajo, Judy gira a la derecha y después otra vez a la derecha, hasta la entrada para coches del pub.

LOUISE

—Ponte una camisa —dice Louise—. Una de verdad.

Con esto se refiere a una camisa con cuello. Su hermano pequeño ha llevado la misma camiseta de Led Zeppelin, ajada por el uso, durante un año.

—No tengo ninguna —dice Jesse. De forma que ella le da una, un polo blanco de Camp Emerson, lo bastante unisex como para no hacerle pasar vergüenza.

—Te voy a llevar a cenar.

En el Driscoll's, el aire está cargado de humo y reina una atmósfera de lugar en deshabitado.

En mitad de una sala contigua, hay varios hombres a los que Louise reconoce vagamente jugando al billar. El salón, donde se sientan, está vacío salvo por una mujer en la barra.

Ella le da un menú a Jesse.

—Pide lo que quieras —le dice.

Él la mira.

—Louise, sabes que estoy bien, ¿no?

—¿Qué quieres decir?

Su hermano baja la vista. Toca las esquinas del menú. Lo manosea.

La camarera —Connie Driscoll, que no puede tener menos de ochenta años— viene a tomarles su pedido.

—Pide filete si quieres —le sugiere, pero Jesse se pide una hamburguesa con patatas.

—Yo quiero el filete, por favor, señora Driscoll —dice Louise—. No muy hecho. Gracias.

La mujer se mete en la cocina; sus zapatillas deportivas no hacen ruido al caminar por la moqueta que cubre el suelo.

Ambos se quedan callados.

—¿Qué me decías? —pregunta Louise—. ¿Que estás bien?

—Eh, no lo sé —dice Jesse—. Solo sé que te preocupas por mí. Pero estoy bien. Mamá es difícil, pero tengo amigos que cuidan de mí. Y también la mitad de los maestros de mi escuela. Les caías bien y por eso me cuidan.

Louise sonríe sin quererlo.

—De nada —dice.

—No, en serio —repone él—. Estoy bien. Tengo casi doce años. Puedo cuidarme solo.

—Venga ya, Jesse —suelta ella.

—Bueno, pues deja que se haga cargo de mí mamá para variar —dice—. No siempre tienes que ser tú.

Louise baja la vista. Es reacia a darle la noticia: que su madre no va a cuidar nunca de él. No como ella. Nadie más lo hará.

—Yo también me preocupo por ti, ¿sabes? —dice Jesse—. Que te cuidaras un poco más me ayudaría. Si de verdad quieres ayudarme, digo.

—¿Que me cuidara cómo?

Connie Driscoll vuelve con un Shirley Temple para él y una CocaCola para ella.

—Invita la casa —les dice.

Jesse da un sorbo.

—Saliendo con chicos más de fiar —dice—, para empezar. O con ninguno —añade al cabo de un momento.

Ella asiente con la cabeza. Duele oírlo, pero es verdad. Se pregunta cuándo se convirtió su hermano en la persona que ahora tiene delante. Le viene a la mente la versión de él que, cuando estaba cansado, solía acostarse de cuerpo entero encima de ella y se metía dos dedos en la boca. El tiempo, piensa, pasa de forma distinta en Shattuck que en la Reserva.

—Y también deberías cambiar de trabajo —dice Jesse.

—¿Y de qué debería trabajar?

—No lo sé, Lou. Eres muy lista. Puedes hacer lo que quieras. Podrías volver al Union College.

—¿Con qué dinero? —pregunta Louise.

—No lo sé. Pide un préstamo al banco. ¿No es lo que hace la gente?

A ella le suena agotador. Le da la sensación de estar al pie de una montaña, mirando hacia arriba.

Pero ha subido montañas en el pasado. Incluso corriendo.

Cenan en un silencio apacible, escuchando el traqueteo de las bolas de billar y la música cantarina que sale de los altavoces.

Connie Driscoll les pregunta si quieren algo más y Louise pide postre. ¿Por qué no?, piensa. Tiene suficientes ahorros en el banco para mantenerse a sí misma y a Jesse durante una temporada.

Esta noche, piensa, se va a tomar un descanso de sus preocupaciones: un pequeño respiro mientras espera a que celebre su vista judicial.

Alguien mete una moneda en la máquina de discos y la música cambia. Los Everly Brothers cantando sobre sueños. A continuación, por debajo de sus armonías íntimas e hipnóticas, Louise oye el chirrido de un taburete empujado hacia atrás. La mujer solitaria que estaba sentada en la barra se pone de pie y saca la cartera.

Cuando se gira, ve que le resulta familiar, pero no la consigue ubicar. Lleva un traje salpicado de manchas. El pelo corto. Se la ve joven: de la edad de Louise o un poco mayor.

También parece... no exactamente borracha, pero sí tiene pinta de haberse metido dos cervezas en un cuerpo no acostumbrado al alcohol.

Louise sabe antes de oírlo lo que les va a decir la mujer.

—Disculpa. —Pero, cuando ella se gira, la mujer no la está mirando a ella, sino a Jesse—. ¿Vas a Camp Emerson? —pregunta. Está señalando a su hermano con el dedo, el polo, que lleva el logo verde del centro de colonias.

Jesse parece repentinamente asustado.

—No —dice Louise, levantándose y plantándose delante de él—. No va a Camp Emerson. Pero yo trabajo de monitora allí.

La mujer la mira.

—Sé quién eres —dice.

TRACY

Tracy apoya la cabeza en la ventanilla del Stutz Blackhawk. El de su padre es el primer coche en el que va que tiene aire acondicionado. El que tuvo antes durante años era un Chevy, una práctica camioneta de cuatro puertas provista de la potencia necesaria para llevar un remolque para caballos.

Echa de menos esa camioneta. Y añora todavía más la versión de su padre cuando la conducía.

La casa de Hempstead está exactamente como Tracy la dejó a principios de verano. La cancela plateada, el césped artificial, las flores artificiales en maceteros de plástico debajo de las dos ventanas delanteras.

Y su madre: sentada en los escalones del porche, la cabeza alta, esperando a que lleguen.

El Blackhawk se detiene con un rugido del motor en la entrada para coches y Molly Jewell se pone de pie.

Tracy sale de un brinco del coche y se acerca corriendo a su madre: esa mujer amable y divertida que siempre ha sido exactamente ella misma, que no intenta para nada ser nadie o nada más.

Con un sobresalto, ella se da cuenta de a quién le recuerda.

—Ay, Tracy —dice su madre—, siento mucho lo de tu amiga. Parece que era muy importante para ti.

—Lo es —repone.

Se pregunta cómo le puede explicar hasta qué punto le ha cambiado la vida alguien a quien solo ha conocido durante dos meses.

Su padre termina de descargar el coche y carraspea, incómodo.

—Me alegro de verte, Molly —dice. Ella lo saluda con la cabeza.

Le da un abrazo a Tracy y se marcha, dejándola con su madre en la entrada para coches con todo el equipaje de Camp Emerson. Entiende que esa va a ser la situación durante el resto de su infancia: las dos juntas. Las dos solas.

Volverá a ver a su padre en su boda con Donna Romano y en las vacaciones, durante las cuales, y a lo largo de los tres años siguientes, aparecerá un nuevo bebé que será su hermanastro o hermanastra. Tendrá conversaciones con su padre y con Donna. Será cortés. Pero ya no serán su familia. La única que le queda es la que ahora tiene al lado.

—Mamá —dice Tracy—, ¿has oído hablar de la música punk?

—No —contesta su madre—. ¿Me quieres hablar de ella?

El cielo de Hempstead está empezando a oscurecer. Tracy piensa en Barbara Van Laar. Se pregunta si estará viva, si estará viendo el mismo cielo quinientos kilómetros más al norte.

Se imagina sus brazos y sus piernas fuertes, su cabeza muy erguida, su habilidad en el agua y en el bosque. Se la imagina tal como era en el viaje de supervivencia: levantando una tienda de campaña, encendiendo una hoguera, trayéndoles comida. Manteniendo a todo el mundo con vida.

Y sabe —o por lo menos lo cree— que Barbara sigue estando en el mundo.

JUDYTA

Judy aparca su Beetle en la entrada para coches de la casa de sus padres en Schenectady. Se queda sentada un momento, preparándose.

Es sábado y sabe exactamente qué estará haciendo su familia. Dentro, su madre estará pasando la aspiradora mientras su padre quita el polvo. Sus hermanos estarán cambiando bombillas o haciendo algún otro arreglo que les habrán pedido sus progenitores. Lo mismo que llevan haciendo cada sábado desde que a ella le alcanza la memoria. Judy participó muchos años en esas tareas, doblando ropa, haciendo las camas. Pero este sábado es, por primera vez, una visita.

Hace un mes sacó todas sus cosas del dormitorio de su infancia y se mudó a una casita de alquiler situada a pocos kilómetros de la sede de Ray Brook. Nadie le echó una mano; su padre, cuando la vio, se limitó a saludarla escuetamente con la cabeza y se marchó de casa.

Por fin sale del coche. Cierra la portezuela. El ruido hace salir a la puerta a su hermano Leonard.

Este la ve y grita hacia el interior de la casa:

—¡Mamá!

Judy entra y él la abraza.

Se interrumpe el ruido de la aspiradora.

—¿Qué pasa? —grita su madre.

Leonard sonríe.

—Ha llegado la Primera del País.

Al cabo de diez minutos, todos los Luptack están sentados a la mesa de la cocina. Su madre ha hecho té. Su padre, el último en llegar, remueve el azúcar de su taza y carraspea. Todos guardan silencio hasta que Leonard dice:

—Volvimos a ver tu nombre en el periódico.

Judy levanta la vista.

—Ah, ¿sí?

Él asiente con la cabeza. Se levanta de la mesa. Vuelve con una página en las manos: otro artículo recortado del *Times Union*.

Ella lo coge y se pone a leerlo.

«Los Van Laar, acusados», dice el titular. Y abajo el subtítulo: «Absuelto de forma póstuma el sospechoso original».

El artículo continúa.

Alice Van Laar, que sin duda habría sido acusada originalmente de homicidio negligente por la muerte de su hijo, va a quedar en libertad: el delito ha prescrito.

Pero a Peter Segundo y Tercero se los acusa de conspiración criminal y obstrucción a la justicia. El hecho de que hayan seguido mintiendo a la policía sobre el destino de Bear —incluidas las declaraciones falsas realizadas tras la desaparición de Barbara— significa que el delito sigue siendo punible.

Ahora mismo se encuentran en libertad bajo fianza, a la espera del juicio. Su abogado, indica el periodista, ya no va a ser John Paul McLellan padre.

Una foto acompaña el artículo.

En ella, la familia Stoddard —Maryanne, sus tres hijas, sus yernos y sus nietos— aparecen juntos, posando formalmente delante de una casa muy pulcra de Shattuck, con cara solemne y la espalda recta.

«Se ha hecho justicia», dice el pie de foto.

Judy le devuelve el artículo a su hermano, que se lo pasa a su padre; este lo vuelve a doblar respetando los pliegues originales y se lo guarda en el bolsillo de la camisa.

—¿Has visto tu nombre? —dice este—. Está en el segundo párrafo.

Ella sonríe.

—Sí.

—Siempre supe que había sido esa familia —dice el padre de Judy—. Cuando pasó todo. Todo el mundo sabía que estaban implicados. Lo que pasa es que no sabíamos exactamente cómo.

De repente, su madre, que ha estado callada todo el tiempo, le coge la taza sin decir nada. Le sirve más té. Ahora es una visita en su casa, una invitada. Ser consciente de eso hace sentir a Judy orgullosa y triste al mismo tiempo.

—¿Qué pasa con la chica? Barbara —pregunta Leonard—. ¿Alguna pista?

Las hay. Pero no puede hablar de ellas a su familia —todavía—, de forma que se cierra otra cortina entre ellos.

—Nada sustancial —dice.

Durante el camino de vuelta a Ray Brook, Judy contempla cómo el bosque de pinos se vuelve más alto y cerrado. Llega a su salida y coge la 73. Sube y sube con su Beetle.

En el coche, deja que su mente regrese a las novedades más recientes relacionadas con la desaparición de Barbara Van Laar.

La más interesante: Annabel Southworth, la monitora en prácticas de Louise, ha presentado una confesión. La noche de la desaparición estuvo con John Paul McLellan: la primera vez a las diez de la noche, durante el baile comunitario, y de nuevo ya entrada la madrugada. De esa forma le ha dado una coartada; los padres de Annabel, Katherine y Howard, también han corroborado su versión. Las dos familias —los Southwark y los McLellan, ambas buenas amigas de los Van Laar— apoyan la relación entre sus hijos pese a lo joven que es Annabel.

«Son muy compatibles», declaró Katherine Southworth en su afidávit escrito.

Los únicos otros cargos que tenían contra John Paul —conducir bajo los efectos del alcohol y posesión de una sustancia ilegal— ya se han resuelto. La ropa ensangrentada —que él mantiene que le pusieron en el coche para incriminarlo— no se puede admitir como prueba si no hay cargos. No entrará en la cárcel; un juez que a Judy le dio la sensación de que era bastante amiguete del padre de John Paul se ha limitado a sentenciarlo a cumplir cien horas de servicio a la comunidad.

A ella no le sorprende nada: simplemente le decepciona un poco el resultado.

Pero, desde entonces, ha habido novedades. Aunque quizás nunca puedan presentar contra John Paul McLellan ningún cargo relacionado con la desaparición de Barbara Van Laar, sí que lo van a poder acusar de otro delito: asalto en segundo grado con agravantes.

La víctima: Louise Donnadieu.

Después de discutirlo con Judy, la chica ha aceptado presentar denuncia. Y lo que es mejor: varias personas han aceptado testificar a su favor. Ella se ha encargado de buscar a los testigos que estuvieron presentes la noche del ataque en la casa compartida donde vivía John Paul, en las inmediaciones del Union College: su compañero de casa, Steven, además de tres chicas a las que este mencionó como invitadas suyas aquella noche.

Judy se acuerda de los chicos con los que ella fue al instituto. Y también de las chicas. ¿Habrían tenido la valentía de hacer algo así? No está segura. Pero es 1975, se dice a sí misma. El mundo está cambiando.

—¿Y tú qué teoría tienes? —le ha preguntado antes su hermano, sentados a la mesa de la cocina—. Si no nos puedes dar ningún detalle, al menos cuéntanos qué te dice la intuición.

—¿Sobre qué?

—Sobre Barbara Van Laar —le ha dicho él, y a su derecha su madre se ha santiguado. «Pobre niña», ha murmurado por lo bajo.

Judy ha mirado por la ventana.

—Creo que no le ha pasado nada —ha dicho.

Leonard ha fruncido el ceño.

—¿Cómo lo sabes?

—No lo sé. Es una sensación que tengo.

La noche en que se encontró con Louise Donnadieu en el pub de Driscoll, la chica le dijo algo que a Judy se le ha quedado grabado durante semanas.

Sin saber muy bien por qué, le preguntó por T. J. Hewitt. A pesar de su fe en la inocencia de esta, no se había podido quitar de la cabeza lo que le había contado el niño, Christopher.

¿Por qué demonios, pensaba Judy, iba Barbara a la tienda de T. J. Hewitt por las noches? ¿Qué podía estar haciendo allí, aparte de algo... incorrecto?

Por tanto, con dos cervezas entre pecho y espalda y el control de las inhibiciones atenuado, le planteó la idea a Louise Donnadieu. Tras asegurarse de que su hermano no las oía.

La chica se rio.

—¿Qué? —preguntó Judy.

—Imposible —dijo Louise.

—¿Por qué?

—Mucha gente piensa que T. J. es rara —comentó—, pero es inofensiva. Más que inofensiva. Es una buena persona. Lo único que quiere es cazar, pescar y que la dejen en paz. Su familia tiene una cabaña en una isla al norte. Creo que, si pudiera, se mudaría allí ahora mismo. —Hizo una señal a la camarera. Se pidió una cerveza—. Solo le falta el dinero.

Judy la miró.

—¿Dónde exactamente? —dijo.

La otra frunció el ceño.

—¿Dónde qué?

—La isla. La casa.

—Ah, no sé cómo se llama —contestó Louise—. Pero la tiene marcada sobre un mapa en la pared de la cabaña de la directora. La única vez que estuve allí tenía una chincheta donde está situada.

Volvió a beber.

Y después miró despacio a Judy, comprendiendo.

Sería algo que le cambiaría la carrera. Encontrar a Barbara Van Laar —y, encima, *viva*— significaría un ascenso. Quizás doble. Eso la encaminaría al éxito. Y resolvería la pregunta que le ha rondado en la cabeza desde que empezó a trabajar como detective, la que se han planteado al verla todos los homólogos masculinos con quienes se ha encontrado. ¿Están hechas las mujeres para este trabajo?

Sabe que el capitán LaRochelle encontraría a Barbara si pudiera. Cualquier detective lo haría, pero ninguno de ellos estaría teniendo en cuenta las preferencias de la chica ni tampoco su seguridad.

Lo que estarían haciendo sería sacrificar el bienestar de la chica para mejorar su propia suerte en la vida.

Que es lo que hizo en cierto sentido el capitán LaRochelle cuando desapareció Bear Van Laar y Carl Stoddard se convirtió en sospechoso conveniente: dejó que cargara con las culpas ese hombre, que al morir se había quedado sin voz, mientras el otro aceptaba el ascenso que acarreaba el cierre del caso.

Judy está en desacuerdo con muchas de las cosas que le han enseñado sus padres, pero hay algo por lo que siempre los ha respetado: su voluntad de poner a los demás por delante de sí mismos.

Si Barbara Van Laar ha elegido esconderse en el bosque por voluntad propia —si está a salvo, protegida, alimentada y dependiendo solo de sí misma—, ¿quién es Judy para traerla de vuelta al mundo que ha abandonado?

Aun así, quiere estar segura de que su teoría es correcta.

De forma que, en su pequeño apartamento de Ray Brook, traza planes: volver a la Reserva Van Laar y a la cabaña de la directora, donde pasó tantas horas. Se imagina que estará abandonada; a fin de cuentas, los Hewitt han partido peras con los Van Laar; abrirá la puerta, que nunca ha tenido cerradura.

Rezará para que el mapa siga colgado de la pared.

En caso de que sea así, tomará nota del lugar que marque la chincheta o del agujero: la ubicación de la cabaña de la familia Hewitt, muy al norte, en mitad de los picos altos de Adirondack.

BARBARA

Agosto de 1975: día 1

La cama está vacía.

A la luz de la luna, en el umbral de Abeto, Barbara Van Laar echa un último vistazo por encima del hombro, despidiéndose mentalmente de Tracy, de sus compañeras de cabaña, de Camp Emerson.

Se está marchando más tarde de lo que acordó con T. J., que ya estará dando vueltas por su casa, hecha un manojo de nervios. Pero las monitoras de Barbara se han quedado levantadas hasta mucho más tarde de lo que ella había imaginado; ha tenido que esperar a que volvieran, una detrás de otra, y luego un rato más hasta que han dejado de oírse sus movimientos y se ha relajado el sonido de las respiraciones.

Por fin se ha puesto de pie tan en silencio como ha podido y ha caminado de puntillas hasta la puerta, que es donde está ahora.

Su bolsa. Se ha olvidado de la bolsa de papel que se trajo de la casa de su familia, la que estuvo a punto de delatarla.

«¿Qué hay en la bolsa?», le preguntó Tracy la semana pasada, y ella fingió no entenderla.

Fuera, el aire es fresco y la luna brilla tanto que no necesita la linterna que se ha traído.

El resto de sus cosas la esperan en la cabaña de T. J.: su mochila, cargada de comida fresca para una semana por lo menos; su ropa de abrigo; sus botas de montaña, que se va a poner en cuanto pueda.

Y, en efecto, en cuanto sube al porche de la cabaña de la directora, la puerta se abre rápidamente. Y aparece T. J. mirándose el reloj. Son casi las tres de la madrugada, dice esta. Van muy justas de tiempo.

—¿Esperamos un día más? —pregunta Barbara, pero la directora se apresura a decir que no con la cabeza.

Esta es la última velada de la fiesta colina arriba. Es esta noche —mientras los invitados están en la Reserva— o nunca.

Y *nunca* significa que la manden a la Élan en otoño. Pasarse años sin ver a T. J. ni a Vic, su verdadera familia.

Caminan en silencio hasta la camioneta de la directora, que tiene una canoa amarrada al techo; cierran las dos portezuelas intentando no hacer ruido. Luego T. J. arranca el vehículo y sube ronroneando la colina, dejando Autosuficiencia a su derecha y atrás el aparcamiento lleno de coches.

—¿Pudiste abrirlo y entrar? —pregunta Barbara, señalando el Trans Am azul de John Paul McLellan.

T. J. asiente con la cabeza.

—La ropa está en el maletero —dice—. No la verá. Pero la policía sí, cuando registre el coche.

—¿Y por qué lo van a registrar?

La otra sonríe.

—Porque no es lo único que he dejado dentro —dice—. Cuando lo detengan, tendrán causa probable para llevar a cabo un registro.

Después de coger la autopista, circulan por ella durante una hora. T. J. conduce tan deprisa como puede sin arriesgarse a llamar la atención de la policía: exactamente quince kilómetros por encima del límite de velocidad. Mientras tanto, va echando vistazos al cielo, que clarea un poco más con cada minuto que pasa.

T. J. se dedica a interrogarla.

«¿Qué has de hacer con el agua?», le pregunta.

«Encender un fuego, hervirla, usar yodo.»

«¿Qué haces si te pones enferma?»

«Usar la guía médica que has dejado en el estante. Buscar medicina en el botiquín.»

Las mismas instrucciones que han repasado una y otra vez durante las sesiones nocturnas de formación que T. J. lleva impartiéndole a Barbara todo el verano. Preparativos para vivir en el bosque, aunque no de forma definitiva. Solo hasta que cumpla dieciocho años, momento en el cual tendrá potestad legal para tomar sus propias decisiones.

Podrá hacer lo que quiera sin miedo a que sus padres le impongan sus reglas. Ni sus castigos.

Si en algún momento cambia de opinión, lo único que necesita hacer es aparecer. Será decisión de Barbara al cien por cien, dice T. J.

Ella le echa un vistazo, contemplando el contorno de su perfil, la amabilidad de su cara. Cuando era bebé, una niña pequeña, era esta mujer quien más cuidaba de ella. Quien la ayudaba y le enseñaba cosas. A T. J. no le encaja para nada la palabra «maternal», pero es la única madre que Barbara ha conocido. La suya, aunque esté viva, ha sido inalcanzable desde que nació. Una carcasa vacía.

—Te he puesto té en la mochila —dice T. J.—. Del que te gusta. También chocolate, para que te des un capricho alguna noche. —Y añade—: ¿Tendrás suficientes lecturas?

Ella asiente con la cabeza.

—Sí —contesta—. Y, si se me terminan, escribiré.

—Iré a verte pronto —dice T. J.—. Dentro de un mes o dos. Solo necesito asegurarme de que nadie me siga. —Echa un vistazo a Barbara y le da una palmadita en la rodilla—. Sé que puedes aguantar hasta entonces.

—Sí que puedo —dice, tranquilizándose a sí misma tanto como a la otra.

Pero lo cierto es que se siente lista. T. J. la ha preparado. Todo su adiestramiento, todas las noches; todos los preparativos que han hecho.

Lo único que echará de menos es la música; no le ha quedado más remedio que dejarla atrás.

Las dos vuelven a quedarse calladas. Y luego, justo antes de que salga el sol, T. J. abandona la autopista.

Usan linternas de diadema para darse luz mientras bajan la canoa del techo y cargan con ella durante un kilómetro bosque a través.

Barbara sabe que T. J. se está poniendo nerviosa: el plan entero fracasará si no ha vuelto a los terrenos de Camp Emerson antes de que se despierten los demás empleados. De forma que aprieta el paso aunque le ardan los pulmones y la mochila le pese horrores.

—Ya casi hemos llegado —repite una y otra vez T. J.

El sol sale mientras las dos reman en silencio por la superficie del lago, en dirección a la isla que hay en el centro. Mientras se acercan, Barbara ve al otro lado de los árboles la superficie plana de una estructura construida por el hombre.

—Acuérdate de que hay ciervos —dice T. J., bajando de la canoa por la popa y vadeando hasta la orilla—. Siempre puedes cazarlos. Hay dos escopetas en la casa y cartuchos de sobra.

Barbara vislumbra repentinamente a su madre siguiéndola como un fantasma por la casa, diciéndole que no coma demasiado. Siempre al revés que T. J., que a lo largo de su vida ha aprovechado todas las oportunidades que tenía, llegando a ir de vez en cuando a su escuela, para entregarle en mano abrigos, ropa y otros caprichos que sabía que a Barbara le gustarían.

Para hacerlo entraba y salía por una ventana.

Nunca había sido ningún problema hasta que un día la vio la encargada de la casa desde detrás y ella, nerviosa, presa del pánico, le dijo que T. J. era un chico adolescente.

A partir de entonces todo se torció de forma espantosa.

—Me acordaré —dice ahora Barbara—. Me acordaré de todo lo que me has enseñado.

Han llegado a su destino. Las dos se miran un momento.

—Vete —dice ella.

—Estarás bien —afirma T. J.

—Estaré bien —responde Barbara.

Se queda en la orilla de la isla, viendo cómo T. J. se aleja en su canoa. Espera hasta que ya no oye el remo adentrarse en el lago, hasta que T. J. desaparece por fin en el bosque de la otra orilla, girándose una última vez para despedirse con la mano antes de irse.

Barbara cierra los ojos. Escucha, esperando oír alguna señal: le contesta el hermoso canto de un zorzal ermitaño.

Camina hasta la cabaña que construyeron los Hewitt hace muchas generaciones. El interior está fresco y oscuro y lleno de todos los suministros que T. J. lleva meses dejando allí, a modo de preparativo para la estancia de Barbara.

Hay algo nuevo en el rincón: una guitarra acústica. Un libro de instrucciones para principiantes. Entiende que es para que ella componga su propia música.

Deja con alivio la pesada mochila en el suelo. Encima de todo está la bolsa de papel que se trajo de Autosuficiencia.

La abre y saca el único objeto no esencial que se ha permitido transportar hoy: una foto enmarcada de su hermano, Bear.

Él también tendrá su casa aquí.

La deja en la mesa de madera áspera donde comerá.

Por fin estás a salvo, le dice mentalmente a su hermano.

JUDYTA

Septiembre de 1975

Judy Luptack está con los brazos en jarras en la orilla de un lago situado a ochenta kilómetros de la Reserva Van Laar, escrutando con los ojos entrecerrados una isla que se ve a lo lejos. No se ha traído barca.

Está intentando calcular la distancia entre la orilla y la isla. Ochocientos metros; quizás un poco más. Nunca ha sido buena nadadora, pero aun así se quita los zapatos y sumerge la punta del pie para sentir la temperatura del agua.

Está helada. Por un momento, Judy se replantea su decisión. No tiene pruebas de que vaya a encontrar nada al otro lado. Es sábado. Su día libre. Podría volverse a casa de alquiler en Ray Brook; podría pasar por la tienda y comprarse la cena. Ya está aprendiéndose los nombres de la gente del pueblo. Podría estar haciendo lo que quisiera. En cambio, movida por una intuición que no se puede quitar de la cabeza desde que habló con Louise Donnadieu, se desviste y se queda en bañador. Se zambulle en el agua fría que tiene delante.

No tiene ni idea de cuánto tardará en recorrer el trecho a nado. Siempre puedes flotar, se dice a sí misma. Si te cansas, flota.

Mientras nada, se dedica a pensar. Si su teoría es cierta —si tiene razón, que es algo que está por ver—, puede entender la lógica de todos los pasos: el uniforme ensangrentado, resultado de lo que Christopher Muldauer describió como el «accidente de Barbara» durante el viaje de supervivencia. El descubrimiento repentino, por parte de T. J. y ella, de lo útil que podía ser aquel uniforme. Dejarlo en el maletero de John Paul McLellan serviría un propósito doble: no solo alejaría a los detectives del paradero real de Barbara sino que funcionaría como forma clara de justicia. Justicia para Louise Donnadieu, que había acudido una vez a T. J. con las heridas recientes que le había infligido John Paul. Justicia para Carl Stoddard, a quien, tras morir, habían incriminado injustamente dos familias —los McLellan y los Van Laar— deseosas de preservar su buena reputación, de evitar un escándalo a costa de un inocente. Y justicia para el padre de T. J. Hewitt, que había aceptado un acuerdo que iba en contra de sus valores éticos. Y que lo había reducido al nivel de los mismos Van Laar.

Con dos acciones sencillas —revelar la verdad sobre Bear y ayudar a Barbara a esconderse—, los Hewitt se han redimido. Han desandado su camino hasta el último paso en falso que dieron y han tomado una senda distinta.

Cuesta saber cuánto tiempo ha pasado desde que Judy partió de la otra orilla. A ratos sigue su propio consejo y se queda flotando, contemplando el cielo azul de septiembre. Cierra los ojos. Se deja mecer por el agua. Luego continúa.

En un momento dado, la orilla que tiene delante ya está más cerca que la que tiene detrás. Se detiene, sin tocar fondo. Si entrecierra los ojos, le parece ver un hilo de humo elevándose hacia el cielo, como procedente de una chimenea.

Por fin toca tierra. A media distancia, ve a una figura asomarse desde detrás de un árbol.

Barbara Van Laar.

Judy la reconocería en cualquier parte, aunque nunca la ha visto en carne y hueso.

Desde el agua, levanta una mano vacilante. La chica no sabe quién es ella; desapareció mucho antes de que la policía estatal llegara a la Reserva. Le da la sensación de estar mirando a través de un cristal unidireccional, sabiendo mucho más de Barbara de lo que esta se imagina. En traje de baño y temblando de frío, Judy debe de tener un aspecto un poco ridículo, de aficionada: de excursionista o campista especialmente intrépida que no esperaba ser vista.

Un poco más adelante, la chica está quieta, con las manos a los costados.

—¿Estás bien? —le grita ella.

—Sí —dice Barbara. Y añade—: ¿Y tú?

Judy asiente con la cabeza.

—¿Quieres que te deje en paz? —pregunta.

La otra vacila un instante.

Y contesta con determinación:

—Sí.

El trayecto a nado de vuelta parece más largo y lento que el de ida. Judy tiene tanto frío que le castañetean los dientes. Aun así, cuando solo ha nadado quince metros, se detiene y se gira en dirección a la isla para echar un último vistazo.

Ahí está: Barbara Van Laar, erguida y fuerte. Cómoda en su cuerpo, en el bosque. Hay algo en ella que parece inmortal, piensa ella: un espíritu, una aparición, más diosa que niña.

Judy sigue nadando hasta que llega a la otra orilla.

Cuando vuelve a mirar la isla, ya solo ve los pinos, cerrándose como una cortina en torno a la chica.

Liz Moore es autora de *El largo río de las almas,* novela que llegó a la lista de los más vendidos de *The New York Times,* seleccionada por el Good Morning America Book Club y uno de los libros favoritos de Barack Obama en 2019, así como de las aclamadas novelas *Heft y The Unseen World.* Fue ganadora del Premio Rome de 2014-2015. Vive en Filadelfia.